将洒下的光藏进故事的土壤里

光粒

♥ 浮生三千 —— 著

在他深情中降落

台海出版社

图书在版编目（CIP）数据

在他深情中降落 / 浮生三千著. -- 北京：台海出
版社，2023.5

ISBN 978-7-5168-3475-6

Ⅰ. ①在… Ⅱ. ①浮… Ⅲ. ①长篇小说—中国—当代
Ⅳ. ① I247.5

中国版本图书馆 CIP 数据核字 (2022) 第 250117 号

在他深情中降落

著　　者：浮生三千

出 版 人：蔡　旭　　　　　　　策划编辑：阿　迟

责任编辑：魏　敏　　　　　　　封面设计：书　颜

出版发行：台海出版社

地　　址：北京市东城区景山东街 20 号　　　邮政编码：100009

电　　话：010-64041652

传　　真：010-84045799（总编室）

网　　址：www.taimeng.org.cn/thcbs/default.htm

E-mail：thcbs@126.com

经　　销：全国各地新华书店

印　　刷：长沙鸿发印务实业有限公司

本书如有破损、缺页、装订错误，请与本社联系调换

开　　本：880 毫米 ×1230 毫米　　　1/32

字　　数：345 千字　　　　　　　印　　张：10.5

版　　次：2023 年 5 月第 1 版　　　印　　次：2023 年 5 月第 1 次印刷

书　　号：ISBN 978-7-5168-3475-6

定　　价：45.80 元

contents

目录

contents

目 录

chapter 01

双喜临门

夜幕降临。

苏家这天双喜临门，一天嫁两女。

苏卿身穿中式嫁衣坐在镜子前。她妆容精致，眉眼里都是幸福。今天是她跟楚天逸结婚的日子。相恋一年，终于修成正果。

"姐姐，你可真是幸运，马上就要嫁入帝京一流世家楚家，成为楚太太。"同样穿着中式嫁衣的苏雪走了进来，阴阳怪气道。苏雪看着苏卿那张美丽的脸，眼底划过一抹嫉妒之色，心里恨不得划破那张漂亮的脸蛋儿。

苏卿的神情冷了几分："我也要恭喜妹妹，马上就要成为陆容渊的妻子。对了，我听说这个陆总不久前发生了车祸，不仅毁了容，腿也瘸了，没几年能活了，你嫁过去怕是要守活寡了。"

"苏卿，你！"苏雪气得脸色发白，一想到苏卿要嫁入楚家，而自己却要嫁给一个快死的短命鬼，她脸上的阴毒之色更甚。

"苏卿，话别说得太满了，你这楚太太的位子能不能坐稳还不一定呢。"

"小雪，小卿，你们姐妹都在呢！"秦素琴端着两碗莲子羹笑吟吟地走进来，"楚陆两家的迎亲队伍快到了，你们快先喝点儿莲子羹，日后多子多福。"继母脸上伪善的笑让苏卿皱起了眉头。相处了十几年，她怎会不知道秦素琴的为人，但出嫁前吃莲子羹确实是帝京的习俗。一想到马上就要离开这个家，再也不用看秦素琴这对母女的嘴脸，她还是迟疑着接过了碗。

"谢谢秦姨。"苏卿喝了一小口。

"多吃点儿，你这孩子，客气什么。"秦素琴看着苏卿喝了莲子羹，松了一口气，眼底划过一抹得逞的笑意，"虽然你不是我亲生的，可阿姨也待你如亲生女儿，你这要出嫁了，阿姨还怪舍不得的。"秦素琴说着眼圈开始泛红。

苏卿心里冷笑，不愧是拿过影后的人，演技就是一流。苏卿八岁那年，母亲去世还不到一个月，父亲就带着秦素琴和比她小一个月的苏雪进门了。那时她才知道，父亲早已背叛了母亲。

"太太，楚家的接亲队伍来了。"用人在门口提醒。

"好，知道了。"秦素琴笑着拿过绣着龙凤呈祥图案的红盖头，"小卿，快盖上，别耽误了吉时。"

着中式嫁衣，盖红巾，十里红妆，在夜里举行婚礼，这些都是秦素琴安排的。

秦素琴给用人使了个眼色，吩咐道："梁婶，你领着大小姐上楚家的婚车。"

苏卿的视线被红巾挡住了，只能由用人牵着走。苏家门口停着迎亲车子，用人梁婶径直将苏卿带上婚车。秦素琴在阳台上看着车子启动、远去，脸上的笑容更深了。

"妈，没问题吧？万一苏卿半路上发现不对怎么办？"苏雪有些担心。

"你放心，妈都安排好了，她只能乖乖替你嫁去陆家。"苏卿刚才上的是陆家前来接亲的车子，并非楚家。

苏雪忐忑道："可天逸那里，我晚上要怎么蒙混过去？"

秦素琴慎重地叮嘱苏雪："只要过了今晚，他们楚家就算想赖也赖不掉了。记住，别让他看见你的脸。"

"嗯，记住了。"苏雪脸上满是嫉恨之色，"妈，我要苏卿生不如死，尝尝跟我抢男人的下场。"

秦素琴冷笑一声，道："苏卿能不能熬过今晚还不一定。"

车内的苏卿忽感体内一阵不适，很热，脸颊也烫得厉害。她想起秦素琴送来的那份莲子羹，暗道不好，她还是中了秦素琴的计。那莲子羹有问题。

苏卿一把扯掉头上的红巾，看清这不是去楚家的路，顿时慌了。"停车，快停车！"苏卿急喊道，"你是谁？要带我去哪里？"

司机一头雾水："苏小姐，我是陆家派来接亲的呀，这是去陆家的路。"

"陆家？"苏卿恍然大悟。她怎么都没想到，秦素琴玩了一招偷龙转凤，"快停车，我是要嫁去楚家的，弄错了。"

"怎么会弄错呢？苏小姐，你头上盖着的红巾，龙凤呈祥，就是陆老爷子亲自挑选的。"

苏卿看着手里的红巾，彻底明白了。秦素琴，你可真够狠的！她才不要嫁去陆家，绝对不能让秦素琴母女得逞。她感觉身体更加难受了，这秦素琴不仅想把她推入火坑，还想让她出丑，彻底毁了她。

"停车。"苏卿极力控制着，低吼了一声。

"苏小姐，马上就要到了……苏小姐，你这是做什么？"苏卿直接开了车门跳车，司机大惊。苏卿在地上滚了几圈，剧烈的疼痛让她有所清醒。

"苏小姐，你快上车，苏小姐……"车子停了，司机追了上来。

苏卿只好咬着牙，忍着疼一瘸一拐地往后跑。疼痛是能让她清醒的最好办法。苏卿很慌，她知道被抓回去的后果。

"苏小姐，你别跑哇，跟我回去，吉时快到了。"

苏卿跑得更快了。她急得快哭了，她不要嫁给腿瘸容毁的陆容渊。四周漆黑，身后的人眼看着就要追上来了，而苏卿脑袋的眩晕连疼痛感都快压不住了。苏卿绝望得不知道该往哪里跑，突然，她看见几百米外有亮光。心下一喜，苏卿拼命地跑过去。

马路边停着一辆黑色轿车，一个穿着休闲套装的男人正站在车门口接听电话。就在男人上车准备要走时，苏卿奋力跑了过去，带着哭腔哀求："救我，求求你，救救我！"

男人愣了一下，幽深的眸子扫了一眼苏卿。而此时，男人电话那头的人还在焦急地说："新娘子马上就要到了，你这新郎官怎么还没到？真是皇帝不急急死太监。"

"聒噪！"男人面无表情地挂断电话。

而此时陆家接亲的司机都追来了。苏卿见了，也顾不得男人同不同意，径直拉开车门钻了进去，双手合十，流着泪哀求他道："帮帮我！"她话音刚落，司机已经追了上来："苏小姐，快跟我们回去，快来不及了，陆……"

司机在看见车上的男人时，惊住了。话没说完，男人一个冷冽的眼神射过去："滚！"

苏卿感觉自己的血管要爆裂了。秦素琴的心也太狠毒了，她只吃了一小口，竟然就如此难受，这要是都吃了，恐怕早就血管爆裂而亡了。苏卿整个脑袋都是蒙的，身体像是飘浮在云上，又像是行走在沙漠中。她很渴，感觉自己快要渴死了。

"热，渴，水，水……"苏卿已经热得不行了，恨不得泡在冰水里。

"我送你去医院。"男人一眼就看出了苏卿是什么情况。

"救我！"苏卿握住男人的手。她很清楚，在这四下无人的地方，不想死的话，只能找眼前的男人帮忙。

"再撑一会儿。"男人剑眉冷蹙道。他从不多管闲事，这要是换作以前，他就直接将人扔下车了。但现在看着苏卿难受的样子，也不知为何，他动了恻隐之心。

"谢谢。"苏卿很简单地表达了自己的意思。此刻，她没有过多去思考别的，也没有去辨别眼前的男人会不会对她不轨，她只有一个念头——活着。苏卿慌乱地抓住男人的手，抓得紧紧的，又说了一句："我不想死！"

男人狭长的眸子微微一眯，嘴角扬起了一抹笑意："你今天运气好，死不了。"

此时的苏卿就像是条搁浅的鱼，躺在后座，脸色泛红，风情万种。

男人的身子一僵，这可真是一个极大的考验。他的眸色越发深沉起来，声音暗哑地说："记住，我是陆容渊，今天你欠我的恩情，我是会找你讨回来的。"

苏卿的意识早就不清醒了，根本无法去思考对方的话。陆容渊启动车子，直奔陆氏集团旗下的医院，将苏卿交给了医生。这一夜，苏卿做了一个旖旎的梦，她梦见了几年前的那一晚。

苏卿醒来时，已经是第二天中午了。昨夜的记忆涌入她的脑海，再看自己身处的环境，她鼻尖一酸，有种想哭的冲动。命是保住了，可她跟楚天逸没可能了。

苏卿注意到一旁趴在床边睡着了的男人，那是一个极好看的男人，有连她一个女人都忍不住惊叹的容貌。他的五官深邃立体，棱角分明，剑眉，高鼻梁。苏卿的目光下移，落在男人结实的手臂上，肌肉线条分明，一看就很有力量感。见男人还没有醒，苏卿撑着身体坐了起来。这时，男人突然醒了。

"过河拆桥的女人，我救了你，你就想偷偷溜走？"陆容渊伸了一个懒腰，似笑非笑地凝视着苏卿。他早就醒了。再不"醒来"，人就跑了。

"昨晚你可欠我一桩恩情，你想不认账？"

"我，我没有……"苏卿一时哑然。昨晚是她招惹了对方，看着男人那双控诉的眸子，她竟觉得愧疚，"昨晚谢谢了……"

"那可是我的第一次，一句谢谢，就想这么两清了？"陆容渊哀怨地看着苏卿，完全堵住了她后面的借口。

"什么第一次？"

"这可是我第一次多管闲事。"

苏卿有些许的诧异。

"除了以身相许、杀人放火，你让我做什么都可以。"苏卿自觉非常有诚意了。

可男人的脸色却沉了下去，她又解释道："我继母想把我嫁给一个腿瘸、毁容、快要死的人，我就是死也不会嫁过去的。昨晚情况紧急，真的很谢谢你。"她觉得眼前的男人一表人才，一看就是正人君子，不一定会看上她。

陆容渊嘴角一抽，死也不嫁？看着苏卿那副紧张的表情，陆容渊嘴角勾起一抹玩味的笑："昨晚本是我结婚的日子，被你这么一搅和，新娘子恐怕也娶不成了，你得赔我个新娘子。"

"啊？对不起，我真不知道昨晚你也结婚。"苏卿很是抱歉，可让她赔个新娘子，这不是难为人吗？他们这才第一次见面，压根儿不熟。

"我，我真的很抱歉……"

"算了，你长得这么漂亮，这身上的嫁衣一看就价值不菲，又怎么会看得上我这个穷小子。"陆容渊神色黯然，语气很是失落。

苏卿都不知道对方家境，又怎么会嫌弃。一见对方自卑的样子，她的心尖就像是被刺了一下，脱口而出道："我会报答你的。"

陆容渊笑了起来，一把抓住苏卿的手，说："那你现在跟我回去，见我父母。"

"现在不行。"苏卿尴尬地将手抽回来，"我还有事，我把电话号码留给你，回头我们再联系。"她现在必须得回一趟苏家。

"那我等你回来。"陆容渊也不再逗她。

苏卿留了一串号码就走了，仓促之下，写错了一个数字却不自知。

陆容渊目送苏卿离去，眼里划过一抹浓烈的兴趣。他睨了一眼病床上遗落的头饰，嘴角微微上扬。

手机铃响，陆容渊接通。

"新娘子半路跑了，你这个新郎官也一晚上没消息。老大，你昨晚干什么去了？有什么事比娶老婆还重要？"

"自然是跟新娘子在一起！"陆容渊眼里涌现出难得一见的温柔。他也没想到，自己的新娘子逃婚，却又落到了自己的手里。陆容渊轻描淡写的一句话惊得电话那端的万扬半天没回过神。

"老大，你开什么玩笑？新娘子都跑了。对了，苏家挺大胆的，你要娶的明明是苏家二小姐苏雪，苏家嫁过来的却是不受宠的苏家大小姐苏卿。苏雪嫁去楚家了。"只要是聪明人，稍稍一想，就知道是怎么回事。万扬又在电话那头说："老大，老爷子说等你回来处理。"

"让人去苏家退婚。"顿了顿，陆容渊又补充了一句，"不必为难。"

"老大，苏家玩心眼儿都玩到你头上了，你老婆都被楚家那小子娶了，这口气就这么咽了？"万扬很是意外，这不像是老大的作风啊。这世上最深的两大仇恨——夺妻之恨，杀父之仇。

"少废话，赶紧让人去退婚。"陆容渊道。

"老大，你又有新计划了？"万扬听得云里雾里。

陆容渊岔开话题："给我准备一辆便宜点儿的车。"

"老大，你要做什么？"

"追老婆。"

苏卿刚到苏家门口，就看到苏德安与秦素琴立在门口恭敬地送一个中年男人离开。此人正是陆家派来退婚的。陆家当初突然要娶苏家女，现在又突然来退婚，新娘子跑了，陆家竟然没有一丝埋怨，苏德安只觉得难以置信。

那人上车走后，苏德安擦了擦额头上的冷汗，冲苏卿厉声喝道："苏卿，看你干的好事，你还有脸回来！这次要不是陆家高抬贵手，苏家就等着破产吧。"

苏卿神情冷淡地盯着苏德安，质问道："爸，昨晚的事，你知道吗？"

其实从苏德安的话语里，苏卿已经知道了答案，可她还是问了。她不敢相信，自己的亲生父亲也要把她推入火坑。

苏卿的质问让苏德安脸上一时挂不住。他目光闪躲，心虚得不敢对上苏卿的眼睛。他这个大女儿，这些年让他越发忌惮。特别是那双眼睛，看着那双眼睛，他就仿佛看见了苏卿的母亲，这让他心里很不舒服，想要躲避。

"你这是什么语气？我是犯人吗？我可是你的亲生父亲，你竟敢用这种审问的语气跟我说话！"苏德安大发雷霆。

苏卿讥笑道："爸，你还知道你是我的亲生父亲，那你为什么要把我推入火坑，纵容秦素琴，把我嫁去陆家？"

没有苏德安的默许，秦素琴也做不成那些事。

反正事情已成定局，秦素琴也不装了："陆家只说娶苏家女，又没指名说娶谁。再说了，在帝京，陆氏家族跺跺脚，就能让整个帝京抖三抖，给你选了这么一门好婚事，你应该感激我们。"

"陆家这么好，怎么不让苏雪嫁过去？"苏卿的神情与语气都冷了几分。她回苏家之前去过楚家，楚家人告诉她，楚天逸跟苏雪出去了。那一刻，苏卿有一种天塌的感觉。

楚天逸抛弃了她。楚天逸发现新娘不是她，为什么不来找她？

"够了！"苏德安厉声道，"小雪身体不好，她要是嫁进陆家，哪受得了那个罪？你是姐姐，替小雪嫁过去怎么了？"

闻言，苏卿痛心地盯着苏德安。这些年，她不是不知道苏德安的偏心，可没想到，他竟然偏心到如此地步。

"爸，我妈去世这么多年，你怕是早忘了还有我这么个女儿，你连我怎么在苏家生存下来，怎么完成学业的都不知道，你也不知道秦素琴是怎么对我的……"

苏德安怒道："这是你妈，你一口一个秦素琴，像什么话？"

"我妈早死了！"苏卿大声反驳。她目光沉郁，闪过一丝痛苦。秦素琴母女进苏家后，她从未上过饭桌吃饭，每天饥一顿饱一顿，吃的都是剩饭剩菜。高中之后，她所有的学费都是自己做兼职赚来的。她是苏家大小姐，却活得连普通人都不如。

苏雪头顶着千金小姐的光环，一身名牌，出入高档会所，而她却穿着地摊货，挤着地铁、公交去工作。整个帝京无人知道苏家还有个大女儿叫苏卿，所有人都只知道苏家有个女儿叫苏雪。

苏卿以为能嫁给心爱的人，从此脱离苏家，可没想到，结婚当天竟被秦素琴母女算计。

秦素琴笑着上前打圆场，实则火上浇油道："德安，你别跟小卿计较，反正我也不是她亲妈，她也不是第一天对我直呼其名。我受点儿委屈没什么的，别让你们父女关系不和。"

"看看，你秦姨到现在还为你说话。"苏德安对苏卿更是失望了，"陆家来退婚了，你也不用嫁过去，这事就这么解决了。你赶紧回去把衣服换了，别丢人现眼。公司还有事，我先走了。"苏德安丢下这话就走了，根本就没多看苏卿一眼。

苏卿脸上的神情更加冷漠。十几年了，苏德安早就不在意她这个女儿，她还说那些做什么？

苏德安一走，秦素琴便露出了尖酸刻薄的嘴脸："你这死丫头，没想到你还敢逃婚，一晚上都没有回来，谁知道你去哪里鬼混了，阿姨送给你的这份大礼怎么样，还满意吗？"

苏卿的眼神冰冷如刀："秦素琴，你真卑鄙，就不怕遭报应吗？"

秦素琴得意地笑道："我的女儿已经坐稳了楚太太的位子。而你，也配跟我女儿争？苏卿，你有过孩子的事楚天逸还不知道吧？你以为你不说，就能瞒过楚家？"

被人说出内心最深处的秘密，苏卿的脸色很难看。

"当年是你们母女算计我。"

没错，苏卿五年前确实因为意外有过一个孩子，只是那个孩子一生下来就死了。而她至今也不知道当年那个伤害她的男人是谁。这件事，她没有勇气告诉楚天逸。那是她的一个噩梦，她想摆脱的噩梦。

秦素琴冷冷一笑："是又怎么样？就算你说出去，也不会有人信。苏卿，这苏家的一切都是我女儿的，你爸早就放弃你了。

"对了，再告诉你一件事，你当年生的那个孩子，他没死，是一个很漂亮的男孩儿。"

"什么？我的孩子在哪里？"苏卿很震惊。想到那个她怀胎十月的孩子，她的心就狠狠地揪在了一起。

"你想知道？"秦素琴冷笑道，"跪下来求我，我就告诉你。"

"秦素琴！"苏卿咬牙切齿地说道，"总有一天，我会新账旧账跟你一起算。"她知道，先不说那个孩子是不是真的活着，就算活着，哪怕她磕头磕死了，秦素琴也不会告诉她孩子的下落的。

水月餐厅。

苏卿一杯接一杯地喝着酒，菜一口也没吃。她不知道自己喝了多少，只觉得整个脑袋昏昏沉沉的。她一想到自己的幸福被秦素琴母女给毁了，想到楚天逸抛弃了她，就胸口发闷，很是难受。

"苏卿，别喝了。"安若抢过苏卿手里的酒。

看着苏卿难受的样子，安若心里也很难受。她愤愤不平地说："这种缺德的事，她们也做得出，太不是东西了！幸亏你没嫁进陆家，不然这辈子都毁了。"

她话锋一转："其实要是陆容渊不是个短命鬼，那这陆少夫人的名头岂不是吊打楚家？在陆家面前，楚少夫人算个什么！"

陆家大少神龙见首不见尾，见过他真面目的人极少，圈内各种传闻都有。

"若若，我心里难受。在我爸眼里，我根本什么都不算，他默认秦素琴母女把我推入火坑的行为。"

被至亲抛弃、算计，苏卿如何不难受？更难受的是，到现在，她也没联系上楚天逸。

"天逸也不要我了，若若，我什么都没有了。"苏卿伤心地哭了。

"你还有我呀，苏卿，别哭了。"安若又心疼又气愤，"不就是一个楚天逸吗，我给你找一个更好的，我认识很多优质男，要不要我给你介绍？"

优质男……苏卿的脑海里突然浮现出昨晚那个男人的脸。想起昨夜，她的脸再一次发烫。她怎么会想起那个男人？

"我现在就去打电话给你约，男人，有什么大不了的！"说着安若就去打电话了。

喝多了的苏卿趴在桌子上，伸手去拿酒，突然瞥见一个熟悉的身影。她顿时酒醒了三分，跌跌撞撞地追了过去。

"天逸，天逸。"苏卿必须要跟楚天逸解释。

苏卿追到餐厅门口才拦住楚天逸，她急切地解释昨晚的事："天逸，这一切都是秦素琴跟苏雪设下的局，你带我一起去找你爸妈解释，把人换回来。"

楚天逸面无表情地看着苏卿，道："晚了。"

苏卿呆住了，问："什么意思？天逸，你怎么了？"

苏卿突然有不好的预感。

楚天逸看了一眼四周，像是在确定什么，随后拉着苏卿到了一处无人的地方。

"卿卿，"楚天逸一把抱住苏卿，避重就轻地说，"听说你被嫁去了陆家，我担心了一夜，你没事吧？"

苏卿想起昨夜，急切地想要解释："天逸，我没……"

纸包不住火，苏卿知道，她的那些秘密，楚天逸迟早会知道。

她正想着要怎么解释，楚天逸却打断她的话："没事就好，卿卿，委屈你了，等我拿到了楚家继承权，彻底掌管了楚家，我一定跟你结婚。"

"天逸，你什么意思？"苏卿有点儿蒙。

"卿卿，昨晚等我发现新娘不是你时，已经晚了。"楚天逸愧疚地说，"苏雪答应帮我夺得继承人的位子，你放心，只要我掌管了楚家，我一定跟苏雪离婚，娶你。"

那一瞬间，苏卿觉得眼前的男人陌生极了。她不傻，楚天逸只是楚家的私生子，根本没有资格竞争楚家继承人的位子。原来，苏雪竟然答应帮楚天逸夺继承权。

苏卿不想去想为什么楚天逸笃定苏雪能帮他。看着楚天逸的脸，她心如刀绞地问："为了继承人的位子，这就是你抛弃我的理由吗？"

"卿卿，怎么是抛弃呢？我也是为了我们以后打算，我想给你最好的。你要知道，我一直都是爱你的，可谁让你帮不了我，而苏雪能帮我。"楚天逸抓着苏卿的肩膀，说，"你给我一年……不，半年的时间，我一定会娶你。"

苏卿心痛极了，这就是她爱了一年的男人，为了权势地位，舍弃了她。苏卿甩开楚天逸的手，神情冷漠，语气坚定道："不必了，楚天逸，我真是瞎了眼了，这一年，我看错人了。"

哪怕苏卿早就做好了被抛弃的心理准备，可当知道被抛弃的理由竟然是她帮不了他时，她还是难以承受。

"卿卿……"楚天逸想要再哄哄苏卿，却看到苏雪来了。他连忙拉开两个人的距离，态度一百八十度大转弯，"我跟小雪已经是夫妻，苏卿，你怎么这样，勾引自己的妹夫？"

苏卿一愣，旋即，她也看见了苏雪，就什么都明白了。她笑了，是冷笑，也是自嘲。她苏卿真是眼瞎呀。

"天逸，原来你在这儿呀。"苏雪趾高气扬地走过来，自然而亲昵地挽住楚天逸的手臂，无形中向苏卿挑衅，"哎呀，姐姐，你也在这儿呀，怎么喝这么多酒？"

苏卿压根儿没看苏雪，满眼失望地看着楚天逸。

楚天逸不敢正眼看苏卿，将脸别了过去。

苏卿痛心地看着楚天逸，讥笑道："妹夫，我祝你得偿所愿。"

苏卿的目光让楚天逸脸上像是被打了一耳光，火辣辣的。

"够了，苏卿，你还要闹到什么时候？"楚天逸失去了耐心，吼了一声，"幸亏没有娶你，否则我必定会后悔，我楚天逸的妻子怎么能是你这样一个满身酒味的泼妇。请你记住，我现在是小雪的丈夫，你别再犯傻了。"

丢下这句话，楚天逸就转身走了。

苏卿盯着楚天逸离开的背影，眼睛酸涩得很，还是不争气地流了一滴泪。她苏卿也只会流这一滴，权当是祭奠这一年的错付。从今以后，她再也不会为楚天逸掉一滴眼泪。

苏雪看着苏卿惨白的脸，笑道："跟我抢男人，苏卿，你也配？！你哪里配得上楚家少奶奶的身份？你就只配那个又瘸又丑的短命鬼，真是可惜，陆家竟然这么容易就放过你了。"

"苏雪，"苏卿咬牙切齿地喊了一声，"在我面前，你哪里来的底气？我才是苏家堂堂正正的千金，你不过是第三者生的私生女而已。你妈是第三者，你也是第三者。对了，楚天逸也是个私生子，私生女配私生子，你们还真是天生一对。"

以前的苏卿哪怕再生气也不会说这么难听的话。

苏雪气得脸色铁青："苏卿，你再说一句试试，你妈才是第三者，爸爸最先爱上的是我妈，是你妈横刀夺爱。你跟你妈一样，喜欢抢别人男人。"她边说边气得动手去打苏卿。

苏卿也豁出去了，她在苏家受了十几年的委屈和虐待，现在又被这对母女算计，心中的愤怒早已经压不住了。她撸起袖子不甘示弱地打了回去。

苏卿并不知道，这一幕，正好落在不远处一辆车中的男人眼里。

陆容渊看着骑在苏雪身上猛打的苏卿，嘴角上扬。他这位老婆，不是吃素的呀。

苏卿打了个痛快，打架可是她的强项，娇滴滴的苏雪哪是她的对手。苏卿打累了，从苏雪身上起来，放松放松手脚，居高临下地盯着地上的苏雪，嗤笑一声："我看你这楚少夫人也坐得不太稳，楚天逸也没把你当回事。苏雪，算计来的东西，我倒要看看你接不接得住。"

苏雪鼻青脸肿，衣服、头发散乱得跟疯婆子一样，毫无形象可言。反观苏卿，连发型都没有乱。

苏雪气疯了，愤怒地大叫道："苏卿，你这个疯子，我跟你没完！"

"那我等着。"苏卿整理了一下衣服，挺直了脊梁。她跟苏雪十几年的恩怨了，也不差这一桩。

这一架打得苏卿心里痛快了不少。秦素琴跟苏雪的算计并不是让苏卿最难受的，昨晚的遭遇也没让她过多气愤，她最难受的是发现了楚天逸的真实嘴脸。她看重的感情，在楚天逸眼里，是可以被舍弃的。她满心欢喜想要嫁的人，转眼成了自己的妹夫，更露出了丑陋的嘴脸。

酒精上头，苏卿跌跌撞撞地走着。她平常都是坐地铁、公交，这天就奢侈一回，打个车好了。苏卿脑袋昏昏沉沉，不自觉地坐在地上等车。没一会儿，一辆车子停在她身边，苏卿早就喝蒙了，也没看清，以为是出租车，拉开车门就坐了进去："师傅，花满庭小区，谢谢。"说完，苏卿就躺在座椅上不省人事了。

陆容渊看了一眼后座的苏卿，幽深的眼眸里竟涌出一抹难得的宠溺。车子行至半途，苏卿突然嘟囔道："停车，我要吐了。"

陆容渊赶紧找了个地方停下来，打算扶她下车。她却又不吐了，而是目光迷离地盯着陆容渊说道："你们男人没一个好东西。"

见她真喝多了，陆容渊正要开口，她却忽然哇的一声吐了。陆容渊的衣服上沾满了恶臭熏人的污秽。一向有洁癖的陆容渊脸都黑了。

苏卿再次醒来时，太阳已经升起了。当她看清自己身处车内，身边还是那个男人，而男人光着上身时，她有一种恍若做梦的感觉。昨晚，她到底干了什么呀？宿醉后，头疼得厉害，断片儿了。难道，她昨晚跟这个男人……那个了？她真的想不起来了。也许是哀莫大于心死，苏卿并没有太过慌张与惊讶，很快就平复了心情。苏卿下了车，见四周无人，很是寂静，便找了块石头坐下，随后目光呆滞地眺望着远方。

苏卿心里很清楚，就算没有苏雪母女的陷害，她跟楚天逸也不会长久。

她昨晚才知道楚天逸的野心，那个男人不甘平凡。若是让他知道她早就生过孩子，恐怕昨晚他说出的话会更难听。看清楚天逸的嘴脸后，苏卿心里竟有一种如释重负的感觉。她再也不用担心自己的秘密被楚天逸发现，也不用背负罪恶感了。只是她一想到亲生父亲也算计自己，想到这一年来与楚天逸的甜蜜相处，心里还是会有一点儿难受。

陆容渊早就醒了，他等苏卿一个人冷静了一会儿，这才拿了两瓶水走过去。"喝点儿水润润嗓子，昨晚你哭得挺厉害，这会儿应该嗓子疼。"陆容渊指的是昨晚苏卿吐了之后，又拉着他诉苦、哭泣。

不过这一本正经的话落在苏卿耳朵里，却让她红了脸。难道，他们真发生什么了？

苏卿定住心神，问道："你怎么会在水月餐厅？"一开口，嗓子确实感觉很不舒服。她以为自己上的是出租车，现在清醒了，才知道上错车了。

"这就是缘分。"陆容渊眉梢微扬，"我正好路过，正好看到你在餐厅门口。果然，你们女人都是口是心非，之前挺矜持，昨晚却主动……"

话没说完，苏卿羞涩地打断道："别说了，昨晚我喝多了，我会负责的。"

陆容渊拧眉，前后一思索，再看看自己赤着膀子，立刻明白苏卿这是误以为两个人昨晚发生了什么。昨晚被苏卿吐了一身，衣服早被他扔了。

不过，这确实是个很好的借口。陆容渊的嘴角噙着笑，并不解释，反而将计就计道："我打你的电话是空号。我知道你看不起我这个穷小子，如果你不想看见我，我现在就可以离开，以后绝不会再打扰你。"

又是这种失落的语气。苏卿不知道自己为什么就是无法抵抗他的这种语气，心里满满都是负罪感。

"没有，我没有瞧不起你！电话没错呀，怎么会是空号？"苏卿深吸了一口气，像是做了什么决定一样，"我叫苏卿，你叫什么？"

苏卿之前迷迷糊糊的，不知道陆容渊已经自我介绍过了。

陆容渊笑了笑，自我介绍道："陆容渊，一个穷小子，给别人跑跑腿、送送货，今年三十岁，无不良嗜好，身体健康。"

等等！陆容渊？这名字怎么这么耳熟？她之前差点儿嫁的陆家大少也叫陆容渊。不过传闻陆家大少腿瘸容毁，活不了几年了。而眼前的男人，身体健康，那张脸简直秒杀整个娱乐圈，且只是一个普通的穷小子。

看来只是同名同姓而已。

陆容渊观察了一下苏卿的神色，继续说："无兄弟姐妹。本来是要结婚了，为了帮你，现在女方也悔婚了，目前单身。"

陆容渊目光真挚。苏卿撞进他幽深的眼眸里，心头一震。苏卿想起楚天逸的变心，目光平静地看着陆容渊，说："你愿意做我男朋友吗？"

陆容渊一愣，突然笑了："我不愿意做你男朋友。"

被人拒绝，苏卿有些尴尬，正想开口说点儿什么，却听陆容渊话锋一转，说："我要做你的丈夫。"

苏卿瞪大了眼睛："这是不是太快了？"

她想着一步步来，或许可以试着交往，不合适就分开。楚天逸都能跟苏雪在一起，她为什么要沉浸在过去？不过她承认，让对方做她男朋友，确实有一点报复心理。

见苏卿这么讶异，陆容渊也担心操之过急，把人给吓跑了。

"那我退一步，先做你的男朋友。"陆容渊语气温和，"我们刚认识不久，确实得多了解了解。"

苏卿心里嘀咕，她怎么听着这语气有点儿勉为其难呢。苏卿想了想，问："你的新娘子悔婚了，那你父母……没事吧？需不需要我做什么？"

"他们十分伤心，昨天出去旅游散心去了，暂时联系不上。"陆容渊一本正经地胡说八道，"等他们散心回来，我再带你去见他们。"

苏卿也没多想，因为她肚子已经饿得咕咕叫了。

陆容渊笑了，自然而然地去牵苏卿的手："走，我先带你去吃饭。"

陆容渊的举动让苏卿一怔。她看着两个人十指紧扣的手，脸又红了。陆容渊的手心很温暖，肌肤触碰，让她心底划过一抹异样的感觉。苏卿觉得自己真的是疯了，稀里糊涂地跟一个才见了两次面的人这么快就确定了关系，成了男女朋友。可一想到楚天逸与苏雪的嘴脸，她心里的那点儿负罪感与羞耻感就都抛掉了。

陆容渊一直观察着苏卿的反应，嘴角不自觉上扬，眼底划过一丝狡黠。陆容渊先让客房服务员送了件衣服穿上，便带着苏卿在附近找了一家餐馆，不是很高档，却很干净整洁。

"你喜欢吃什么，随便点。"陆容渊将菜单递给苏卿，很有绅士风度。

苏卿看了一眼菜单，价格都不贵，很亲民，就点了两菜一汤。

陆容渊见她只点了这么一点，皱眉道："再点几个菜。"

"不用了，就我们两个人，点多了也吃不完。"苏卿阻止道，"送货很辛苦，赚钱也不容易，别浪费了。"

女朋友这是在替他省钱？陆容渊眉头舒展，眼里有着浅浅的笑意："好，都听你的。"

说着，陆容渊突然将一张银行卡交给苏卿："这是我所有的存款，不多，密码是卡号后六位。"

"你这是做什么？"苏卿有点儿蒙。

"以后我每个月的工资，都交给你管。虽然我现在的月收入是低了点儿，但我会努力，赚更多的钱，给你更好的生活。"

苏卿受宠若惊，他们才认识不到两天，他竟然把全部家当给她？

"你自己拿着，我有工作，不需要你的钱。"苏卿连忙拒绝。

"你现在是我女朋友，女人管男人的钱，天经地义。"陆容渊将银行卡硬塞给苏卿，"这不是你们女人说的安全感吗？"

苏卿一愣，所以陆容渊这是在给她安全感？网上有句话说，男人的钱在哪里，心就在哪里。银行卡握在手心的那一刻，苏卿心里竟真有一股踏实感。眼前的男人虽然不是什么大富大贵之人，却很真诚。苏卿从未想过嫁进豪门，过什么阔太太的生活。她想要的一直都是平淡又温馨的生活。她原以为楚天逸可以给她，却没想到楚天逸野心如此之大。他不甘于平淡，满脑子只想着争夺继承权。

"那我先替你收着，你需要用钱的时候跟我说。"苏卿也没再推辞。

"好！"陆容渊嘴角噙着笑，"你每个月给我点儿零花钱就行了。"

菜端上来了，苏卿实在饿了，大口吃了起来。陆容渊吃得很少，一直细心地替苏卿夹菜倒水。两个人像普通情侣一样在路边餐馆吃饭，这一幕落在恰巧路过附近的万扬眼里，简直让他大跌眼镜。他没看错吧？堂堂陆家掌权人竟然在路边餐馆吃饭？还是跟一个女人？万扬以为是自己看花眼了，揉了揉眼睛，再次确定。是老大没错，但老大对面的女人是谁？万扬心里十分好奇和激动，老大的春天这是要来了？

苏卿见陆容渊都没怎么吃，自己却吃了很多，有点儿不好意思，就问："怎么不吃？菜不合胃口吗？"

陆容渊摇头道："昨晚吃太饱了。"

苏卿正要开口，却见一个陌生男人走了过来，对陆容渊说："老大。"

万扬实在忍不住了，还是上前凑起了热闹。老大身边出现了女人！这种事被他撞见了，怎么可能就这么走了？这消息要是让那群兄弟知道，估计得让不少人大跌眼镜。

陆容渊淡淡地瞥了一眼万扬。

苏卿好奇地问："你朋友？"

"不是很熟。"陆容渊的语气十分嫌弃，若无其事地给万扬使了个眼色，示意他别多嘴。

万扬听见这话，眼睛都瞪大了。十几年的兄弟，不是很熟？算了，看在老大跟美女约会的分上，他还是识趣配合吧。

"对，不是很熟，就普通朋友，普通朋友。"万扬打量了一眼苏卿，目露惊艳，"叫我万扬就行。"

万扬什么美女没见过，可看见苏卿的那一瞬间，还是觉得眼前一亮。

一听是陆容渊的朋友，苏卿微笑着打招呼："你好，我是苏卿。"

苏卿？这名字怎么这么耳熟？

不等万扬想起来，陆容渊又补充了一句："我女朋友。"

淡淡的四个字，惊得万扬嘴巴张得都能塞下一个鸡蛋。

"女……女朋友？"万扬本以为老大就是跟美女约约会，没想到他竟然这么正式地介绍说是女朋友。陆家掌权人交女朋友了，万年铁树终于开花了。

苏卿羞涩地低着头。她确实跟陆容渊确定了男女朋友关系，也不好反驳。正巧，这个时候安若打来电话，苏卿才意识到，她昨晚把安若一个人丢在餐厅了。

挂了和安若的通话，苏卿说："那个……我得去找我朋友了，昨晚我把她一个人扔在餐厅了。你下午还要送货吧？我就不耽搁你了。"

陆容渊男友力十足："我送你。"

"不用，我自己去就行。"苏卿指了指手机，"我们可以手机联系。"刚才两个人已经重新交换了联系方式。

"好。"陆容渊也没强求。

苏卿打了个车离开。

等人走了，万扬回过神来道："我想起来了，被你退婚的那个苏家大小姐不就是叫苏卿，刚才那位是苏家大小姐？"

陆容渊答道："没错。"

万扬惊愕道："老大，你前脚让人去退婚，后脚又跟人约会吃饭，这是什么操作？"

陆容渊勾着嘴角，说道："她说陆家大少貌丑腿瘸，是个短命鬼，活不了几年，所以誓死不嫁。"

"这还不是因为你自己让人在外面散播那些传闻。"万扬小声提醒。

"忘了。"陆容渊语气轻淡，望着苏卿离开的方向，眸中多了一丝温柔，"强扭的瓜不甜，自己的老婆，自己追才有意思。"

万扬惊愕不已："老大，你的意思是，你现在在追求苏小姐？这不是多此一举吗？苏小姐不知道你的身份？"人都娶回去了，却非要退婚，然后又追求，这不是多此一举是什么？

"挺有趣的。"陆容渊眸中有着浓烈的兴趣，"你一个单身，不懂。"

到底谁才是真正的万年单身？不就谈了两天恋爱吗？谈恋爱了不起？不过，谈恋爱还真了不起。陆家掌权人谈恋爱，更加了不起。

万扬还是多了一句嘴："老大，你让人去退婚，这已经是计划之外的事了，如果再被那些人发现你跟苏小姐在一起，这可对计划不利。"

陆容渊双眸眯起："我有分寸。"

"老大，你来真的？"万扬本以为老大只是玩玩而已，现在看这样子可不像，"那些人如果知道苏小姐……"

"谁不想要命，尽管来找死。"陆容渊冷冽的语气里夹杂着浓烈的杀气。

万扬心生震惊。陆容渊不该有软肋，也不能有。这个苏小姐到底有什么魔力？万扬很吃惊，却也很为老大高兴。这么多年了，除了那个人，这还是他第一次看到老大对一个女人上心。这也许不是一件坏事。

万扬叹了一口气，突然反应过来："老大，刚才苏大小姐说你要去送货？"

"嗯。"陆容渊晃了晃手里的车钥匙，"我跟她说我是给人跑腿送货的，现在我得去赚钱养老婆了。"语气里满是恋爱的酸臭味。

说着，陆容渊走向路边停着的一辆不起眼的车子。

万扬再次惊掉了下巴。原来老大之前让他准备一辆便宜的车子，是用来追老婆的。老大为了追女人，对自己真够狠的。要知道陆家保姆买菜的车可都值几十万，现在有钱人都是这么玩的？

陆容渊拉开车门，又补充了一句："以后在她面前，别乱说话。"

万扬的求生欲望还是十分强烈的，闻言连忙做了一个闭嘴的动作："保准嘴巴严严实实的。"

陆容渊上了车，打开通讯录，将苏卿的电话号码备注为"小野猫"，随后又给备注为"艾米丽"的人发了一条信息："每个月定时往我卡里打两千块。"

陆氏集团秘书部，艾米丽收到上司的命令，对两千块这个数字有点不理解。老板是不是少打了几个零？对，老板应该是少打了几个零，至少得是两千万才对。

艾米丽立刻回复："是，老板。"

chapter 02

定情信物

苏卿与安若约在咖啡馆。一见面,安若就担心地说:"苏卿,你昨晚怎么走了?我打你电话也不接,真是急死我了。"

"若若,对不起呀,昨晚喝多了。"苏卿很是抱歉,"我自己打车回去了,你消消气,想喝什么,我请。"苏卿没敢说自己跟一个男人走了。

"你没事就行,你那点儿工资自己留着吧。"安若松了一口气,问,"你还回苏家吗?"

"不了,那里早就不是我的家了。"苏卿苦笑。她早就从苏家搬出来,在外租了房子。若不是这次结婚,她也不会回苏家。

安若的话提醒了苏卿,这几天就像一场梦,无论是继母的算计还是楚天逸的变心,她虽然为此难受,但生活总归要继续。她请了半个月的假,明天假期就结束了,她想要在这个城市生存,就得上班。她不是什么千金小姐,她除了姓苏,苏家的一切都跟她没关系。

苏卿回公司上班了。苏卿的性子有点儿冷,平日里也很少跟同事交谈,所以,整个公司的人无人知道她是苏家大小姐,更无人知道她曾跟楚天逸交往,甚至差点儿嫁入楚家的事。

回到公司,苏卿迅速进入状态,用工作麻痹自己,让自己不再去想楚天逸。与陆容渊分别后,接下来大半个月两个人也都没有见面,只是在微信上联系。

苏卿从事翻译工作,几乎每天都加班到很晚。这天,苏卿又加班到晚上十一点，最后一个从公司离开。末班公交快要收车了。苏卿跑向公交站，可还是晚了一步，只能看着末班车离她远去。

"看来今天又得打车了。"苏卿小声嘀咕，有些心疼钱包。

就在这时，一辆熟悉的车缓缓停在苏卿面前。车窗摇下，陆容渊探出脑袋，温柔地笑道："卿卿，上车。"

苏卿看到陆容渊，一时有些恍惚。两个人大半个月没见，陆容渊没有提出见面，她也没有主动要求，加上工作忙，两个人在微信上聊得也很少，她都快忘记自己还有个男朋友了。

见苏卿愣住了，陆容渊下车，绅士地替她开车门，满眼宠溺地看着她："怎么？半个月不见，不认识自己男朋友了？看来今晚得加深印象。"

"你……你怎么来了？"苏卿回过神，诧异道。

"今天收工早，陪陪你。"陆容渊脸上一直带着温和的笑，"这段时间有点儿忙，冷落了你，不生气吧？"

"没有，我最近也挺忙的。"苏卿坐进了车里。她真没生气，反而觉得有些羞愧。她差点儿忘了自己有男朋友。

"还没吃晚饭吧？一起去吃点儿。"陆容渊扭头道，"以后我接送你上下班，太晚了，女孩子一个人不安全。"

"不——"苏卿话还没说完，陆容渊又说："你现在是我女朋友，接送女朋友上下班，是男朋友的义务。"

已经很晚了，很多餐厅都已经打烊了。

陆容渊将车子开进一处高档的别墅——别院小厨，这是一家专门做私房菜的餐厅。苏卿曾经跟安若来过一次，这家私房菜不是有钱就能进来的，还必须是会员。而且这家私房菜，一天只接待五十位客人。

苏卿特别惊讶，道："我们在这里吃饭？这里很贵的！而且，这家私房菜是会员制度，要求很严格的。"

像苏家那种级别，连进这里的门槛都不够。在这里用餐的一顿饭钱，很多人可能很多年都赚不到。

"嗯，这家菜的味道还算不错。"陆容渊语气很平淡，仿佛在他眼里，这家受众人追捧的私房菜不过是个普通的小饭馆。若不是太晚了，怕苏卿饿着，陆容渊也不会带苏卿来这里。

苏卿拉住陆容渊，说："我们还是回去吧，不用这么破费，我也不太饿。"

苏卿觉得陆容渊是为了面子，才硬着头皮带她来，又或许，他不知道这里一顿饭可能会吃掉几十万甚至上百万。

"来都来了，卿卿，你不用替我节约。"陆容渊牵着苏卿的手，笑道，"男朋友带女朋友吃饭，这是天经地义的。"

"可这里太贵了，再说了，我们也进不去呀……"

话音未落，身后突然传来一个熟悉的声音："这不是姐姐吗？姐姐，你也来这里吃饭？正巧我跟天逸也去里面吃饭，一起吧。"

苏卿不用回头都知道苏雪现在的表情是怎样的。她转身，神情冷淡地睨了一眼苏雪。她也真是佩服苏雪，上次被她揍得那么惨，现在竟然还敢凑上来。

苏雪亲密地挽住楚天逸的胳膊，挑衅般炫耀道："姐，真巧，没想到在这里碰上你了，这位是？"

苏雪已经注意到苏卿身边的陆容渊，在看清陆容渊的相貌后，她很是惊讶。苏卿怎么这么好命，去哪儿找了个这么帅气的男人？

苏雪故意道："姐，你男朋友？什么时候交的？我怎么没听说？"

"对，我男朋友。"苏卿大方承认。她哪里不知道苏雪的用意，不就是想挑拨她跟楚天逸吗？她跟楚天逸早就掰了，也不怕被楚天逸知道。苏卿挽住陆容渊，冷冷地回击道："我交男朋友，没必要知会你吧。"

楚天逸看着两个人亲密地挽着，眸中划过一抹怒火："苏卿，别胡闹。"

在楚天逸看来，苏卿是打听到他的行踪后，故意找来一个男人专门气他的。

苏卿也看出楚天逸不信，回头对陆容渊说："身子低一点。"

陆容渊不知道苏卿要做什么，却还是很乐意配合，于是微微俯身。突然，苏卿勾住陆容渊的脖子，直接吻了上去。陆容渊有点儿意外，又十分享受。

楚天逸的脸当即就绿了，苏雪惊讶地看着拥吻的两个人。

蜻蜓点水般的吻，一吻即分。苏卿靠在陆容渊的怀里，看向楚天逸，笑靥如花道："我们是真心相爱的。"

那句真心相爱落在陆容渊耳朵里，十分受用。哪怕知道这女人是在利用他，依然不影响他的好心情。

"苏卿。"楚天逸怒不可遏，"你怎么堕落成这样？你从哪里找来这么一个'漂亮'的男人？"

"漂亮"用在男人身上，是一种贬义。苏卿自然听清了楚天逸话里面的讽刺意味，这是在暗指陆容渊是个吃软饭的。

苏雪瞄了一眼楚天逸的脸色，心里特别爽快，没想到苏卿真找了个软饭男。不过表面上苏雪还是故作焦急地说："姐，你别被人骗了，看这个男人开的破车子，他怎么能给你幸福？他就是骗你的。"

"嗨！"苏卿冷冷勾唇，"跟他在一起，就算坐自行车我也乐意。"苏卿怎会不知道苏雪的为人？苏雪心里现在指不定多高兴。自己找了个没钱的男朋友，而苏雪是楚少夫人，从今以后，苏雪就能扬眉吐气，彻底踩在她头上了。

"苏卿，立刻跟这个男人分开！"楚天逸脸色很冷，用命令的口吻对苏卿说，"你就算想气我，也要找个好一点儿的，找这么一个穷小子，你以为我会信？"

"你爱信不信，我就是喜欢他，不介意他有钱没钱，只要跟他在一起，坐自行车我也愿意，请你对我男朋友放尊重点。"楚天逸语气里的讽刺让苏卿彻底生气了，她见不得陆容渊被侮辱，生气地反驳道。

楚天逸可以冲她来，却不能贬低陆容渊。苏卿一刻也不想在这里多待，只想带着陆容渊赶紧走："亲爱的，我们回去吃吧。"

看到苏卿如此维护自己，陆容渊心里特别愉悦。至于楚天逸的嘲讽，他半点儿没放在心上。

"位子都订好了，自然要吃了再走。"陆容渊宠溺地揉了揉苏卿的头发，"何必为了两只苍蝇让自己饿着肚子。"

"你说谁是苍蝇？"苏雪的脸都气绿了，嗤笑道，"你一个穷小子，在里面订了位子，你骗谁呢？就凭你，一副穷酸样，连门都进不去，装什么大款！"

楚天逸的脸色也十分难看，冷笑道："苏卿，你在哪儿找的人？还真是会说大话，也不看看这是什么地方，这可是帝京'别院小厨'，不是什么阿猫阿狗都能进去的。"

面对两个人的讥讽，陆容渊的脸上一直带着浅浅的笑意，只是那眸子里的温度却一点点冷下去。

苏卿也觉得陆容渊在说大话，她只当陆容渊是在配合自己演戏，自然不能让这两个人看扁了。苏卿冷冷地扫了一眼楚天逸与苏雪，正要开口，只听陆容渊说了句意味深长的话："的确，别院小厨，确实不是什么阿猫阿狗都能进来的。"

楚天逸看着眼前突然间气场全开，让人不敢直视的男人，不由得皱眉："你什么意思？"

"意思就是……从今往后，你和你身边这个女人，将被这家餐厅拉入黑名单，永不得入。"

"呵！"楚天逸气笑了，"好大的口气。"

苏雪也乐了："将我们拉入黑名单，你以为你是谁呀？真是笑死人了，苏卿，你在哪儿找的这奇葩，太好笑了。"

苏卿也觉得这牛皮吹得有点儿过头了，可自家男友吹的牛，再过头也得兜着。

苏卿一笑，坦然地挽住陆容渊的手臂道："帝京之大，卧虎藏龙。做人呢，还是要低调点儿，否则打脸来得太快，那就真的太难看了。"

苏雪闻言，直接笑了："苏卿，你也太会装了，还卧虎藏龙，就这穷酸样？"

就在这时，一阵急促的脚步声迅速朝这边而来。为首的正是"别院小厨"的经理王洋，身后跟着十几名保安。

见有人来了，苏雪得意道："苏卿，你要是向我道个歉呢，我跟天逸就不计前嫌，带你跟你的穷酸男友进去，否则，你就等着被赶出去吧。"

"做梦！"苏卿怎么可能道歉。

苏雪讥笑一声，一副高高在上的姿态，对王洋道："王经理，现在'别院小厨'是什么阿猫阿狗都能进来的吗？如果这样，那我们以后可就不会再来了，掉档次。"苏雪这话满是威胁之意，她料定王洋不敢得罪她跟楚天逸，而对面只是一个不受宠的苏家大小姐跟一个名不见经传的穷小子，聪明人都知道怎么选择。

苏雪与楚天逸等着苏卿与陆容渊被狼狈地赶出去。

苏卿心里也有点儿紧张，她跟陆容渊哪里有资格进去呀。

苏卿正想着如何化解，王洋突然朝陆容渊微微点头道："陆先生，万先生已经到了。"

"哦。"陆容渊面无表情地应了一声。

苏雪傻眼了，楚天逸也很意外。能进"别院小厨"的客人，那都是有头有脸、有权有势的人物。王洋可是"别院小厨"的经理，怎么可能认识这个穷小子？

苏卿很纳闷，也很蒙，压低声音问："陆容渊，怎么回事？"

陆容渊轻轻拍了拍苏卿的手，示意她别担心，一切交给他。这举动像一颗定心丸，让苏卿紧张的心莫名地安定下来。

王洋对身后的保安抬了抬手，说："清场，无关人员，不得入内。"

一声令下，几个保安走向楚天逸与苏雪："请离开。"

苏雪尖着嗓子喊道："有没有搞错，我可是楚家少奶奶，你们竟然敢赶我？"

楚天逸沉着脸，亮出自己的身份："我是楚氏集团楚权安的儿子，楚天逸。我们今天晚上要在这里用餐。"

楚天逸在说自己是楚家人时，脸上流露出了高人一等的优越感。苏雪也露出小人得志的嘴脸："好好看清楚，你们得罪得起楚家吗？"

王洋丝毫不买账，说："无论你是谁的儿子，今天都必须离开，今晚这里被包场了，来人，请楚少和楚少夫人离开。"

嘴上说是请，其实就是赶。如果两个人不配合，甚至可能被扔出去。

楚天逸只觉得毫无颜面，问道："什么大人物，竟能将'别院小厨'包下？"

"对呀，王经理，你少唬我们，你们为什么不赶他们两个人？"苏雪指着苏卿与陆容渊，"我们进不去，难道这两个穷酸相就能进去？"

陆容渊眉目一沉，嗓音冰冷道："以后我不想在这里再看到这两个人。"

王洋不知道陆容渊的身份，可他能坐到"别院小厨"经理的位子上，还是有点眼力见儿与自己的生存之道。能让万氏影视集团的太子爷万扬如此恭敬的人，那来头肯定不小，小心伺候着，准没错。今天包场的可是万扬，而陆容渊不止一次与万扬来过，王洋自然认得。

"陆先生，明白。"王洋对着身边人吩咐，"将那两个人挂上黑名单，牌子立在门口。"

这要真挂在门口，楚天逸与苏雪这脸可就丢大发了。这里每天来往的都是圈内的人，被列入黑名单，那他们以后在圈内可就抬不起头了。

闻言，楚天逸与苏雪有些慌了。

"凭什么？"苏雪盛气凌人地叫嚣着。

陆容渊剑眉冷竖："聒噪！"

王洋接收到指令，立即对保安们吩咐："扔出去。"

"是，王经理。"保安们直接架住楚天逸与苏雪，将两个人拖着扔了出去。

场面狼狈又难堪。

苏雪叫嚣道："别碰我，走开，我可是楚少夫人，你们敢得罪我！"

连楚天逸都没人放眼里，楚少夫人的名头，又顶什么用？

楚天逸也气得脸色铁青，这是他第一次受如此奇耻大辱。他想起王洋的话，明显是在那个男人说了"聒噪"两个字后，才让人将他们扔了出来。难道那个男人真有什么大来头？肯定不会。那男人身上穿的衣服十分普通，全身上下怎么看也不像有钱的样子。他开的那辆车，是好几年前的老款了，应该是辆二手车。那这男人到底是什么人？为什么王洋如此听话？

苏雪被保安扔在门口，手在地上蹭破了皮，气得跺脚道："天逸，他们竟然这么对我们，好疼啊。"

楚天逸也是一肚子怒气，又觉得脸上挂不住，吼道："给我闭嘴，还嫌不够丢脸？"

苏雪气得快哭了，她看着站在门口的苏卿，嫉恨得发狂，喊道："都是你害的！"

苏卿闻言，笑道："都劝你做人要低调点儿了，看吧，现在就打脸了。只要你求我，我或许一高兴，就让你们进来，在外面多狼狈呀，要是被熟人看到，那可真是太丢脸了。"

苏卿将苏雪刚才的话几乎原封不动地还了回去。

苏雪气得脸一阵红一阵白，还想发难。楚天逸拉住她："还不走？还要留下来继续丢脸？"

看着苏雪跟楚天逸狼狈离开的样子，苏卿心里别提多解气了。

"陆先生，里面请。"王洋恭敬地在前面领路。

苏卿特别纳闷，压低声音问："你经常来这里？"如果不是，王洋又怎么会认识陆容渊？

陆容渊气定神闲道："跟着万扬来过几次，王经理认得我了呗。"

原来如此。

"今天是万先生包场了？"苏卿反应过来，难怪刚才陆容渊如此有底气。

之前王洋说万先生，她还没有反应过来是哪个万先生。

陆容渊道：“他钱多。”

“别院小厨”十分安静，这里平常一天只接待五十位客人，今天被包场，就更安静了。苏卿跟着陆容渊进去，万扬已经在等着了。

“老大、苏小姐。”万扬挥手打招呼。

“万先生。”苏卿只知道万扬与陆容渊是朋友，可没想到万扬还是个土豪中的土豪，竟然能包下这里。

“万先生、陆先生、苏小姐，你们请慢用！”王洋很识趣，并没有打扰几人用餐，带着人退下了。

万扬这天的任务就是以自己的名义替陆容渊包场。任务完成，他自然不能再待着当电灯泡。万扬假意接了个电话，找了个蹩脚的借口：“老大、苏小姐，我突然有事，得先走了，你们慢用。”

“嗯。”陆容渊轻飘飘地应了一声，大有一种让他跪安的架势。

苏卿觉得很不好意思，他们刚才是借万扬的势打了楚天逸与苏雪的脸，现在又白吃一顿。

“万先生，刚才真的很感谢，要不是借你的势，刚才我们可就出糗了。”

“老大的事，就是我万扬的事，小事一桩。刚才那两个人，也确实没有资格再进‘别院小厨’，免得让人倒胃口。”万扬说着，悄悄瞥了一眼陆容渊。这“别院小厨”的幕后老板，可是陆容渊，那两个人得罪陆容渊和苏卿，不就是找虐吗？

“苏小姐、老大，我得走了，催着呢，你们慢用。”不等苏卿再说什么，万扬赶紧溜走了。

“陆容渊，你这朋友是干什么的？”苏卿好奇地问。

万扬那口气，连楚天逸跟苏雪都不放在眼里，也不怕得罪楚家，想必来头不小。帝京真的是卧虎藏龙。

苏卿虽然是苏家千金，别说她只是担着个名义，没进过富人圈，就算真以苏家千金的名义社交，也接触不了更高层次的圈子，更别说认识能包下“别院小厨”级别的人物。

“做影视的。”陆容渊轻描淡写地说，“万氏影视集团的太子爷。”

“啊？”苏卿震惊，“你是怎么认识万氏集团的太子爷的？”

万氏影视，那可是影视圈霸主，圈内谁不忌惮三分？苏卿没想到陆容渊竟然会认识万氏集团的太子爷。

"之前救过他一次，"陆容渊又开始一本正经地编瞎话，"对他有救命之恩。"

"难怪，我看他对你言听计从，原来是知恩图报。"苏卿并没有多心，对陆容渊的话很是相信。现在的陆容渊看起来确实不像个有钱人，况且救命之恩这种借口，听起来也不算离谱，否则万氏集团的太子爷凭什么对陆容渊如此敬重？

一想到楚天逸那些贬低的话，苏卿很是抱歉道："刚才那些话，你别放在心上。"

"没事。"陆容渊连人都不放在眼里，又怎么会把话放在心上，"几声狗吠而已。"

苏卿觉得自己还是有必要解释一下："刚才那两位是……"

"卿卿，过去的人，不值一提。"陆容渊握住她的手，"你男朋友我也没这么容易被挑拨。"

一开始，陆容渊对苏卿只是稍微有点儿兴趣，但刚才看着她维护自己的样子，他心里有一种说不上的温暖。不用苏卿解释那两个人，苏卿的过去，陆容渊早让人查了个七七八八。

苏卿忽然眼眶一热。她一开始也只是抱着跟陆容渊试试的心态，并没有长远的打算。刚才那些话，只要不傻，都能听出她跟楚天逸有过前尘往事。换作别的男人，早就质问她，或者愤而离开了吧？可陆容渊却不过问。

苏卿一笑，道："对，过去的人，不值一提。我饿了，开吃。"

陆容渊嘴角笑意加深："好。"

吃完饭，回去的路上，陆容渊一直牵着苏卿的手，十指紧扣。亲密的接触让苏卿红了脸。她还有些不太习惯，试图抽回手，他却紧紧地握着。

苏卿也就没再挣脱，羞涩地将头别过去，不去看陆容渊。

苏卿咬了咬嘴唇，耳边传来陆容渊的轻笑声："我家卿卿脸皮真薄。"

"谁是你家的。"苏卿哼了一声，脸颊发烫，心跳也莫名加快。

她娇羞的反应落在陆容渊眼里，让他嘴角笑意更深。

苏卿的脸更红了，手心沁出了薄薄的热汗，羞涩，激动，心跳加快，心里暖乎乎的，这种感觉她从未在楚天逸那儿体会过。难道这就是悸动？

就在这时，陆容渊的手机响了。他眉头一皱，没有去接。

"你怎么不接电话？"苏卿好奇，"快接吧，万一有什么急事呢。"

电话一直响，陆容渊这才看了一眼来电显示，眉头皱得更紧了，他犹豫了一下还是接了。

苏卿并没有刻意去听陆容渊的电话，所以也不知道电话那头的人说了什么，只见陆容渊的脸色陡然间变得很难看。

通话结束，苏卿疑惑道："出什么事了？"

"卿卿，我有点儿事需要去处理一下。"

"没事，你有事先去忙。"苏卿虽然有些失落，还是体贴地说道。

"好。"陆容渊将苏卿送回了她所住的小区门口，十分抱歉地说，"卿卿，改天我再陪你。"

"我没事，你去忙吧！"苏卿站在路边目送着陆容渊离开。等车子消失在夜色里，她正要转身进小区时，却突然接到了安若的电话。

"苏卿，救命啊！苏卿！"电话那头的安若焦急的语气里带着几分醉意。

苏卿心头一紧，问："若若，怎么了？你现在在哪里？我马上过来。"

苏卿立即又打车去了安若所说的会所。看到包间里烂醉如泥的安若，苏卿立刻冲过去："若若，你怎么喝这么多？我送你回去。"

"苏卿，你来了。"安若醉得站都站不稳了。

苏卿扶着安若准备离开，这时，一个男人拦住了她们的去路。那人色眯眯地盯着苏卿上下打量："美女，去哪儿呀？哥哥送你。"

苏卿秀眉一蹙，冷声道："让开！"

"哟，这脾气，我喜欢。"男人更加兴奋了，伸手想去拉苏卿，"美女，晚上跟哥哥走。"

男人说着打了一个酒嗝，浓烈的酒气喷在苏卿脸上，她嫌弃地皱了皱眉，一时怒气也涌了上来，语气又冷了几分："让开！"

"我要是不让呢？"男人得意地笑道，"你能拿我怎么着？冰山美人，老子喜欢，今晚谁都不许跟老子抢。"

包间里一群人起哄道："小李少，你要是能拿下这美女，我门口那辆车就送你了。"

"一言为定！美人、车子，可都归我了。"

男人话音刚落，包间里突然"砰"的一声响。苏卿一脚将人踹到了桌子底下，桌上的空酒瓶子噼里啪啦碎了一地。整个包间里顿时寂静无声，所有人都愣了。这女人也太彪悍了。

"若若，走。"苏卿扛起安若便往外走。

等那些人回过神来，苏卿已经离开了。

包间里有人尖叫："快叫救护车，小李少受伤了。"

苏卿多留了个心眼儿，她担心有人追上来，就带着安若走的会所后门。没想到，没走多远，就见前方有一群人在打架。苏卿不想惹麻烦，正想悄然离开，醉醺醺的安若却突然高喊一声："喝，继续喝！"

这一下将那群人惊动了。

苏卿心里咯噔一下，那群人立刻过来将她俩围住。

"老大，是两个女的，怎么处理？"

苏卿见不远处的地上躺着一个光头男人，一动不动，借着昏黄的路灯，能看清地面上有血迹。难道人死了？

苏卿心道"完了"，慌乱间她灵机一动，笑道："你们忙你们的，我们只是路过，我什么都没有看见。"说着，苏卿扶着安若想走，可没走两步，她的视线里就多了一双男士皮鞋。

苏卿紧张得手心直冒冷汗，她壮着胆子，目光上移。眼前的男人逆光站着，西装革履，仿佛从地狱而来，带着满身戾气。当苏卿的目光落在男人的脸上时，她被吓了一跳。男人戴着阎罗面具，真如地狱而来的夺命阎罗。

面具下的陆容渊，眉头皱起。他没想到会在这里遇上苏卿。

地上的光头男人突然"活"了过来，朝面具男艰难地爬过来，哀求道："老大，我再也不敢了，求求你饶了我这次，我是猪油蒙了心，才会背叛您呀！"

"老大，这个叛徒怎么处置？"一个男人来到"阎罗"面前，踢了一脚跪在地上的男人。他的脸上也戴着一张面具，面具上的图案是小鬼。其他人的脸上也都戴着同样的面具。

苏卿突然想起来一件事，之前安若跟她说起过，有一个叫什么暗夜集团的，这些年崛起迅速，但没人知道他们具体是干什么的，只知道是一个很神秘，又让人忌惮的集团。里面的每个人都戴着面具，行事低调，甚至没人知道暗夜集团总部在哪里。

没人见过，但又无人不知。暗夜集团的老大，没人见过他的真面目，也不知道关于他的任何信息，只知道他的代号——阎罗。她不会这么倒霉，遇上"暗夜"了吧？眼前这个戴阎罗面具的就是"暗夜"的领导人？

"按规矩处置。"轻飘飘的五个字，仿佛在说今天天气不错。

陆容渊特意改变了声音，苏卿没听出来，自然也不知道眼前的这个人正是自己的男友。

"老大，我再也不敢了，老大……"

苏卿下意识地咽了咽口水。

那个男人扫了一眼苏卿与不省人事的安若，又问："老大，这两个人怎么处置？"

闻言，苏卿连忙低下头："我们真的只是路过，什么都没有看见，你们放心，我不会乱说话的。"

空气死一般地寂静。苏卿在心里思索她们脱身的概率有多大。

见面具男半天都没有出声，苏卿用余光瞥了一眼，正好撞上男人的眼神。那双眸子太冷，犹如雪山之巅的冰凌，发出冷峭的寒芒，令人望而生畏，如芒在背。四周的空气仿佛骤然凝滞了。苏卿心下一紧，连忙收回视线。

就在她想着如何脱身时，却听面具男咳嗽了几声，语气淡淡地吩咐："夏冬，放她们走。"

苏卿如蒙大赦，忙说："谢谢。"她片刻不敢耽搁，带着安若赶紧离开，生怕对方反悔。

夏冬问："老大，就这么让她们走了？"

陆容渊摘下脸上的面具，目光望着苏卿离开的方向，嘴角上扬："找两个人，护送她们回去。"

夏冬更疑惑了，一副没听懂的表情。他们"暗夜"什么时候还当起了护花使者？老大这是开始怜香惜玉了？

陆容渊睨了夏冬一眼，夏冬立刻道："老大，我这就去办。"

chapter 03

强扭的瓜不甜

苏卿回到出租房，将安若往沙发上一放，先倒了一杯凉水喝下，压压惊。

"水，水。"安若喃喃道。

苏卿赶紧又倒了一杯喂到安若嘴边，心疼地说："怎么喝这么多酒？"

安若喝了水就睡着了，苏卿又去拿了被子出来给她盖上。

折腾了一晚上，苏卿困极了，倒头就睡了。这夜，她做了一个梦，梦见陆容渊化身地狱阎罗找她索命。苏卿挣扎着从梦中醒来。天已经亮了，清晨的阳光透过窗户照进来，让她有一种恍如隔世的错觉。

原来是个梦，真是太吓人了。她怎么会做这样的梦？苏卿擦了擦额头的冷汗。

"苏卿，我怎么在你家呀？"安若也揉着头醒来了。昨晚喝多了，她头疼得厉害。

"我看你下次还敢喝这么多酒不。"苏卿起床，给安若倒了一杯蜂蜜水，"喝吧。"

"苏卿，你最好啦。"安若挽住苏卿的胳膊撒娇，"昨晚谢谢啦。"

"昨晚怎么回事？"苏卿一边往厨房走，一边问。

安若不是会把自己喝得烂醉的人。

"被安羽那个混蛋给算计了。"安若气愤地说，"我待会儿就去找他算账，那个李森是出了名的花心好色，他竟然把我往火坑里推。幸亏我硬扛着，把你等来了，否则我就晚节不保了。"

安羽是安若同父异母的哥哥。

苏卿没好气地白了安若一眼，打趣道："你的语文是体育老师教的？还晚节不保呢。"

"反正就是那意思，要是再让我碰到李森，老娘打断他一条腿。"安若撸起袖子，一副要干架的样子。她像是意识到什么，又问，"对了，昨晚你怎么脱身的？"安若喝断片儿了，压根儿不记得后来发生了什么。

"我踢了李森一脚。"苏卿言简意赅，也没提后来的事。

安若脸色微变："李森是出了名的睚眦必报，他不会善罢甘休的。"

"光脚的不怕穿鞋的。"苏卿毫不在乎地耸耸肩，眸底划过一抹寒光，"他不怕死的话可以再来。"

安若盯着苏卿，很是欣慰："我认识的那个苏卿又回来了。你早该跟楚天逸分了，我一开始就不看好你们。他跟苏雪倒是挺配的，'渣男'配'绿茶'，绝配呀。"

苏卿煮了两碗鸡蛋面，安若饿极了，几口就吃完了。刚吃完，安若接了个电话，只听她嘴里骂骂咧咧道："安羽，你给我等着，姑奶奶马上过来。"

安若就是个炸药桶，一点就着。挂掉电话，她风风火火地又走了。

苏卿哑然失笑，换了身衣服，扎了个马尾辫就下楼了。

"嘀！"远处一声车喇叭响。苏卿听到声音，回头一看，是陆容渊坐在车里。他真的来接自己了。

陆容渊下车为苏卿拉开车门，十分绅士，问："昨晚睡得好吗？"

"还好。"苏卿坐进去。她自然不会说自己昨晚做了一晚上的噩梦。

上班高峰期，一路上很堵，两个人虽然没怎么说话，但是这种沉默又并不尴尬。

到了公司门口，下车时，陆容渊突然拉住她的手说："等一下。"

"怎么了？"苏卿疑惑道。

"有东西送你。"陆容渊从车后座将早就准备好的礼物送给苏卿，"打开看看喜不喜欢。"

苏卿很是意外："怎么突然送我礼物？今天是什么节日吗？"

"定情信物。"陆容渊满眼宠溺。四个字让苏卿的心跳好似慢了半拍。

苏卿打开看了一眼，是一条手链，手链上有一个心形图案的吊坠，镶嵌着蓝宝石。苏卿忍不住发出赞叹："真漂亮！就是太贵重了。"

"不值什么钱，也就几百块，这宝石是塑料的。"陆容渊一本正经地瞎说道。

苏卿虽然是苏家千金，却很少接触奢侈品。在苏家，能填饱肚子、完成学业，秦素琴那对母女少来找碴儿，她就已经谢天谢地了。

这条价值八百万，名为神女之心的手链，苏卿哪里认得出来。就算认出来，她也不敢相信。陆容渊只是一个普通穷小子，怎么可能拿得出几百万？

一听只是几百块，苏卿心里稍稍松了一口气。她还真怕太贵了。礼物不在贵重，在于心意。

"太逼真了，我还以为是真的宝石。"苏卿真心喜欢，"很漂亮，我很喜欢，可我都没有给你准备礼物。"

陆容渊微微倾身，附在她耳边，嗓音醇厚地说："你的礼物，我已经收下了。"

她什么时候送的，她怎么不知道？

"你就是最好的礼物。"

苏卿走进公司，耳边还一直回荡着陆容渊最后那句话。她的脸颊微微发烫。苏卿发现，陆容渊太会"撩"了。他不经意间的一句话，一个举动，都能让她心跳加速。

"苏卿，苏卿，你在想什么呢，喊你半天都没应。"组长蔡静梅拿着一堆资料过来，"下班之前把这些翻译了，上面等着要。"

苏卿回神，接过资料，随手翻了几页，答道："好，我下班之前整理出来。"

蔡静梅盯着苏卿的脸问："苏卿，你脸怎么这么红？"

"啊？"苏卿摸了摸脸，有点儿发烫，连忙说，"看着快迟到了，我跑上来的。"

蔡静梅忽然压低声音说："你听说没，老板的女儿怀孕了，是刘经理的！刘经理马上就要成为老板的女婿了，这下能少奋斗二十年呢。"

这要是成了老板的女婿，何止少奋斗二十年。

正说着，一个披着栗色鬈发的女人，身姿妖娆地走了进来，直接朝刘经理办公室去了。苏卿瞄了一眼，正是老板的女儿，郑明珠。很快，经理办公室的门关上了，百叶窗也拉上了。

蔡静梅撇了撇嘴，一副瞧不上的嘴脸："这年头，男人都开始吃软饭了。"

苏卿笑了笑，没发表看法。

忙碌了一天，好不容易处理完，正好到了下班的时候，所有人都开始收拾东西，准备下班。

苏卿也正收拾东西，郑明珠突然来了，大声说道："我的手链丢了，就在这儿丢的。手链没找到，谁都不许走。"

话音刚落，一条手链从苏卿的包里掉了出来，正是陆容渊送给苏卿的"定情信物"。

所有人的目光都看向苏卿，大家神色各异。

郑明珠声音尖锐："这就是我的手链，你这个小偷。刘东，马上报警，把这个女人送去派出所。"

一时之间，公司的人议论纷纷。苏卿平时不合群，加上人长得漂亮，被公司的男同事奉为冰山女神，让不少女同事心生嫉妒。现在冰山女神成了小偷，自然有不少人幸灾乐祸。

苏卿神色坦然道："郑小姐，你弄错了，这是我的手链。"

"你的手链？"郑明珠不屑道，"几百万的手链，你买得起吗？现在人赃并获，你还想狡辩？"

几百万的手链？陆容渊明明告诉她这条手链只值几百块而已呀。苏卿这下更加确定郑明珠是认错了。

面对同事们的窃窃私语，苏卿坦坦荡荡，耐心解释："郑小姐，这真的是我的手链，这也不值几百万，不信，你仔细看看。"

"这就是我的手链。"郑明珠一口咬定，说，"这手链名为神女之心，出自法国著名设计师费德之手，是刘东前几天送给我的生日礼物，全世界就只有一条。刚才我们在洗手间碰到了，你一定是在那个时候偷走的。"

半个小时前，苏卿确实去了洗手间，也碰到了郑明珠。郑明珠言之凿凿，同事们议论得更大声了，看苏卿的眼神都充满了鄙夷。

"真是没想到啊，平常看着挺老实的，实际上竟是个手脚不干净的。"

"是呀，我们公司可从来没有出过这样的事，得罪了老板的千金，现在看她还怎么在公司待。"

"那些男人个个捧着她，还夸她是什么冰山女神，其实就是个小偷。"

"现在知道她的真面目了，看那些男人还会不会再捧她。"

"前两天我的口红也丢了，也不知道是谁偷的……"

这些话极具暗示意味。

看着苏卿被人议论，郑明珠得意地笑道："刘东，报警，把人送去派出所。还有，一个小偷，没资格在我家公司上班，苏卿，你被解雇了。"

苏卿并没有慌张，她没有偷，有什么可害怕的？

就在郑明珠拿着手链要走时，苏卿骤然抓住她的手腕。这一举动让所有人都很震惊。苏卿这是要做什么？不会疯了想要动手吧？

郑明珠也很诧异，高傲地盯着苏卿的手，冷笑道："想求情？晚——"

不等郑明珠把话说完，苏卿一把将手链拿了回去："这是我男朋友送我的手链，任何人都别想拿走。报警吧，让警察来还我一个清白。"

这是陆容渊的心意，是他送给她的第一份礼物，她怎么可能任由郑明珠拿走！

郑明珠也有些意外，大声说："人赃并获，还嘴硬，真是不见棺材不落泪。"

蔡静梅帮着说了句："苏卿不像是会偷东西的，几百万的手链，这可是能把牢底坐穿了。郑小姐，还是找警察来查清楚，别冤枉了人。"

听到有人为自己说话，苏卿心里划过一抹暖意。

"明珠，你家公司这是怎么了，这么热闹？"

听到这熟悉的声音，苏卿的眉头一皱。来人不是别人，正是苏雪。与苏雪一起的还有一个苏卿没见过的女人。

郑明珠狠狠地瞪了苏卿一眼，说："这个女人偷了我的手链，人赃并获，还在这儿狡辩。"

苏卿从未以苏家大小姐的身份出现在公众面前，知道苏雪、苏卿是姐妹的人也没几个。

苏雪看了一眼苏卿，又看了一眼苏卿手里的手链，说："这不是神女之心吗？价值八百万。前几天被人买走了，我还以为是谁呢，没想到是明珠你。"

郑明珠气愤地说："这条神女之心，是刘东送给我的礼物。这个女人非说是她的。"

苏卿皱眉道："这条手链并非郑小姐的，而是我男朋友送的。"

"就你那个穷酸男朋友？"苏雪嘲笑道，"他买得起吗？"

苏雪依然觉得陆容渊就是个穷小子。昨晚她让人去打听过了，真正包场的是万氏影视集团的太子爷。

郑明珠问："雪儿，你认识她？"

"之前见过，不太熟。"苏雪说，"对了，正好神女之心的设计师费德的助理安迪跟我在一块儿，让她看看这手链的真假，全世界就这么一条，检验一下真伪不就知道是谁的了。"

如果验证出这条手链是假的，那就更加证明苏卿找了个穷小子。就凭这个，足够她笑话苏卿一辈子了。

刘东见要鉴定，赶忙说："明珠，还是算了，苏卿可能也不是有意的，再说报警也有损公司形象，把人开除了就行，反正手链也找回来了。"

刘东这话听着是在帮忙说情，可苏卿却听出来他在心虚，所以试图避重就轻。他在心虚什么呢？

郑明珠冷哼一声："验！我倒要看看这个女人还想怎么狡辩。"

刘东见真要验，紧张得额头开始冒冷汗。

安迪拿过手链仔细看了看。苏雪在一旁迫不及待地问："安迪，怎么样？"

郑明珠也说："手链上刻有我跟刘东的名字字母缩写，就在手链内侧。"

安迪蹙眉道："字母倒是没看到，但这条手链确……"

"郑小姐，你的手链找到了。"

就在这时，秘书部的小芹拿着一条一模一样的手链过来："我在洗手间找到的，就掉在洗手台下面。郑小姐，你看看，是不是你的？"

郑明珠一把将手链拿过来一看，手链内侧确实刻有字母："这就是我的那条手链。"

这也就说明，苏卿没拿郑明珠的手链。

"安迪小姐，可以将手链还给我吗？"苏卿语气还算客气。

见无法证明苏卿是小偷，苏雪心有不甘，又冷讽道："苏卿，没钱的话，就让你男朋友别打肿脸充胖子，买一条假的手链，闹笑话。"

郑明珠也不屑道："今天要不是你爱慕虚荣，买一条高仿品，也不至于闹成这样，真是笑死人了。苏卿，你交的男朋友也不怎么样嘛。"

话音刚落，不等苏卿开口，安迪突然开口说："这位苏小姐手里的手链才是真品。"

安迪的话让苏雪与郑明珠脸色都变了，空气突然凝滞下来。

苏卿也很意外。这就是一条几百块的仿制品，怎么会是真的？

"怎么可能？"苏雪先回过神来，没控制住情绪，尖声叫道，"安迪，你再仔细看看，苏卿的怎么会是真的？"

郑明珠也说："全世界就只有一条神女之心，是刘东买给我的生日礼物，苏卿她怎么可能买得起？"

安迪回道："我是费德先生的助理，手链是真是假，我一眼就能看出来。而且，神女之心根本就不能刻字。"

郑明珠立刻看向刘东。此时，刘东已经心虚得额头直冒冷汗，结结巴巴地说："明珠，我，我也不知道，我托人买的，肯定是被人骗了。"

刘东哪里知道，随便买一条手链，竟然会碰上真品。

郑明珠恼羞成怒，将手链砸向刘东的脸："丢死人了！"

刚才讽刺苏卿的那些话，不就是啪啪打自己的脸吗？郑明珠恨不得找个地洞钻进去，她只觉得没脸再待在这里，扭头气冲冲地走了。

"明珠，明珠。"刘东追了出去。

苏雪还是不愿意相信苏卿手里的手链是真品。那可是价值八百万的神女之心，她一直想要，托了不少关系也没有买到，怎么可能落到苏卿手里？

安迪将手链交还给苏卿："苏小姐，还请保管好，这条神女之心，寓意着真爱永恒，看来你男朋友对你很用心，祝你们幸福。"

"谢谢。"苏卿压根儿不信这是真品，安迪一定是认错了。

苏雪嫉妒得咬牙切齿："苏卿，你那个穷男朋友怎么可能买得起，这条手链到底是谁送给你的？"

言下之意，苏卿是靠使了什么不正当的手段得来的。

"别把眼睛长在头顶上。"苏卿压根儿不想跟苏雪废话，"昨晚的教训还不够？"

一想到昨晚，苏雪更气了。那是她有生以来最丢脸的一次。

苏卿收拾东西走了。

苏雪气得直跺脚："安迪，你还是不是我朋友？你怎么能帮别人说话？"

安迪见苏雪又发大小姐脾气，说："我只是实事求是。"

苏雪望着苏卿离开的方向，眼底划过一抹嫉恨。她绝不会让苏卿好过。

苏卿没急着回家，而是去了礼品店，准备买一份礼物，回给陆容渊。

从礼品店出来，苏卿碰上了万扬。万扬正在路边跟一个男人说话，看见苏卿，他笑着走过去打招呼："苏小姐，真巧啊。"

苏卿浅笑道："是呀，真巧，又见面了。"

万扬瞥见苏卿手里的礼物："送给老大的？"

"他早上送了我一条手链，礼尚往来。"

苏卿话音刚落，就看见一个熟人，脸色顿时难看起来。

一个五十来岁的男人带着四名保镖走了过来。此人正是苏家的管家，祥叔。

"大小姐，老爷让你回去一趟。"祥叔语气里对苏卿半点儿尊敬都没有。

苏卿冷着脸说："我不回去。"

"老爷听说大小姐交了一些不三不四的朋友，很是生气。你最好还是回去，否则老爷一气之下停了杰少爷的药，有什么后果，大小姐很清楚。"

苏卿用脚指头想都知道一定是苏雪在苏德安那里煽风点火。

"他敢！"苏卿难以置信，她的父亲竟然拿苏杰来威胁她。母亲去世后，那个家，除了苏杰，她已经没有亲人了。

祥叔冷哼："大小姐，别让我们为难，付家人可都等着呢。"

"什么意思？"

"老爷给大小姐和付家二少定了亲事。"

付家二少？

"他不是有智力障碍吗？"说话的是万扬，情绪有点激动，"苏德安是怎么想的？把苏小姐往火坑里推。今天我在这儿，我看谁敢带走苏小姐。"

苏卿也没想到，苏德安之前想把她嫁给瘸子，现在又想把她推给一个智力低下的人。苏卿又气愤又心寒："我不嫁，谁要嫁谁去，我也不会回去。"

"那就别怪我不客气了。"祥叔冷笑一声，对保镖们喊道，"带大小姐回去。"

万扬护着苏卿："我看谁敢！"

祥叔哪里认识万扬，直接让保镖将苏卿强行拉上了车。祥叔知道苏卿有点儿拳脚功夫，这才特意带了四个保镖。苏卿那点挣扎，徒劳无功。

万扬更是不敌四人，见苏卿被带上车，赶紧打电话："老大，出事了，苏德安派人把苏小姐强行带回去了，要把苏小姐嫁给付家老二。"

苏家。

苏卿一进屋就见客厅坐了不少人。苏雪正在陪客人说着话。

秦素琴笑眯眯地与一位看起来雍容华贵的妇人在聊天，见到苏卿来了，连忙迎上来，热情得跟亲妈似的，拉她向众人介绍："这就是我的大女儿，苏卿。我说得没错吧，长得十分标致。"

"确实不错。"贵妇人满意地点了点头。

苏雪说了句："姐姐，恭喜呀，爸为你选了一门好亲事，你跟付二少还真是般配。"

苏卿冷冷地回道："你觉得好，那你去嫁。"

这时苏德安从楼上下来了，同行的还有一个中年男人，正是付振。两个人有说有笑。苏德安笑道："那就这么说定了，婚期你们付家定，我们都没意见。"

"好，那我回去就让人看日子……"付振笑着点头。

"我有意见，我不嫁。"苏卿十分心寒，气愤地喊道，"谁说我要嫁人？"

她这个偏心的父亲把她叫回来，就是为了再次把她推入火坑。完全不问问她的意见，就这么把亲事定了。

苏德安睨了苏卿一眼："容不得你不答应。"

"自从我妈死后，你就没管过我，现在你也没资格管我，我的婚事，你别想做主。嫁给谁，我自己说了算。"苏卿冷淡地说。

苏德安暴跳如雷："苏卿，你翅膀硬了，敢这么跟我说话的，我是你爸，我怎么没资格管你？"

"我到底是不是你亲生的？"苏卿又怒又气，"我真想去做一次亲子鉴定，看看我到底是不是你女儿，虎毒不食子，天下哪里有你这样的父亲？尽干推女儿入火坑的事……"

"住口。"苏德安气得扬手一巴掌打过去，"你不嫁也得嫁！"

这一巴掌很用力，苏卿的脸当即就红了。秦素琴与苏雪见了，心里别提有多得意了。

就在这时，祥叔慌慌张张地走进来说："老爷、太太，陆总来了。"

客厅所有人都愣住了，苏德安与付振面面相觑。陆总已经退婚了，这个时候来做什么？而且还是陆总亲临，这更让苏德安等人摸不着头脑。传言这陆总自从脸毁腿瘸之后，极少在人前露面。可哪怕这位陆家掌权人传言活不过几年，也没有几人敢和他对着干。

苏卿也很是好奇这位陆总前来的目的。

苏德安冲苏卿厉声道："你先回楼上去。"苏德安担心这位陆总是冲苏卿来的，他刚跟付家把婚事定下来，可不能再出什么意外，否则公司资金链一断，就什么都完了。付家，他得罪不起。可这陆家，他更得罪不起。

苏家门口浩浩荡荡停了一排车子，几十名保镖动作整齐划一地从车上下来，恭敬地立在一旁，可见阵势之大。

"苏家今天可真热闹。"门口传来一个声音，淡然的语气里充满着肃杀之气。

人未到，苏卿已经感受到凛冽之气，空气中温度骤然下降。

苏德安赶紧去迎接："陆总。"

陆容渊坐着轮椅，脸上戴着疤痕面具。这是特质的面具，薄如蝉翼。戴上这面具后，他的脸看起来十分恐怖狰狞，根本就看不出他原本的面目。

"啊！"苏雪被陆容渊那张脸吓得尖叫起来，闭上眼睛躲在秦素琴身后不敢再看，"太吓人了。"

整个大厅陷入死一般的沉寂。

"嗯？"陆容渊眸光一冷，眼神凌厉如刀地看向苏雪。

苏德安被苏雪那话吓得双腿瑟瑟发抖，哆嗦道："陆总，小女无知，都怪我管教无方，请您恕罪。"

这可是陆家掌权人！她竟敢说太吓人。

陆容渊冷声道："苏总确实管教无方。"

付家人看着这情形，也是大气不敢出，生怕被殃及。

苏卿咽了咽口水，陆总果然如传闻中那般冷酷，丝毫不怜香惜玉，幸亏她没有嫁过去。只是这声音听着有点熟悉，不过她又很快地否定了脑海里的想法。不过是名字相同而已。这个陆容渊是个瘸子，坐着轮椅，脸都毁成了那样，怎么可能跟自己的男朋友是同一个人？

苏卿盯着陆容渊，这是她第一次见到传闻中的陆总。不知道这张脸没毁之前，又是什么模样。

陆容渊一副病恹恹的样子，看向苏卿，明知故问道："这位是？"

"这是我的大女儿，苏卿。"苏德安小心观察着陆容渊的反应，揣测着对方的心思。

苏德安使劲给苏卿使眼色，让她赶紧离开。陆家既然退婚了，那就说明不打算娶苏卿。只要今天应付过去，苏付两家的联姻还是可以继续的。

苏卿又怎么会让苏德安如愿？

"爸，苏付两家联姻这么大的喜事，可一定要请陆总来喝一杯喜酒。我虽然没嫁给陆总，苏陆两家没有结成亲家，可从礼节上来说，也应该邀请不是？"苏卿笑吟吟地说。

苏卿是故意这么说的，她在赌，赌陆总会为她出面。就算她被陆家退婚了，可她好歹差点儿进了陆家的门，哪怕是陆家不要她，也不会眼睁睁看她转眼嫁给一个智力低下的人，这不是在打陆家的脸吗？

陆容渊微微勾唇。这丫头，真是聪明。

苏卿的话一出口，苏德安的脸色就变了。不等他开口，陆容渊一笑，语气中带着几分漫不经心："哦？苏付两家联姻？什么时候的事？"

这漫不经心的语气让苏德安与付振后背发凉。付振满脸堆着笑说："还没定呢，只是随口说说，闲聊而已，当不得真。"

付振也不想得罪陆容渊，他哪里还敢再跟苏家扯上关系，自找麻烦。

一听这话，苏德安就知道联姻的事没戏了。

陆容渊坐在轮椅上，漫不经心地睨了付振一眼，说："付总的儿子好像也有三十好几了，付总着急儿子终身大事的心情，我也理解。不过我觉得这苏家大女儿跟你儿子不配，这小女儿，倒挺合适的。"

这话让整个大厅顿时寂静无声，苏德安与付振皆在猜测陆容渊的意思。

苏卿也不知道陆总是什么意思。这苏雪都已经嫁到楚家了，怎么还能再嫁？

苏雪一听要把她嫁给付家二少，急了："我不嫁，我现在已经是楚家少夫人了，我才不要嫁给他，他是傻的。"

一听"傻"字，一直坐着的贵妇人生气道："刚才你还说我儿子丰神俊朗，一表人才，这是一门好婚事，这会儿又说我儿子傻，你这个女人的嘴怎么如此刻薄恶毒！"

苏雪懊得要死，刚才她想让苏卿嫁过去，当然得夸了。

"哦？没想到苏二小姐对付总的小儿子如此爱慕。"陆容渊嘴角噙着一抹玩味的笑，"付总，你若是满意，楚家那边，我可以替你走一趟。"

闻言，苏雪慌了："不，爸，你快说说话啊，我不要嫁去付家，我刚才都是乱说的。"

苏德安也不知该怎么办，只觉得下不来台。稍有不慎，付陆两家都会得罪。

秦素琴也急了："不行，小雪已经嫁人了，怎么还能再嫁？陆总，你就别再开玩笑了，求你高抬贵手，放过小雪，她还小，什么都不懂。"

苏卿心里冷笑，都二十六了，还小？

"秦姨，刚才你们可都说这是门好婚事，我看妹妹也挺想嫁入付家的，之前嫁错了，现在陆总做主，有机会再嫁一次，这可是个好事呀。"苏卿"好意"劝她。

苏雪气得半死，恨恨地盯着苏卿："要嫁你去嫁。"

"那个付老二怎么配得上我的女儿？"张口就来的秦素琴说完就后悔了。

看清秦素琴与苏雪两个人的嘴脸，付振与付夫人气得不行。

"就凭你们苏家，还高攀不上我儿子呢。要不是你们求着找上门，我们才不会来！"付夫人气愤道，"小小年纪，心机如此深沉，确实不配做我付家儿媳妇，那楚家真是倒霉，摊上个这样的儿媳妇。"

付振脸色也是铁青："苏总，你可真是养了个'好'女儿，娶了个'好'老婆呀。"

苏德安忙不迭地赔罪："付总、付夫人，消消气。"

苏德安简直要被这母女俩给气死，说话完全不过脑子，这下彻底得罪了付家。

"我看刚才谈的合作还是就此作罢吧，告辞。"付振说着，又跟陆容渊告辞，"陆总，改天有空，一起喝喝茶，我还有事，就先走了。"

陆容渊语气淡淡的："付总，慢走。"

苏德安急道："付总，付总……"

付振带着妻子怒气冲冲地走了。

见彻底得罪了付家，苏德安狠狠地瞪了秦素琴一眼。秦素琴与苏雪两个人心里也都窝着火。她们明明是想把苏卿推入火坑，结果却引火烧身，苏卿反倒跟没事人一样。两个人将这一切都归咎在苏卿身上，对苏卿的恨意更深了。

苏德安哪怕再生气，也不敢现在发作，毕竟陆容渊还在这里。他不能得罪了付家，再把陆家给得罪了。

付振走后，苏德安紧张得手心尽是冷汗，战战兢兢道："陆总，您今天来是？"

苏德安到现在还不知道陆总来做什么。

陆容渊将目光落在苏卿身上。

苏德安也疑惑地看向苏卿。难道真是为了苏卿来的？陆容渊还想再把人娶回去？

秦素琴与苏雪见陆容渊看向苏卿，眼里也涌现一抹得意。陆容渊一定是来找苏卿算账的。苏卿逃婚，陆家怎么可能这么容易就放过她？

苏卿也被盯得心里发毛。

就在所有人都以为陆容渊要发难时，陆容渊却收回目光，对苏德安语气淡淡地说："去书房说吧。"

"好，陆总，这边请。"苏德安在前面领路。

苏卿见两个人上楼去了书房，暗地里舒了一口气。苏卿觉得，这个陆总长得虽然丑，还是瘸子，可人还是不错。她刚才如此明显的利用，她不信陆容渊没有看出来。苏卿有些惋惜与同情。她听说陆容渊出事之前其实很好看，拥有一张连女人都嫉妒的脸。

苏雪心有不甘，恶狠狠地瞪着苏卿说："你别以为能搅黄两家的婚事是好事，现在公司资金紧缺，没有付家帮忙，家里只能等着破产。"

"与我何干？"苏卿冷笑一声，"该担心苏家会不会破产的是你们，而不是我。"

苏雪咬牙道："你也是苏家人，苏卿，苏家倒了，对你也没有好处。"

"苏家不倒，对我也没好处。"苏卿语气平淡地回道，"对了，我提醒你一句，今天你们母女俩把付太太得罪了。听说付太太跟楚天逸的母亲，也就是你的婆婆交好，你还是担心担心你这楚太太的位子能不能坐稳吧。"

"你……"苏雪气得脸色铁青，几乎抓狂。

秦素琴冷声道："苏卿，你别得意得太早了，你别忘了，你生的那个野种可还在我手里。"

又拿那个孩子来威胁，苏卿眸中的光芒一点点冷下去。她不信那个孩子在秦素琴手里，否则她不会只是嘴上说说。

苏雪讥讽道："果然有其母必有其女，做母亲的在外生个野种带回来，你也生个野种……"

"啪！"

苏雪话没说完，脸上被扇了一巴掌。苏雪疼得跟杀猪一样惨叫："苏卿，你这个疯子，你敢打我？"

见苏雪被打，秦素琴那双眼睛里都能射出毒针了，大声道："苏卿，你敢打我女儿！"

秦素琴手扬在空中，却没敢落下去，只因苏卿说了句："陆总就在楼上，若是惊动了陆总，有什么后果不用我说吧。"

秦素琴愣是没敢打下去，整张脸气得一阵青一阵白。

苏卿冷冷一笑，上前两步，以只有两个人能听到的声音在秦素琴耳边说道："我也顺便跟爸好好聊聊，为什么秦姨每个月都会去一趟南山，去见了什么人，干了什么事。"

见秦素琴眼底划过一抹慌乱，苏卿冷笑着警告道："你们最好别再打我的主意，也别拿谁威胁我，否则后果自负。"

秦素琴母女只能眼睁睁地看着苏卿离开。苏雪气得抓狂，眼底闪过阴毒之色："妈，不管用什么办法，你一定要替我教训她，狠狠教训她。"

"你放心，妈一定替你出这口恶气。"秦素琴看着女儿脸都被打肿了，心疼得不行。

苏卿走后不久，陆容渊也离开了。

苏德安脸色煞白地坐在椅子上，耳边还回响着陆容渊走之前说的话。

秦素琴端着一杯茶进去，关切道："老苏，这是怎么了？那位陆总都说什么了？你脸色怎么这么难看？"

苏德安回过神，擦了擦额头上的冷汗，问："苏卿呢？"

"走了。"秦素琴冷着脸，添油加醋地说，"苏卿现在真是翅膀硬了，我这个继母也管不了了。刚才她还动手打了小雪一巴掌，小雪脸都肿了。"

以秦素琴对苏德安的了解，他听到苏雪被打，肯定会很愤怒地教训苏卿。

秦素琴在心里冷笑着，等着苏德安发怒。可这次苏德安不仅没有发怒，还警告道："你跟小雪最近收敛点，少去招惹苏卿。看看你们母女今天干的好事，付家的烂摊子，我还不知道怎么收拾。"

苏德安不傻，他当然知道平日里秦素琴母女经常刁难苏卿，只不过睁一只眼闭一只眼罢了。

秦素琴一愣，不解道："老苏，你这是怎么了？小雪被打了，她……"

"她也该吃个教训了。还有，你以后就当苏家没苏卿这个人就行了。"苏德安不耐烦了。他得罪不起陆家。

"苏卿的婚事，你没资格做主。"这就是陆容渊走之前留下的原话。

离开苏家的苏卿没走多远，一辆车子在她身边停下来。是陆容渊的车。

夏冬从车上下来，恭敬地走到苏卿身边，说："苏小姐，我们陆总有请。"

苏卿看了一眼车内坐着的陆容渊，那张狰狞恐怖的脸上根本看不出喜怒。想到自己逃婚的事，她顿时紧张起来。

苏卿忐忑地上了车。她只敢贴着车门坐，跟陆容渊拉开距离。

"你很怕我？"陆容渊淡淡地睨了她一眼，拍了拍身边的位子，"坐过来。"

苏卿强扯出一丝笑，小声道："我坐这里就好了，刚才谢谢陆总出手帮忙——啊！"

陆容渊一把将人扯入怀中，说："既然要谢，那就拿出点诚意来。"

"什么？"苏卿脑袋里一片空白。

"我陆容渊娶了三任妻子，你是第一个逃婚的，你说这笔账，怎么算？"

果然是来算账的，苏卿定下心神："陆总，这是个误会！"

"哦？那你是想嫁给我了？"

"陆总，我跟你这才第一次见面，结婚的前提是两个人得有感情，我……"苏卿试图解释。

"感情可以培养。"陆容渊饶有兴致地回她。

苏卿被堵得哑口无言。

"陆总，强扭的瓜不甜。而且，我有男朋友了，陆总也不缺女人，不会为难我这小女子吧？"

"我就喜欢强扭的瓜。"陆容渊捏住苏卿的下巴，冷哼道，"你男朋友是谁？我找人把他给废了。"

果真残暴。之前苏卿还觉得对方是个好人，看来结论下太早了。

为了断对方的心思，苏卿一副视死如归的样子，大声道："你想动他，那就从我尸体上踏过去！"

这话让陆容渊心底狠狠一震，苏卿竟如此维护他？

见陆容渊不说话，苏卿又说："我跟我男朋友是真心相爱的，你别想拆散我们。"

陆容渊盯着苏卿看了几秒，骤然松开苏卿。

得到自由，苏卿松了一口气，连忙坐回原位。

"你很爱他？"陆容渊悠然地问。

苏卿此时只想快点脱身，脱口而出："非他不嫁。"

至于嫁不嫁这个问题，苏卿根本没想过。

陆容渊嘴角不自觉扬起一抹弧度，问："你看上了他哪点？"

"他哪点我都喜欢。"苏卿生怕对方会觉得她是因为嫌弃他脸毁腿瘸，又补充了一句，"情人眼里出西施。我的男朋友很普通，跟陆总毫无可比性，可我就是喜欢他。"

陆容渊嘴角笑意更深。

车子平稳前行，很快就到了苏卿所住的小区。

苏卿纳闷道："陆总，你怎么知道我住这里？"

陆容渊语气高冷道："我想知道一件事，不难。"

苏卿没有怀疑，以陆家的权势，想知道她住哪里还不容易吗？

下了车，苏卿跑得比兔子都快。

目送着苏卿远去的背影，车内的陆容渊眉眼都爬上了笑意。

前座的夏冬十分震惊，几乎以为是自己眼花了。老大笑了？

"回陆家。"陆容渊收回目光，淡淡地吩咐道。

"是。"夏冬跟了陆容渊多年，从来不会多问一句，只管执行命令。

chapter 04

英雄救美

苏卿刚回到出租房，还没坐下，就接到医院那边的电话。

苏卿匆匆忙忙赶去医院，可病房里却空无一人，苏卿顿时慌了。她立刻问护士："小杰呢？"

"上午还在病房，下午就不见人了，所以才给苏小姐您打电话的。"

这马上就要天黑了。苏卿心急，正要出去找，就见一个十七八岁，穿着松松垮垮的 T 恤的男生走进来。男生的身子特别单薄，脸色也十分苍白，一副瘦瘦弱弱的模样，可浑身却散发着桀骜不驯的气质。

"苏杰，你是不是又去赛车了？你有心脏病！你把我的话都当耳旁风了是不是？"苏卿跑上前一把揪住了男生的耳朵。

刚才看起来还不可一世的男生一见到苏卿，立刻举手投降："姐，轻点轻点，疼。"

苏卿压根儿没用力，但一听他喊疼，还是立刻松手，软声说："小杰，你不能拿自己的生命开玩笑，赛车万一出了事……"

苏杰患有先天性心脏病，赛车就是玩命。

"姐，我这条命多活一天都是赚的。"苏杰眼里流露出不符合年纪的沧桑，他毫不在乎地耸肩道，"与其在医院等死，不如痛痛快快活一回。"

"小杰。"苏卿十分心疼。

十七八岁正是最好的年纪，同龄人都在学校里肆意挥霍青春。可苏杰有先天性心脏病，只得以医院为家，否则也许下一刻生命就停止了。苏杰是母亲带回来的，与苏卿并无血缘关系，她也不知道苏杰的身世。可这些年，她早就将苏杰当成亲弟弟了。

苏杰不以为意地笑了笑。下一秒，他忽然发现苏卿的脸肿了，脸上的笑意淡去，狠声问："谁打的？是苏家人？"

"不是。"苏卿不想让苏杰为她担心，也不想让苏杰为了她跟苏家撕破脸。毕竟她现在没有能力支付苏杰治病所需的高昂的费用。苏杰的命，得靠苏德安续。

这几年，苏卿拼命工作，就是想有朝一日能带着苏杰彻底脱离苏家。

"姐，这么多年了，你每次撒谎都不敢看我的眼睛。"苏杰眸底划过一抹异样的光芒，"苏家欠你的，我迟早替你讨回来。"

"行了，不提那些不高兴的事。"苏卿岔开话题，"你最近怎么样？有没有好转？"

"老样子，死不了。"苏杰一副玩世不恭的样子。

苏卿也不知道还能说什么。苏杰吃了药睡下，苏卿才离开。此时已经夜里十点了。医院附近没什么人，来往的车辆也很少。苏卿在医院门口等了好一会儿，都没有打到车，就往前面走了几百米。

这时，一辆白色面包车从苏卿身边经过。车子突然停下来，从车上下来两个人，一人从身后用毛巾捂住她的嘴巴，一人抬脚，将人掳上了车。苏卿只挣扎了几下，便彻底陷入了昏迷。捂住她嘴巴的毛巾上有乙醚。面包车很快驶出市区，消失在夜色里。

与此同时，陆家老宅。陆容渊与万扬正在书房下棋。

眼看又快输了，万扬便想使计分散陆容渊的注意力，问："老大，你跟苏小姐进展如何了？"

陆容渊手持棋子，气定神闲地落下，道："还不错。"

"老大，这苏小姐性子刚烈，敢逃婚，要是让她知道你的真实身份，恐怕不好收场。"万扬自然知道，陆容渊现在瞒着苏卿，也是担心苏卿被陆家那些人给害了。毕竟，陆家掌权人是不能被人捏住软肋的。

"我自有分寸。"陆容渊幽深的眼眸微微一眯，又落下一子，"你输了。"

万扬一看棋盘，果然，他又输了。"老大，你就不能手下留情，放我一马？"万扬无奈地苦笑。

"你家里那幅袁松年真迹明天送来。"陆容渊浅浅一笑。

万扬那个后悔呀，他没事找老大下什么棋，完全就是找虐。袁松年的那幅山水画，他可是费了不少功夫才弄到手的，这还没焐热，又输掉了。

"愿赌服输。"万扬好奇道，"老大，平常也没见你对山水画感兴趣呀。"

"送给卿卿。"

"卿卿"二字让万扬又受到一万点暴击，要不要这么虐单身狗啊？这把"狗粮"夜宵，真香。

"老大，要不再来一局？"万扬收拾好棋盘，还是有点不甘心。

陆容渊看了一眼时间，快十一点了，也不知道苏卿睡下没。莫名地，陆容渊心里觉得很慌，便拿出手机给苏卿打电话。

电话通了，却没有人接。陆容渊眉头一皱。

"老大，都这么晚了，苏小姐肯定睡了，"万扬说，"说不定没听见。"

陆容渊又打了一次，这次却直接关机了。他倏地一下站起来，说："苏卿出事了。"

"老大，怎么了？"万扬一头雾水。

"手机关机了。"如果苏卿没有睡，肯定会接电话，如果睡着了，那手机又为什么关机？陆容渊嗅到了危险，立即打了一个电话出去："夏冬，五分钟之内，查到苏卿的下落。"

万扬一惊。连心腹都动用了，看来这次真是出大事了。

不到五分钟，夏冬将苏卿的消息反馈回来。

陆容渊得知苏卿在医院附近被掳走，周身戾气暴涨。

万扬在一旁也听到了电话内容，猜测道："老大，难道是陆家那些人掳走了苏小姐，想以此威胁老大？"

"我看谁敢伤她一根头发！"陆容渊抛下这句话，神色匆匆地出去了。

万扬愣了一下："老大这是动真心了。"

他已经许久没看见老大动怒了。万扬在心里祈祷着，可千万别是陆家那些人，否则以老大的脾气，一旦撕破脸，那之前所做的就前功尽弃了。

郊区海边。

一辆面包车在无人的公路上停了下来。正是掳走苏卿的那辆车。两个人将苏卿从车上拽下来，扑面而来的海风让苏卿慢慢清醒。苏卿的手被捆住，根本就挣脱不了。

“你们是谁？放开我。”苏卿十分恐惧，挣扎着。

绑架她的两个男人一高一胖，脸上蒙着黑布，根本就看不清容貌。

苏卿快速地回忆了一下自己最近得罪了什么人，除了小李少，就是秦素琴母女了。难道是秦素琴对她下黑手？

“我们也是奉命办事，拿人钱财，替人消灾，你可别怪我们哥俩。”那个高个子冷冷地说道。

“奉谁的命？是不是秦素琴？她给了你们多少钱，我双倍给你们，只要你们放了我。”苏卿只想着先脱身，也不管拿不拿得出钱。

“一百万，你拿得出吗？”高个子冷笑。

“有，我有，我可以带你们去取。”苏卿哄骗着，想找机会脱身。

海边的风很大，吹乱了苏卿的头发。飞舞着的缠绕的长发让苏卿有一种说不出的飘逸美。胖子看清苏卿的模样后，顿时心生邪念，扯了一下高个子：“大哥，这么美的妞儿，就这么绑着，那不是太可惜了？不如我们先玩玩？”

闻言，苏卿心里咯噔一下，惊恐地往后退。可她的手被高个子拽着，根本就逃不掉。

“别节外生枝。”高个子看了胖子一眼，“干了这票，我们就可以出国，否则出了差错，你我都得完蛋。”

苏卿听出这两个人应该是亡命之徒。

胖子看着苏卿的脸，心里直痒痒，一双眼睛在苏卿身上色眯眯地打量着，说：“大哥，也不急这一时半刻，就一会儿，我很快就办完事。”

说着，胖子一把搂住苏卿：“美人，好好伺候哥哥，待会儿让你少受点罪。”

“啊，放开我，放开我！”苏卿又急又怕，情急之下一口咬在胖子的肩膀上。

胖子跟不怕痛似的，将苏卿按在车子里。

高个子无奈，说了句：“搞快点。”说着，高个子就去旁边抽烟了。

“美人，来，哥哥亲一个。”胖子噘着嘴凑上去。

“滚开！”苏卿恐惧之下，抬腿一脚踹向男人的下身。

“啊！”夜色里响起杀猪般的惨叫声。胖子疼得蹲在了地上，苏卿趁机下车就跑。高个子发现不对，丢了烟头就追：“站住，给我站住！”

胖子稍微缓过来了，也追了上去。

苏卿拼命地跑。她知道，一旦落入那两个人的手里就完蛋了。沿着公路跑迟早会被抓住，苏卿只好往海边跑。可她跑着跑着，发现前方竟是一处悬崖，看着悬崖下波涛汹涌的海浪，她下意识顿住了脚步。苏卿回头，看见远处公路上有车灯亮着，有人来了。可她知道，她没有机会再求救了，因为那两个人已经追上来了。高个子阴狠狠地说道："你再跑啊！"

"天网恢恢，你们也会遭到惩罚的。"说着，苏卿纵身跳下悬崖。

苏卿跳的时候，特意选了水深的地方，否则落在礁石上，那就真的死路一条了。苏卿会游泳，可她的手被捆着，加上落水的时候腿突然抽筋，只在水里挣扎了几下，便慢慢沉了下去。她真的要命绝于此了吗？

"苏卿。"恍惚中，苏卿好像听到了陆容渊的声音。

陆容渊，是你在叫我吗？

陆容渊赶到时，正好看见苏卿跳入海中。看着苏卿坠入海中的身影，那一刻，他的脑海里像是有无数个炸药包一同被点燃，随后"砰"的一声炸开了。陆容渊毫不犹豫地跟着跳入海中。

紧跟而来的夏冬与万扬被深深震撼了。万扬嘴里喃喃着："完了完了，老大彻底沦陷了。"

"老大。"夏冬喊了一声，看了一眼汹涌的海水，就要跳下去。

万扬拉住他："你跳下去做什么？老大英雄救美，你添什么乱。"

万扬看了一眼落荒而逃的高个子与胖子，冷笑道："那才是你该做的。"

夏冬脸色一冷，捡起地上的两枚石子掷了出去。石子击中了他们的腿部，那两个人直接跪了下去。

水中，陆容渊寻到苏卿的身影，将人拉入怀里。

苏卿已经昏迷过去，陆容渊迅速吻住她的唇，帮她呼吸，将人带出水面。

夏冬见陆容渊抱着苏卿游出水面，立即过去："老大。"

"去医院。"陆容渊看了一眼昏迷中的苏卿，眼底皆是肃杀。

医院里，VIP病房。苏卿发烧了，没有生命危险，只是暂时昏迷不醒。

医生的话让陆容渊脸色稍稍缓和了一点。他守在苏卿的病床边，眸光里皆是温柔。

万扬走进来报告说："老大，夏冬已经审了绑架苏小姐的那两个人，结果很出人意料。"

陆容渊眸色一冷："背后之人是谁？"

"不是陆家那些人，而是周雄飞。"万扬也很意外这个结果，"对了，还查到一条让人意想不到的消息，秦素琴竟然是周雄飞的情人。苏小姐被掳，应该跟秦素琴有关。有周雄飞撑腰，也难怪秦素琴如此嚣张。"

陆容渊也很意外，旋即，眉梢冷冷一压，厉声道："无论是谁，敢伤她，找死。"

"老大，杀敌一千，自损八百。"万扬赶紧劝道，"以陆家的实力，确实能与周家抗衡，可咱们也会损失惨重。动静闹大了，只会让苏小姐陷于更危险的境地。"

周家可是帝京四大家族之一，有着百年底蕴，想要撼动，不太容易，可也不是不能。只是，这样陆家也会损失惨重。

陆容渊在外散布自己命不久矣的谣言，为的是除掉陆家的蛀虫。苏卿的出现本来就是个意外，如果陆容渊为了苏卿改变计划，那到时内忧外患，后果会很严重。陆容渊沉吟片刻，将苏卿的手握在手里，幽深的眸子里划过一抹冷意，坚定地说："去揍周哲一顿。"

周哲可是周雄飞最喜欢的小儿子。

"老大，真这么做了，那可就跟周家结下梁子了。"

陆容渊目光冷洌地睨了万扬一眼，说："是周家跟我陆容渊结下梁子，这次，只是'利息'。"

万扬知道，这已经是陆容渊最后的让步，否则以陆容渊的性子，不会善罢甘休。这只是一点儿利息，怎么能弥补苏卿险些溺水而亡的伤害？

昏迷中的苏卿并不知道陆容渊冲冠一怒为红颜，为她报了仇。

周氏集团短短三个小时内，市值莫名蒸发了一百亿。

苏家。

秦素琴正敷着面膜等消息。听到电话铃声响起，她欢快地接通："雄飞，事儿办好了没有？"

"苏卿背后到底有什么人撑腰？我派去的人一个都没有回来，我前脚让人绑了苏卿，后脚周哲就让人揍了，公司更是遭到打压，损失掉了一百亿！"

周雄飞在电话那头暴跳如雷，火冒三丈。

秦素琴笑意一僵，惊叫道："雄飞，怎么会？苏卿哪有什么人撑腰，是不是周哲得罪了什么人？苏卿要真有什么人撑腰，怎么可能会被我赶出去？"

周雄飞质问道："你今天说陆总去了苏家，是为了什么事？"

"我不知道，陆总跟老苏去书房谈的。"秦素琴忙说，"不过肯定不是陆家给苏卿撑腰，苏卿逃婚，陆总没有追究已经是万幸了。"

周雄飞沉默了一会儿。他想过陆家，可他也知道陆家掌权人命不久矣，几乎从不出门不露面，也退了苏家的婚。一个小小的苏卿，不足以让陆家与周家为敌。周雄飞这才打电话问秦素琴，苏卿背后是否还有人。

"你最近给我安分点，先别去招惹苏卿，我倒要看看她背后有什么人。"周雄飞想不出苏卿背后的人，只好叮嘱秦素琴。

"好，好，好，"秦素琴哪里还敢再说什么，"雄飞，周哲没什么大事吧，在哪家医院？我过去探望。"

"你去做什么！管好苏雪，让她安分地做她的楚太太。"周雄飞气不打一处来，说完就挂了。

秦素琴的脸色很难看，这时苏雪走进来，问道："妈，怎么了？周叔叔得手没有？"

"出事了。"秦素琴脸色煞白，"苏卿没事，周哲被人揍了，你周叔叔正在气头上。"

"周哲出事了？"苏雪脸上涌现出欣喜，"真是活该，他是周叔叔最喜欢的儿子，他出事了，那周叔叔就会更喜欢我一点，说不定还会让我认祖归宗，继承周家的财产。"

"小雪，"秦素琴赶紧捂住苏雪的嘴，警惕地看了眼门外，"小心隔墙有耳。"

"妈，你怕什么。"苏雪说，"妈，苏家要破产了，你得为自己谋后路。这苏家千金哪有周家大小姐的名头响亮，周叔叔之前答应过我，会让我认祖归宗。"

"小雪，这事儿没这么容易。"秦素琴比苏雪看得通透。她做周雄飞的情妇这么多年了，一直都是偷偷摸摸的，就连苏雪也不能认祖归宗，只能冠着苏姓。只可惜，她当年生下的不是儿子，而是女儿。

"周叔叔那么疼我，我流着周家的血，认祖归宗是迟早的事。"苏雪仍然满怀信心。

秦素琴看苏雪如此期望，也不忍心把周雄飞的原话说出来。

"妈，对了，苏卿那个女人怎么样了？"

"不知道，你周叔叔派去的人一个都没有回去。"秦素琴想起一件事，问，"小雪，你之前说苏卿交了个男朋友，还送了她一条价值八百万的神女之心，那个男朋友什么来头，你清不清楚？"

苏雪不屑道："那就是个穷小子，穿着一身的地摊货，开着十来万的车子，哪里送得起那么贵的手链，八成是苏卿说谎。那手链肯定是假的，安迪看走眼罢了。"苏雪压根儿就不信那是条真手链。

苏卿醒来已经是第二天早上了。退烧后，睁开眼时，她浑身软绵无力。她看着窗外的树叶，阳光在树叶上跳跃，让她有一种一别经年的错觉。嗓子十分难受，苏卿咳嗽了几声，脑海里慢慢涌入昨晚的记忆。入水后，她好像听到了陆容渊的声音。难道是他救了她？

屋内的动静惊动了外面的人，陆容渊推门而入，见苏卿醒了，满心欣喜。

"卿卿，醒了。"陆容渊将她扶着坐起来，关心道，"有没有哪里不舒服？"

苏卿看着陆容渊，眼圈忽然就红了，心中一动，她扑进陆容渊的怀里。她昨晚差点儿就死了。现在想起来，还十分后怕。

陆容渊将苏卿拥入怀里，温声道："有我在，不用害怕。"

他感受到苏卿在他怀里发抖，昨晚她一定害怕极了。那一刻，陆容渊心底从未有过如此强烈的念头，他想保护怀里的女人，一辈子。

苏卿紧紧地攥着陆容渊的衣服，吸了吸鼻子，情绪缓和后，才从他怀里起来。这些年，无论出了什么事，都是她自己扛，第一次有人对她说，不用害怕。

"你怎么找到我的？"苏卿问。

陆容渊早就想好了一套说辞："我打你的电话，结果手机关机，就猜到你恐怕是出事了，立刻去报警，是警察找到了你，不过绑架你的绑匪都逃了。"

苏卿不敢想象，如果陆容渊没有找她，那她是不是就死了？苏卿也没有去细想陆容渊的话是真是假。她在他这里感受到的是前所未有的温暖。她入水后，好像有人也跟着跳下来，吻住了她的唇。

"陆容渊，你对我这么好，万一我以后离不开你怎么办？"经过楚天逸一事，苏卿不敢将一颗心全部交付出去。可陆容渊对她太好了，她就像从未吃过糖果的孩子，尝到了甜头，就戒不掉了。

"傻丫头，想什么呢？"陆容渊点了点苏卿的鼻子，满眼宠溺道，"你已经是我的女人，除非我陆容渊死了，否则这辈子你都别想离开我。"

听到"死"字，苏卿下意识将食指放在陆容渊的唇边："不许瞎说。"

陆容渊笑着握住她的手，放在唇边，轻轻一吻。手心处传来一阵酥痒，苏卿脸颊泛红。

就在这时，护士送药进来："苏小姐，该吃药了。"

苏卿红着脸将手抽回，瞪了陆容渊一眼。陆容渊脸上的笑意更深了。

护士放下药，叮嘱了几句就走了。苏卿最怕吃药了，看着药就发怵，小声说："可不可以不吃？太苦了。"

"不行。"陆容渊倒了杯水递给她，"良药苦口。"

苏卿皱着眉，拿起药，心一横服下，一整杯水下肚，嘴里还是有苦味。

没等她从苦味中缓过来，却听见陆容渊说道："张嘴。"

苏卿下意识地张开嘴，还没反应过来，陆容渊含着一颗糖吻住了她的唇。唇上一片柔软，嘴里却是甜味。糖在嘴里慢慢融化，苏卿感觉每个细胞都浸泡在蜜罐里。一个吻，让两个人心跳加速。苏卿的脸迅速爆红。

"老大，那个，我……"万扬匆匆而来，见到房间里的情景，赶紧捂住眼睛，"我什么都没看见，你们继续。"万扬连忙退出去，将门带上。这才拍拍胸口，真是太险了，幸亏他闪得快。

陆容渊起身，淡然地整理着衣服："你先休息一会儿。"

"呃！"苏卿扯过被子，将脑袋蒙住，真是羞死人了。幸亏他们刚才没做什么，否则被撞见，那才叫尴尬。陆容渊看了一眼躲在被子里的苏卿，笑了笑，走出去。

万扬在走廊里等着，见陆容渊这么快就出来了，十分诧异："老大，这么快就结束了？"

陆容渊一个冷冽的眼神看过去，万扬立刻闭嘴。

"什么事？"

"老爷子让你回去一趟，昨晚的事，老爷子应该知道了。"

"嗯。"陆容渊面无表情，"知道了。"昨晚他弄出如此大的动静，肯定瞒不过老爷子。如今苏卿退烧，他得回去给老爷子一个交代。

陆容渊以有事为由，让苏卿在医院待着，等他回来。但他思前想后还是不放心，又将万扬留下来。

苏卿的手机被绑匪给扔了，陆容渊又让万扬买了一部送过去。苏卿拿到手机，立即给苏德安打了个电话过去："我通知你一声，这次，我绝不会再放过秦素琴，我与她，这梁子算是结下了。"

说完，苏卿就挂了电话。她只是知会苏德安一声。这次绑架，肯定跟秦素琴脱不了干系。刚才她没有在陆容渊面前追问绑匪的事，只不过是不想将陆容渊牵扯进来。陆容渊只是一名送货的司机，他哪里能和秦素琴抗衡？这是她与秦素琴的恩怨，她自己解决。

苏氏集团。

苏德安盯着电话半天才回过神来，他不知道秦素琴又干了什么，现在他正为公司资金链的事焦头烂额。

另一边，苏卿感觉身体没什么问题，就想下地四处走走。整层楼都十分安静，其他病房都没人。苏卿在走廊里溜达，万扬正好从外回来，他问："苏小姐，你饿了吗？要不要吃点什么？"

"不用了。"苏卿没有什么胃口，也不好麻烦别人，"万先生，你跟陆容渊认识多久了？"

对于陆容渊，苏卿了解得太少，所以想从万扬这里打听。

万扬想了想，回答道："还真想不起认识多久了，反正挺久了。老大这人不错，苏小姐，你跟了他，绝对是最正确的选择。"

"他人确实很好。"苏卿至今也挑不出陆容渊半点不好的地方，"对了，万先生，你为什么叫他老大呢？"

万扬说起瞎话来，那也是一本正经："因为老大在家里排行老大，所以大家都这么叫。"

"陆容渊还有兄弟姐妹吗？"苏卿疑惑道，"可他跟我说家中无兄弟姐妹呀。"

万扬心头咯噔一下，草率了。陆容渊确实没有亲兄弟姐妹，可同父异母的兄弟不少，且个个都是狼子野心。

万扬反应很快，笑道："我指的是堂兄弟姐妹。"

"哦！"苏卿点了点头。

万扬赶紧岔开话题："苏小姐，要不我还是出去给你买点吃的吧，你刚退烧，吃点清淡的，粥怎么样？"

"那麻烦万先生了。"苏卿也不好再拒绝。

万扬一走，苏卿闲得无聊，这时安若给她打电话，得知她住院的事，不到半个小时就来了。

"苏卿，怎么回事？这才分开一天，就把自己整到医院了。"安若急急忙忙地进了病房，拉着苏卿左看右看。

苏卿笑道："若不是命大，你差点儿就见不到我了。"

安若急道："怎么回事？"

对于安若，苏卿也没有什么可瞒的，便将昨晚上的事大致说了一遍。

安若听得心惊胆战，又气愤不已："真是秦素琴干的？连绑架的事都干得出来，也太歹毒了。苏卿，你没事吧？"

"没事。"苏卿冷笑一声，"秦素琴给我送了一份又一份的'大礼'，我得好好回敬回敬，礼尚往来。"

"有什么需要帮忙的，尽管开口。"安若特别义气，"我也早看你那继母不爽了。"

"行，到时候还真需要你帮忙。"苏卿心里已经有计划了。

正说着，苏卿的电话就响了，是苏德安打来的。

苏卿直接挂掉。苏德安又打了过来。苏卿接通，语气冷淡："什么事？"

"我在你公司楼下，你下来一趟。"苏德安的语气也很冷，带着几分命令的口吻。

苏卿一听苏德安竟然去了自己上班的公司，十分讶异，不过那命令的语气令她十分不爽。

"没空。"苏卿冷冷地回了两个字。

"翅膀硬了是吧，你秦姨打电话让我亲自接你回去一起吃午饭，你别不识好歹。"

秦素琴让她回去吃午饭？这怕是一场鸿门宴。

"不去。"苏卿说完就挂断了。

在医院陪了一会儿，安若有事先离开，苏卿送她到医院门口，碰巧遇到陆容渊从外面回来。陆容渊一眼看到了苏卿，下车朝苏卿走过去，关切地问："卿卿，怎么出来了？"

"送朋友。对了，我来介绍一下，这位是我最好的闺密，安若。"苏卿介绍道，"若若，这是我男朋友，陆容渊。"

安若在看到陆容渊时，两眼发光，一脸花痴："哇，好帅呀！"

"男朋友？陆容渊？"安若反应过来，"你什么时候有男朋友了？陆容渊？你是陆总陆容渊吗？我的妈呀，传言不是说你脸毁腿瘸吗，怎么长这么帅？"

苏卿笑着解释："这不是陆总，只是同名同姓而已，你看他，除了名字一样，哪里像陆总？"

陆容渊嘴角噙着微笑，站在苏卿身侧。

安若又仔细看了看，尴尬地笑道："也对，吓死我了，苏卿，刚才我还以为你真跟那个短命鬼陆总在一起呢，不是就好。"

短命鬼？陆容渊觉得好笑。看在是苏卿的朋友的分上，陆容渊温柔地附和道："同名同姓而已，谢谢你能来看卿卿，等卿卿出院了，再一起吃个饭。"

"行啊，那我就不客气了，这顿我可记着了。"安若笑着对苏卿说了句悄悄话，"这男朋友不错，会处事，脾气好，回头再拷问你怎么认识的。"

苏卿看了一眼陆容渊，笑了笑，说："若若，你不是有事吗？"

经提醒，安若才想起来，忙说："对对，我得赶紧走了，回头见。"

安若走后，苏卿与陆容渊回到病房，正巧护士说检查报告出来了。苏卿一听，不由得担心起来。她生过孩子，万一检查出什么，陆容渊知道了，会不会就不要她了？

苏卿想阻止陆容渊，可没等她开口，就听陆容渊说道："卿卿，你先回病房，我去取报告就行了。"

"陆容……"

苏卿的话一半还在嘴里，陆容渊已经朝医生办公室那边去了。

陆容渊去了十几分钟，这段时间里，苏卿坐立难安，手心发凉。跟楚天逸在一起时，她也担心过这个秘密会被发现，却没有像这天这样恐惧。她害怕会失去陆容渊。想想，连苏卿自己都觉得不可思议。她与陆容渊在一起的时间不到一个月，却已经习惯，甚至害怕失去。

苏卿在病房里来回走动，就在她想出去找陆容渊时，正巧碰到万扬从外面回来。

"苏小姐，你这是要去哪里？"万扬很会察言观色，"你的脸色怎么这么难看？"

"我去洗手间。"苏卿扯谎，"肚子有点不舒服。"

她极力掩饰着。一个谎言说出口，就需要用无数个谎言来掩盖，最后就像滚雪球一样，越滚越大。有万扬在，苏卿也不好出去找人了，只好去洗手间。她看了一眼镜子里的自己，脸色确实不太好。苏卿吐了一口浊气，做好心理准备。如果陆容渊知道她生过孩子，不能接受的话，那她也会放手。

苏卿在洗手间里待了一会儿，也想好了说辞。她忐忑地回到病房时，见陆容渊已经回来了，正在收拾东西。苏卿心里有点凉，看来他已经知道了，所以才这么快收拾东西准备跟她分手。

"陆容渊，"苏卿鼓足勇气，盯着陆容渊的背影，心下一横，"我知道换作谁也不能接受，如果你想分……"

"东西都收拾好了，我们回家吧。"陆容渊回过身，眉眼里依然带着笑意，"卿卿，你看还有什么忘记拿的。"

苏卿有些蒙："陆容渊，你这是……"难道不是分手？

"医生说你身体没问题，可以出院了。"陆容渊温柔地笑道，"我已经办理好了出院手续，现在我们就回家。"

回家？苏卿没有家。她要回哪个家呢？苏家吗，还是出租房？

"应该都收拾好了。"陆容渊见苏卿愣着，笑着走过去牵住她的手，"走吧！"

苏卿望着他，紧张地问："陆容渊，医生有没有说别的？"

"什么别的？"陆容渊笑看着她。

难道陆容渊还不知道？难道医生没说？苏卿想到医生有保护病人隐私的责任，或许陆容渊还不知道。可经过刚才一事，苏卿知道，天下没有不透风的墙，如果这风迟早要透进来，那不如在感情还没有深到不可自拔的地步就做个抉择。苏卿抽回手，她很紧张，心跳得很快，面上却不动声色地说："陆容渊，有件事我要告诉你，五年前……"

"好了。"陆容渊打断她的话，笑着将她拥入怀，"以后有我在，保准不会再让你受伤进医院。"

陆容渊又宠溺地揉了揉苏卿的头发，说："走。"

在陆容渊温柔的注视下，苏卿到嘴边的话还是咽回去了。也是这时，自卑在她心底扎根。她意识到，她跟陆容渊之间有一条裂缝，随时会让两个人分崩离析。苏卿也没再过多说什么，任由陆容渊牵着她走出医院，就好像什么都没有发生一样。上了车，苏卿随口问了句："万先生呢？"

"他有事先走了。"陆容渊启动车子，"卿卿，饿了没？我先带你去吃点东西。"

"不饿，我想回出租房睡一会儿。"苏卿确实不饿，万扬给她送过饭。

"好。"陆容渊也没再多说什么。

可能是吃了药的关系，一回到出租房，苏卿就直接睡了。这是陆容渊第一次来苏卿的住处。一个一居室，客厅与卧室连着，中间用屏风隔断，厨房也挨着的，整个房子不到三十平。很小，却很整洁温馨，有一种家的温暖。陆容渊坐在沙发上，透过屏风缝隙看了苏卿一眼。

看着苏卿睡着时的模样，陆容渊心中一动，走了过去。苏卿睡眠很浅，迷迷糊糊间听到了陆容渊走近的声音，也感受到床塌陷下去了些。等她睁开眼时，陆容渊那张脸已经近在咫尺。

苏卿的心跳骤然加快，脸也发烫，话都说不清了："你……做什么？"

陆容渊幽深的眸光凝视着她，抬手温柔地为她拨开额头上的碎发，嗓音醇厚，带着蛊惑："卿卿，以后给我生个孩子吧。"

在今天之前，陆容渊从未想过要孩子。一个男人决定要孩子，那就是认定了这个女人。差点儿失去苏卿以后，陆容渊突然冒出了这样的念头。温馨的家里，似乎缺点什么。苏卿一怔，惊诧地望着陆容渊，同时心底也涌出无数感动与后怕。陆容渊为什么突然提起要孩子？

"生……生孩子？"

陆容渊的嘴角微微上扬，带着几分邪气："我们生个女儿，像你一样美丽温柔。"

她哪里温柔了？她跟温柔半点不沾边。苏卿迎上那双认真的眸子，心里发虚。她将脸别过去，面上不动声色："还太早了……"

陆容渊眉心微拧，有几分失落。他们确实才交往不久，苏卿也还未完全向他敞开心扉。是他有点着急了。

"好，听你的。"陆容渊拥着苏卿，也没再说什么。

chapter 05

惹上李家

接下来的日子，苏卿在家里休养。陆容渊每天给苏卿送吃的，陪她饭后散步。他们看着像热恋中的情侣，可陆容渊隐约感觉到，苏卿刻意和他保持着距离。

休息了一周。苏卿回到公司上班，因为之前手链一事，她得罪了郑明珠，也得罪了刘东。他们的感情因此出了问题，刘东想要做老板女婿的梦怕是要破碎了。

刘东现在恨苏卿恨得咬牙切齿，天天变着花样刁难她，还总让她加班到深更半夜。因为那条八百万的手链，公司同事都暗地里猜测苏卿是不是真交上了有钱的男朋友。

同事们持围观态度，不过分亲近苏卿，也没有太疏远。两方都不得罪，是职场生存之道。

蔡静梅劝道："苏卿，要不你去跟刘经理服个软，你这样天天被针对，日子也难熬。"

"不用。"苏卿很清楚，就算她服软也没有用。而且她没有错，也不会去服软。

蔡静梅叹息，神秘兮兮地问："苏卿，你男朋友是做什么的？"

这已经不是第一个来打探苏卿男朋友的人了，公司的传言，苏卿也听到过几次。

苏卿自然知道蔡静梅的心思，笑道："就一个普通人，送货的。"

蔡静梅不信道："苏卿，跟我也不说实话是吧，没把我当朋友，我那天可还为你说话求情了。"

苏卿无奈一笑，认真地说："真没骗你，这就是实话。"

她也是看在蔡静梅为自己说话的分上才说实话的。

蔡静梅撇撇嘴道："送货的能买得起八百万的手链？"

"那就是一个高仿品，不是真的。"苏卿笑道，"可能是我的仿得比郑明珠的真，所以没被看出来。"

出过一条高仿，再多出几条也不足为奇。

蔡静梅将信将疑，继续问："那你男朋友在哪买的？多少钱？"

"在哪买的不知道，回头我问问，不贵，就几百块。"

眼看要下班了，苏卿就将完成好的工作交给蔡静梅，说："我今天有事，先溜了，不然又被刘经理逮住要我加班，麻烦你帮我交一下。"

沉寂了这么多天，苏卿终于逮到了反击的机会。她说过，被人绑架的这笔账，她会跟秦素琴讨回来。苏卿溜出公司，掏出手机给苏德安打了个电话："爸，晚上一起吃个饭吧，我有办法解决公司资金链的问题。"

后面这话，苏卿纯属是瞎扯。她哪里有办法，她只是要把苏德安诓骗出来，看一场好戏。

自从上次苏卿拒绝回苏家吃饭后，就再没有跟苏家那边有联系，秦素琴母女也十分意外地没有来找麻烦。苏德安此时正焦头烂额，听到苏卿说有办法，也不管是真是假，赶紧答应："好，爸爸过来找你，你还没下班吧？"

爸爸？这两个字真是讽刺。这嘴脸也变得太快了。

"不用，我把地址发给你，你直接过去就行。"苏卿说完就挂了电话，自己打车前往吃饭的地方，正是上次陆容渊带她去过的那家别墅私房菜。

苏卿没有会员，没有资格进入，只好找安若帮忙。苏卿到的时候，安若已经在门口等着了。一见到她，安若就急切地说："苏卿，这里，你可来了，我刚才看见你那继母已经进去了。"

"不急，还有一位重要嘉宾没有到。"苏卿眼底划过一抹狡黠，冷笑道，"今晚就让秦素琴先还一点'利息'。"

安若听着就兴奋，问："苏卿，你打算怎么做？包间已经订好了，就在水仙阁。"

就在这时，一辆熟悉的车子开了过来。

苏卿笑了，笑容里充满算计："戏台子搭好了。"

苏卿拉着安若先躲在一旁，等车子进去了，才走出来。安若盯着车子看了一眼，正好瞥见了里面坐着的人，更加茫然了，不解道："那不是周雄飞吗？苏卿，你到底在卖什么关子？"

苏卿拍了拍安若的肩膀，说："进去不就知道了。"

有安若在，苏卿很是顺利地进去了。苏卿特意让安若先到，然后订了秦素琴所在的包间旁边的水仙阁。她们进了水仙阁，苏卿打开一条门缝，看着周雄飞进了隔壁的海棠阁。

安若惊道："苏卿，你继母不就是在隔壁吗？周雄飞是来找秦素琴的？一个是周氏集团的董事长，一个是苏夫人，这两个人怎么扯上关系的？难道是……"安若也不笨，自然猜到了。

苏卿勾唇一笑，说："这两个人已经偷偷摸摸很多年了。"

具体什么时候开始的，苏卿不知道。她以前给人做家教或者兼职的时候，撞见过几次，这才觉得有问题。

"秦素琴竟敢这么做！"安若格外激动，"还等什么呀，把这件事告诉你爸，那秦素琴肯定得被扫地出门，捏着这么大的把柄，你怎么不知道利用啊？"

苏卿也不是没想过揭穿秦素琴，可秦素琴做得太隐秘了，对方又是周雄飞，没有捉奸在床，苏德安不会信的，更不敢找对方麻烦。到时秦素琴吹吹枕边风，倒霉的还是她。

秦素琴之前把付家得罪了，苏德安还是没把秦素琴怎么样，可见这女人在苏德安心中的地位。

"没有实质性的证据，没用的。若若，你先在包间里等我爸，我找个机会进一趟隔壁。"

"你去隔壁干吗？那不就打草惊蛇了？"安若拉着苏卿走向前边，神神秘秘地说，"这包间有个洞，不仅可以听见隔壁的声音，还能看见。"

"真的？"苏卿十分惊喜，"我之前怎么不知道？"

苏卿跟着安若来过几次，以前楚天逸也带她来过，还真不知道有这回事。

安若说："每个房间都有，只是知道的人没几个，我也是从安羽那小子那里知道的。至于他怎么知道的，我就不知道了。"

不管了，苏卿抱着安若亲了一下，兴奋道："若若，你真是我的福星啊。"

安若得意道：“那是。”

安若将墙壁上挂着的一幅山水画挪开，墙壁上真有一个洞，不大，也就有一只眼睛大小。

“我看看。”苏卿迫不及待地朝洞中看去，本以为能看见一些画面，没想到却听到了让她震惊的话。

隔壁房间内，秦素琴笑意盈盈地伺候着周雄飞：“小雪最近因为苏卿闷闷不乐的，雄飞，你要不再出一次手，教训教训那丫头？”

周雄飞语气不善：“我已经警告过你们，别再招惹苏卿。上次周家损失了一百亿，到现在都没弄清是谁干的。”

“那周哲好点了没？”秦素琴温柔地问。

本来心情就不太好的周雄飞，一听到周哲的名字，想到自己最疼爱的儿子受伤了，心情就更不好了，冷着一张脸。

突然，周雄飞怒拍桌子，大声说：“你到底有没有弄清楚苏卿背后的人是谁？是谁伤了我儿子？”

秦素琴吓得身子一抖，十分后悔自己主动提及这件事。

“那死丫头现在也不回来了，上次我让苏德安亲自去找她，那丫头也不给面子。”秦素琴小心翼翼地说，“雄飞，你弄清楚没有，真是有人替苏卿出头干的？那丫头哪有那本事，什么人能为她出头？”

闻言，苏卿心底震惊。原来绑架她的人是周雄飞派去的。有人替她出头，会是谁？周家可是帝京四大家族之一，谁不要命敢惹上周家？苏卿自认为自己并不认识厉害到能教训周家的大佬。难道是万扬看在陆容渊的面子上，替她出头？也不对，陆容渊没说过这事呀。

安若与苏卿面面相觑。安若问：“不会是楚天逸吧？”

“绝不可能。”苏卿说，“楚天逸要有那胆量，我跟他也走不到今天这步田地。”

楚天逸一个私生子，连楚家的继承权都要靠苏雪帮忙，怎么可能敢动周雄飞的儿子？

为了平复周雄飞的怒火，秦素琴的双手开始不安分地伸向周雄飞的大腿处，嘴上说：“雄飞，别生气了，要不你躺沙发上去，我给你好好按按。”

好戏来了。

就在这时，苏德安兴冲冲地来了，边进门边说：“苏卿，路上有点堵车，爸爸来晚了。对了，你说有办法解决公司资金链断裂的问题，什么办法？"

"爸，不急，"苏卿与安若对视一眼，笑着说道，"爸，若若说她有点事，我先送她出去，你先坐着等一会儿，我马上就回来。"

"好。"苏德安也认识安若，哪怕再急，在这个时候，也只能维持着慈父的样子。

苏卿与安若先出去，走的时候，墙壁上那幅山水画依然是挪开的。

离开房间，安若问："苏卿，万一你爸没看见呢？"

"不可能。"苏卿说，"若若，先等等吧。"

苏卿没有离开，而是与安若躲在拐角处，等着看戏。

过了不到五分钟，苏卿就见秦素琴从海棠阁神色慌张地出来，而苏德安也怒气冲冲地从水仙阁出来。

"老苏，你怎么在这里？"秦素琴一脸心虚，回头看了一眼房间，生怕苏德安冲进去。

"你跟什么人在一块吃饭？你们刚才在里面做什么？秦素琴，我苏德安对你不薄，你怎么敢背叛我？"苏德安气得脸都扭曲了，却也没敢闹得太大。闹大了，惊动了其他人，更丢脸。

"老苏，你听我解释。"秦素琴慌了。

"我倒要进去看看里面到底是什么人！"苏德安说着就要推开门进去。

"苏德安。"秦素琴急了，拦住门，"你不想苏家真破产，那就别进去，跟我回去。"

苏德安盯着秦素琴，恨得咬牙切齿，扬手一个耳光打了下去，怒道："秦素琴，你这个水性杨花的女人，我苏德安怎么就娶了你这么个娘们！"

那一耳光打得不轻，苏卿隔着几米远都听到了清脆的响声。这么多年了，她还是第一次看到苏德安对秦素琴动手。

苏卿心里十分痛快。苏德安气极了，那一巴掌力道很重，直接将秦素琴的嘴角打出血了。

秦素琴愣了几秒，突然尖叫一声："啊！苏德安，你竟敢打我，你这个没良心的，我这么做还不是为了你，看着你每天为公司的事烦心，我也是为了替你分忧。"

说着，秦素琴开始撒泼，扯着苏德安的衣服又哭又闹，哭得那叫一个委屈。

"这演技，牛！"安若不由得惊叹道，"你爸怎么不冲进去呀？太窝囊了吧。"

苏卿倒是见惯不怪了，而且她也知道苏德安不敢进去。

"里面的可是周雄飞，他没那胆子。"苏卿压低声音对安若说，"你先走。"

"好。"安若心领神会，从旁边撤走。

等安若一走，苏卿故作一脸疑惑地走出去，说："秦姨，你也在呀？今天秦姨打扮得可真漂亮，简直美艳动人，是打算跟爸过二人世界吗？"

苏卿看似在夸秦素琴，实则火上浇油。女为悦己者容，秦素琴精心打扮，为的可不是苏德安，而是周雄飞。这一招煽风点火，苏卿还是跟秦素琴学的。

一听这话，苏德安果然脸色更为难看，整张脸都气绿了。平常也没见秦素琴打扮得如此漂亮，出来与男人约会，就如此精心打扮，想来没少背叛他。

见苏卿出现，秦素琴十分意外，忙说："你怎么在这里？"

苏卿笑盈盈地说："我约了爸一起吃饭，秦姨，没想到你也在，既然你跟爸要过二人世界，那我就不打扰了，我改天再跟爸吃饭也是一样的。"

"是你，你这死丫头，你陷害我。"秦素琴反应过来，对苏卿恨得牙痒痒。

"我陷害你什么！我怎么听不懂啊？呀，秦姨，你嘴角怎么出血了？"苏卿故作茫然，又看了看苏德安，"爸，你跟秦姨闹矛盾了吗？"

秦素琴目眦欲裂："你还装，苏卿，你这死丫头，我……"

秦素琴扬手就想打苏卿。苏卿怎么会任由秦素琴打？她抓住秦素琴的手，以只有两个人能听到的声音冷声道："人不犯我我不犯人，我警告过你，再惹我，后果自负。"

苏卿不怕秦素琴知道这天的事是她策划的，秦素琴也早晚会知道，兔子急了会咬人。

"你，你，你……"秦素琴气得五官扭曲。

这边的动静已经惊动了其他包间的人，苏德安心底的怒火噌噌上蹿。

"够了，还嫌不够丢脸？"苏德安黑着脸，看了一眼隔壁的房间，扯住秦素琴的手，"给我滚回去，别给我丢人现眼。"

苏德安扯着秦素琴往外走，他丢不起这个人。

"我不走，我不回去。"秦素琴挣扎无用。

苏卿笑看着秦素琴被苏德安带走，心底长舒了一口气。以她对苏德安的了解，秦素琴回去了怕是还有一番苦头吃。而秦素琴与周雄飞的私情曝光，周雄飞也会对秦素琴失了兴趣，甚至避之不及。周雄飞是有头有脸的人物，最看重自己的名声。让秦素琴失去周雄飞这座靠山，又在苏德安那里失宠，一箭双雕。这也是苏卿的目的，打蛇就要打七寸。

事情办完了，苏卿正要离开，刚走到拐角，手腕忽然被人抓住，没等她看清楚是谁，就被扯进一旁的包间。

"苏卿，你这是在玩火。"耳边是一个男人冰冷的声音。

苏卿心头一紧，待看清是谁，十分讶异道："楚天逸，放开我。"

苏卿甩开楚天逸，恼怒道："我的事，不用你管，跟你也没关系。"

"你知道自己在做什么吗？苏卿，你得罪的不只是秦素琴，还有周雄飞。"

"那又怎样？"苏卿不是不怕，可怕又有什么用？

她没有招惹周雄飞，也忍让秦素琴多次了，可他们还不是想要她的命？她上次如果不是命大，被陆容渊救了，早就不在世上了。

"苏卿，你变了。"楚天逸皱着眉，一副很是失望的样子，"你惹得起周家吗？人家想弄死你比捏死一只蚂蚁还要简单，我这是在担心你。"

苏卿冷笑道："楚天逸，别说这些话恶心我了！你不就是担心周雄飞跟秦素琴的事情被捅破，秦素琴失了宠，那苏雪就没有利用价值了，没人能帮你争夺楚家继承权了？不过你也挺有本事，都被这家餐厅上了黑名单，还能溜进来，这么觍着脸进来，也不怕待会儿被人发现，再被扔出去，有损你的面子？"

从楚天逸刚才的反应来看，怕是早就知道周雄飞跟秦素琴的事了。而这事，一定是苏雪说出去的。只要稍稍一想，苏卿也就能想明白为什么楚天逸会笃定苏雪能帮上他。如果周雄飞出面，那楚天逸继承楚家就稳了。

"楚家在帝京也不是吃素的，再说了，我是跟着刘局来的，谁敢扔我？"被戳中心思，楚天逸脸色一阵难看，"苏卿，你果然很聪明，我也说过，我做这一切都是为了我们，为了给你更好的生活，你别再因为我跟秦素琴还有苏雪对着干，再忍忍，好吗？"

苏卿笑了，只是那笑容没有什么温度，冷冷地说："楚天逸，你是不是还没睡醒，做梦呢？我跟你没关系了，我凭什么为了你不跟她们对着干？还真把自己当根葱了！"

苏卿丝毫没给楚天逸留面子，说完就转身拉开包间的门出去了。

"苏卿，你给我站住。"楚天逸失去了耐心，厉声喝道。

苏卿真站住了，不过不是因为楚天逸的话，而是因为看见了一个人。

还真是冤家路窄，苏卿没想到会在这里碰到小李少，李森。上次为了带走安若，苏卿踢了对方一脚。

见苏卿站住了，楚天逸以为苏卿心里还有他，刚才只不过是在跟他闹脾气，语气缓和了些："卿卿，我知道你心里还爱着我……"

"闭嘴。"苏卿斜了楚天逸一眼，想在李森没看见她之前溜走。

可惜，晚了。

李森已经看见了苏卿，怒气冲冲走过来，道："苏卿，你给我站住。"

上次他被踢了一脚，又撞到了桌子上，不仅脑袋磕出了血，还轻微脑震荡了。李森在医院住了一个礼拜，又被家里人关在家里，也不知道为什么，家里人不许他去找苏卿算账，也不许他招惹苏卿，还警告他，见着苏卿就躲远点。直到今天他才被放出来。

冤家路窄，没等他去找人，苏卿倒是自己送上门来了。李森哪里知道，陆容渊曾派人去敲打过李家。

上次陆容渊在酒吧后巷遇见苏卿，让夏冬去打听过当晚发生了什么事，已经替苏卿收拾了烂摊子。否则苏卿哪里能逍遥到今天，李家早就找上门了。不过这事，苏卿是不知道的。

"这次看你往哪里跑。"李森早就把家里人的警告丢在脑后了，上前去抓苏卿。

"怎么，还想再被踹一脚？"苏卿反应很快，轻而易举地躲过了，又扫了一眼李森的下身。

李森想到之前的事，条件反射地捂住了紧要部位，一张脸气得通红："你这女人，不知羞耻，你今天好生陪小爷喝一杯，让小爷高兴了，说不定小爷就放过你了，否则，我弄死你。"李森平日被家里人宠坏了，锱铢必较。

楚天逸见苏卿跟李森有过节，便拿出英雄救美的姿态，在苏卿面前表现起来："小李少，不知苏卿怎么得罪你了，看在我的面子上，就这么算了吧，我陪你喝一杯，替苏卿向你赔罪。"

"你算老几？"李森丝毫不买账。他压根儿就没把楚天逸放在眼里，"哦，我想起来了，你不就是楚家那个私生子吗？一个私生子还想跟我喝酒，你配吗？"

闻言，苏卿只觉得好笑，但她没作声，而是看起了热闹。

李森的话让楚天逸脸上挂不住，私生子这事是他最大的痛处。他没想到这李森半点面子都不给，反而出言羞辱。

而这边闹出的动静惊动了不少人从包间里出来。能进来这里的，都是有头有脸的人物，楚天逸只觉脸上被打了一耳光，火辣辣的。这脸是丢大了。

楚天逸恼羞成怒，指着李森道："你一个纨绔子弟，仗着家里的权势目中无人，把刚才的话再说一遍。"

"怎么样？"李森一副"有本事打我呀"的欠揍嘴脸，不屑道，"我就说你是私生子，怎么着？有种打我呀。"

李森十分欠揍地将脸凑过去，嬉笑着，句句都在刺激楚天逸。

"李森。"楚天逸愤怒地一把揪住李森的领口，拳头举起。

还没打下去，李森就开始号叫："哎哟，楚家的私生子打人了，大家快看看，私生子打人了，大家帮我做证，回头找楚老爷子好好评理去。"

苏卿看着好笑，特别是看到楚天逸听到楚老爷子的名字，愣是没敢打下去那副吃瘪的样子。

"孬种！"李森得了便宜还卖乖，推开楚天逸，冷嗤道，"没本事还出什么头，学什么英雄救美。"

楚天逸怒不可遏，紧攥拳头，手背青筋凸起，腮帮子紧绷着，面对李森的挑衅，却没敢多说一个字。楚天逸在楚家地位不稳，如履薄冰，要是得罪了李森，以后他在楚家日子会更难过。

苏卿看着楚天逸那一副"忍者神龟"的表情，心里不禁佩服。这世上有一种人，越是能忍，越是危险可怕。

李森冷笑一声，没再跟楚天逸废话。他的目标是苏卿。"美人，跟小爷走吧，小爷一高兴，说不定把你娶回去了。"

李森虽然很愤怒于上次被踹，但就冲苏卿那张脸，也生出了几分怜香惜玉之情，舍不得真把她怎么样。

"想娶我？我担心你挨不了我几脚。"苏卿扬唇一笑。

她不怕李森，光脚的不怕穿鞋的，一人吃饱全家不饿，她可没楚天逸那么多顾虑。

"你这女人，敬酒不吃吃罚酒。"李森说着就要去拽苏卿。

苏卿也做好了踹对方的准备。

突然，李森的肩膀被身后的人抓住了。来的不是别人，正是陆容渊。

苏卿十分诧异，脚也忘记踹出去了。陆容渊怎么会在这里？

李森回头一看，见是一张生面孔，不以为意，反正不认识的人，一律按照闲杂人等处理。

李森笑了："嗬，又来一个多管闲事、英雄救美的，识趣的快闪开，别搅了小爷的好事……啊……"

话没说完，陆容渊一脚就将李森踢出了几米远。围观的人都愣了，空气突然安静。楚天逸十分震惊。他都不敢出手，这人竟然敢打李森？

看这人毫无顾忌地出手，楚天逸心里有着说不出的羡慕。

看着李森被打，他心中的怒气稍稍散了一些，可一想到这男人是苏卿的男朋友，他心里又有点不舒服，顿时生出一股敌意。果然是土包子，也许他是因为压根儿不知道李森的身份，所以才敢动手。这么一想，楚天逸心里也就平衡了。得罪了李家，他倒要看看这个土包子怎么收场。

苏卿目瞪口呆。虽然陆容渊这一脚有她之前的风范，可对方是李森，李家最宠爱的儿子，而且还是根独苗苗，几代单传的那种，李家人宝贝得不行，这也助长了李森的嚣张气焰。陆容渊现在打了李森，肯定得惹上麻烦。她惹麻烦不怕，可陆容渊不能，她不能毁了陆容渊。陆容渊一个普通人，能有什么本事跟李家抗衡？要是遭到李家的报复，后果不堪设想。

"你怎么来了？快走。"苏卿担心地扯了一下陆容渊，让他赶紧走。

"以前拉的一位客人请吃饭，听见动静就过来看看。"陆容渊面不改色地说。

苏卿也没有多疑。

陆容渊自觉不算撒谎，半真半假，他真是来这里吃饭，听见动静才过来的。来这里的虽然都是些有头有脸的人，可到底接触不到顶级的圈子，加上陆容渊一直神龙见首不见尾，别说对外声称"毁容"后没几人见过其真面目，就是之前，能接触到陆容渊的人也没多少。像李森这种纨绔子弟，也只是听闻过陆容渊的名字，未见过真人。

李森忍着痛从地上爬起来，五官扭曲，暴跳如雷："哪里来的土包子！看清小爷是谁，活得不耐烦了，老子弄死你！"

陆容渊将苏卿护在身后，气场全开，冷声道："不想断子绝孙的话，就给我滚开！"

李森一向嚣张惯了，这是他头一次被震慑住。陆容渊一个冷冽的眼神看过去，他的气焰立刻弱了下去，连他自己都觉得不可思议。李森反应过来自己竟然在一个土包子面前示弱了，气急败坏道："这是小爷看上的女人。"

"嗯？"陆容渊眉梢冷冷一压，又是一脚踢过去。

这次踢得更远了。周围人吓得都往后退了一步，其中一名青年连忙上去想要扶起李森："小李少。"

苏卿也吓着了，心急道："陆容渊。"

这一脚太重了，李森感觉自己的肋骨都断了，脸色煞白。他无法靠自己站起来，全靠青年扶着。

青年怒道："知道你踢的是谁吗？这是李家大少，出了事，你负得起责任吗？你小子有几条命够赔？"

陆容渊压根儿没把青年放在眼里，厉声警告李森："再骚扰苏卿，就让李逮华等着给你收尸。"

李逮华正是李森的父亲。李家在帝京也是有一定的地位的，加之李逮华喜欢做一些善事，为自己谋个好名声，即使是普通人，也听过他的名字。故而听到陆容渊说出李逮华的名字，也没几人觉得不对。但是苏卿却下意识地看了陆容渊一眼。陆容渊十分嚣张，比李森还嚣张。

李森对上陆容渊森冷的眸子，心里一阵胆寒，背脊发凉，竟下意识地点了点头，艰难地开口示弱道："刚才是闹着玩的，下次……不敢了。"

李森在这个男人眼里真的看到了杀气，浓烈的杀气，他相信对方真干得出。他平日里天不怕地不怕，除了他爸，也没怕过谁，没想到眼前这个男人一个眼神比他爸还可怕，他差点儿就跪下来叫爸爸了。

陆容渊牵住苏卿的手，语气温柔地说："走。"

陆容渊一走，青年赶紧把李森送去医院，打电话通知李家人。

而走廊另一头，一个中年男人目瞪口呆，还没有回过神来。

"万、万扬，刚才那女人是谁？竟然让我大外甥动手了。"中年男人正是陆容渊的舅舅，陈豪。

"动手算什么，老大之前为了苏小姐，连海都跳了。"万扬一副见怪不怪的样子。李森只是挨两脚，算轻的了。这小李少也是倒霉，竟然敢打老大女人的主意，这不是找死是什么？

陈豪更加震惊，问："苏小姐？哪个苏小姐？"

"还能是哪个苏小姐？就是老大之前退婚的那个，苏家大小姐，苏卿。"万扬说，"老大这次可栽在这苏小姐身上了。"

"我的乖乖，大外甥谈恋爱了？"陈豪一拍手，乐道，"我得赶紧告诉我妹妹去。"

真不容易，大外甥开窍了，终于知道找女朋友了。真是操碎了做舅舅的一颗心。

"别院小厨"门口停着一排豪车，一群人恭敬地站在车子旁边候着。为首的夏冬一直盯着门口，看了好几次时间，见人一直没出来，这才掏出手机打了个电话："老大，我们已经在门口了。"

陆容渊看到来电显示，走远了几步才接通，冷冷地命令道："你们走远点，我有很重要的事，你们先撤。"

"是。"夏冬尽管好奇，但还是听从命令。

挂断电话，一旁的夏秋问道："老大什么时候出来？"

"不用等了，老大让我们先走。"

就在这时，陆容渊与苏卿走了出来，夏冬一眼就看见了。见苏小姐在老大身边，他识趣地站在原地没动。而夏秋没见过苏卿，他刚出了任务回来，一见到老大，就快步迎了过去："老大。"

"快回来。"夏冬赶紧把人拽回来。

"怎么了？"夏秋一脸蒙。

"没看见老大旁边跟着苏小姐吗？"夏冬长了记性，现在他可不敢得罪苏卿。那可是老大心尖上的宝贝。

"什么苏小姐？"夏秋更蒙了。

夏冬不冷不热地说："想要在帝京多待几天，还是老实地站着别动。"

否则搅了老大的好事，刚从 G 国派回来，怕是又得被发配出去。

门口停着一排豪车，很是惹眼。苏卿瞥了一眼，好奇道："咦，是有什么大人物吗？怎么这么多保镖和豪车？"

这阵势倒跟陆总来苏家时挺像的。难道陆总在里面吃饭？

"不知道。"陆容渊一本正经地牵着苏卿在路边打车。

苏卿问："今天没开车吗？"

"没有。"陆容渊温柔地笑道，"车子抛锚了，送去修理厂了，今天我们打车回去。"

陆容渊也没想到会在这里碰上苏卿，那辆普通车子也没开出来，他自然不能让苏卿知道那一排豪车是来接他的。

至少现在还不是让苏卿知道他身份的时候。

回去的路上，苏卿一想到刚才的事，还是有些忐忑，抓住陆容渊的手，说："要不你先离开帝京避避风头吧。"

苏卿能想到的办法，也就离开帝京这一条了。趁现在李家人还没有来找麻烦，三十六计，走为上计。

陆容渊见苏卿为自己担心的样子，眉眼里不禁起了笑意："不用担心，没事的，这李家也算是个大家族，不会不讲理的，是李森先惹事的，我们这属于正当防卫。"

苏卿看了看陆容渊，心里嘀咕，这防卫得是不是有点太过了？见陆容渊不以为意，苏卿心里更着急。

但一想到陆容渊不是圈子里的人，也不知道李家人的厉害，她也就没再多说了。这件事是她惹出来的，实在不行，她去李家赔礼道歉，只要李家人不找陆容渊麻烦就行。

"你车子不是坏了吗，那这几天你就别出门了，去我那里待几天。"苏卿拉着陆容渊的手说道。苏卿心里想的是，只要避过这一阵子，李家人找不到陆容渊，那就没事了。

陆容渊一眼就看穿了苏卿的用意，温柔地笑着点头道："好，都听你的。"

闻言，苏卿心里踏实些了。出租车到了苏卿住的小区门口，两个人下车。陆容渊说道："卿卿，你先上楼，我去买点东西。"

"好，那我去电梯那里等你。"

"好。"

陆容渊等苏卿走远了，这才掏出手机打了一个电话，语气骤然冷冽如冰："替我好好去李家'慰问慰问'。"

"慰问"两个字，带着凛冽的杀气。

chapter 06

划清界线

医院。

李森已经从诊室里出来了，李逵华与老婆刘雪芹听到儿子出事了，匆匆赶来。得知儿子被打了，刘雪芹又心疼又愤怒："谁干的？我的宝贝儿啊！是谁下手这么狠，吃了熊心豹子胆了？敢动我儿子，当我李家吃干饭的吗？"

送李森来医院的青年说："是苏卿！小李少晚上看见了苏卿，想要让苏卿陪着喝杯酒，谁知道不知从哪儿冒出个男的，为苏卿出头，把小李少给打了。"

"怎么又是苏卿！"李逵华眉头一皱，"我不是警告过，不许再招惹那个女人，你当我的话是耳旁风吗？"

"儿子都被打成这样了，你不心疼儿子，怎么还说这样的话？"刘雪芹心疼得直掉眼泪，"那苏卿算个什么东西，敢动我儿子，我让她好看。"

"妈，我好疼啊。"躺在病床上的李森说话都很艰难，"我差点儿就见不到你们了。"

"儿子，我可怜的儿子呀，"刘雪芹拉着李森的手，愤怒道，"你放心，妈一定替你讨回公道，谁动我儿子都不行。"

李森一下子找到了主心骨，把陆容渊的警告都抛诸脑后了，哀号道："妈，你一定要为我报仇。"

李逵华多留了个心眼，问："打你的那个男人长什么样？是什么人？"

"一个普通人而已。"李森捂着胸口痛苦地说道，"爸，你一定得为我报仇，别人都要咱们李家断子绝孙了，这口气不能就这么忍了。"

刘雪芹也说："不就是一个苏家吗？上不得台面的东西，敢欺负我儿子，活得不耐烦了，李逵华，我不管，你不替儿子讨公道，那我去。"

就在这时，李逵华的秘书走过来说："李总，陆总的秘书来了。"

闻言，李逵华脸色一变，立即想到之前李森被打一事。难道又惹上了陆家？李逵华已经有不好的预感，立刻道："在哪里？快带我去。"

"在大厅。"

李逵华匆匆赶去大厅，当见到医院大厅坐着的美丽女人时，心里已经猜到了个大概。

"艾秘书。"

此人正是陆容渊的秘书，艾米丽。哪怕李逵华在圈内有一定的地位，可面对艾米丽，他还是带着几分尊敬。当然，这份尊敬是给陆容渊的。

艾米丽跟着陆容渊久了，处事也带着几分陆容渊的影子，见到李逵华，她站起身，面无表情道："李总，陆总让我来慰问慰问小李少，不知小李少如今伤情如何了？"

这话让李逵华心里咯噔一下，问道："艾秘书，难道打我儿子的是……"

"李总，你在商场也是让人敬畏三分的人物，只可惜生了个蠢货儿子。"艾米丽冷冷地说，"陆总让我给你带句话，再有下次，李家恐怕就后继无人了。"

闻言，李逵华脸色煞白，就差一屁股坐地上去了。李家是家大业大，可在陆家面前，什么都不算。陆家想搞垮李家，分分钟的事。

李逵华立刻说道："艾秘书，是我李逵华教子无方，请转告陆总，绝不会再有下次，还请陆总高抬贵手，改日我亲自登门道歉。"

"李总果真是个聪明人。"艾米丽冷笑，"那李总该知道向谁赔礼道歉吧？"

李逵华一愣，连忙会意："明白，我明天就亲自去苏家赔礼道歉。"

"苏小姐受了惊，李总也知道该怎么做了？"

"明白。"

艾米丽带完话，任务完成，离开了。李逵华擦了擦额头上的冷汗，往旁边椅子上一坐。

刘雪芹气呼呼地走过来，大声叫道："你怎么还坐在这里，赶紧去给儿子讨公道啊，苏家那个丫头，还有打我儿子的那个男的，都给我找出来，打断他两条腿。"

"找什么找，别人都先找上门来了。"李逵华拉着脸，"看看你生的什么好儿子，没事去惹什么苏家。"

"李逵华，你什么意思？现在被打的是我们儿子。苏家怎么了？苏家算个什么东西！"刘雪芹不乐意了，一想到宝贝儿子被打，怒火就蹿上来了，"那苏卿就是个不受宠的，我儿子看上她，那是她的福气，苏家小门小户，我李家还看不上呢。"

"苏家不算什么，可那陆家咱们得罪不起。"李逵华心烦意乱，也失去了耐心，冷着脸说，"好好管教管教你儿子，否则咱们就得白发人送黑发人，李家就断子绝孙了。"

"陆家？"刘雪芹不明所以，"这跟陆家有什么关系？"

"那苏卿，怕是入了陆容渊的眼了。"李逵华也不笨，想一想李森前后两次被打，陆家人都来警告，而且还都是为了这个苏卿，也就什么都想明白了。

刘雪芹还没有想透彻："就那个快要死的短命鬼陆容渊？前段时间不是听说陆家去退了苏家的婚吗，这苏家怎么又跟陆家扯上了？"

"蠢货！"李逵华警告道，"管好你的嘴，祸从口出，你还真以为那陆总要死了？陆家的水深着呢，几百人的大家族，夺权比什么都激烈，真要死还是假要死，谁又知道？陆家现在还是陆容渊掌权，你记住这点就行了。"

刘雪芹的脑子，哪里能想到这些。她问："那我们儿子就白挨打了？"

"被打还算轻的，你想无人送终，那你就尽管去找苏卿的麻烦，否则就管好你儿子，别再去惹那个女人，不然，我们李家跟着玩儿完。跟陆容渊争女人，也不看看自己几斤几两，再这样下去，李家早晚被这个败家子祸害了。"

刘雪芹哪里知道事态会如此严重，嘀咕着为儿子辩解了一句："谁知道陆容渊又看上那个苏卿了，之前不是都退婚了吗？再说了，如果苏卿没有勾引咱们儿子，咱们儿子怎么可能又去招惹她？"

李逵华气得肝疼，不耐烦地说："李森是个什么德行，你我还不清楚？管好你儿子，我还得去一趟苏家，苏卿要是不原谅，这事就还没完。"

苏卿惹上李家的事，很快就传到了苏德安耳朵里。苏德安一听，吓得脸色惨白，双腿发软，一屁股坐在了沙发上，嘴里直呼："完了，完了。"

苏家的公司本来就资金链出了问题，难以维持了，现在又惹上李家，无疑是雪上加霜。

一旁被打得鼻青脸肿的秦素琴得意地笑了："苏德安，看看你大女儿做的好事，现在就等着苏家玩儿完吧。得罪了李家，哪有好果子吃？听说那个李淼睚眦必报，而刘雪芹又是个护犊子的，李家就这么一根独苗，苏家这次肯定完蛋了。"

秦素琴被带回来后，就被苏德安给打了，下手还不轻。这对夫妻也算是撕破脸了。一听到苏卿闯祸，苏家要完蛋了，秦素琴心里十分痛快。

秦素琴的话无异于火上浇油，苏德安气得又踹了秦素琴一脚："你这不守妇道的女人，我打死你！"

"你打呀，到时再得罪了周家，我看你有什么好下场！"秦素琴也不怕了，梗着脖子笑道，"苏德安，你就是个孬种，你打我算什么本事，刚才你怎么不闯进去？你怕周雄飞，你根本就得罪不起周雄飞。"

"你给我住口！"苏德安恼羞成怒，一巴掌打了下去，直接把秦素琴打趴在地上。

"妈。"苏雪接到秦素琴的求救电话匆匆赶来，一进门就看到母亲被打。

"爸，你这是做什么？"

苏雪把秦素琴扶起来，看到秦素琴被打得惨不忍睹的脸，吓了一跳。苏雪这纯属明知故问。她自然知道东窗事发，母亲偷情被抓住了。只是她没想到会这么严重，一向听母亲话的苏德安竟然把母亲打成了这个样子。

家丑不可外扬，可关起门来打，谁又知道？一见到苏雪来了，秦素琴抱着她就哭："小雪，妈妈不活了，苏卿那个死丫头算计我，你爸要打死我了。"

"妈，你别哭了。"苏雪安抚着秦素琴，看向苏德安说，"爸，今天晚上的事，我也听说了，一定是苏卿陷害妈，你得听妈解释呀。妈之前也跟我说过，家里公司出了问题，妈是去找周叔叔想办法拉投资的，你误会了。"

事情没到最后，苏雪也不会蠢到去撕破脸皮。虽然她一点儿也不稀罕当苏家千金，她想做的是周家大小姐。可她现在还没有被周家认回去，那苏家这边就不能做得太绝了。苏雪给秦素琴使了一个眼色，来的路上，苏雪已经打听清楚今晚发生的事了。

秦素琴放软了语气，附和道："老苏，小雪说得没错，我跟周雄飞清清白白，就是见你最近太辛苦，为钱的事发愁，这才约周雄飞出来吃饭，想着让他投资咱家公司。"

"爸，你跟妈都多少年了，你还信不过我妈吗？"苏雪与秦素琴一唱一和，"我妈一心一意对你，怎么可能做对不起你的事。"

"是呀，老苏，我们都十几年的夫妻了。"秦素琴抹着眼泪，十分委屈地说，"我一心为这个家，你竟然还怀疑我。现在好了，得罪了周雄飞不说，你那个大女儿还把李家得罪了，现在就等着李家上门算账吧。"

秦素琴故意把矛头指向苏卿。果然，一听到苏卿的名字，苏德安就火冒三丈："这个不孝女。"

相比于秦素琴的不忠，当务之急是如何应付李家。

苏雪与秦素琴对视了一眼，见已经转移了苏德安的注意力，苏雪看似忧心忡忡，实则火上浇油地说："爸，这李森睚眦必报，肯定会来找碴儿，苏卿就算没住在家里了，可怎么说也姓苏，还是苏家人，李家肯定会把这笔账算在苏家头上，到时苏家就完了。"

苏德安愁眉苦脸，脸色十分难看。

秦素琴又说："这件事是苏卿惹出来的，那就该由苏卿去解决。冤有头债有主，老苏，想让李家不找咱们麻烦，那就只有一个办法。"

"什么办法？"苏德安下意识地问道，可见他对李家的忌惮。

秦素琴眼底划过一抹得意，说："与苏卿断绝关系。只要她不是苏家人，那李家也没理由再找苏家麻烦了。"

苏雪一听，心中大喜，怂恿道："对呀，爸，我觉得这个主意不错，你别再犹豫了，否则等李家人来了，那就什么都晚了。"

苏德安皱眉道："可苏卿到底是我苏德安的女儿。"哪怕再不喜欢这个大女儿，苏德安也没想过和她断绝关系。

"爸，不这么做，这帝京就再没苏家了，"苏雪不甘心地说，"你这大半辈子的努力可就功亏一篑了。与苏卿断绝关系，解决了李家这边，周叔叔那边，我改天带上天逸约着周叔叔一起喝喝茶，看在楚家的面子上，今天这事也就过去了。"

苏雪后面的话让苏德安很心动。苏德安开始松动了，他也不想让辛苦大半辈子开的公司就这么垮了。

秦素琴又催了一句："老苏，天可快要亮了，你再不做决定，那就真晚了。"

苏德安迟疑着，说："我会找律师拟好相关协议，在天亮之前跟苏卿签好，你给我老实待在家里，我现在出去一趟。"

苏卿先是得罪了陆家，现在又得罪了李家，这苏家早晚得被苏卿给祸害了。

苏德安想到上次陆容渊警告他的话，苏卿的婚事他做不了主，也许是因为苏卿得罪了陆家，陆容渊才会说那样的话，说不定之后还会找苏卿算账。想到这里，苏德安就更想赶紧跟苏卿划清界线，以免被殃及。

苏德安一走，秦素琴就拉着苏雪的手，边哭边说："小雪，你要是再来晚点，妈就被打死了。"

"妈。"苏雪宽慰道，"你怎么这么不小心，被苏卿给算计了。"

"那个死丫头，今天这笔账，我是不会就这么算了的。"秦素琴眼里全是怨毒，说话间，她嘴角动作过大，扯动了脸上的伤，疼得她倒吸了一口凉气，对苏卿恨意也更深了。

秦素琴赶紧在沙发上坐下，摸了摸脸上的伤："小雪，幸亏你刚才机灵，妈很高兴，你比之前成熟多了。"

秦素琴有些意外于苏雪的改变，竟然三言两句就让苏德安答应跟苏卿划清界线。

苏雪眼底划过嫉恨，恨恨地说："楚天逸对苏卿还余情未了，我是不会让苏卿好过的。"

翌日。

醒来后，苏卿伸了个懒腰，闻到了厨房里飘来的香味，顿觉肚子饿了。她穿上拖鞋走向厨房，发现陆容渊已经做好了爱心早餐：火腿煎鸡蛋，三明治配牛奶。

"醒了？去洗漱吧，马上就可以吃了。"陆容渊笑着将早餐端上桌。

这要是让陆家那群人知道，堂堂陆家掌权人在不到三十平方米的房间里给女朋友做早餐，恐怕会惊掉下巴。

看着热腾腾的早餐，苏卿心里感到很是幸福，可心底的自卑感马上也涌了出来。陆容渊如今对她这么好，可如果知道她有秘密瞒着他呢？知道她生过孩子呢？

"好。"苏卿扬唇一笑，面上不动声色。

陆容渊提醒道："上班快要迟到了。"

"对呀。"苏卿一看时间，赶忙去洗漱、换衣服。她躲在屏风隔断后面，小声说，"不许偷看。"

陆容渊哭笑不得。

换好衣服，苏卿坐下来开始吃早饭。

陆容渊突然说："卿卿，我们换个大点的房子吧？"

这房子是很温馨，可太小了，他不想委屈苏卿住在这样的小房子里。

提到换房子，苏卿就有点纠结了："现在帝京物价那么贵，房租太高了，如果换房子，不划算。而且这里交通也很便利，一个人住也够了。"

苏卿很会精打细算，平时恨不得一块钱掰成两块钱来用。苏杰的病也让苏卿有所顾虑，她想赚更多的钱，这样苏杰就可以不用靠苏家了。

一个人住？苏卿这是没打算让自己住进来。

"我有钱……"陆容渊话还没说完，就被苏卿打断了。

"有钱也不能乱花呀，看你送货多辛苦。"苏卿说，"对了，你的车子送去修了，昨晚说好的，你这几天就在我这里待着，哪儿也不许去，好好休息，听到没有？"

女朋友这是心疼他辛苦？陆容渊笑了，开心地答道："好，都听你的。"

苏卿匆匆忙忙吃了几口，说："我得去上班了，乖乖听话，在家等我回来。"

"好。"陆容渊宠溺道。

苏卿一出门就接到了安若的电话："苏卿，你看新闻了没有？你爸跟你划清界线了。"

苏卿上网搜了一下，果然，苏德安让律师公布，与苏卿划清界线。

看来苏德安真的很怕跟她扯上关系，只在网上说跟她划清界线，甚至没放她的照片。她这个苏家大小姐，从头至尾，连以苏德安女儿的身份露面的机会都没有。没几个人知道苏家大小姐是谁，现在却都知道苏家大小姐被扫地出门了。

毕竟是亲生父亲，突然间被彻底抛弃了，要说苏卿一点都不难受，那是假的。苏卿也明白，苏德安这是怕得罪李家，这才跟她划清界线。别人的父亲在女儿被欺负时，都是选择保护，而她这位父亲，无情、自私，直接将她扫地出门。

苏德安与苏卿划清界线的事，在网上也引起了不小的讨论。陆容渊看到了消息，当即眸光一冷，顿时心疼苏卿。陆容渊趁苏卿不在，回了一趟陆家老宅。他戴上疤痕面具，坐着轮椅，一副病恹恹的样子。陆家老宅处处布满了眼线，想要瞒过陆家那些狼子野心的人，不能有一丝松懈。

万扬早早就来了，见面就问："老大，你看到网上的消息没有？说真的，我还真第一次见到这么厉，做事这么绝的父亲。不知道苏德安要是知道自己的女儿和老大您在谈恋爱，会不会后悔今天的决定。"

"无关紧要的人罢了，他舍弃了苏卿，以后也就跟苏卿毫无关系。"陆容渊语气淡漠，"倒是省了麻烦。"

万扬赞同道："也对，这种无情又自私的父亲，要来干什么？"

正说着，一位贵妇人满心欢喜地走了过来，说："儿子，我听你舅舅说，你交女朋友了，什么时候带回来给我看看？"

来人正是陆容渊的母亲，陈秀芬。一听说自家儿子有喜欢的姑娘了，陈秀芬别提多高兴了。这都"死"了三任妻子了，陆容渊克妻的名声在外，再加上毁容腿瘸，没几年能活，帝京根本没哪个姑娘敢嫁进来。她这做母亲的知道自己儿子要干大事，假装毁容腿瘸，可这也不能耽误找儿媳妇，让她抱不上孙子呀！

其实当年如果不是陆容渊命大，也许就死在那场车祸中了。陆家是个几百人的大家族，旁系众多，都盯着这陆家掌权人的位子。这位子确实不好坐。

陆容渊眼神冷冽地看了万扬一眼。万扬立刻说："老大，这可不怪我，你昨晚为苏小姐出头，你舅舅可亲眼看着的。"

"儿啊，你有女朋友了，可是件大好事呀，瞒着妈做什么？"陈秀芬笑道，"听说是苏家的姑娘？儿子，你什么时候带回来给妈瞧瞧？"

"没空。"陆容渊皱眉。

"你不带回来，那我自己去见。"陈秀芬心里激动得很，"你放心，妈不会坏你的事，保准只是看看。"

陆容渊清楚自己母亲的性格，如果真拦着，说不定真会闹出什么事来。

陆容渊语气清冷道："别吓着她。"

"你这孩子，妈长得又不吓人，妈就是去看看未来儿媳妇。"陈秀芬笑着，"那妈先走了。"陈秀芬风风火火地来，又风风火火地走了。

万扬担心道："老大，你真让伯母去找苏小姐，万一坏了事……"

"我妈有分寸。"陆容渊嘴角上扬，"丑媳妇总要见公婆。"

chapter 07

"打脸"来
得太快

苏家别墅。

苏卿看到网上的消息后，特意请了半天假来苏家。此时的苏卿站在苏家别墅门口，明明是自己出生、长大的地方，可这里已经让她觉得陌生，这里已经不是她的家了。

用人开门，见是苏卿，愣了一下，冲里面喊了一声："夫人、先生，大小姐回来了。"

"什么大小姐，已经跟苏家没关系了，苏家没有什么大小姐了。"秦素琴尖锐的声音从里面传出来，人也跟着走了出来。

秦素琴见着苏卿，可以说是恨得咬牙切齿。她这一身伤，都是拜苏卿所赐。近期她都没脸出门见人了，鼻青脸肿，只能在家里躲着。

经过一晚上，秦素琴脸上的淤青更严重了，苏卿见着都讶异了。她知道苏德安肯定不会给秦素琴好果子吃，可没想到下手这么狠。苏卿定了定神，笑道："秦姨，还真差点儿没认出来，脸还疼吗？"

"苏卿！"秦素琴咬牙切齿，恶狠狠地瞪着苏卿，"你这死丫头，别得意得太早，现在你不是苏家人了，赶紧滚。"

"我是来拿东西的，拿完就走。"苏卿语气很冷，"我也不想再踏入这个地方半步。"

"什么东西？这个家哪里还有你什么东西？"秦素琴嗤笑道，"你吃苏家的，用苏家的，没让你把之前的都还回来，已经不错了，苏家的财产，你别给我惦记。"

就在这时，一个男声从身后传来："惦记苏家财产的人是你们。"

闻言，苏卿回头，见是苏杰，赶紧上前扶着，讶异道："小杰，你怎么来了？不在医院好好躺着，来这儿干吗？"

"我再不来，你就要被这个可恶的老巫婆欺负死了。"苏杰虽然长得瘦，可那双眼睛就跟狼崽子的一样犀利，"老巫婆，你敢再说我姐一句试试？"

秦素琴有些忌惮苏杰，特别是苏杰眼里那股狠劲，让她气焰弱了几分。

"妈，让他们进来吧。"

苏雪笑着从里面走出来，一副看好戏的样子："苏卿，爸让你去书房。你得罪了李家，我等着看你的下场，看你到底死得有多惨。"

"我姐一定活得比你们好。"苏杰反击回去。

苏雪冷笑道："嘴上逞英雄而已，苏家要是不出钱，你早死在医院了。"

"小杰，别跟这些人废话。"苏卿冷声道，"你在这里等我一下，我马上下来。"

"好，姐，你去吧，有事就大声叫我，我看苏德安他敢把你怎么样。"

有人护着的感觉真好。苏卿心里淌过一阵暖流。苏卿上楼，苏德安在书房里，见苏卿进来了，冷着脸，没半点慈爱，说："你还来做什么？赶紧走，别牵连了苏家，这是你自己闯下的祸，别怪我。"

"爸，不对，现在我们已经不是父女了，再喊就不合适了。"苏卿讥笑道，"苏总。"

苏总两个字十分讽刺，苏德安眼底闪过一丝愧疚。

"这是十万的支票，你拿着，也算是我对你最后的一点补偿。"苏德安将准备好的支票拿出来。

看着那张支票，苏卿更觉得心寒，说："不用了，苏总还是自己留着吧，我不是来拿钱的。苏总既然与我划清了界限，那就请将我的户口迁出来，从此，我跟苏家再无关系。"

这就是苏卿的目的。不解决户口的事，以后还是会有麻烦。

苏德安没想到苏卿是为户口的事上门，见苏卿比他还绝情，哼了一声，将支票收起来，道："我会让人把户口迁出来。"

"那就多谢苏总了。"苏卿语气不冷不热，"家里还有些妈妈的遗物，我要带走。"

妈妈的遗物很重要。

"随便你。"苏德安早就觉得那些东西留着晦气，答应得很爽快，"你妈的东西都锁在储物室，你自己去拿，拿完赶紧走。万一李家人找上门来，那就扯不清楚了。"

看到苏德安那一副恨不得跟她撇得干干净净的样子，苏卿只觉得心凉。

"你放心，我绝不会牵连苏家，我自己惹的事，我自己解决，这些年，我早就习惯了。"苏卿扯了扯嘴角，"我心中的父亲在领秦素琴进门，背叛我母亲时，就已经死了。"

"苏卿，你说的什么话！你这个不孝女，竟敢诅咒自己的父亲。"苏德安怒不可遏。

"苏总这就生气了？我这不是跟苏总你学的吗？"苏卿冷笑一声，"不过我也挺佩服苏总的，秦素琴都给你戴绿帽子了，你还能忍着没把人赶出去。当年我妈没有背叛你，你却咬定我妈背叛你，现在倒是把这顶绿帽子戴得稳稳的。"

苏德安怒拍了一下桌子，说："苏卿，你真是跟你妈一样，阴险又冷血。昨晚的事，难道不是你设的局？我还没老，也不是瞎子，不至于这点把戏都看不出来。"

"是，我也低估了苏总，姜还是老的辣。"苏卿定定地盯着苏德安，"公司需要资金周转，我昨晚也不算骗了你，这拉到投资的机会不是给你送上门了吗？苏总之所以留着秦素琴，不就是为了在周雄飞那敲一笔？"

苏卿也是刚刚才看穿苏德安的意图。她真的佩服苏德安，居然能忍下被背叛的耻辱，还能趁机利用这件事去周雄飞那儿敲一笔。

被戳中了心思，苏德安面红耳赤，气急败坏地说："你胡说八道什么，拿了东西赶紧给我走！"

苏卿一秒都不想多待，转身就去了储物室。储物室的门没锁，里面放着的都是些不用的旧物，用人也很少来打扫，积了不少灰。苏卿找到母亲的遗物，是一个红木箱子，落了一层灰。这里面装的什么，苏卿也不知道，她没有看过。母亲去世前特意叮嘱她，这个箱子是给她留着的。

秦素琴进门后，几次打这个箱子的主意，还是苏德安出面，秦素琴才打消了念头。可从那之后，这个箱子也不知道被藏去了哪里。没想到这箱子被苏德安扔在了储物室。

擦干净箱子上的灰，苏卿抱着箱子就往楼下走，刚走到大厅，就听到用人从外面急匆匆跑进来说道："夫人、先生，李家人来了。"

谁都没想到李家人来得这么早。

苏卿抱着红木箱子站在原地，还剩下几个台阶就下楼了，紧跟着在后面的苏德安慌了，赶紧道："快给我从后门走，别连累了我们。"

苏德安狠狠地扯了苏卿一下，力道很重，那种迫不及待想要将她甩开的态度表现得淋漓尽致。苏卿一时没站稳，差点儿从台阶上摔下去。幸好她手疾眼快，扶住了栏杆，但她的腰还是狠狠地撞在了旁边的根雕上，疼得她倒吸了一口凉气，眼泪都快流出来了。

苏卿犹如坠入冰窖，整颗心都是寒的。父亲的凉薄，她再一次清晰地见识到了。

"姐！"苏杰赶紧去扶着苏卿，冲苏德安吼道："你敢动我姐！"说着，苏杰撸起袖子就要动手。

"小杰。"苏卿忍着腰部的疼，制止苏杰。她看苏德安的眼神冷若寒霜，"苏总，你放心，我绝不会连累你。"

她流着苏德安身上的血，哪怕再气愤再心寒，也不能对苏德安动手。

苏德安对上苏卿冷冽的眼神，有点心虚，脸上闪过一丝愧疚，可在看到走进来的李逵华时，那点愧疚瞬间烟消云散，对苏卿只有愤恨了。现在走已经来不及了。

"李总大驾光临，寒舍真是蓬荜生辉。"苏德安笑着迎上去。

秦素琴与苏雪相视一眼，眼里皆是得意。

"苏总，"李逵华也不拐弯抹角，直接说明来意，"我今天是为了昨晚苏总大女儿苏卿与我儿子一事而来。"

闻言，苏德安脸色一白，认定对方是来兴师问罪的，在李逵华尚未发难之前，赶紧说："李总，你弄错了，我苏德安只有一个女儿苏雪，并没有什么大女儿苏卿。昨晚的事，我也听说了一点，李总想怎么处置苏卿，都跟苏家毫无关系，我苏某更是没有半句怨言。"

李逵华还不知道苏德安在网上宣布与苏卿划清界线的事，不过他是个聪明人，一听就知道苏德安的意思了。

秦素琴在一旁附和道："对对对，李总，打人的是苏卿，跟我们苏家没关系，苏卿在那儿，你要兴师问罪，就找她。"秦素琴指向苏卿。

李逵华看向苏卿，眼底闪过惊讶。李逵华阅人无数，也从自家儿子口中听过苏卿是个大美人，可亲眼所见时，还是被惊艳到了。惊艳到李逵华的，不仅仅是苏卿的容貌，还有那一身清雅绝尘的气质。她立在那儿，恍如一朵深谷幽兰。

苏雪见李逵华盯着苏卿，心想苏卿这次肯定完蛋了，心中满是得意。

苏卿坦然地走上前，语气平静地说："李总，我就是苏卿。昨晚的事，我很抱歉，对于贵公子受的伤，我表示万分歉意。"

她知道这天逃不过，做好了心理准备。苏卿这么做，也是不想连累陆容渊。以李森睚眦必报的性格，如果李家找陆容渊兴师问罪，那陆容渊在帝京恐怕就混不下去了。

就在所有人都等着李逵华冲苏卿发难时，李逵华却十分尊敬地说："苏小姐，是我李某教子无方，特意登门拜访，向你表达我的歉意。你昨晚做得对，我还得谢谢苏小姐出手帮我教训那不孝子。"

李逵华的话让在场所有人都大跌眼镜。

秦素琴瞪大了眼睛说："李总，你是不是搞错了？你不是来兴师问罪的吗？苏卿让人把小李少打得重伤入院了呀，你怎么还来跟苏卿道歉？"

苏德安也是一脸的难以置信："李总，你这是什么意思？你不是来找苏卿问罪的？"

李逵华笑了笑说："我怎么会责怪苏小姐，我那儿子什么德行，我这个当父亲的自然清楚。昨晚李森骚扰苏小姐，该道歉的是我们李家。苏小姐，这是李某准备的礼物，向你赔罪，还请苏小姐大人大量，别跟我那不孝子一般见识。"

被李逵华的行为震惊到的何止是苏德安与秦素琴。苏卿也十分惊讶与不解。李森被打得那么惨，李家不找她算账就算了，竟然还向她赔礼道歉？李逵华是谁？那可是帝京李氏集团总裁，竟然亲自登门向苏卿道歉。这太玄乎了。

见李逵华不是来兴师问罪，苏雪气得脱口而出："你脑子坏了吧？自己儿子被打了，竟然还来道歉。"

这话声音不大不小，却正好能让大厅里的每个人都听清楚。敢说李逵华脑子坏了的，这帝京可还没几人。

李逵华脸色一沉，不怒自威道："哪里冒出来的阿猫阿狗！"

苏雪说完其实就后悔了，可话已经收不回来了。面对李逵华锐利的眼神，她吓得花容失色，身子发抖，直往秦素琴的身后躲。没看着苏卿被责难，自己还引火烧身，苏雪吓得大气都不敢出一下。

苏德安一向很疼爱苏雪这个小女儿，可这一刻，他恨不得跟苏雪也撇清关系，就当不认识这个女儿。苏德安战战兢兢地说道："李总，小女口无遮拦，还请您见谅。"

李逵华板着一张脸，冷哼了一声："苏总，听说你的这个小女儿本该嫁进陆家，现在却成了楚家儿媳妇，脸蛋儿倒是长得不错，就是这脑子，'聪明'得有些过了头。"

放着好好的陆家不选，选择楚家，这不是愚蠢是什么？

"李总教训的是。"苏德安脑子都是蒙的，李逵华说什么就是什么，也没揣测出李逵华话里面的意思。

这苏德安也是个不开窍的，错将珍珠当鱼目，愚蠢。李逵华没兴趣再在他们身上浪费时间了。李逵华盯着苏德安问："刚才我听苏总的意思，是不打算认苏小姐这个女儿了？"

苏德安现在反悔也来不及了，与苏卿划清界线的新闻都已经发布出去了。

苏德安只能硬着头皮，感慨了一句："是我与苏卿父女缘分已尽。"

一听这话，李逵华高兴地一拍手，忍不住说了句："好！"

这一声好让所有人都蒙了。就在所有人都茫然时，李逵华走向苏卿，很是诚恳地说："苏小姐，我李某膝下只有一个儿子，一直都想要一个女儿。刚才一见到苏小姐，我心里就感到一阵莫名的亲切，想认苏小姐为干女儿，你可愿意？"

干女儿？这三个字如平地惊雷，把苏德安与秦素琴惊得目瞪口呆。苏雪也是既羡慕又嫉妒。与李家相比，别说苏家不算什么，就算楚家，那也得礼让三分，如果苏卿真做了李逵华的干女儿，那这地位不就比她还高，甚至踩她一大截？苏雪嫉妒得想要发狂。她怎么能忍受苏卿踩在她头上？

对于李逵华认自己做干女儿这事，苏卿也很意外。亲生父亲舍弃她，转眼却有一个大佬要认她做干女儿，这无异于将她从泥沼拉上了天堂。李逵华很认真，看着不像是开玩笑的，可苏卿还是觉得很不真实。

"李总，您是认真的？"苏卿咽了咽口水，定住心神，"您怎么会想要认我做干女儿？"

李逸华笑得一脸慈爱，说："我李逸华一言既出，驷马难追，我与苏小姐投缘，也许这就是缘分。只要苏小姐愿意，那你就是我李某唯一的干女儿，我李某必将拿你当自己亲女儿一样对待。"

亲女儿？也就是说，哪怕没有李家财产的分割权，可也绝对亏待不了她。这条件十分诱人。苏雪恨不得自己去当李逸华的干女儿，这么好的事，为什么就没有落在她头上呢？

李逸华是生意人，不会做亏本的买卖。他认苏卿为干女儿，就是在赌苏卿将来会成为陆家当家主母。一旦他赌赢了，那对李家有百利而无一害。

苏杰听着都心动，催促道："姐，还愣着干吗？快答应啊，这可是天上掉馅饼的好事，有了李家做靠山，我倒要看看谁还敢欺负咱们。"

苏杰说的都是大实话。

苏德安听了这话，面红耳赤，羞愧难当。秦素琴眼神闪躲，不敢看苏卿的眼睛。

苏卿也不傻，天上掉陷阱是有可能的，掉馅饼却不大可能。不过，李家干女儿的身份，确实能让她狠狠打这些人的脸。苏德安不是怕她连累苏家吗？苏雪不是想处处踩她一头吗？那这李家干女儿，她当定了。她不图别的，有李家干女儿这个头衔就够了。

"好。"苏卿答应了，随后笑着扫视了苏德安等人一眼，笑盈盈地对李逸华说，"我也觉得跟李总很投缘，有一种莫名的亲切感。"

说瞎话，谁不会？

李逸华满意地笑了，连声说："好，好，回头我就让人准备认亲的仪式，让所有人都知道，你是我李逸华的干女儿，我李逸华也有女儿了。"

苏卿没想到还有仪式。这么隆重？看来真是十分看重。

苏雪嫉妒得眼睛都红了。秦素琴也是又羡慕又气愤，狠狠地撞了苏德安一下。苏德安回过神，连忙上前，满脸堆笑，态度一百八十度大转弯："李总，我女儿能跟李总投缘，真是她的福分……"

"苏总，你刚才不是说苏卿已经不是你女儿了？"李逸华打断苏德安的话，故作惊讶道，"苏总记性不会这么差吧，这就忘了？"

这话让苏德安很是尴尬。

苏卿脸上的笑也深了，只是笑容里没有什么温度。

苏杰讽刺道："现在看着我姐要做李家的干女儿了，立刻就巴结上了？"

这不是打自己的脸吗？你脸不疼吗？"

这话真是痛快。苏德安的脸色精彩纷呈，十分好看。

苏卿冷冷一笑，说："苏总，这是我最后一次踏进苏家的门，踏出这扇门，我跟苏家再无瓜葛，也请你记住刚才的话。"

苏杰讥笑道："做人呢，还是不要太势利，毕竟三十年河东三十年河西。现在想认我姐，我告诉你，晚了，刚才跟我姐撇清关系的时候，你可是干脆得很，那以后也麻烦你别再打扰我姐。"

李逶华扫了一眼苏德安，对苏卿说："车子就停在门口，我们走吧，找个地方好好商谈一下认亲仪式，你有什么要求都可以提。"

这个地方，苏卿也不愿再待。苏卿抱着红木箱子，忍着腰部的疼痛，走出了苏家。

苏德安话到了嘴边，还是没说出口，他没脸再叫苏卿。

等人一走，苏雪心里的那股嫉妒就忍不住了，眼底划过深深的嫉恨，尖叫道："苏卿的命怎么这么好，那李总怎么会认她做干女儿？她要是成了李家的干女儿，那不就踩在我头上了吗？"

"这李逶华是不是脑子有问题？苏卿那个贱丫头，有什么好的？"秦素琴也想不通，"我们小雪比苏卿强一百倍，就算要认，那也是认小雪呀。"

"你们脑子才有问题。"苏德安心里的那股怒火控制不住，爆发出来了，他悔恨不已，"我怎么会听了你们的话，跟苏卿撇清关系。那可是李家，攀上李家，那我们苏家就能一跃进入帝京的上流圈子了，地位就不一样了。"

苏德安那个后悔呀，有李家帮忙，那公司什么问题不能解决？现在不仅错失了更上一层楼的机会，还可能得罪了李逶华，苏德安肠子都悔青了。

看到苏德安怒不可遏的样子，苏雪也知道他此刻有多悔恨与愤怒，赶紧安抚道："爸，错失一个李家其实也不算什么，我们还可以跟周家搭上关系，凭我……我现在是楚家少夫人，周叔叔肯定会卖我这个面子的。"

苏雪差点儿就说漏嘴，幸亏反应快，及时止住了。

秦素琴咬着牙，恨恨地说："现在我们已经得罪了苏卿，那就是得罪了李家，这条路是走不通了，幸好咱们还有周家。再说了，我不信李逶华真会认苏卿做干女儿，不过是嘴上说说而已。"

事已至此，苏德安也只能寄望于周家。他这顶绿帽子，总不能白戴了。

苏卿离开苏家，将红木箱子交给苏杰，让他先回医院，她和李逶华还有话说。两个人找了个安静的地方，车子停下来。

苏卿带着疑惑，问："李总，您真不追究昨晚的事，并且认我做干女儿？"

李逢华笑容和蔼地说："没错，昨晚的事，也不全是你的责任。我那儿子，我心里清楚，上次我警告过他，那浑小子没长记性。这次我舍了这张老脸，亲自来跟苏小姐道歉，还希望苏小姐能够原谅。"

苏卿能感觉到李逢华是认真的。可她知道，这件事没这么简单，但是哪里不对劲她又说不上来。难道真如陆容渊所说，李家也是讲道理的？

昨晚的事，是李森先挑起来的。不管怎样，只要李家不追究，那她跟陆容渊也就没事了。

苏卿松了一口气，说："李总，您可否跟我说句实话，您为什么会认我做干女儿？您也看见了，我与苏家没有关系了，毫无背景，对李家也没有帮助。作为生意人，您应该不会做亏本买卖才对。"

闻言，李逢华笑了，看苏卿的眼神里带着几分欣赏。

"苏小姐果然聪明。"李逢华语气惋惜，"只可惜，你不是我的女儿，我李逢华要真有一个你这么聪明漂亮的女儿，那该多好。"

"李总过誉了。"苏卿浅笑道，"比起官方的客套话，我更喜欢听实话。"

李逢华爽朗地笑了几声，道："苏小姐快人快语，我喜欢，那我们就打开天窗说亮话。我儿子看上了你，想必苏小姐也不愿嫁入李家，那我就只能让你做李家的干女儿，断了我儿子的心思。这第二点，我也是真心觉得跟苏小姐投缘。"

这两点，李逢华没说假话。

苏卿眉头一蹙，问："那第三点呢？"

李逢华一愣，笑意更深了，说："还真是瞒不过苏小姐，确实有第三点，不过现在还不是说的时候，时机到了，苏小姐自然就明白了。不过苏小姐放心，我绝没有加害你的意思，我是真心诚意地想认你做干女儿。"

李逢华坦坦荡荡，把什么都摆在明面上，苏卿也确实挑不出半点儿假。

"苏小姐，其实这李家干女儿的头衔，对你也有好处，我们这是各取所需。"李逢华承诺，"做我李逢华的干女儿，我绝不会亏待你。刚才我见你弟弟身子不太好，我可以请最好的医生给你弟弟看病。"

苏卿沉思了一会儿，倏然笑了笑，说："确实是一笔很划算的买卖，这生意，可以做。"

先不说其他，一想到秦素琴苏雪那对母女的脸色，她心里就畅快。

"苏小姐真是痛快。"李逸华笑道，"那我以后叫你小卿。认亲仪式我让人着手准备，挑一个吉日。"

"行。"苏卿很爽快，反正她也没有什么损失。

谈好后，苏卿在公司门口下车。她只请了半天假，下午还得上班。刚才的事，就像是一场梦一样。不管真假，这件事解决了，苏卿心里也踏实了。苏卿一边朝公司大门走，一边掏出手机，想着给陆容渊打个电话。还没来得及拨出去，突然，一位打扮贵气的妇人热情地朝她走了过来。

"你就是苏卿吧？苏苏，真漂亮，面相好，有福气，我儿子有眼光。"陈秀芬打量着苏卿，怎么看怎么满意。

苏卿一脸茫然，问："请问您是？"

陈秀芬脱口而出："我是你未来婆婆呀。"

话一落，陈秀芬连忙捂住嘴。糟了！说漏嘴了，会不会坏儿子大事？

苏卿则更加疑惑了。

"这位阿姨，您是不是认错人了？"

"没认错，没认错。"陈秀芬摆手，反正说都说了，不管了，"你跟我儿子是不是在处对象？"

苏卿一听，瞪大了眼睛问："您是陆容渊的母亲？"

"是呀，是呀！"陈秀芬忙不迭地点头，笑道，"苏苏，这是阿姨给你的见面礼，收着。以后我儿子要是欺负你，你尽管欺负回去，别怕，有阿姨给你撑腰。"

说着，陈秀芬拿出一个首饰盒，里面是价值千万的帝王绿翡翠手镯。未来婆婆一出手就如此阔绰，哪怕苏卿看不出这手镯究竟价值多少，可她有眼睛啊，能看出这很贵重。

陈秀芬很是热情，对苏卿怎么看怎么喜欢，脸上笑眯眯的，透着慈祥。

苏卿连忙往后退了一步，说："阿姨，这使不得，我不能收。"

她跟陆容渊八字还没一撇呢，虽然是在热恋中，可这礼物，收不得。

"有什么使不得的，阿姨送给你的见面礼，你就收着。"陈秀芬故作伤心道，"苏苏不收，是看不上我儿子，还是不喜欢我这个婆婆？"

陈秀芬说着，眼泪像是要掉下来了似的。

苏卿有些手足无措，她没应对过这样的场面。以前楚天逸的母亲不喜欢她，说话也是阴阳怪气，话里话外都觉得她配不上楚天逸。对于"婆婆"这个词，苏卿很是敬畏。她以前也想过陆容渊的母亲会不会好相处，可没想到，如此热情，让她招架不住。

"阿姨，您误会了，我很喜欢您……"伸手不打笑脸人，陈秀芬笑吟吟的，看着就好相处，苏卿自然喜欢。

"那就没问题了，收下。"陈秀芬将手镯硬塞给苏卿，"这是咱们陆家的规矩，见面礼必须收。"

一听是规矩，苏卿犯难了。苏卿也怕陈秀芬伤心，决定先收着，回头再还给陆容渊。

"好，那我收下吧。"

苏卿话音刚落，一声厉喝从旁边传来。

"苏卿，你还在这里干什么？还不快回去工作！"

不用回头，苏卿都能听出是谁。自从上次手链一事，她跟刘东的梁子就彻底结下了。奈何人家是上司，苏卿转身，面带微笑道："刘经理，我请了半天假，现在是上午十一点半，我还在假期中。"

刘东冷笑道："谁批的假？我没签字同意，就不作数。旷工半天，按照公司规章制度，你这个月的奖金没了。"

苏卿能忍受刁难，可要是扣她的钱，那就不行了。苏卿有个外号，叫财迷。

"刘经理，做人留一线，日后好相见。事情闹得太难看，对谁都没有好处。"苏卿生气了，语气不冷不热，"睚眦必报，不过是小人罢了，这要传到老板耳朵里，知道自己女儿找了这么个人，你这攀高枝的梦怕是要彻底破碎了。"

"苏卿，你在威胁我？"刘东脸色一沉，指着苏卿，"你算个什么东西？"

"我就是在威胁你。"苏卿盯着刘东，"都是给人打工的，生存不易，我也忍让过你多次了，刘经理再得寸进尺，我苏卿也不是好惹的。"

快到午饭时间了，员工们都陆陆续续出来用餐了，这边的动静吸引了不少人的目光，见到苏卿与刘东在争吵，不少人都停下来看起了热闹。

刘东针对苏卿这事在公司里早就传遍了，大家都在猜苏卿什么时候被赶出公司，现在看来，快了。

蔡静梅也是出来吃饭的，见苏卿跟刘东杠上了，连忙过来劝道："刘经理，你别生气，苏卿最近压力太大了，才会说胡话，你就别跟她一般见识。"

说着，蔡静梅又转头劝苏卿："苏卿，你不想要饭碗了？快跟刘经理道个歉！跟谁过不去，也不能跟钱过不去呀。"

刘东冷笑道："蔡助理，你也别劝了，人家苏卿傍上了大款，说话就是不一样，硬气了，谁也不放眼里了，咱们这公司庙小，也容不下这尊大佛。"

这是明摆着逼苏卿辞职。

陈秀芬见苏卿被欺负，看不下去了，拉着苏卿，说道："苏苏，这破公司，咱不待了。"

刘东讥笑道："哟，苏卿，还带着帮手呢。对，赶紧辞职，别待了，庙小，伺候不了你这种大小姐。"

"想赶我走，你刘东还没有这个权利。"苏卿眸中的光一点点冷下去，她是真动怒了，上前两步，迎上刘东，"我苏卿没有犯错，公司都没有权利解雇我，就你，有那个资格吗？你还真当这公司是你家开的？这就摆上老板女婿的谱了？"

"苏卿，"刘东被怼得跳脚，脸都气绿了，"你无故旷工，导致公司流失了一个很重要的客户，损失超过千万，让你自己辞职，那是给你脸，否则直接卷铺盖滚蛋！"

"该滚蛋的是你。"苏卿冷冷一笑，"刘经理，你以为拿今年的钱填去年的旧账，就没人知道你拿回扣？这事如果让老板知道了，你猜你会有什么下场？"

后面的话，苏卿将声音压得很低，围观的人听不见，只有刘东能听见。闻言，刘东脸色都白了："你胡说八道。"

"都围在这里做什么？"一个威严的声音传来。

围观的人群让开了一条路，一个中年男人带着公司一群高管走了过来，郑明珠也跟在一旁。

刘东立刻换了副嘴脸，恭敬地说："郑总，苏卿无故旷工，导致星光集团的王总不跟咱们合作了，可苏卿却不知错，还推卸责任。"

此人正是公司老板郑家英。

陈秀芬在酒会上见过郑家英，别人或许不认识陈秀芬，可郑家英肯定是认识的。担心自己暴露，给陆容渊添麻烦，陈秀芬悄然退出人群，赶紧给自己儿子打电话："儿啊，苏卿遭欺负了，你快来！"

因为刘东的话，郑家英目光锐利地看向苏卿，问："你是哪个部门的？"

"郑总，我是秘书部的。"苏卿不卑不亢地站在郑家英面前，解释道，

"刚才刘经理的话并不属实，我向人事部请了半天假，并没有无故旷工。"

刘东在一旁添油加醋地说："我问过人事部，根本就没有你请假的记录。况且我昨天就交代过你，今天王总会来，让你将资料翻译好，今天要用。因为你的失误，现在王总愤然离去，公司的损失，由谁来承担？"

郑明珠挽住郑家英，火上浇油地说了句："爸，这个苏卿已经不是第一次失职了，我觉得像这种对公司不负责任的员工，还是别留着了。"

这是在公报私仇。

"资料我昨天就已经整理好了。"苏卿看向蔡静梅。她昨天就把资料给蔡静梅了。

蔡静梅连忙说："是呀，苏卿确实都整理好了，让我转交给刘经理，我昨天也交了。"

"我没有收到。"刘东问蔡静梅，"你交到我手里了？"

"没有。"蔡静梅摇摇头，说，"当时我见刘经理不在，就放在了桌上，给你发了信息……"

"我没收到过任何信息。"刘东厉声道，"苏卿，为了推卸责任，你还真会狡辩。"

苏卿盯着刘东那一副小人的嘴脸，什么都明白了。刘东铁了心要整她，她现在说什么都没有用。而且拿回扣这种事，她也不能在大庭广众之下说出来，这是行业里的忌讳，一旦她撕破刘东的嘴脸，那以后行业里也没哪家公司敢要她了。刘东现在有恃无恐，不就是仗着郑明珠撑腰？哪怕传言这两个人感情出了问题，可在这时，肯定是一致对外。谁让苏卿上次得罪了郑明珠。苏卿心里跟明镜似的，看向郑家英，坦荡地说："郑总，我没有推卸责任，您可以找人事部问问。"

蔡静梅也为苏卿求情："郑总，苏卿在公司两年，一直都尽心尽责，就算没有功劳也有苦劳。"

郑家英脸色一沉，道："公司要的不是苦力，养一群废物，有什么用？你叫苏卿是吧？你去人事部结算工资，走人吧。"

一个非亲非故的员工，哪里能跟自己女儿相比？

郑家英一出现，苏卿就知道会是这样的结果。她得罪了郑明珠，能在公司多待这么久，已经挺意外的了。这段时间，苏卿在公司里过得也是战战兢兢，如履薄冰。可公司想无故解雇她，也没这么容易。

听到郑家英解雇苏卿的话，刘东与郑明珠得意地笑了。其他看热闹的员工，也在议论纷纷。有替苏卿惋惜的，也有觉得苏卿不自量力的。

郑家英丢下话正打算离开，苏卿开口了："郑总，我与公司签了五年的劳动合同，合同没有到期，您无故解聘我，按照合同规定，您需要赔付我三倍的月工资，且补偿至少半年的工资。"

苏卿说完这话，全场寂静无声。苏卿这是疯了吧，跟老板叫板？还索要赔偿？疯了，疯了，简直不自量力。

郑明珠也十分意外，尖着嗓子说道："苏卿，你穷疯了吧，你凭什么要赔偿？公司是我爸开的，想让谁滚蛋，谁就得滚蛋。你算个什么东西？上次拿个假手链，你还真以为能蒙混过去，你就是个爱慕虚荣的女人，现在还满口谎言，不自量力。"

刘东见机附和道："苏卿，你还想在这一行混下去吗？识趣的话就赶紧滚，闹得太难看的话，你别想在帝京再待下去。"

苏卿勾了勾嘴角，无视刘东与郑明珠，看着郑家英道："郑总，你觉得呢？堂堂郑总，也想要无赖，无视劳工合同？"

"真是伶牙俐齿。"郑家英气极反笑，"这是我的公司！怎么？开除一个人我还做不了主了？"

"当然，郑总不愿付我女朋友赔偿金，那就拿别的来赔偿。"

这声音？苏卿猛然回头，见到陆容渊，很是意外。场外的陈秀芬见到儿子来了，也松了一口气。敢欺负她未来儿媳妇，让儿子好好教训他。

所有人都回头看去。只见陆容渊一身高定西装，衬得整个人身长如玉，立体的五官布满寒霜，迈步走来，气场全开，有一种睥睨天下的气势。

不少女同事见了，都羞红了脸。郑明珠也看呆了，脸上露出痴迷的表情。

陆容渊走到苏卿身边，看苏卿的目光透着几分温柔，说："先去一旁休息，剩下的交给我。"

那一刻，也不知道为什么，苏卿竟觉得陆容渊的话有一种魔力。她下意识点了点头，说："好。"

这一幕让在场的女同事既羡慕又嫉妒。苏卿命太好了，找了个这么帅的男朋友。郑明珠嫉妒得眼里都快喷火了，看着苏卿的男朋友，再看看刘东，一对比，瞬间觉得刘东什么都不是，她的眼光也太差了。刘东也注意到了郑明珠的变化，心里有些慌。陆容渊的出现，不仅让女人们犯花痴，也让男人们自惭形秽。郑家英也被陆容渊的气场震慑住了。他纵横商场几十年，阅人无数，拥有这种强大气场的人极少。

陆容渊目光凛冽地扫了郑家英一眼，薄唇轻勾道："郑总，是付赔偿金还是别的？"

郑家英回过神，意识到自己被一个年轻人给震慑住了，只觉得不可思议。这里可是自己的地盘，这么多的员工看着呢，他这个老板可不能退却。

郑家英恼羞成怒道："苏卿无故旷工，导致公司损失惨重，别说给赔偿金了，公司这笔损失，也得由她来承担，随后我的律师会将律师函寄给她。"

这一番话，十分神气。

陆容渊勾了勾唇，说了句意味深长的话："郑总确实损失惨重。"

开除苏卿，就是最大的损失。只是现在，郑家英还没有意识到这一点。

陆容渊走近郑家英。突然，他伸手将郑家英的领口一把揪住。

全场所有人倒吸一口冷气，这是要动手？

鉴于陆容渊之前打过李森，苏卿赶紧出声制止："陆容渊。"

苏卿不知，她这三个字，对于郑家英那可是灵魂暴击。

陆容渊？陆家掌权人？郑家英惊得忘了反应。传言陆容渊不是脸毁腿瘫吗？

陆容渊没有动手，只是在郑家英耳边说了一句话。谁也不知道说了什么，只见郑家英脸色瞬间煞白。陆容渊一松手，郑家英双腿一软，一屁股坐在了地上。

"爸，你怎么了？"郑明珠慌了。

陆容渊居高临下地睨了郑家英一眼，旋即走向苏卿，牵起她的手，说："饿了吧？走，去吃饭。"

两个人若其事地离开了。

郑家英哭丧着一张脸，嘴里念着："完了，完了。"

"爸，什么完了？"郑明珠扶着郑家英起来，"就一个苏卿而已，她让公司损失惨重，咱们告她，让她赔钱。"

"你懂什么！"郑家英突然大喝一声，"你这个败家女，郑家栽在你手里了！"

这话让郑明珠感到莫名其妙。刘东壮着胆子问："郑总，难道苏卿的男朋友有什么大来头？"

刘东不问还好，这一问，直接把火往自己身上引了。郑家英看向刘东，怒火更甚："把这人给我扔出去！"

"郑总！"刘东慌了，见保安过来，连忙求情，"明珠，快跟你爸求情啊，明珠，郑总……"

刘东直接被拖着扔了出去，极其狼狈与难堪。

郑明珠被吓到不敢说话，公司其他人更是大气都不敢出。

chapter 08

陆容渊装瘸

　　离开公司的苏卿此时正跟陆容渊在一家中餐厅用午餐。陈秀芬也在，不停地给苏卿夹菜，问她喜欢吃什么。苏卿很不好意思，她这算是丑媳妇见公婆吗？苏卿暗暗瞪了陆容渊一眼，埋怨陆容渊也不提前通知她一声。

　　陆容渊眉眼里皆是笑意，说："我妈刚从外面旅游回来，听说我交女朋友了，迫不及待地想来看看你，我妈没把你吓着吧？"

　　苏卿没被吓着，可也很意外，简直手足无措。

　　旅游？陈秀芬看了自家儿子一眼，她啥时候去旅游了？接收到来自儿子的眼神警告，陈秀芬立刻会意，笑着说："是呀，刚旅游回来，要是早知道这小子交女朋友了，我就不出去了，一早就该来见见你。"

　　"阿姨，理应是我先去拜访您。"苏卿受宠若惊，"我事先也不知道您回来了，还请阿姨别怪我不知礼数才好。"

　　"怎么会呢，阿姨怎么看你都喜欢。"陈秀芬拉着苏卿的手，热情得很，"苏苏，喝这个汤，这个汤好，补身子，你太瘦了，得补补。"

　　陆容渊上下打量了一下苏卿，点头道："确实有点瘦。"

　　苏卿白了陆容渊一眼，问："你怎么来了，还穿得这么正式？"

　　陆容渊自然不会告诉苏卿，他是撇下陆氏集团一众高层领导，匆匆赶来的。

　　陈秀芬笑着说："我叫他来的，我看那个郑家英太欺负人了，赶紧打电话让他来救场，这是我旅游回来给他带的新衣服，逼着他穿上的。苏苏，怎么样，帅气吧？"

"很帅。"苏卿也没多疑，平常的陆容渊已经很让人着迷了，穿正装的陆容渊更好看，浑身透着禁欲系气息。

苏卿盯了陆容渊好一会儿，陆容渊叫了她几声，她才回过神，红着脸将目光挪开。

陆容渊瞥见苏卿耳朵都红了，嘴角笑意更甚，凑在她耳边，以仅两个人能听到的声音说了句："晚上回去让你看个够。"

苏卿脸这下更红了，眼睛都瞪大了。她娇羞地拍了一下陆容渊，说："谁想看你了。"

陆容渊轻松地握住苏卿的手，与之十指紧扣。苏卿想着陈秀芬在，不好意思地将手抽了回来。

看着苏卿与陆容渊两个人打情骂俏，陈秀芬心里那个高兴啊。她很久没有看见儿子笑了，更别说自然地流露出如此多的情绪。陈秀芬更加认定，苏卿就是她未来的儿媳妇。谁敢欺负她儿媳妇，得先问问她同不同意。

想起刚才的事，苏卿问："你刚才跟郑总说什么了？把人吓成那样？"

其实就算陆容渊不来，苏卿也有办法解决这件事。她在公司多年，如果没点自保能力，也不可能待这么久。苏卿不是个主动找事的人，但也不是个任人搓扁揉圆的面团子。

陆容渊半真半假地说："我说他最大的损失就是失去你这个好员工。"

"就这么简单？"苏卿不信。

"还威胁他，再找你麻烦，拳头伺候。"

苏卿笑了："这才是你的风格。不过，你以后不能乱打人，现在是法治社会，不是拼拳头。"

陆容渊的这个性格，苏卿很担忧。

陆容渊温柔地笑道："嗯，都听你的。"

陈秀芬见儿子在苏卿面前乖得像绵羊，非但没有半分生气，反而很高兴。一物降一物，终于找到能降住儿子的人了。

吃完饭，陆容渊将苏卿交给陈秀芬，说："妈，你带卿卿去逛逛。"

"好，没问题。"陈秀芬十分乐意，"苏苏，陪阿姨去逛逛商场？"

"好。"苏卿在陈秀芬这里感受到了母爱的温暖，也很乐意相陪。

都说婆媳矛盾是千古难题，可她们相处却很愉快，苏卿完全不用担心这个问题。

陆容渊看着两个人走后，自己转身上了旁边一辆迈巴赫。夏冬一直在这里等着，后座坐着万扬。

"老大，你今天有点冒失了，陆家那些人肯定有所怀疑。"万扬提醒道。

"陆家这一池水最近太平静了，是该搅一搅了。"陆容渊眉梢冷冷一压，"明天一早，我要看到郑氏集团消失在帝京的消息。"

万扬问："这跟搅浑陆家有关系？"

"没关系。"陆容渊语气淡漠，"卿卿受委屈了。"

这纯粹就是为了给女朋友出气。万扬无力吐槽，只怪郑家倒霉，没事招惹大佬的女朋友做什么，这不是找死吗？此时的苏卿并不知道，陆容渊一句话，陆氏集团高层集体加班，一夜之间收购了郑氏集团。不过这都是后话了。

万扬靠躺在座椅上，幽幽地看着陆容渊。

"老大，苏小姐又不傻，她敢跟郑家英叫板，肯定有所倚仗，其实你不去，她也不见得被欺负。"万扬也接触了苏卿这么久，苏卿看似无势无权，身上却有一种与生俱来的魅力。她能在秦素琴与苏雪的刁难下活成这样，可见也是有本事的。

陆容渊眸子微微一眯，说："有我在，她不需要太辛苦。"

否则，还要他这个男朋友做什么？他陆容渊要的不是如虎添翼的盟友，而是携手一生的伴侣。

陆容渊问："陆展元那边如何？"

"听说陆展元今天晚上要在码头出一批货。"万扬说，"老大，这批货我觉得有问题。"

"那晚上去瞧瞧。"说完，陆容渊合上眸子，闭目养神。

苏卿与陈秀芬在商场逛了一圈下来，都累得走不动了。陈秀芬买了不少东西，都是给苏卿买的。苏卿一直拒绝，可架不住陈秀芬太热情，那架势，恨不得把整个商场都搬空了。苏卿不知，以陈秀芬的购物能力，还真能将商场搬空。今天在苏卿面前，陈秀芬已经很克制了。

"苏苏，你住哪里？我们叫个车，把这些都带回去。"

苏卿有点犹豫，她住的地方太小了，生怕被未来婆婆嫌弃。而且陆容渊为了避风头，现在暂时住她那里，万一未来婆婆误会他们同居了，看轻她怎么办？可陈秀芬都问了，她也不好不让人去瞧瞧。苏卿不傻，自然知道陈秀芬是想去她的住处看看。

迟疑片刻，苏卿笑着说："那我打个车吧。"

一路上，两个人有说有笑。到了出租房，陈秀芬笑不出来了。

见陈秀芬脸垮下来，苏卿心里有点忐忑，正要开口，陈秀芬突然很生气地说："这臭小子怎么做的事，怎么能让苏苏住这么小的地方？"

家里的一个卫生间都比这房子大。哪怕再装穷，也不能委屈未来媳妇。说着，陈秀芬摸出一张卡，眼里含着泪，十分歉疚地说："苏苏，真是委屈你了，这卡你拿着，换一个大点的房子，这么小的房子，怎么能住人哪。"

未来婆婆出手阔绰，又是手镯，又是银行卡的，苏卿被整得一愣一愣的。这也太幸福了！

苏卿自然不会要银行卡，笑着说："阿姨，这房子挺好的，陆容渊之前也说了要换大房子，是我拦着没让换。帝京物价贵，有个温馨的小窝就足够了，房子不需要太大。"

这番话让陈秀芬热泪盈眶，拉着苏卿的手说："苏苏，你太懂事了，我儿子能遇到你，真是积了八辈子德了。"

"遇见他，我也觉得很幸运。"苏卿浅笑道，"阿姨也对我这么好，让我感到非常幸福。"

这都是苏卿的肺腑之言，没有刻意讨好。从陈秀芬今天出手阔绰的程度来看，陆容渊家里应该还算殷实，不过那都是上一辈人努力的成果，她跟陆容渊不能啃老。苏卿一开始就接受了陆容渊的普通，现在也不会因为他家境如何而改变。

如果不是天黑了，陈秀芬待着都不愿走了，她还想跟苏卿再聊聊。走的时候，陈秀芬笑着说："苏苏，阿姨明天再来找你。"

"好。"苏卿送陈秀芬到小区门口。

陈秀芬上了一辆出租车，立刻给自己哥哥陈豪打电话："这个儿媳妇，我真是太满意了……"

苏卿回到出租房，却接到了楚天逸的电话。看着来电显示，苏卿不想接，直接按掉了，没想到楚天逸直接发了一条信息过来："不想让我去医院找苏杰，半个小时后，珠江码头见。"

苏卿看着那条带着警告意味的信息，怒火中烧。

半个小时后，珠江码头。

夜幕下，码头上灯火璀璨。一艘游艇上，楚天逸准备好了烛光晚餐、鲜花和礼物。一辆出租车到了码头，下车的正是苏卿。

苏卿的身影一出现在码头，立刻就被正拿着望远镜观望的万扬看见了。万扬起初以为自己看错了，大晚上的，苏卿来码头做什么？万扬又拿着望远镜看了看，还真是苏卿。

苏卿看了一眼手机。上面有楚天逸发来的信息，她根据信息找到了楚天逸所在的游艇。苏卿上了游艇，冷冷地扫了一眼桌上的鲜花和牛排，问："楚天逸，你到底什么意思？约我来这里，不怕苏雪知道？"

楚天逸还真是因为怕被苏雪知道，所以才选了这里。

"卿卿，还在生气吗？"楚天逸拿起准备好的礼物，笑着打开，"看看，这是我特意给你准备的。"

盒子里是一条项链。

另一艘游艇上，万扬惊道："我去。"

他这也太倒霉了，竟然撞见苏卿跟前男友约会。这要是让老大知道了，那还了得？

"万扬，发现了什么？"陆容渊戴着面具，拄着拐杖从游艇里走了出来。

万扬支支吾吾："没……没什么。"

陆容渊眉心一拧，伸手道："把望远镜给我。"

"老大，你还是别看了。"万扬咽了咽口水，"我担心你心脏受不了。"

陆容渊拿过望远镜一看，就看到对面游艇上，楚天逸拉着苏卿的手，两个人面前摆着烛光晚餐。吹着海风，吃着烛光晚餐，还真是浪漫。陆容渊的脸色当即沉了下来，十分难看，一副生人勿近的样子。

万扬心里那个后悔呀，他恨不得打自己一巴掌，没事儿瞎看什么呀。

"老大，陆展元的买家来了。"夏冬从游艇里出来，"夏秋来消息说，陆展元也来了码头，亲自交接。"

陆容渊冷着脸，将望远镜扔给万扬，转身进了游艇。

万扬拍拍小心脏，感激地看向夏冬说："夏冬啊，来得真及时，谢了。"

夏冬一头雾水。

而苏卿这边，楚天逸还在恬不知耻地说着甜言蜜语哄她："卿卿，戏也演得差不多了，适可而止，你以为我会相信你是真的喜欢那个男人吗？你以为我真喜欢苏雪吗？我喜欢的是你，也向你保证过，只要我接管了楚家，我一定娶你。"

"楚天逸，你是在做梦呢，还是喝多了没醒？"苏卿甩开楚天逸，讥讽道，"我之前已经把话说得很清楚了，我跟你没关系了，你爱娶谁娶谁。还有，以后再敢打苏杰的主意，别怪我翻脸无情。"

"苏卿，别不识好歹。"楚天逸失去了耐心，脸上带着几分怒气，"苏家已经跟你断绝关系，你除了依赖我，还能依赖谁？苏雪的性子你很清楚，你又得罪了李家，就凭你那个穷小子男友，他帮得了你？"

楚天逸的语气里满是嘲讽与不屑，那副高高在上的嘴脸，跟苏雪还真是如出一辙。

苏卿盯着楚天逸，冷冷地说："当时在李森面前认怂的时候，可没见你这么大口气，楚天逸，他敢为我出头揍李森，你敢吗？你根本不敢得罪李家，你连苏雪都不敢得罪。"

楚天逸狡辩道："我那是为大局着想，逞匹夫之勇，算什么本事！"

苏卿笑道："头一次见有人把胆小懦弱说得如此清新脱俗。"

楚天逸脸上有些挂不住。想起那天在李森面前丢了脸，如今又被苏卿笑话，他恼羞成怒道："苏卿，你得罪了李家，李家肯定会来找你麻烦，只要你服个软，我就找我爸出面，去李家走一趟，替你摆平这件事。"

"楚天逸，在你心里，我比不上你的野心，你对我也不是真心实意的，就别在这儿装深情了，你只是不甘心罢了。如果我为你寻死觅活的话，你心里或许就舒坦了。"

苏卿的话戳中了楚天逸的心思。他确实不甘心，苏卿转眼就跟了别人，对他不屑一顾，让他如何甘心？跟苏卿相恋一年，楚天逸连她一根手指头都没碰过。如此美貌的苏卿，他哪里甘心便宜了别人？

楚天逸原以为，只要他稍微哄一下，就能让苏卿甘愿等他。到时享受着两姐妹为他争风吃醋，这样的生活，哪个男人不想要呢？可哪知，苏卿跟他撇得干干净净。他低估了苏卿。现在苏卿又直接戳破了他的心思，楚天逸的脸色变得很难看，他也不打算在苏卿面前伏低做小了。

"苏卿，你有着让人痴狂的美貌，也有让男人都佩服的聪明的脑子与胆识，只可惜，你没有背景。在这帝京，没有背景，那就什么都不是。"楚天逸嗤笑道，"你是选择跟我，享受荣华富贵，还是跟那个穷小子过贫贱的生活？你只有这一次机会。"

苏雪不仅容貌比不上苏卿，脑子更是比不过。

苏卿毫不犹豫地说："希望你以后别再打扰我跟我男友的幸福生活。"

丢下这句话，苏卿转身下了游艇。

"苏卿。"这样干脆利落的拒绝刺激了楚天逸作为男人的自尊心。他追出来，伸手抓住苏卿的肩膀，脱口而出："只要你跟我，我立刻跟苏雪离婚。"

苏卿眸子微微一眯。离婚？她才不相信，也不稀罕。

"放开！"苏卿动怒了。

楚天逸没放，他的征服欲被激发起来了："苏卿，你还倔什么，我能给你……"

楚天逸话还没说完，苏卿直接一脚将人踢飞了。楚天逸扑通一声落入水中。

"最好别再招惹我，否则见一次踢一次。"苏卿冷冷地说。

"苏卿！"楚天逸在水里挣扎着，盯着苏卿离开的背影，气急败坏地大喊，"你会后悔的！"

苏卿头也不回地离开了。她不会后悔，她只恨没早点看清楚天逸。

另一边，陆容渊一直拿着望远镜看着这边，见楚天逸被踢入水中，心情大好，接着命令道："让楚天逸在水里多泡一会儿。"

万扬立刻领会，笑道："明白，老大，绝对让他泡到天亮。"

敢调戏老大的女人，活该。

苏卿刚走上岸，突然，码头灯光骤亮，十几辆豪车往这边开过来。苏卿很是疑惑，凭着直觉，连忙闪到一旁躲起来。十几辆豪车停下来，从车上下来几十名保镖，阵势颇大。最后，一个中年男人从车上下来，立刻有保镖上前撑伞。这大晚上的，也没下雨，苏卿不明白为什么保镖要上前撑伞，耍酷？

苏卿猫着身子躲在码头的集装箱后面，盯着中年男人看了看，觉得有点眼熟。片刻后，她想起来了，这不是陆家二把手陆展元吗？她在访谈节目里见过他。传言陆家掌权人陆总命不久矣，陆展元是最有可能接管整个陆家的人选。

陆家这个大家族根系错综复杂，陆老大这一脉就陆容渊这么一个儿子，要是他真死了，陆家肯定会被旁系吞并，而这个陆展元是其中野心最大的。苏卿虽对陆家了解得不多，但也能猜个大概。小家族为了利益尚且争得面红耳赤，更别说像陆家这种大家族，恐怕争得都要你死我活了。

这么大的阵势，肯定有大动静。苏卿想着赶紧走，以免被殃及。她环顾了一下四周，发现想走已有点困难，出口都被陆展元的人看守着。为今之计，就只有等这些人都走了。

就在这时，码头来了一艘游轮，从上面下来几十名工人，陆陆续续将码头上的货都搬上了游轮。货刚装完，突然，无数戴面具的人冒了出来，将码头包围了。

陆展元回头看了一眼，顿时紧张起来，问道："'暗夜'的人！是谁走漏了风声？"

身边的手下说："陆先生，您先走，否则就来不及了。"

"这批货绝不能落在'暗夜'手里。"陆展元立即道，"快让人开船。"

这可是价值十几亿的货，要是被劫了，陆展元的心得滴血。不等游轮启动，"暗夜"的人动手了，码头顿时一片混乱。

趁这机会，苏卿赶紧猫着身子离开。陆展元害怕成那个样子，可见对"暗夜"很忌惮。苏卿紧张得心跳加速。离开码头后，她加快步子跑了起来。苏卿往公路方向跑去，打算去打车。

突然，一辆车子从码头的方向开过来，后面还紧跟着一辆车，两辆车都开得十分快。苏卿看得心惊胆战，两辆车开过去没几秒，她就听到剧烈的撞击声。

撞车了。苏卿连忙跑过去，只见两辆车都已经侧翻，车身被撞得面目全非。苏卿心中一惊，而这时，一个人从车子里钻了出来。陆总？苏卿十分惊讶，他怎么在这里？

陆容渊手拿拐杖站定，那张满是疤痕的脸在月光下显得更为吓人。他的手臂受了伤，鲜血浸湿了衣服，一片鲜红。

苏卿惊愕道："陆、陆总。"

陆容渊看向苏卿，没等他开口，又有车子追来。

"走。"陆容渊拉着苏卿就朝旁边的林子里跑。

苏卿一脸蒙。她不知道自己为什么会跟着跑，等她反应过来时，两个人已经跑进林子深处了。而传闻中腿瘸的陆总此时正健步如飞，比她跑得还快，哪里像个瘸子？

苏卿气喘吁吁道："我跑不动了。"

两个人这才停下来，身后的人也没有再追上来。苏卿扶着树干拼命喘气。缓了缓，她看向眼前的男人，目光落在他的腿上，说："陆总的腿……好了？"

陆容渊活动活动腿，又瘸着走了两步，说："又瘸了。"

这装瘸也装得太敷衍了，当她三岁小孩吗？苏卿觉得，眼前的男人透着邪性，还是自己男朋友温柔。

"陆总怎么会在码头？"

陆容渊沉声道："听闻我那二叔今晚要倒霉，特意过来看热闹，没想到被发现了。"

"看热闹是要付出代价的，刚才差点儿就被殃及了。"苏卿说，"刚才那些戴面具的就是道上有名的'暗夜'组织。"

传言这叔侄俩不和，看来是真的了。从刚才车子报废的程度来看，完全是要置人于死地。

陆容渊勾了勾嘴角说："你还知道'暗夜'组织？"

"听说过一点儿。"苏卿没说之前还遇到过。

苏卿突然想起传言中陆家掌权人出车祸的事，那场车祸莫非……

"陆总，难道你之前出车祸是陆展元干的？"

面具下，陆容渊的嘴角上扬："苏小姐很聪明，刚才多谢苏小姐的救命之恩，否则我就真死于车祸中了。"

"我？我什么也没做呀。"苏卿不解。

陆容渊一本正经地说："刚才我在车里看到苏小姐，惊为天人，一时分心，正好躲过了那辆车致命的撞击，所以说是苏小姐救了我。"

苏卿扯了扯嘴角，好牵强的理由。然而接下来的话，更让苏卿震惊。

"苏小姐的救命之恩，陆某无以为报，钱财太俗气，金银珠宝对苏小姐也是一种侮辱，思来想去，我只有以身相许，娶了苏小姐，你觉得如何？"

苏卿惊得瞪大了眼睛叫道："你这不是报恩，是报仇吧。我就是个俗人，要不陆总还是拿些钱和金银珠宝什么的给我，好不好？"她宁愿被金银珠宝侮辱。

面具下，陆容渊嘴角的笑意愈深，这丫头真是不经逗。

"苏小姐不愿嫁入陆家，是因为楚天逸那小子？"陆容渊嗓音微冷，"刚才我看见苏小姐与楚天逸在游艇上吃烛光晚餐，很是浪漫，看来苏小姐也是个三心二意的人，之前说非男友不嫁，转眼就背着男友跟别人约会。"

"谁约会了？我那是在跟楚天逸说清楚，让他别再纠缠我。"苏卿也不知道自己为什么会解释，心里有一种害怕被对方误会的感觉。

陆容渊的手臂还在流血。他靠着树干坐下来，微眯着眼睛说："陆家犹如虎穴狼巢，苏小姐不愿嫁进来，也无可厚非，否则跟着我这个命不久矣的人，不知道哪天就莫名其妙地死了。"

眼前的陆容渊脸上的疤痕恐怖狰狞，让人不敢直视。苏卿之前也害怕这张脸，可此时，她却不觉得害怕了，反而有一种莫名的心疼。

"当时，一定很疼吧？你撑着陆家，一定很辛苦。"

苏卿看着陆容渊周身的落寞孤寂，心口有些难受。脸被毁成这样，又命不久矣，还要装瘸，可见这陆家真是狼巢虎穴。这陆家掌权人的位子，不好坐。

闻言，陆容渊心口狠狠一震，掀开眼皮，眸子里全是苏卿。她在心疼他。上次车祸，陆容渊确实差点儿丧命。

苏卿蹲下身，检查陆容渊手臂的伤口，伤口很深，像是刀砍的。她想起刚才陆展元带的那些保镖，他们手里持着的正是短刀。

"他们那么多人，你看什么热闹，把命搭进去，那可就便宜陆展元了。"

"不碍事，小伤。"陆容渊笑了笑，透着几分冷然。

陆容渊并没有告诉苏卿，刚才他是因为分心在码头上寻找苏卿的身影，才会挨这一刀。

苏卿看着伤口，心口狠狠一揪道："我送你去医院。"

"去了医院，陆展元就会确定刚才出现在码头看热闹的人是我，那我腿装瘸的事就瞒不住了。"

陆容渊靠在树干上，突然抓住苏卿的手，将人扯入怀里，说："陪我在这里等一会儿。"

苏卿猝不及防，被扯入怀中。这怀抱，让她有一种莫名的熟悉感。苏卿依偎在陆容渊的怀里一时忘记了反应，鼻前是熟悉的味道，怀抱宽阔温暖。苏卿抬眸，盯着陆容渊棱角分明的下巴，而这时陆容渊正好垂眸。四目相对，时间仿佛停顿了。月光下，两个人依偎在一起的姿势看起来十分暧昧。

苏卿讪讪开口："陆总，你身上的沐浴露味道好熟悉，跟我家里的一样。"

闻言，陆容渊心里咯噔一下，生怕苏卿发现他的真实身份，连忙剧烈咳嗽几声，将苏卿的注意力转移。

苏卿见陆容渊咳得上气不接下气，有点慌了，连忙一边帮着顺气一边问："好点没有？怎么咳得这么厉害？"

"没、没事。"陆容渊又咳嗽几声，见差不多了，才止住咳嗽，"缓缓就好，老毛病了。"

苏卿见陆容渊真不咳了，这才松了一口气，目光落在陆容渊的手臂上："你的伤口，真没事？还在流血呢。"

陆容渊目光淡淡地瞥了一眼说："一会儿就不流了。"

"陆总，你就不怕我把你装瘸的事说出去？"

陆容渊目光灼灼地注视着她，反问："你会吗？"

苏卿一怔，下意识地摇摇头，这种事她不会做。

怎么说他们之前也差点儿成了夫妻，她逃婚，他也没有追究，而且后来又帮她推了付家的婚事，她不能恩将仇报。

陆容渊笑了，伸长腿慵懒地靠着树干说："你坐过来，让我靠会儿，有点儿累了。"

"哦！"苏卿麻溜地坐了过去，一点都没有意识到自己过于听话了。

苏卿挨着陆容渊坐着，陆容渊将脑袋轻轻往她肩膀上一搭，就开始闭目养神。

月黑风高。

苏卿怕陆容渊真睡着了会出什么事，毕竟他伤口在流血，其他地方有没有伤也不知道，万一睡过去再也醒不来怎么办？

"陆总，你别睡着了，我们聊聊天，等你的人到了再睡。"

"聊什么？"陆容渊嗓音醇厚，透着几分懒意。

"聊聊你的那些前妻们，她们都是怎么回事？"苏卿有些好奇，"难道真如传言所说，被你给……"

面具下，陆容渊嘴角有了一丝笑意，问："被我给什么？"

苏卿见陆容渊还是不懂，直言道，"据说是被你谋害了，是不是真的？"

陆容渊眉梢轻挑道："你看我像是残暴冷血的人吗？"

苏卿还真上下打量了陆容渊一眼，肯定道："像。"

陆容渊懒洋洋地睨了苏卿一眼，没有说话。

苏卿反应过来："你的意思是跟你无关？"

陆容渊戏谑道："你嫁过来不就知道了吗？"

"不、不了。"苏卿脑袋摇得跟拨浪鼓似的,"我还想长命百岁呢。"

她疯了才会嫁给他,这陆家掌权人的老婆是那么好当的?

陆容渊闭上眼睛,两个人都沉默了下来,四周寂静得能听见树叶被风吹落的声音。

在这之前,苏卿从没想过,有一天她会跟陆家掌权人躲在小树林里聊天。不知过了多久,久到苏卿以为陆容渊不会再开口,却突然听到他说:"我爷爷一共有九个儿子,五个女儿。我爸是陆家老大,我从小就在爷爷身边长大,是他一手培养的接班人。我爸这一房就我一个儿子,如果我死了,后继无人,陆家的继承人就只能从旁系中挑选了。"

苏卿也没想到陆容渊会跟她说这些,这也算是豪门秘事了。苏卿明白了:"所以你的那些叔叔姑姑们,都不希望你有孩子,就千方百计破坏你的婚事?"

传言陆容渊命不久矣,只要陆容渊在死之前没留下一儿半女,那那些人的目的就达到了。

苏卿咽了咽口水,有些庆幸,相比陆家的争权夺利,她跟苏雪之间那点钩心斗角完全不算什么。

陆容渊扬了扬嘴角说:"你不会死。"

"为什么?"别人都死了,难道她就能斗得过陆家那些人?

不等陆容渊再开口,远处传来了呼喊声。

"老大,老大。"

是夏冬跟夏秋找来了。

苏卿循着声音见到夏秋,愣了一下。她觉得对方给她的感觉有些熟悉,但一时又想不起来在哪儿见过。

"老大。"夏冬、夏秋跑过来。

看见陆容渊手臂上的伤,夏冬连忙过去:"老大。"

苏卿搀扶着陆容渊起身,有些吃力,忙喊道:"你们快来帮忙啊。"

夏冬、夏秋正要过去,却接收到陆容渊暗地里给他们打的手势,示意他们走开。

夏冬反应快,忙说:"麻烦苏小姐搀扶老大,我去开车。"

说着,夏冬拉着夏秋就走了。

苏卿喊道:"喂,你们倒是搭把手……"

人已经没影了。

一头雾水的夏秋跟着走了很远，问："夏冬，刚才那个女人是？"

"什么女人？那是陆家未来的女主人，这点眼力见儿都没有。"

夏秋惊道："老大有女人了？"

"大惊小怪。"夏冬白了夏秋一眼，"咱老大缺女人吗？"

只是能入老大眼的，至今就苏小姐一人。

苏卿搀扶着陆容渊，走得有点费劲，随后反应过来："你是伤了手，又不是真瘸了，干吗不自己走？"

陆容渊一本正经地说："腿麻了，麻烦苏小姐了。"

苏卿无言以对。

陆容渊也没真把全身重量都压在苏卿身上，他长臂一伸，搂住苏卿的肩膀，脑袋靠着苏卿，一瘸一拐地往前走。车子停在公路上，苏卿将人扶上车后，自己也坐了上去。这里地处偏僻，她不坐这辆车走，万一遇到陆展元那群人怎么办？

夏冬发动车子，问："老大，回老宅还是？"

陆容渊闭目养神，答道："回南山。"

chapter 09

姜还是老的辣

一个小时后，车子缓缓开进南山别墅区半山腰的一栋别墅。

南山别墅区是帝京最豪华、最昂贵的别墅区，住在这里的人非富即贵。苏卿这是第一次来。别墅大得像城堡一样，苏家那栋小别墅跟这里一比，完全不是一个档次的。

这栋别墅占地上万平方米，车子在里面开了许久。车子停下，陆容渊如王者君临天下，迈着步子走了进去。苏卿张了张嘴，本来想拜托陆容渊派人送她回去，话还没说出口，陆容渊就已经进去了。

夏冬走过来，恭敬地说："苏小姐，老大让你先到餐厅用餐。"

一晚上啥也没吃，苏卿还真有些饿了。可她又担心太晚回去，男友会担心。思前想后，苏卿看这阵势现在也回不了家，只好跟着进去。

夏冬领着苏卿去了餐厅。偌大的餐厅可容纳上百人，长桌上摆满了美味佳肴。

"这么多，怎么吃得完？"苏卿想，这不是浪费吗？

夏冬说："苏小姐可以每道菜都尝尝，她们会根据苏小姐的喜好，撤掉一些苏小姐不喜欢的菜，下次这些菜就不会再出现在饭桌上。"

恐怕没有下次了。这天来这里，已经是个意外。吃一顿饭，十几个用人伺候着，苏卿特别不习惯。本来很饿，可看着这些人杵在旁边，她怎么都吃不下。

苏卿用商量的口吻说："夏冬，要不你让这些人去忙别的事吧，我不用伺候的。"

从小到大，她就没被这么伺候过，真不习惯。吃个饭，几十只眼睛盯着，哪还有食欲。

"都下去吧。"声音是从餐厅外传来的。

苏卿回头，就见陆容渊已经换上了居家休闲装，矜贵凛然。她的脑海里突然冒出一句：陌上人如玉，公子世无双。

要是他脸上没有疤痕，那就完美了。

用人们答道："是，大少爷。"

夏冬也跟着说："是，老大。"

陆容渊走过去，在苏卿旁边坐下。

用人们都离开了，偌大的餐厅只剩苏卿与陆容渊两个人。

陆容渊瞥了一眼苏卿，问："饭菜不合胃口？我让厨房重新做。"

"不用了，这些菜很好吃。"苏卿定了定神，"陆总，待会儿你能不能让人送我一下，或者送到山脚下也行？"

这边是别墅区，根本没有出租车过来，打不到车。

"不能。"陆容渊果断地回绝。

苏卿一怔，没想到对方拒绝得如此干脆。她试图说服他："这么晚了我不回去，我男朋友会担心的。陆总，怎么说我刚才也搀扶了你一段路。"

陆容渊悠闲地喝着茶。他如今受伤，回不了出租房，如果放苏卿回去，他就只能找借口先避开一阵子。

"你先在这里安心睡一晚，明天早上，我让夏冬送你回去。"

苏卿瞪大了眼睛，在这里睡一晚？她能安心才怪呢。可走回去也不现实，陆容渊已经让步了，再提要求，得罪他怎么办？这陆总真是喜怒无常，如传言一般。

用了晚餐，又有用人领着苏卿去卧室，换洗的衣服都准备好了。苏卿站在卧室里，不由得惊叹，有钱就是好。一间卧室就这么大，光卫生间就比她的出租房还大。苏卿是既来之则安之的性格，既然走不了，那就安心住下来。

苏卿拿起手机给陆容渊发了一条信息："今晚有事，就不回来了。"

发完信息，苏卿自己都觉得有点不可思议，原来牵挂一个人是这种滋味。从前跟楚天逸在一起时，哪怕分开再久，她也不会有任何感觉，做任何事都不会报备。

发完信息，苏卿就进浴室了。

隔壁房间，陆容渊拿起手机看了一眼，上面正是苏卿发来的信息。陆容渊盯手机，眼里涌现浓浓的宠溺。女朋友这是在向他报备？陆容渊有一种被牵挂的感觉。他打了一个字回过去："好！"

对面的夏冬见陆容渊心情很好，说道："老大，万扬那边传来消息，陆展元重伤入院，陆老爷子已经赶过去了。码头闹出的动静惊动了警方，警方介入调查了。"

陆容渊眸光一沉，说："这两年，我这位二叔太过猖狂了，胆子也越来越大，是时候让他收敛收敛了，否则陆家迟早要葬送在他手里。"

夏冬说："幸亏事先得到了消息，否则那批货流入市场，后果不堪设想。"

一个百年家族，要崛起不容易，延续下去更是难，可要毁掉，那就是一朝一夕的事。

陆容渊点燃一支烟，眸光幽远地看向窗外，慢慢开口："爷爷并不糊涂，陆展元这次是赔了夫人又折兵，替我备礼，明早去探望探望我这位二叔。"

"是，老大。"

隔壁，苏卿躺在浴缸里泡澡，真是太舒服了。洗漱完出来，苏卿换上舒适的睡衣，往被窝里一躺，睡意袭来。她原本以为，在陌生的地方会睡不着，没想到竟如此心安。迷迷糊糊中，她感觉床塌下去一块，想着睡前自己已经将门反锁了，也没太在意，翻个身，继续睡了。

陆容渊躺在旁边，看着熟睡中的苏卿，眉眼里满是宠溺，道："真是个傻丫头。"

陆容渊轻轻地吻了吻苏卿的额头，将人捞入怀里。苏卿睡觉不怎么老实，时不时地在他怀里扭几扭，导致陆容渊一夜都没睡好。

翌日。

苏卿醒来，伸了个懒腰。阳光照进来，暖洋洋的，让人心情愉快。苏卿换上自己的衣服，下楼时，发现陆容渊已经在用早餐了。

"陆总，早上好。"苏卿笑着打招呼。

"嗯。"陆容渊连眼皮都没抬，他可是一夜都没睡。

苏卿讪讪一笑，走到餐桌前。她一坐下，用人立即将热腾腾的早餐端了上来。苏卿瞄了一眼陆容渊，这人虽然性子冷，喜怒无常，不过还算正人君子，让她昨晚睡了个好觉。苏卿哪里知道，她把对方当成抱枕抱着睡了一夜。

陆容渊用餐时举手投足间都透着绅士般的优雅，让人赏心悦目。苏卿本想端着碗直接喝，但看到陆容渊如此优雅，她也没好意思，决定今天也淑女一次，优雅地吃起早餐来。

两个人安安静静地吃着早餐，这让苏卿有一种在出租房跟男友吃早餐的感觉，但又有点不一样。眼前的陆容渊很高冷，而她的陆容渊，是一个很温柔的人。名字虽然一样，人却是千差万别。

吃过早餐后，苏卿提出："陆总，时间也不早了，我该回去了。"

"好，我让夏冬送你。"

苏卿本以为陆容渊没这么容易放她走，还准备了一套说辞，哪知陆容渊这么轻易就答应了。她愣了一下才回过神来："好，谢谢。"

夏冬走了进来，对苏卿说："苏小姐，请。"

"嗯。"苏卿点了点头，本来还想再跟陆容渊说点什么，可又不知道要说什么，最后什么也没说就走了。

半路上，苏卿想着自己昨天从公司走得急，很多东西都没有收拾，便说："夏冬，送我去公司吧。"

"好。"

车子到了公司楼下，已经快十点了。苏卿想起昨天在这里发生的事，得罪了郑家英，她肯定不可能继续在这里工作了。

苏卿做好了辞职的准备。刚到公司，却见蔡静梅风风火火地过来说："苏卿，你怎么才来？你都迟到了，快点准备一下，老板马上就来了。"

"我是来辞职的。"苏卿苦笑道，"得罪了老板，我现在哪还敢再往上凑。"

"你辞什么职？公司已经被陆氏集团收购了，现在这公司不姓郑，姓陆了。"蔡静梅问，"你不知道吗？没看群消息？陆氏集团派了人来接管，全体员工都得去迎接。"

苏卿十分震惊，问："公司易主了？"

之前也没有听说陆氏集团要收购的事，这也太突然了。

"昨天你走之后，刘经理被郑家英给扔了出去，别提有多难堪了。"蔡静梅幸灾乐祸道，"这就叫现世报。"

后来发生的那些事，苏卿都不知道，不过听着也挺解气的。

苏卿问："你知不知道接管公司的是陆家什么人？"

"听说是陆星南。"

苏卿讶异道："他不是进了娱乐圈发展，现在在拍戏吗？"

陆星南几乎每天都出现在大荧屏上，苏卿自然认识，也知道陆星南是陆老三的小儿子，陆容渊的堂弟。

"拍戏也不影响接管公司呀，咱们这个公司又不大，陆家也不缺这点钱，随便玩玩而已，败了也没有影响。"

蔡静梅犯着花痴，有些激动地说："你刚才看见没，秘书部一个个今天都特意打扮了一番。听说陆星南还是单身，这要是入了陆男神的眼，那简直幸福死了。"

说着，蔡静梅看了苏卿一眼，说："你可是有男朋友的人，不能跟我们抢啊。"

"放心，我对这个陆星南没兴趣，他也不是我的'菜'。"

苏卿话音刚落，身后冷不丁地冒出一个声音："哦？那你对什么样的男人感兴趣？"

苏卿吓了一跳，连忙回头，就见到了陆星南那张脸。背后议论，竟被当事人逮了个正着。太尴尬了，苏卿恨不得咬了自己的舌头。

陆星南嘴角噙着几分笑，目光盯着苏卿，饶有兴致地又问道："你是哪个部门的？"

苏卿心头一紧，她这不会是又得罪了上司，饭碗不保了吧？

"秘书部的。"苏卿还是壮着胆子回了句。

陆星南若有所思地点点头道："我记住你了。"

就在这时，公司高层朱启隆带着一众人小跑着过来，站到陆星南面前，说："陆总，我是公司销售部的朱启隆。"

朱启隆一早就带着人在门口迎接，也不知道陆星南是什么时候进来的，还一个人。

陆星南盯着苏卿看了看，对朱启隆说了句："召集所有员工，十分钟后开会。"丢下这句话，陆星南迈着步子走了。若不是被陆容渊派人从被窝里抓来接管这家公司，陆星南现在还在家里睡大觉。没办法，谁让整个陆家他就怕陆容渊一人。

苏卿耷拉着脑袋坐了下来，苦笑道："看来我最近犯太岁。"昨天得罪了前老板，现在又得罪了现老板，她是辞职呢还是不辞职，真为难哪……

蔡静梅也觉得苏卿真的太倒霉了，安慰她道："别担心，反正公司这么多人，你待会儿站角落里，不被陆男神注意到就行了。"

"只能这样了。"

苏卿连忙收拾一下赶往会议室，公司的同事也都陆陆续续到了。今天人来得还挺齐的，公司百分之九十的女员工都是冲着陆星南来的。个个花枝招展，堪比选美大赛。苏卿刻意站在角落里，被高个子同事挡着，这下应该安全了。

"陆总，请。"

随着朱启隆的声音传进来，陆星南的身影也紧随着进入大家的视线。苏卿又往边上挪了一点，尽量把自己的存在感降低。

陆星南走进来，目光扫了一圈会议室所有人，最后落在像鸵鸟一样缩着的苏卿身上。准确地说，陆星南只看见苏卿半个身影。这女人，挺有趣。陆星南邪魅地勾了勾唇，惹得会议室里的女同事们直犯花痴，两眼冒桃心。

"好帅！"

"陆男神笑起来真好看，我心跳好快呀。"

"陆男神是在冲我笑吗？"

"什么冲你，明明是冲我笑好吧。"

有位女同事壮着胆子羞涩地问："陆男神，可以给我签个名吗？"

陆星南一笑，露出洁白的牙齿，看起来阳光又亲和，柔声答道："好。"

这个笑，简直就是会心一击，女同事当场激动得晕过去了。朱启隆立刻让保安把人抬了出去。

陆星南单手插在西装裤兜里，双腿修长，迈着小步，气质卓然地走向主座。所过之处，引起不小骚动。这哪里是公司高层会议，倒像是明星粉丝见面会。

陆星南也没什么管理公司的经验，完全就是被陆容渊抓来的壮丁。他在路上简单了解过这家公司，也不知道郑家英怎么得罪他那位堂哥了，一夜之间将其收购。出手快准狠。

苏卿一直藏在角落里，会议一结束，她立刻混在人群里出去了。苏卿去了茶水间，倒了杯水喝下压压惊。这算是躲过一劫了。

"苏卿，你在这里呀。"蔡静梅兴奋地进来，捧着笔记本，"看见没，这是陆男神的亲笔签名，我今晚要抱着笔记本睡觉，这样，男神就能入梦，与我在梦中约会了。"

苏卿哭笑不得："不就是个签名而已，多大年纪了，还追星呢。"

"得不到，还不允许我做会儿梦啊。"蔡静梅白了苏卿一眼，"你是饱汉不知饿汉饥，你那个男朋友比陆男神还帅，你当然不心动了。"

"那是当然。"苏卿特别自豪，"谁都没有我男朋友帅。"

"少酸我了，知道人家是个单身狗，还这样气人家，友尽。"

苏卿一笑，道："好了，回头有优质的男生，我第一时间介绍给你。"

蔡静梅也笑道："一言为定。"

"行。"苏卿笑了笑，说，"对了，待会儿午休时我要去一趟医院，有事打我电话。"

"没问题。"蔡静梅比了个手势。

苏卿打算去医院看苏杰，顺便研究母亲留下来的遗物，看看那个红木箱子里到底装了什么。医院就在公司附近，苏卿走出公司，正要打车，却碰见一个最不想见的人。

苏雪从一辆法拉利跑车上下来，戴着墨镜，披着长发，穿着吊带格子裙，一双马丁靴，小清新中又带着点性感。

一见到苏雪，苏卿就觉得没好事。

"姐。"苏雪提着礼盒，笑意盈盈地朝苏卿走过去，不知道的还以为多姐妹情深。

"姐，我等你半天了，这是我特意买来送给你的护肤品，一套得好几万，你没用过这么好的吧，这个特别好用，你拿回去试试。"

无事献殷勤，非奸即盗。苏雪话里话外都对苏卿带着一种鄙夷。

几万块一套的护肤品，对苏卿而言太贵了，她确实没用过，然而这对苏雪却不算什么。苏雪这是在提醒她，两个人同是苏家千金，待遇却千差万别。

苏卿目光淡淡地瞥了一眼礼盒，语气不冷不热地说："我天生丽质，用不上这些，你还是拿回去自己用吧。"

这话怼得苏雪脸一阵红一阵白。奈何苏卿说的是事实，在美貌这点上，苏卿甩她几条街。苏雪眼里满是嫉妒，也不知道苏卿用的什么护肤品，皮肤跟剥了壳的鸡蛋一样嫩滑白皙。

"哎呀。"苏卿突然喊了一声。

"怎么了？"苏雪被吓了一跳。

苏卿盯着苏雪的脸，故意拖长声音说："好长一条……细纹啊，这黑眼圈、眼袋，啧啧，鼻头怎么还冒了几粒斑。"

"啊？哪里？哪里？"苏雪一听急了，连忙从包里掏出镜子一看，并没有看见苏卿说的黑眼圈和色斑。

意识到被戏弄了，苏雪气急败坏道："苏卿，你耍我！"

"对，我耍的就是你。"苏卿冷冷一笑，"别整这些虚的，不想挨揍或者受刺激，就离我远点，你也不想你的脸又肿成猪头吧？"

苏雪被刺激得怒火中烧，但想到自己来的目的，只得强压着怒火，说："姐，之前都是误会，再怎么说，我们都是苏家人，姐妹间哪有隔夜仇。"

"我跟苏德安已经没有关系，我与苏家也没有关系了，跟你算哪门子的姐妹？"苏卿冷笑道，"至于你与苏家有没有关系，那我就不知道了。"

"苏卿，你什么意思？"苏雪有点心慌，难道说苏卿知道她是周雄飞的私生女了？

不，苏卿不可能知道。苏雪定了定心神，没敢看苏卿的眼睛，说："其实今天是爸让我来的。那个李家真要认你做干女儿？"

原来是来打探这件事的。

"怎么，你嫉妒？"苏卿字字都往苏雪心口上刺。

苏雪确实嫉妒得发狂，一整夜都没怎么合眼。凭什么好事都落在了苏卿头上？

"李家凭什么认你做干女儿？依我看，李逢华不过是随口说说，我是来劝你别太认真，否则希望越大，失望就越大，到时候可就闹笑话了。"

"哦？"苏卿笑笑，"确实得让……某些人失望了，李逢华还真要认我做干女儿。对了，办认亲宴的时候，我会亲自送上请束，你可一定要来。"

苏雪咬牙道："什么？李逢华脑袋被门夹了吧，为什么会认你做干女儿？"

"嫉妒吗？"苏卿一笑，"你嫉妒也没有用，李逢华认的就是我，不是你。"

苏雪气得整张脸都扭曲了，紧攥着双手，指甲陷入肉里，眼底里的嫉妒之火仿佛要把整个人焚噬了。

"苏卿，别高兴得太早，天上没有掉馅饼的好事，李逢华是不是有其他目的，还不一定呢。"

"我能理解，吃不到葡萄的人肯定会说葡萄酸。"苏卿扯了扯嘴角，"与其替我担心，不如担心担心你自己，这楚太太的位子坐稳了没有。"

不提这件事还好，一提苏雪就觉得胸口发闷。她嫁给楚天逸这么久了，除了新婚之夜，两个人之后压根儿就没有睡过一张床。

"你是不是还惦记着天逸？别以为我不知道，昨晚上他去见你了，你们干什么了？"苏雪抓住苏卿的手臂，"是你把他扔下海的？你怎么能这么狠心，他在水里泡了一晚上，差点儿溺死。"

泡了一晚上？凭楚天逸的游泳水平，不可能泡一晚上啊。

"那真是活该，看来老天爷都看不下去了。"苏卿没多少耐心，"我还有事，你想撒泼，回去找你的楚天逸。"

午休时间就两个小时，她才不想跟苏雪在这儿浪费时间。苏卿抬手招了一辆出租车过来，拉开车门坐进去，对司机说："师傅，人民医院。"

"苏卿，你别走，你心虚了是不是……"

车子启动，把苏雪远远甩在了身后。

十几分钟后，车子在医院门口停下。苏卿在医院门口看见一辆熟悉的车，正是昨晚她坐的那辆去南山别墅的车。难道陆总也在医院？苏卿祈祷着别碰见才好。然而，越是怕什么，就越是来什么。苏卿乘坐电梯到了住院部八楼，在经过一间病房时，正巧听见了一个熟悉的声音。

"二叔，好好养伤，保重身体，少动点肝火。"

这声音……是陆总！苏卿下意识地停了下来，往门里面瞅了一眼，就见一脸疤痕的陆容渊拄着拐杖坐在病床旁的沙发上，身边站着夏冬和夏秋。

病床上躺着的正是陆展元。他头上缠着纱布，腿上打着石膏，脸上戴着氧气面罩，看起来伤得很严重。陆容渊嘴上是在关心，可谁都听得出来那话里满是警告之意。这是得了便宜还卖乖，故意来气人的。陆展元气得眼睛都瞪圆了。他情绪激动地盯着陆容渊，却说不出话。陆容渊对面还坐着一位老者，头发花白，却一派威严，此人正是陆容渊的爷爷，陆百万。

陆百万眉头一皱，不悦地看了陆展元一眼，道："老二，小渊说得没错，你现在就好好养身体，公司的事，你暂时别管了，都交给小渊。"

陆氏集团掌权的虽然是陆容渊，可也被旁系分走了不少权力。陆展元一听陆老爷子夺了自己的权，激动得摘掉氧气面罩，说："爸，我的伤没什么大碍，过两天就能出院。小渊他腿脚不便，身体也不好，还是别让他太操劳了。"

陆老爷子站起来，说："就这么定了，你好好在医院养伤，小渊，你陪爷爷回去。"

"是，爷爷。"陆容渊拄着拐杖站起来。

陆老爷子还不糊涂，昨晚的事，他心里清楚。陆家子孙争权夺利，已经不是一朝一夕了。

见陆容渊他们要出来了，苏卿赶紧走开。陆容渊与陆老爷子一起走出来，淡淡地瞥了一眼苏卿离开的方向。刚才苏卿一出现，他就注意到了。

陆容渊陪着陆老爷子走出医院。陆老爷子看着陆容渊一瘸一拐的样子，心里十分愧疚。这是他一手培养出来的，他最满意的，也是最优秀的孙子、接班人。

"小渊，爷爷年纪大了，有生之年不想白发人送黑发人。"这意思是默认陆容渊与陆展元之间的争斗，但是不能弄出人命。

陆容渊语气平静道："是，爷爷。"

若不是看在老爷子的面子上，陆展元嚣张不到今天。

陆老爷子叹了口气，说："小渊，你年纪也不小了，爷爷再给你说门亲事，也让爷爷早点抱上重孙。"

陆容渊冷冷地扯了扯嘴角说："爷爷，我还是别祸害别人了。而且，陆家怕是没几个人希望我陆容渊有孩子。"

陆老爷子一听，冷着脸，厉声道："这次谁再敢生事，我绝不轻饶。"

陆容渊没说话，陆老爷子也觉得这话没什么作用。手心手背都是肉，不是儿子就是孙子。他有九个儿子，五个女儿，几十个孙子孙女，要真争个你死我活，他一把年纪了，也阻止不了。

陆老爷子脸色缓了缓，笑着说："小渊，要不这样，你先找个女人隐婚，给爷爷生个重孙子，到时再把孙媳妇和重孙子一块儿带回来，我看谁还敢再生事！你放心，爷爷绝对保密。"

陆容渊轻飘飘地瞥了陆老爷子一眼，说："没兴趣。"

"小渊，"陆老爷子故意沉着脸，"你忍心让爷爷有生之年抱不上重孙子吗？"

"您有几十个孙子，只要您一开口，不出一年，保准有上百个重孙子。"

"小渊，上次苏家女儿逃婚，我觉得那女孩就不错，性情刚烈，要不然……"

陆容渊淡淡地打断陆老爷子的话："夏冬、夏秋，送爷爷回去。"

夏冬立马来到陆老爷身边，说："陆老，上车吧。"

陆老爷子看着陆容渊问："你不陪爷爷回去？"

"还有事。"三个字，打发了陆老爷子。

陆老爷子上车，夏冬开车，夏秋坐副驾驶座。车子启动，陆老爷子开始套话，故意长吁短叹："小渊也三十好几了，身边连个女人都没有，你们说，我这孙子是不是不喜欢女人？"这话惊得夏冬差点儿撞上前面的车。

陆老爷子又说："我看你们跟在小渊身边最久，小渊应该对你们很满意，不知道小渊是不是……我这个老头子很开明的，如果……"

夏冬吓得连忙打断："陆老，您就放心吧，老大绝对喜欢女人，不喜欢我们哥俩。"

夏秋也是满满的求生欲："对，老大有喜欢的女人。"

话一出口，夏秋就后悔了。说漏嘴了。夏冬瞪了夏秋一眼。果然，姜还是老的辣，三言两语，就把话套出来了。

陆老爷子笑了，问："原来如此，小渊喜欢的女孩叫什么名字？是哪家姑娘？"

夏冬和夏秋都苦着一张脸。

"陆老，您就别坑我们哥俩了，要是让老大知道我们说漏嘴了，那还不剥了我们的皮。"

"我替你们保密。"陆老爷子笑眯眯地看着他们，"有我替你们撑腰，那臭小子不敢把你们怎么样。"

夏冬、夏秋摇摇头，打死也不说。

陆老爷子知道撬不出话了，叹息道："自从五年前小渊被那个女孩抛弃后，就受了情伤，一直不肯找女朋友。我替他安排了四门婚事，没有一门成功的，我这当爷爷的，怎么可能不担心？"

夏冬、夏秋对视了一眼，知道陆老爷子又在演戏了，他们可千万不能上当。

chapter 10

有趣的小孩

医院。

苏卿正在研究母亲的遗物。红木箱子是锁着的，没有钥匙，强行打开的话，可能会毁了这个箱子。苏卿不愿母亲的遗物被毁，只好暂时不打开。

苏杰趴在桌子瞅着红木箱子，问："姐，你说这里面是不是咱妈给我们留的遗产？"

"回头我找开锁的试试。"苏卿问，"小杰，今天身体感觉怎么样？"

"老样子。"苏杰突然拉住苏卿的手，"姐，要不你同意我出院吧，我想出去看看，在医院没病都闷出病了。"

"不行。"苏卿拒绝得很果断，"别的要求可以答应，这个不行。"

"姐，"苏杰软磨硬泡，"半天也行。"

苏卿知道苏杰在医院里闷得慌，如果不让他出去，说不定他会背着她溜出去。

"这个周末，我可以带你出去半天。"

"真的？"苏杰十分兴奋，"姐，我爱死你了。"

见苏杰这么高兴，苏卿也很高兴。她真希望苏杰的病能快点好，可以像正常人一样生活。

午休时间快结束了，苏卿不能待太久，叮嘱苏杰不许乱跑，要听医生的话后，这才离开医院准备回去。刚出医院，陆容渊的车子就开了过来，在她身边停下来。此时的陆容渊已经摘掉面具，换上了普通的衣服，开着那辆十几万的车。

苏卿惊讶道："你怎么会在这儿？"

陆容渊一笑，道："刚才在马路对面看见你，就过来了。"

苏卿拉开车门坐进去，说："我回公司。"

"好。"陆容渊启动车子，问，"卿卿，你怎么会从医院出来？"

"来看小杰。"苏卿补充道，"我弟弟。"

"是得什么病了？"

"心脏有点问题，先天性心脏病。"苏卿现在已经不介意跟陆容渊说自己的事了，也不再瞒着。

"我认识一个治疗心脏病的专家，改天让他给小杰看看。"

"好。"苏卿其实没抱什么希望，苏杰这些年不知道看了多少医生，都没有好转。找不到匹配的心脏，他拖不了多久了。

苏卿瞥了一眼陆容渊的侧脸，问："昨晚我没有回去，你不担心？"

陆容渊目光温柔地看了她一眼，说："难道我这个男朋友做得如此不合格，对你连这点信任都没有？"

被人无条件信任的感觉，真的很好，苏卿的脸上露出笑容。她自然不知道，昨晚自己抱着陆容渊睡了一夜。在苏卿看来，她跟陆容渊分开了两天，而对陆容渊来说，两个人分开不过几个小时。多年之后，苏卿就会知道陆容渊打翻醋坛子到底有多可怕了。

苏卿想起一件事，说："对了，我上班的那家公司倒闭了，一夜之间易主，现在换老板了。"

"嗯，郑家英格局太小，公司倒闭是迟早的事。"

"不过还是挺意外的，也不知道陆氏集团为什么会突然收购。"苏卿确实纳闷，"这家公司也不赚钱，花大价钱收购，不划算。"

"陆氏集团不缺钱。"

这话让苏卿无话可说。她哭丧着脸说："不过我应该在公司也做不长久了，早上我把新来的老板给得罪了！"

闻言，陆容渊眼底划过一抹异样的光芒。

医院距离公司很近，一会儿就到了。陆容渊安慰道："别担心，好好工作，大不了不上班，我养你。"

陆容渊不太乐意苏卿出去抛头露面，恨不得她二十四小时留在自己身边。

不过他知道苏卿也有自己的梦想，既然他不能折断她的翅膀，那就只能给她一片自由翱翔的天空。

苏卿握着拳头，给自己加油打气："我才没这么容易退缩，我们还要买房子，怎么能让你一个人辛苦？"

"好。"陆容渊笑笑，"下班了我来接你。"

"好。"

陆容渊目送苏卿进了公司，拿起手机打了一个电话："我在你公司楼下，现在给我下来。"

正在休息室里午睡的陆星南接到电话，还有点发蒙。陆星南回过神来，一看来电显示，连忙拿起衣服，一边穿一边往外走。下了楼，陆星南在公司门口也没看见人，直到听到车子的喇叭声，这才难以置信地走向路边停着的那辆不起眼的车。

"哥，你怎么开这种车？"

陆容渊淡淡地瞥了他一眼道："上车。"

陆星南瞅了瞅车子，长这么大，他还没坐过这么破、这么便宜的车子。

坐进去后，陆星南好奇地问："哥，这车哪儿来的？"

"二手市场买的。"

陆星南很是不解，陆家掌权人什么时候落魄到去二手市场买破车了？

陆容渊问："第一天上班，感觉如何？"

"还不错。"陆星南试着伸腿，才发现这车子太小了，腿都伸不直，"哥，你这么着急叫我下来，不会就只是为了关心我吧？"在他的印象中，陆容渊可不是这么贴心的人。

陆容渊面无表情地问："你今天在公司有没有遇到什么事？"

"没有。凭我的人格魅力，征服那些人，不是分分钟的事？"陆星南想了一下，又说，"事没遇到，倒是遇到一个有趣的人。"

陆星南脑海里浮现出苏卿的身影，嘴角不自觉地上扬。陆星南在娱乐圈什么美女没见过，能让他惊艳的人没几个，到目前为止让他感兴趣的，还只有苏卿一个。陆星南已经盘算好了，下午就升苏卿做他的助理。

陆容渊勾了勾嘴角问："怎么个有趣法？"

"她的相貌就不用说了，能入我眼的，那肯定是美女。"陆星南说道，"喜欢我陆星南的女人不计其数，她竟然说我不是她的'菜'，听说是有男朋友了。不过，只要锄头挥得好，没有墙脚挖不到，下午我就升她做我助理，近水楼台先得月……"

陆星南正绘声绘色地说着要如何挖墙脚，陆容渊轻飘飘地说了句："你想撬我的墙脚？"

"哥，我怎么会撬你的……"陆星南反应过来，一脸像是被雷劈了的表情。触到陆容渊那双冰冷的眸子，陆星南更是打了一个寒战。

"哥，你就是她的男朋友？别开这种玩笑。"陆星南露出一个比哭还难看的笑。

陆容渊漫不经心地说："卿卿不知道我的身份，现在郑氏集团已经成了陆氏集团的子公司，子公司每年都有晋升考核，我希望卿卿调去总部，剩下的，你知道该怎么做了？"

陆星南嘴角抽了抽，突然反应过来，为什么郑氏集团会一夜之间被收购。

"哥，你收购郑氏集团就是为了她？"陆星南感觉自己还没睡醒，也希望这是一场梦。他竟然看上了陆容渊的女人。这才刚恋上，立刻就失恋了。他敢撬陆容渊墙脚吗？答案肯定是不敢。

陆容渊一个锐利的眼神看过去，冷声警告道："管好自己的嘴。"

陆容渊特意来警告他，可见这个女人对陆容渊的重要性，陆星南哪里还敢动什么歪心思。

"我知道该怎么做。"陆星南瞬间就蔫了，苦笑道，"哥，我第一次羡慕你。"

陆容渊被陆老爷子挑中继承陆家，他没有羡慕过；陆容渊在商界以铁血手腕，让整个商界为之颤抖，他也没有羡慕过。唯独现在，他羡慕陆容渊比他先认识苏卿。

陆容渊了解陆星南，从苏卿口中听到不对劲，这才前来提醒他。"小南，你是我最疼爱的弟弟。"在陆家，陆容渊最信任陆星南，否则也不会让陆星南接管郑氏集团，更不会让他知道自己装瘸、假毁容的事。

陆星南眸光黯然："哥，我都明白。"他能退出陆家权力之争，去娱乐圈潇洒，都是陆容渊给的。

陆容渊拍了拍陆星南的肩膀说："上去吧。"

陆星南刚上楼，一进公司就看到了苏卿忙碌的身影。苏卿正在查找资料，她虽然会五种语言，可有时候还是得翻阅资料查询，以求精准。苏卿低着头忙自己的事，压根儿没看见陆星南。她抱着资料准备去一趟财务室核对信息，一转身就撞上了陆星南，手里的资料撒落一地。苏卿一看是陆星南，连忙道歉："抱歉，陆总。"她真的犯太岁，上午才得罪了人，下午又把人撞了。

陆星南沉着一张脸，没说话。苏卿心想，完了，她肯定会被开除了。

同事庄晓玫走了过来，问："苏卿，你怎么做事的？毛手毛脚的，还不快把资料捡起来。陆总，您没事吧？"

陆星南回过神，不冷不热地说："总部会从我们公司挑两个人去那里学习，感兴趣的可以报名。"

一听这话，公司员工无不兴奋。陆氏集团总部，那可是多少人削尖脑袋都想挤进去的呀。

苏卿听到这个消息，眼睛也亮了。她毕业后，一开始就是给陆氏集团投的简历，不过被刷下来了，现在又有机会可以进去，去更大的平台，苏卿自然不会错过这个机会。去陆氏集团总部学习的名额只有两个，全公司却有上百人，竞争十分激烈。

陆星南也没有说考核标准是什么。工作之余，大家都在猜测，谁最有可能去总部。

苏卿觉得口渴，去茶水间倒水。庄晓玫拦住她，不友好地说："苏卿，去总部学习的名额只有两个，你是我最大的竞争对手，我希望你能退出，条件任你开。十万，够不够？"

天底下还有这样的好事？苏卿一怔，浅笑道："抱歉，我也想进总部，你的要求，我没法答应。"

"苏卿，"庄晓玫瞪着苏卿，"别敬酒不吃吃罚酒，十万块已经是你一年的薪水，你白得十万，明年还会有机会的，为什么非要跟我争？"

奇了怪了，本来就是竞争关系，她凭什么不争？苏卿觉得庄晓玫简直无理取闹，拒绝道："名额有两个，你为什么这么担心去不了？再说了，凭什么你让我退出我就退出？"

"哪里有什么两个名额，你是真不知道，还是装不知道？说是两个名额，其实就一个名额，另一个名额已经被内定了。"

"内定？"苏卿有点意外，"怎么可能？"

陆星南才发了话，怎么会这么快就内定了，而且还被庄晓玫知道了？

"不瞒你说，我是刚才偷听到的。"庄晓玫说，"我听到陆总打电话说，已经内定了一个名额，所以，苏卿，你必须退出。”

求人帮忙，态度还这么恶劣，苏卿才不惯着她这臭毛病。

“恕我不能答应。”苏卿丢下一句，“想要进总部，各凭本事。”

庄晓玫盯着苏卿离开的背影，眼底划过一抹阴毒。苏卿，这可是你逼我的。

回到办公位子上，苏卿忙碌起来，也把庄晓玫这事抛在了脑后。

到了下班时间，苏卿忙完手里的工作离开了公司。

陆星南的车子从地下停车场开出来，远远地看见苏卿在路口等车，本想开过去，但想起陆容渊的警告，还是掉头走了。

苏卿在路边等陆容渊，陆容渊大概还有十分钟到。苏卿低着头看信息，突然听到车子的喇叭声，一抬头，就看到了坐在车里的李逵华。

李逵华笑着朝苏卿招了招手：“苏卿。”

苏卿走过去，讶异道：“李总，您怎么在这儿？”

“有关认亲宴的事，想找你商量一下。”李逵华笑得很和蔼，“车上聊吧。”

苏卿迟疑地坐了进去，站在路边聊天确实不太好。而苏卿不知道，这一幕，正好被从公司出来的庄晓玫拍下。庄晓玫连拍了好几张，角度选得非常好。照片里只能看见苏卿上了一个男人的豪车，男人的正脸看不清楚，只能看到侧脸，可以知道是个上了年纪的中年男人。

庄晓玫鄙夷道：“连中年男人都不放过，还在公司里装清纯。长着一张狐狸精的脸，能安分才怪。”

旁边的同事附和道：“苏卿这人心机也太深了，说不定下午她就是故意撞上陆总的，为的就是引起陆总的注意。”

“可怜她那个穷男友，唉，长那么帅，真是可惜了，恐怕还被蒙在鼓里。”

“就是，小玫，我们一定要揭发苏卿这个狐狸精，让她在公司待不下去。”

另一位同事担心道：“之前刘东得罪了苏卿，就没有好下场，我们还是别惹苏卿了，公司突然易主，我觉得或许跟苏卿有关，她上次不是还戴着几百万一条的手链吗？说不定背后真有人，咱们得罪不起。”

庄晓玫说：“怕什么，我找蔡静梅打听过，苏卿那条手链是假的，几百块钱而已。”

“是呀，怕什么，苏卿在公司这么久，她背后要是真有人，怎么可能窝在这家小公司？我看她呀，就是仗着有几分姿色在外给有钱人做情妇罢了。”

庄晓玫得意地笑了笑，说："回头我匿名把这些照片发在公司邮箱里，只要我们不说，谁会知道？"庄晓玫打定了主意。到时苏卿在公司待不下去，就会自动离职。就算逼不走苏卿，也能让她失去去总部的机会。

苏卿在李逸华的车里待了几分钟，将认亲宴的时间、地点等事宜确定了。李逸华选的日子比较近，就在这个周末。也就是说，还有两天时间。认亲宴的一切事宜都由李家筹备，苏卿到时候只需要出席就行。苏卿从李逸华车上下来不久，陆容渊的车子就来了。她拉开车门坐进去，才发现后座坐着万扬，便笑着打招呼："万先生。"

苏卿冲万扬笑得很灿烂，不过这都是因为万扬是陆容渊的朋友。可这笑落在陆容渊眼里，他的醋坛子就打翻了。车内温度骤然下降，无形中充满着杀气。万扬瞄了一眼陆容渊，小心脏都在怦怦跳，是被吓的。

"苏小姐。"万扬硬着头皮回应，并转移话题，"对了，刚才我看见苏小姐从李逸华的车上下来，之前听老大说，苏小姐得罪了李家，莫非李逸华是来找麻烦的？"

万扬自然知道，李逸华不可能找她麻烦。陆容渊派人去打过招呼了，不过万扬还是很好奇李逸华找苏卿是为什么事。

"不是。"苏卿突然想起，她还没有将李家要认她做干女儿的事告诉陆容渊。

苏卿这才说道："李森虽然睚眦必报，不讲道理，不过这李总还是挺讲理的。他知道上次的事错在他儿子，并没有找我麻烦，还亲自登门道歉，并且还说与我投缘，要认我做干女儿。"

"什么？"万扬瞪大了眼睛，"李逸华要认你做干女儿？这只老狐狸，可真是精啊，捡这么大一个便宜。"苏卿要是成了李逸华的干女儿，以后要是嫁给了陆容渊，陆容渊岂不是也得跟着喊一声干爹？真是老奸巨猾。

陆容渊幽深的眼眸微微一眯。他也没想到李逸华会来这么一招。

苏卿疑惑地问："李逸华认我做干女儿，不该是我捡便宜吗？我又没什么损失。"她无背景无权势，怎么说都是她赚了。

万扬瞄了一眼陆容渊，苏卿不知道自己身边有一座大靠山，李逸华认苏卿做干女儿，就是冲着陆容渊这座靠山来的。

陆容渊看了一眼苏卿，语气平淡地问了一句："你答应了？"

"嗯，答应了，认亲宴就安排在周末晚上。"苏卿说，"还别说，李逸华当着苏家人的面说要认我做干女儿，苏家那群人的表情别提多难看了，我觉得挺解气的，也就答应了。"

万扬撇了撇嘴，道："这李逵华还真是懂得利用人心。"

苏卿看了看万扬，问："万先生，你好像不太待见李逵华，有过节？"

过节倒是没有，万扬纯粹就是不爽李逵华这只老狐狸占便宜。

苏卿跟陆容渊到时都得喊李逵华一声干爹，那他岂不是也得矮一头？

"没有。"万扬摇摇头。

苏卿又看向陆容渊，征求意见："你如果不愿意，那我就回绝了，反正现在也还没公开。"苏卿其实也不是很愿意，只是一切顺其自然，而且对她也没有损失。

陆容渊沉吟片刻，点头道："挺好的。"

万扬瞪大了眼睛，叫了一声："老大。"怎么能便宜那只老狐狸？

陆容渊薄唇微扬道："有李家干女儿这把保护伞，对你有好处。"

苏德安与苏卿已经划清界线，如今的苏卿毫无背景。在他没有彻底将陆家清理干净之前，她有李家护着，并不是件坏事。万扬细细一思索，自然也明白了，就没再多说什么了。

李逵华的动作很快，刚与苏卿商定了细节，立刻就找了公关公司买了头条，将他要认干女儿的声势造了出去，并公布了认亲宴的时间、地点。李逵华刻意没有将苏卿的身份说出来，算是留了个悬念。李家认干女儿一事，在网上掀起一阵轰动，众人纷纷猜测到底是哪位幸运儿入了李逵华的眼。李家可是帝京四大家族之一，几代单传，就李森一个儿子。现在突然要认干女儿，并且将一个认亲宴办得如此隆重，可见对其非常重视，大家自然好奇。

苏德安看到网上的消息，悔恨不已，气得将筷子重重地摔在桌上，吓了秦素琴一跳。"我前脚跟苏卿断绝关系，李逵华后脚就认苏卿为干女儿，这让圈子里的人怎么看我？这不是打我脸吗？"

"李家来真的？"秦素琴也很意外，"那个死丫头到底哪里好，怎么就入了李逵华的眼？"

"现在说这些有什么用，白白地失去了跟李家结交的好机会。"苏德安越想越气，"要是早知道苏卿跟李家有这层关系，我又怎么会跟她闹翻？"

秦素琴宽慰道："老苏，你生什么气，我们还有小雪。小雪今天去找周雄飞了，周家已经答应注资。有周家支持，你还担心得罪李家吗？"

秦素琴的话对苏德安多少有点安慰，不过一想到苏卿要认李逸华做干爹，就顿时没了胃口。

看到消息的苏雪嫉妒羡慕得都快抓狂了，苏卿怎么这么好命？苏卿心有不甘，气得在房间里发脾气摔东西。

楚天逸听见动静走进来，不悦地皱眉道："你又在发什么脾气？把爸妈惊动了，我看你怎么解释？"

闻言，苏雪有所收敛，可见到楚天逸又拿着被子打算去书房，脾气又上来了。

"你要干什么，天逸？我们是夫妻，你每天睡书房，传出去我还怎么做人？"

"那就管好你的嘴。"楚天逸半点耐心都没有，拿着被子就走出去了。

"啊！"苏雪气得跺脚。苏卿，这一切都是苏卿造成的。她不会让苏卿好过的。苏雪眼底划过一抹恶毒。想做李家干女儿，想出风头，好，那我就当着所有人的面毁了你。

夜幕下。

苏卿坐在床上翻看着杂志，目光时不时地瞥向浴室，看起来十分紧张。她也不知道自己怎么就把陆容渊给留下来了。李家的事都解决了，陆容渊也不需要住这里了。

"陆容渊，你洗好了没有？"话音刚落，陆容渊穿着松松垮垮的浴袍走了出来，全身还蒸腾着热气，宽肩窄腰，肌肉线条十分清晰，透着一股力量感。

苏卿看着，下意识地咽了咽口水，又马上红着脸将目光挪开，只说："我内急。"

说着，苏卿翻身从床上起来，想溜进洗手间，却被陆容渊反手捞进怀里，耳边传来低沉沙哑的声音："我也急。"

"别胡闹。"苏卿红着脸，从陆容渊的身下钻出来，小跑着去洗手间。

苏卿收拾好出来，就见陆容渊一脸哀怨地躺在床上。苏卿哭笑不得，只得说："睡觉。"

陆容渊叹了口气，将苏卿抱入怀中，说："行，睡觉。"

苏卿闭上眼，鼻子却忽然嗅到一股血腥味，她睁开眼睛，就见陆容渊的浴袍上一片鲜红。

"怎么回事？我看看。"苏卿想起刚才陆容渊一直穿着浴袍，难道是为了遮手臂上的伤？

"不小心刮的。"陆容渊轻描淡写，"睡吧，没什么大碍。"

伤口缠着纱布，血是从里面渗出来的，怎么会没事？苏卿狐疑地看了陆容渊一眼，什么样的刮伤会如此严重？苏卿忽然想起陆家掌权人陆总，他的手臂也伤了，而且也是右臂。伤口已经处理好了，苏卿没办法查看到底是刮伤还是刀伤。

陆容渊笑笑，宠溺地揉了揉苏卿的脑袋说："睡吧。"

苏卿也没再多问，心里却已经开始怀疑。可她又不敢相信。陆容渊就是一个普通的送货的，不可能是权势滔天的陆家掌权人。这一夜，苏卿睡得极不安稳。陆容渊瞥了一眼自己的伤口，眸色加深。以苏卿的聪慧程度，怕是瞒不了多久了。

翌日。

陆容渊开车送苏卿上班，一切都像平常一样，没有什么不同。但苏卿一走进公司，就立刻察觉到了异样。一路走来，同事们看她的眼神都非常奇怪，好似在背后议论她。苏卿蹙了蹙眉，走到座位上。

蔡静梅沉着一张脸来了，好像有什么大事，只听她说："苏卿，你还坐得住，你难道都不看公司邮箱吗？"

苏卿不明所以，笑了笑，说："怎么了，这么严肃？发生什么事了？莫不是又跟我有关？"

蔡静梅都替苏卿着急："你快去看看吧，你坐豪车的事被曝光了，现在全公司的人都在议论你给人做情妇，是勾搭中年男人，插足别人家庭的狐狸精。"

苏卿连忙上网去看，她昨天上李逵华车的画面被拍下了。豪车、中年男人、年轻漂亮的女人，这三样加在一起，足够让人联想出一段狗血的小三上位的戏码了。

蔡静梅问："苏卿，那个男人你真认识？"

"嗯，认识。"不仅认识，很快她还要喊他一声干爹。

"大家听到没有，苏卿自己都承认了。"庄晓玫的声音从身后冒出来，吆喝着同事们聚到一起，"平日里装得挺清纯的，没想到背地里却给人做情妇，真是人不可貌相。"

同事们议论纷纷，看苏卿的眼神充满鄙夷。

"真是没想到，可谁让人家长了一张漂亮的脸蛋儿呢，这要换作我们，可做不来。"

"哈哈，就你这长相，整容都拯救不了你，还是回娘胎里重造吧。"

"长得丑又如何？至少我不像有些人，脸都不要，伤风败俗，破坏别人家庭。"

"年纪轻轻就想着走捷径，这要是让人家老婆知道了，我看她还怎么在帝京待下去。"

"那个中年男人都能做她爹了吧？这也下得去手，真是恶心。"

面对同事们的讥讽与指指点点，苏卿面不改色，没有丝毫怒气，反而像个局外人一样，坐下来悠悠地喝着水，听这些人议论。这一幕正好被进来的陆星南撞见。他见苏卿气定神闲，忽感兴致，也停住脚步，想看看苏卿到底如何应对。

庄晓玫见苏卿不生气，完全出乎她的意料，恨恨道："苏卿，你还有没有羞耻心？你怎么能无动于衷，半点反应都没有？我们可是在说你。"

苏卿一笑，故作茫然道："啊？在说我吗？抱歉，我没有对号入座的癖好，我还以为你说的是你自己呢。"

苏卿又不蠢，刚才看见网上的照片时，她就猜到是谁干的了。为了让她退出竞争，还真是无所不用其极。

庄晓玫气得面容扭曲，音量拔高："苏卿，你上豪车都被拍到了，证据确凿，你破坏别人家庭，你就是个第三者。"

苏卿眸光一点点冷下去，凌厉地扫了庄晓玫一眼说："刚才我看见你从厕所出来，嘴巴又这么臭，证据确凿，你刚才肯定在里面饱餐了一顿。"

话落，有些同事忍不住笑了，就连陆星南也没忍住，差点儿笑出声。断章取义，谁不会？

庄晓玫气得半死，声音尖锐地叫道："苏卿，你这是偷换概念，你别以为这样就能洗清你给别人当情妇的事实。"

苏卿漫不经心地摇着杯中的水说："我苏卿清清白白，何须洗清自己？倒是发邮件的那个人，一定得把尾巴藏好了，要是被我知道是谁，恐怕就得去蹲大牢了。"

这话不仅仅是在警告发邮件的人，也是在警告在场的所有人，谁再嚼舌根污蔑人，那就别怪她采取法律的手段。

庄晓玫冷笑道："你少拿话吓唬人，苏卿，那你说说，那个中年男人是你什么人，我还就不信了，你一个穷酸女，难道还能是哪家的千金小姐、隐藏的富二代不成？"

这话引得不少人发笑。苏卿在公司有多拼命，大家都看在眼里。为了拿全勤奖，她从不迟到，身上穿的衣服也很普通，从没穿戴过奢侈品。这样的人，谁会相信她是富家千金？

蔡静梅见事情越闹越大，便出面调解："大家都是同事，何必闹得不愉快，大家都散了吧。"

"怕了吧？我看她就是不敢说出那个男人的真实身份，真是可怜她那个男朋友，被戴了绿帽子还蒙在鼓里。"

苏卿眉头紧蹙。她不是不想说出李逸华，而是知道说了也没有用，这些人不会信，到时候只会越描越黑。毕竟李逸华可是李氏集团的掌权人。

苏卿站起来，正要开口，一位贵妇人突然出现，问道："谁是苏卿？"

此人正是李逸华的老婆，刘雪芹。刘雪芹经常跟李逸华同框出镜，在场的人没有不认识的。刘雪芹的出现让所有人都很意外且茫然。这可是李氏集团的女主人，跑来找苏卿，是为了什么事？很快就有人联想到了苏卿上豪车的事。

人群里有人出声："难道苏卿是李逸华的情人？这是正室找上门来了？"

"我看像，不然李夫人怎么会来咱们这家小公司？"

庄晓玫一见刘雪芹，心里顿时一喜，笑道："李夫人，这位就是苏卿。您找苏卿什么事？"

苏卿神情淡定。

刘雪芹的目光落在苏卿身上，顿觉眼前一亮。难怪能把她儿子迷住，长得这么美，连女人都嫉妒。刘雪芹早就被李逸华敲打警告过，她虽然溺爱儿子，但也不是不顾全大局的人。刘雪芹走向苏卿，仔仔细细地打量了一番，点了点头道："我家老李果然有眼光。"

刘雪芹的意思是李逸华会看人。她在没有见到苏卿之前，以为苏卿就是个长得漂亮的狐媚子，后来知道苏卿被陆总看中了，就更加好奇了。陆总看中的，能是只长得好看的花瓶？那肯定不是。认亲宴就在周末，刘雪芹好奇苏卿这个人，这才提前来看看。

不过刘雪芹这话落在围观的人的耳朵里，那就是另一个意思了。苏卿还真是被李逵华看上了？真是李逵华的情妇？就连看热闹的陆星南也有这样的疑惑。

苏卿也是第一次见刘雪芹，对刘雪芹的来意尚不清楚，只问道："李夫人，你找我什么事？"

庄晓玫阴阳怪气地说了句："苏卿，你自己干的好事，你自己不知道吗？现在李夫人都找上门了，我看你还要装到什么时候。"

就在所有人都等着刘雪芹冲苏卿发难的时候，刘雪芹拉着苏卿的手，笑眯眯地说："昨天老李来找你，只记得交代认亲宴的细节，忘了把这个给你了。"

刘雪芹从包里拿出一个首饰盒，里面是一对翡翠耳环，口中说："这是我亲自选的，你看看喜不喜欢，到时认亲宴戴上，一定光彩照人。这本来是我留给未来儿媳妇的，不过现在我觉得这耳环更适合你。"

刘雪芹这波操作，让围观的人都蒙了。庄晓玫也很茫然，刘雪芹不是来找碴儿的？什么认亲宴？苏卿跟李家到底是什么关系？

苏卿看了一眼耳环，有钱人出手就是阔绰。李逵华之前送了贵重的赔罪礼，刘雪芹又送翡翠耳环。苏卿想起陈秀芬送的手镯，她感觉陈秀芬送的比这还贵重。陆容渊家里到底多有钱？如果陆容渊家里有钱，那他为什么会去跑腿送货呢？苏卿不禁想起陆容渊不仅手臂上的伤与陆家掌权人的伤在同一个地方，而且又同名同姓，不觉陷入沉思中。

刘雪芹以为苏卿是看不上，悻悻地笑道："你要不喜欢，我回头再挑几对让你选？"

苏卿回过神，弯了弯嘴角，说："不是，我很喜欢，谢谢李夫人。"

刘雪芹笑道："还叫什么李夫人，直接改口叫干妈好了，反正也不差这一天两天。"

干妈？刘雪芹竟然是苏卿的干妈？庄晓玫惊得目瞪口呆，其他人也都十分震惊。苏卿还真是隐藏的富家千金哪。李家的干女儿，那可有着享不尽的荣华富贵。

苏卿一时还叫不出干妈这两个字。刘雪芹也不勉强，笑着说："没关系，等认亲宴再叫也可以，我就不打扰你工作了，我先回去了。"

说着，刘雪芹又笑着对苏卿的同事们说："感谢你们在工作上对苏卿的照顾，这个周末，大家有空可以来参加认亲宴。"

李家当家女主人亲自邀请，顶级宴会，在场众人只觉受宠若惊，纷纷点头："一定到，一定到。"

刘雪芹来得突然，又风风火火地走了，留下一群人呆若木鸡。刘雪芹的到来，无形中将苏卿是第三者的流言攻破了。现在所有人都知道苏卿是李家的干女儿，看苏卿的眼神立刻就不一样了。

"我就说嘛，苏卿怎么会是别人的情妇，明明就是干女儿。"

"就是，麻烦有些人还是把事情弄清楚了再说。"

"我看就是有人故意生事诽谤苏卿，想挤走苏卿，然后自己去总部，毕竟名额就那么两个。"

"太阴险了，还拿我们大家当枪使，苏卿，你可别生我们的气，我们也都不知道，完全就是被庄晓玫给带偏的。"

捧高踩低，墙头草两边倒，这就是人性。苏卿自然不会生气，因为没必要。

苏卿笑盈盈地看着庄晓玫道："人敬我一尺，我敬人一丈。谁要是犯我，我苏卿也不是软柿子。"

庄晓玫想到刘东的下场，连忙笑道："苏卿，误会，都是误会。"

"查一下匿名邮件到底是谁发的。"陆星南走过来，对身边的助理吩咐道，"公司绝不容造谣生事的人，查出来，严惩不贷，无论是谁，一律开除。"

助理小英答道："是，陆总。"

闻言，庄晓玫慌了。她没想到会有如此严重的后果。苏卿将庄晓玫的神情收入眼底，她不是个善人，别人欺她，她自然也不会傻到听两句道歉的话就原谅对方。

苏卿起身道："多谢陆总主持公道。"苏卿早就注意到陆星南在一旁看热闹，她还以为陆星南不会管这件事。

"嗯，都该干什么干什么去。"陆星南冷着脸丢下这句话就朝办公室走去。

不到一个小时，造谣者就被查出来了。庄晓玫被开除了，走的时候她心有不甘，对苏卿撂下狠话："我不会就这么算了，今天这笔账，我会讨回来。"

苏卿真觉得对方是个神经病，是她先挑的事，自己没有追究，她反倒记恨上了。

"随便，随时奉陪。"苏卿懒懒地回了句，没把她放在眼里。

一到下班时间，同事们陆陆续续都走了。苏卿正想走，蔡静梅走过来说："苏卿，走，晚上一起去吃火锅。"

"好。"苏卿也算是个吃货，再加上蔡静梅几次为她说话，也该表示表示，"我请客。"

蔡静梅也不客气："行！"

两个人一起坐电梯下楼。蔡静梅开了车，对苏卿说："苏卿，你先等一下，我去开车。"

"好。"

苏卿刚等了一会儿，一辆熟悉的车子突然在路边停下来，里面坐的是苏德安。苏卿有种不好的预感。

苏德安笑嘻嘻地下车说："小卿，刚下班吧，走，上车，爸爸带你去吃饭。"

苏卿冷冷地讽刺道："苏总可真是贵人多忘事，我们已经没有关系了。"

苏德安来找苏卿，早已做好被挤对的心理准备。

"小卿，"苏德安依然满脸堆笑，"父女哪有隔夜仇，再怎么着，你身上也流着我的血，是我的女儿。走吧，爸爸带你去吃饭，再买几身衣服，认亲宴穿，我苏德安的女儿可不能穿得太寒酸。"

施点小恩小惠，就想让她感动吗？苏卿冷笑道："苏总，不用您破费了，李家什么都备好了。"

苏德安见苏卿不买账，叹了一口气，开始打亲情牌："小卿，你也别怪爸爸，公司是你妈妈的心血，你妈妈去世时，我答应过她，会守护好公司，所以我不能让公司出事，希望你能理解爸爸的苦心。"

"哦，对了，我差点儿忘记了，公司是妈妈的。妈妈的遗物里留了一封遗书，指定我为公司继承人，辛苦苏总代为管理。苏总既然都这样说了，那我就把公司接管过来，也不用苏总操心了。"

遗书的事纯属苏卿胡说的，她就是想让苏德安知难而退。她太了解苏德安了。果然，一听要他把公司交出来，苏德安脸色变得很难看，说："这怎么行，小卿，你没有管理过公司，爸爸辛苦点也没关系。"

"嗬！"苏卿讥笑一声，见蔡静梅的车子来了，丢下一句，"我这人记仇，苏总还是少出现在我面前为好，否则激起我这些年的委屈，做出点什么过激的事，彼此都难堪。"

说完，苏卿拉开蔡静梅的车子坐进去。蔡静梅问："那是谁？"

"问路的。"苏卿说，"走吧。"

苏德安也不敢把苏卿惹火了，只能眼睁睁地看着她离开。

车子开出一段距离，苏卿给陆容渊发了条信息："和同事吃饭，晚点回来，不用来接。"

蔡静梅瞥了一眼，打趣道："哟，这还报备呢。"

"免得他担心。"苏卿笑笑，收起手机，随口问了句，"小梅，问你个事儿呀，就是我有一个朋友，她以前生过孩子，现在又交了个男朋友，现在的男朋友不知道她生过孩子的事，她现在正纠结要不要坦白，让我出主意。我也没什么主意，你觉得应不应该坦白？"

"那肯定不能说。"蔡静梅说，"男人就算嘴上说不介意，心里也会有隔阂。"

苏卿整颗心猛地一沉，手心沁出冷汗。

蔡静梅也没多想，又问："苏卿，你什么朋友？我建议别说，如果感情不深，还是早断为好，免得受情伤。"

"就一个普通朋友。"苏卿面上不动声色地笑笑，"好，我回头跟她说说。"

南山别墅。陆容渊正在健身室里锻炼，听到信息提示声，拿起手机看了一眼。一旁的万扬见陆容渊在看见消息后不自觉地笑了，语气酸道："是苏小姐发来的消息吧？哎，老大，你说你能不能别这么扎兄弟的心，考虑考虑我们这些单身狗的感受？"

"不服就自己也赶紧找一个。"陆容渊嘴角轻勾。

找个女人容易，可要找动心的，那就太难了。在这世上，多少人穷其一生也遇不到真正的爱情。

"哪那么容易。"万扬坐在地上叹气，"对了，老大，今年'暗夜'新招了一批人，听说由薛老头亲自训练？他不是不出山吗？你怎么把他请动的？"

"人格魅力。"陆容渊手中捏着一枚飞镖，话落，手中飞镖掷出去，如锋利的刀，破风而出，正中红心。

"老大，你就不能失手一次？我……"

万扬话还没说完，又是一枚飞镖飞出去，八环。万扬惊讶道："还真失手了？"

不对，这飞镖不是从陆容渊手中掷出去的。万扬回头一看，一个四五岁的小男孩站在入口处，长得那叫一个粉雕玉琢，精致得跟年画上的福娃娃一样。

"哪里来的小孩？太漂亮了。"

更关键的是，小男孩手里捏着一枚飞镖。刚才那一枚飞镖，正是他掷出去的。一个小屁孩，竟然能打中八环，逆天了这是。

陆容渊也盯着眼前的男孩，眼底划过一抹异样的光芒。这小男孩竟有着跟他一样的凤眼。

"你是谁？"这可是南山别墅，怎么会有小屁孩溜进来？

小男孩丝毫不畏惧陆容渊，上前几步，扬着小脑袋盯着陆容渊说："我叫夏天。薛老头说你很厉害，以后我会超过你，比你更厉害。"

"哟，这小屁孩口气不小，断奶没有？"万扬笑着逗夏天。

夏天一个眼神看过去，万扬心口一室，那眼神竟有几分老大的影子。小小年纪，眼神竟如此凌厉。

"我不叫小屁孩，我叫夏天。"夏天很是认真，小脸上仿佛写着"我生气了"四个字，奶凶奶凶的。

陆容渊的嘴角噙着一抹弧度，问："你是薛老头带来的？"

"夏天，你又乱跑，你怎么跑健身室来了，小心我打你屁屁。"

一个头发花白的老头子风风火火地进来，拎着夏天，假意揍了他屁股几下，然后笑呵呵地对陆容渊道："这孩子，天生反骨，难管教。"

他嘴上是这么说，可那语气里却是满满的宠溺与疼爱。刚才揍屁股那几下，恐怕就是掸掸他身上的灰。

陆容渊看着夏天。哪怕刚才被打了，夏天脸上依然没有半点要哭的表情，无论是行为还是语气，都不像个孩子，倒像个小大人。陆容渊眼里透着几分兴致，问："薛老头，这小孩哪里来的？"

"捡的。"薛老头说，"今天非要跟着我出来，小孩子嘛，好奇心强，可能就是想出来玩玩。"

万扬嘀咕了一句："薛老头，你这是拐卖儿童。"

薛老头嘿嘿一笑说："这孩子可怜，天赋又极高，是个好苗子，我就带在身边了。"

"好好培养。"陆容渊的目光落在夏天身上，嘴角轻扬，"我等着你超过我。"

夏天迎着陆容渊的眸子，稚嫩的脸上透着认真："我一定会的。"

薛老头来南山别墅是有要事。万扬暂带着夏天去外面玩。

陆容渊与薛老头去了书房。陆容渊问："薛老头，这批新人里有没有让你满意的？"

薛老头摇头道："现在的年轻人，一届不如一届，身体素质太差了，我只能说，尽力而为。"

"这可不是你薛老头的风格。"陆容渊看了看外面，"刚才那孩子训练多久了？"

"三个月。"薛老头比了三根手指头。提到夏天，他脸上堆满了笑，十分自豪，"这孩子的天赋可比你当年还要高，听说你很厉害，非得嚷着让我带他出来见见你。"

三个月打出八环，仅仅四五岁的孩子。陆容渊有点震惊道："这孩子最擅长什么？"

薛老头摇摇头。陆容渊皱眉，没有擅长的？没等陆容渊开口，薛老头笑眯眯地说："夏天在每一项上都表现出了极高的天赋，你留在梅花岛上的纪录，已经被他追上了两项，离打破纪录不远了。"

梅花岛是暗夜组织的总部，也是训练基地。如此有天赋的孩子，万里挑一，难怪薛老头满脸高兴。

"那孩子的背景查过没有？"陆容渊有点不放心，"孩子的父母都是什么人？"

薛老头有一个孙子，一年前意外死了，这一直是薛老头的心结。夏天与薛老头的孙子年龄差不多，陆容渊担心薛老头因为过度思念孙子，拐来了夏天。

一听这话，薛老头就不高兴了，像个老顽童一样，哼哼两声："怎么，你担心人是我拐来的？夏天的背景我查了，就是一个孤儿，无父无母，反正这孩子我留下了，你看着办吧。"

看着耍性子的薛老头，陆容渊有点哭笑不得，薛老头也算他的半个老师，陆容渊一直很尊重他。

大厅里，夏天像个小大人一样，挺直着背坐着，双腿无聊地晃着，小脸圆乎乎的，粉雕玉琢般。万扬看着手痒，想捏一把。

"小屁……夏天是吧，来，吃香蕉。"万扬本想叫小屁孩，话到嘴边还是改口了。这孩子，有点凶。

夏天双手抱胸，打量着万扬，一副小大人的语气："你就是万老二？"

万扬脸都黑了。一旁的夏冬、夏秋忍不住笑了出来。万老二这个外号，可许久没人叫了。万扬在梅花岛上的排名一直居于陆容渊之下，万年老二，也就有了万老二的称呼。

万扬瞪了夏冬、夏秋一眼，转头又对夏天笑眯眯道："是不是特别崇拜我？别太迷恋哥，哥只是个……"

夏天瘪瘪嘴道："心态挺好的，一次都没有得过第一名，还这么自恋。"

"喂，小屁孩，你不能这样扎叔叔的心，你个小屁孩懂什么，我也想超过老大，奈何实力不允许。"万扬捂着胸口，一副心碎的表情，"你想超过老大，再等十年吧。"

夏天懒得搭理他。

万扬又笑嘻嘻地凑上去问："你不会真是被薛老头拐来的吧？你爸妈呢？你家在哪里？叔叔带你去找你爸妈好不好？"

万扬心想，一般的孩子一听到找爸爸妈妈，都是很兴奋的。可他忘记了，一个能打中八环，还敢挑战陆容渊的孩子，怎么可能是一般孩子。

"哼！我才不是三岁小孩子，我已经四岁半了。"夏天扭头，从椅子上跳下来，双手背在后面，往大厅外走。

拿他当三岁小孩子哄呢？

万扬差点儿笑喷了："你哼是个什么意思？"

他又问一旁的夏冬、夏秋："现在的小朋友，都这么有个性吗？"

陆容渊与薛老头从楼上下来，没见着夏天，薛老头急了，问万扬："夏天呢？"

"出去了，那小屁孩，人小，口气不小，长得可爱，说话一点都不可爱。"万扬发表着意见。

薛老头问："你是不是说他什么了？"

万扬一脸茫然道："没有，我就说带他去找爸爸妈妈……"

"糟了，"薛老头拳头一拍，"你真是哪壶不开提哪壶。"

"怎么了？"万扬一脸疑惑。

南山别墅很大，夏天四处走了走，然后在人工湖边找了块石头坐下来。

夏天不开心了，他经常听到岛上的小伙伴们问有关爸爸妈妈的问题，可他一出生就没见过爸爸妈妈。他是在孤儿院长大的，院长老是欺负他，他就跑了出来，之后遇到薛老头，被带回了梅花岛。虽然没见过爸爸妈妈，但他十分渴望能有爸爸妈妈，只是从来没有表现出来。

陆容渊找到夏天时，夏天正抱着膝盖坐在石头上，橘黄的路灯下，背影看起来小小的。陆容渊不知为何，心口骤然一缩。哪怕夏天总用大人的口吻挑衅，可他到底还是个小孩子。

"不开心了？"陆容渊走过去，在夏天旁边坐下来。

夏天小脸气鼓鼓的，满脸写着不开心，听见有人过来，他背过身去。

陆容渊被夏天的模样逗笑了，大手搭上夏天的小肩膀，说："哭鼻子了？"

"我才没有。"夏天吸了吸鼻子，"我才不会哭鼻子，只有三岁小孩子才会，我已经四岁半了。"

陆容渊哭笑不得，一向淡漠的他，第一次对一个孩子如此有耐心，也是第一次觉得小孩子真是最可爱的生物。

"好，夏天是个小男子汉了，不会哭鼻子。"

夏天仰着头，突然问："你有爸爸妈妈吗？"

陆容渊想起薛老头的话，斟酌着回答："有，每个人都有爸爸妈妈。也许是有什么特殊原因，你的爸爸妈妈现在没在你身边，但终有一天，你的爸爸妈妈会来接你的。"

"真的吗？"夏天两眼发光，到底还是个孩子。

陆容渊点头道："嗯。"

看着夏天兴奋的模样，陆容渊暗暗决定替夏天找到亲生父母。

万扬与薛老头都找了过来，看到陆容渊与夏天坐在一块儿，看起来聊得还挺愉快的，就没有过去打扰。万扬盯着不远处那一大一小的背影，这画面太温馨了。

薛老头这次出岛采办东西，得待几天，夏天暂时被安排在南山别墅住下。有个孩子在，陆容渊觉得南山别墅也变得热闹了一些。

chapter 11

认亲宴风波

　　苏卿与同事吃了饭回去，一个人静静地窝在沙发里，看着窗外。她耳边回响着蔡静梅说过的话。苏卿拿起手机，点开与陆容渊的微信聊天框，却不知道要说点什么，编辑了好几次，最后还是删掉了。这一夜，苏卿失眠了，辗转到天亮。

　　今天周六，不用上班。苏卿想窝在家里睡个懒觉，却有一位不速之客上门了。苏卿懒洋洋地去开门，发现门口站着的不是别人，正是苏雪。

　　"姐，还没起来呢，这都快中午了。"

　　苏雪笑意盈盈，一身小清新的连衣裙，脸上是甜美的笑容，一副邻家妹妹的样子。这要是换作男人，早就被她给拿下了。

　　苏卿慵懒地倚着门框说："想不开，又来找虐？"

　　苏雪、苏德安两个人轮番来，还是骂不走的那种，苏卿感觉很烦。

　　"姐，今天周六，我们一起去逛街吧。"苏雪脸上丝毫没有怨恨和怒气，一副姐妹情深的样子，"姐，我是真心想跟你重归于好，你就给我一个机会吧。"

　　苏卿不知道苏雪又在打什么主意，冷笑一声道："重归于好？你脑子被门夹了？"

　　苏雪心里指不定想了什么恶毒的方法算计她，重归于好？她是半个字都不信。

　　"姐，"苏雪依然笑吟吟的，"我真的错了，之前也是因为我太爱天逸了，才会跟你闹脾气。姐，你别生我气了行吗？对了，明天晚上的认亲宴，你可以带我去吗？"

苏雪伸手去挽苏卿。苏卿不着痕迹地躲过了。"白莲花"送上门，肯定不会这么轻易走，原来是冲认亲宴来的。

李逸华并没有给苏家发请柬，楚家那边估计是不打算带苏雪去。苏卿猜得没错，楚家确实不会带苏雪去。苏雪之前得罪了付夫人，付夫人在楚天逸母亲耳边煽风点火，苏雪如今在楚家日子很不好过。婆婆看她不顺眼，处处刁难她，甚至有让楚天逸跟她离婚的意思。

苏雪急了，对苏卿也更恨了。如果苏雪去不了认亲宴，那太太圈们就会知道她地位不保，肯定会笑话她，趁机踩她。这才是她来找苏卿的原因——她一定得去认亲宴。

"既然知道错了，那是不是得拿出点诚意呢？"苏卿闲来无聊，既然苏雪这么喜欢找虐，那就成全她。

苏雪一听苏卿松口了，脸上一喜，道："姐，真的吗？你愿意原谅我？"

"看你表现吧。"苏卿说，"我还没吃饭，厨房里有鱼，我突然想吃红烧鲈鱼，辛苦你了。"

苏雪十指不沾阳春水，哪会做饭。但她咬咬牙，笑眯眯道："没问题！"

只要能去认亲宴，能看到苏卿倒霉，看到她在万众瞩目下狼狈不堪，这些她都可以忍。

"厨房在那边。"苏卿指了指，脸上带着一丝冷笑。可真够能忍的。

苏雪想着上网查菜谱，照着菜谱做，应该也不难。可进了厨房，看着池子里的活鱼，她有点崩溃了，问："这鱼是活的？"

苏卿语气轻飘飘的："嗯，怎么？不会？那就出去吧，别打扰我睡觉。"

她料定苏雪不会走。苏卿太了解苏雪了，为达目的，她什么都做得出来，她可不是轻易放弃的人。

苏雪连忙说："会，很快就做好。"

"那我可等着你的红烧鲈鱼了。"苏卿扯了扯嘴角，走出厨房。

没一会儿，苏卿就听到厨房里传来苏雪的惨叫声。

只见鱼在水里挣扎，溅了苏雪一身的水渍，头发和脸上全都是鱼腥味。这可是刚做好的头发，衣服可是今年的最新款，是她最喜欢的。鱼滑不溜秋的，苏雪抓不住，反而弄得自己一身狼狈。鱼张着嘴巴挣扎，看着鱼的大嘴，她吓得尖声大叫。苏雪愤怒不已，完全失去了思考能力。她瞥了一眼在沙发上闭目养神的苏卿，怒火攻心，抓起菜刀，朝苏卿走过去，举刀砍了下去。她满脑子就一个念头，杀了苏卿。她完全魔怔了。

"你到底行不行？这鱼还能吃上不？"

苏卿的声音将苏雪从迷思中拽回来。苏雪定了定神，发现刚才只是她的幻想。而现实是，鱼还在她面前嚣张，苏卿还在沙发上悠闲地坐着。

"啊！"厨房里不时传来苏雪一阵阵尖叫声，跟杀猪似的，声音里透着恐惧，叫到最后声音都嘶哑了。

苏雪满身狼狈地从厨房里出来，衣服被溅起的水打湿了，头发也湿漉漉地粘在脸上。客厅立着一面镜子，苏雪看到镜子里的自己，又是一阵尖叫："啊啊啊！"她堂堂苏家千金，楚家的少奶奶，何时这样狼狈过？

反观苏卿，悠悠地坐在沙发上喝着茶，别提多惬意了。苏卿漫不经心地掏了掏耳朵，这声音还真是刺耳。

"我就说你不行，我看还是算了，你走吧，不然回头又得落一个刻薄你的名声，都跑来找我麻烦。"

"我不走。"苏雪暗地里气得咬牙切齿。

她被苏卿捉弄成这样，怎么能轻易离开？要是走了，她去认亲宴的事就泡汤了。

苏卿只回了一个字："嗬！"心想还真是铁了心哪。

苏雪扒拉了一下贴在脸上的头发，藏起恶毒的算计，笑道："姐，要不我给你点外卖吧？就点清蒸鲈鱼。"

"不要。"苏卿无情地拒绝，"我就喜欢厨房那条鱼。怎么？这点诚意都没有，那还来做什么？"

这摆明着是刁难。苏雪后悔死了。她就不该这天来，偏偏遇上苏卿买了一条活鱼。苏雪挤出一个比哭还难看的笑，说"姐，我没说不做，我只是歇歇。"

"我待会儿得出去一趟，李夫人约了我逛街。"苏卿故意说。

果然，一听李夫人，苏雪两眼发光，立马问："是李逵华的老婆吗？"

苏卿语气懒懒地道："嗯。"

苏雪激动地问："姐，我能跟你一块儿去吗？"

李夫人可是圈内不少贵妇人都想巴结的人，苏雪听到过婆婆几次约李夫人出来打麻将，都被李夫人拒绝了。如果苏雪帮忙搭上了李夫人这条线，那婆婆对她的看法一定会有所改观。讨得婆婆欢心，她在楚家的日子也会好过些，到时楚天逸也会夸奖她。

苏卿眼皮一抬，说："一条鱼都处理不了，你去做什么？"

"我能行的，我这就去杀鱼，很快的。"苏雪还真是只打不死的小强，又进厨房去了。弄了一阵子，鱼从池子里跳了出来，更是难抓。

苏卿起身走过去，倚靠着门框指挥道："左边，右边，钻缝里去了，哎呀，苏雪，你怎么这么笨，真是笨死了，在你后面了。"

苏雪听着指挥，头都转晕了，好不容易逮住了鱼。鱼一挣扎，鱼尾一摆，抽在了苏雪脸上。

苏卿忍不住笑了。

苏雪一屁股坐在地上，身上都是水渍，满身都是鱼腥味。地上的鱼还很嚣张地冲她甩了甩鱼尾，气得她火冒三丈。抓鱼已经很不容易了，想到还要拎刀子杀鱼，苏雪心里更是反胃。但一想到搭上李夫人就能讨婆婆开心，也能讨楚天逸欢心，她还是忍了。

苏卿淡淡地提醒道："还有一个小时我就要出门了。"

"马上就好。"苏雪费劲地把鱼抓回案板上，一手狠狠地按着鱼，一手拎着刀子，闭着眼睛一刀剁下去。鱼血溅了她一身，腥味更是难闻了。苏雪快哭了。

苏卿将苏雪的表情收入眼底，心里十分痛快，嘴上还说："这可是你自己要求的，我可没逼你。"

"能为姐姐做饭，我很开心。"苏雪努力挤出一个笑容，却不知那笑比哭还难看。

苏卿也没那个心思一直守着苏雪看笑话，就转身去洗漱、换衣服了。苏卿看了一眼手机，一上午都快过去了，陆容渊竟然没有半点消息，或许是在忙吧。

这时，刘雪芹发来一条信息，说她还有半个小时就到楼下了。待苏卿收拾好，刘雪芹刚好到了楼下。

苏雪的鱼也做好了，笑着从厨房走出来，说："姐，还有十分钟鱼就可以吃了。"

"你自己吃吧，李夫人到楼下了。"苏卿走到玄关处换鞋。

见苏卿没有要带自己的意思，苏雪急了："姐，我跟你一块儿去吧，李夫人的品位和欣赏水平跟你肯定不同，你对奢侈品不懂，说不定我还能帮上你的忙。"

苏卿上下打量了苏雪一眼，问："你确定你要去？"

此时的苏雪很是狼狈，满身的鱼腥味与油烟味，这要是出现在李夫人面前，肯定丢脸丢到家了。

"我洗洗，马上就好。"苏雪连忙说，"姐，你等我一下，你可不可以借一身衣服给我？"

苏卿嘴角噙着淡淡的笑，说："我的衣服都是地摊货，你可是千金之躯，要是穿了以后皮肤过敏，那我罪过就大了。"

一向只穿名牌的苏雪哪里穿过便宜的衣服，这要是在平时，打死她都不会穿苏卿的衣服。可现在，她顾不得这么多了。

苏雪笑盈盈道："没关系的，我什么衣服都能穿。"

"那行吧，我给你找一件。"苏卿在衣柜里找了件最丑的，扔给苏雪，笑道，"这件跟你挺配的，我当时可是在地摊上花二十五块钱买的。"

"二十五块钱的衣服也能穿？"苏雪心里恨恨的，苏卿这是在暗指她也就配穿这些廉价的衣服。苏雪眼里满是嫌弃，这衣服也太丑了，真不知道苏卿什么眼光。这件衣服是苏卿之前跟蔡静梅逛街时，蔡静梅选的。

"嫌弃？那就别穿了。"苏卿说，"李夫人还等着呢，我可没空和你再消磨时间。"

"没有没有，我立刻换上。"苏雪咬牙，满脸嫌弃也只能穿上。她照了一下镜子，真的惨不忍睹。苏雪的身材比例不好，这衣服把她的缺点全暴露出来了。

两个人一起来到楼下。刘雪芹在车里等，看到苏卿下来了，笑着下车打招呼："小卿，这里。"

"李夫人。"苏卿走过去。

"快上车，今天带你去做个 SPA。"刘雪芹完全没注意到苏雪。刘雪芹没有女儿，这是她的遗憾。当年生了李森后，医生就说她的身体情况不适合再要孩子，她想要个女儿的心愿就落空了。现在认了个干女儿，也算是圆了刘雪芹的梦，刘雪芹对苏卿是越看越喜欢，完全忘记了自己的儿子之前因为苏卿被打进医院的事。

见这两个人就这样把自己晾着，苏雪急了，上前刷存在感："李夫人，您好，我是苏雪，楚家少夫人。我婆婆一直记挂着您，还说哪天有空了邀请您一块儿打麻将、逛街呢。"

这介绍让苏卿想笑，生怕别人不知道她是楚家少夫人。只是苏雪太过心急了，说话也不过脑子。苏卿没吭声，看着苏雪表演。

刘雪芹淡淡地看了苏雪一眼，语气里有几分生气："你婆婆是谁？我认识吗？她跟我很熟吗？"

苏雪脸上有些挂不住，楚天逸是私生子，苏雪的婆婆自然也只是楚家的二房，说白了就是个没有名分的小三，就这还想跟刘雪芹搭上关系？一个小三想跟正房太太交好，不过就是想利用刘雪芹在太太圈内站稳脚跟，刘雪芹又不傻。而且，也没哪个正房太太愿意跟小三走近交朋友，拉低档次。

苏雪还没反应过来，不知道刘雪芹为什么生气，又小心翼翼地补充道："我婆婆叫谢慧珍，李夫人，想起来了吗？"

"哦，想起来了，一个小三而已。"刘雪芹语气里夹杂着轻蔑，这让苏雪更是下不来台。

"李夫人，我……"苏雪脸色很难看，话还没说完，就见刘雪芹捂住鼻子道："什么味儿这么臭？这是多少天没洗澡了？"

这话让苏雪的脸瞬间就红了。她身上还有鱼腥味，哪怕喷了香水，还是很臭，应该说更臭了。鱼腥味夹杂着香水味，混合着一起，那味道简直让人受不了。苏雪往后退了几步，语无伦次："李夫人，刚才姐姐让我……刚才经过垃圾桶，可能沾上了气味吧。"

苏雪想推给苏卿，可话到了嘴边，又改了口。

苏卿笑眯眯地看着苏雪，正要开口，却瞥见一辆熟悉的车开过来了，眉头骤然蹙起。还真是冤家路窄，那辆车正是楚天逸的。以前楚天逸常开着车在楼下等她，就连停车的位子都是一模一样，这一幕，她太熟悉了。

楚天逸原本是想过去的，但看见了苏雪，这才将车子停了下来。他没想到苏雪也在。

苏卿扬唇一笑，意味深长地对苏雪说："我看你应该也没兴致再跟着去逛街了。"

苏雪顺着苏卿的视线看见了楚天逸的车，当场就差点儿情绪失控。楚天逸竟然来这里找苏卿。

苏卿无视苏雪的嫉恨，对刘雪芹说："李夫人，我们走吧。"

"行，这味道也太浓了，再多待几秒，我都快吐了。"刘雪芹有什么说什么，加上地位摆在那里，根本无须考虑苏雪的感受。

苏雪听得一阵面红耳赤。苏卿和刘雪芹一走，见楚天逸也想开车溜走，她强压着的怒火瞬间爆发出来，直接冲上去拦车，将怒火全撒在楚天逸身上。

"你怎么在这儿？是不是来找苏卿的？她把你踹进水里，你还来找她，她到底哪点比我好？"

苏雪简直要疯了。她奋力去争的东西，在苏卿眼里却分文不值。她想得到周家认可，不再做私生女，可周雄飞迟迟不认她。而苏卿却不费吹灰之力就得到了李家的喜欢，做了李逵华的干女儿，跻身上流社会。苏雪嫉妒得发狂。

楚天逸紧急刹车，怒火也被挑起，大声说："苏雪，你真是个疯子，不要命了！"

"你的心在苏卿身上，我能不疯吗？"苏雪抓住车门，就是不准楚天逸走，"我不许你再见她。"

"什么味儿，这么臭？"楚天逸也闻到了苏雪身上的鱼腥味，素有洁癖的他脸上满是嫌恶，又看到苏雪身上穿的廉价衣服，以及露出的那一双粗短的腿，只觉更加倒胃口了。

他脑海里不禁浮现出苏卿的模样，那才是人间绝色。

苏雪见楚天逸露出嫌弃的表情，脸上十分难看，像是被打了一巴掌，面红耳赤。

"是苏卿逼着我杀鱼，弄了一身的鱼腥味，她这摆明是刁难……"

楚天逸冷笑一声，不仅不心疼，反而讽刺道："新婚之夜，你抢了她丈夫，你还指望她给你好脸色？谁让你自己往上凑，活该。"

"天逸，我才是你的老婆。"苏雪气得跺脚。

"你就别在我面前演了，当初我为什么接受你，你心知肚明，如果知道周雄飞压根儿没想认你，我根本就不会娶你。"

楚天逸现在后悔死了，苏卿马上就要成为李逵华的干女儿了，有李家相助，他这继承人的位子就稳了。苏雪如果帮不了他，那他也不用再浪费时间。

"天逸，你什么意思？"苏雪慌了，"周叔叔没说不认我，他一定会认我的，他最疼爱我了。"

"我最后给你三个月时间，如果再不能让周雄飞认你，那咱们就离婚，谁也别耽误谁。"楚天逸很绝情，丢下这句话就走了。

苏雪盯着楚天逸远去的车影，眼底划过一抹阴狠，恨恨地想："楚天逸，总有一天，我会让你后悔，让你跪着求我。"

苏卿与刘雪芹在美容院做了皮肤护理，又去了名品店取了给苏卿定制的礼服——一条星空无袖拖尾长裙。

苏卿试穿出来，刘雪芹看着眼前的苏卿，惊呆了，由衷地赞美："天哪，真是太美了！"

这条裙子真是太美了，衬得苏卿面若桃花，气质更是出尘绝艳。她也不敢相信，镜子里的自己竟如此美。

就连工作人员也不断夸赞："苏小姐穿上这条裙子真是太美了，十足的仙女。"

"就是就是，这身材，这皮肤，绝了，连我一个女人都羡慕了。"

刘雪芹听着夸赞，有一种自豪感："我干女儿，那肯定是全世界最美的，再把你们店的镇店之宝拿出来给我干女儿试试。"

"好呢，李夫人。"员工去拿了。

苏卿换下星空长裙，在等待员工去取镇店之宝时，突然透过窗户玻璃看见一个熟悉的身影。

马路对面，正是万扬与夏天。万扬手里提着大包小包，全程鞍前马后，像个跟班一样跟在夏天身后。

现在的小孩子真是太难伺候了，不去游乐园、电玩城，也不去马场，反而在图书馆待了大半天。一点小孩样都没有，倒显得万扬比一个四五岁的孩子还幼稚。

万扬手里拎着的不是什么漫画书或者童话故事书，而是连成年人都觉得晦涩难懂的医书。梅花岛什么书没有，夏天非要买这些书，他也只得提着。

"小屁孩，饿了没有？要不要去吃点东西？"万扬笑嘻嘻地诱惑道。

夏天瞥了万扬一眼，反问："你饿了？"

"这都到中午了不是。"万扬悻悻地笑了笑，他确实早就饿了。

"那好吧，"夏天吧唧一下嘴，盯着面前的肯德基店，说，"我想吃肯德基。"

万扬一笑，说："没问题。"

终于有点小孩子样了。

阳光下，夏天的脸蛋儿显得更为白皙粉嫩，让人好想咬一口。他走到哪里都能引起一片骚动，引得不少漂亮阿姨和小姐姐主动来套近乎。万扬觉得很失落，这世道怎么了？他一个大帅哥坐在一旁没有人搭理，都跑去逗小屁孩。

隔着一定距离，苏卿也没完全看清夏天的长相，只是模糊地瞧着是一个四五岁的小男孩。万扬怎么会跟一个孩子在一起？苏卿也不知道怎么的，像是着了魔一样，眼睛紧紧地盯着对面肯德基店里的夏天，腿也下意识地朝外面迈。

"小卿，你去哪儿？衣服拿过来了，快试衣服，让我看看合不合适。"刘雪芹笑容满面地拉着苏卿往更衣室走。

"哦，好。"苏卿定了定神，进了更衣室。

而等她再出来时，对面已经没有万扬跟那个孩子的身影了。

苏卿跟刘雪芹逛了一天，回到家已经是晚上九点了。她累得脚趴手软，一头倒在床上，缓了一会儿，才想起陆容渊一整天都没有给她发消息。

明天就是认亲宴了，苏卿希望陆容渊能和她一块儿去。苏卿翻出陆容渊的电话号码，拨了出去，却迟迟没有人接。

苏卿拧着眉心，给陆容渊发了一条信息："明天认亲宴，来吗？"

信息仿佛石沉大海，久久没有回复。那一刻，苏卿才意识到，她跟陆容渊的甜蜜只是在这间屋子里。出了这间屋子，除了一个电话号码，她连他住哪里都不知道，更不知道去哪里找他。苏卿坐在床头想了许久，最后太困了，就倒头睡下了。

到第二天中午陆容渊才给苏卿回了个电话："在外跑长途，没看到电话，认亲宴来不了了。"

"没关系。"经过一晚上，苏卿已经不那么失落了。她听着电话那头开车导航的声音，说，"开车慢点，注意安全。"

"好！"

简短的两句话，挂了电话。苏卿盯着手机长舒了一口气，洗漱收拾之后就去医院接苏杰了。

晚上八点。

李逵华将认亲宴设在欧皇山庄，宴请了不少政界名流，可谓各界精英云集，十分隆重，声势浩大。各大媒体都来了，抢着拿第一手资料。大厅香槟魅影，大腕云集。大家都翘首以盼，好奇能被李遹华认作干女儿的到底是什么人。

庄园入口处，苏德安带着秦素琴下了车，却在入口处被拦下了。这两个人根本就没有请帖。这里进出的可都是商政界人士，苏德安站在门口面红耳赤。苏德安脸皮厚得很，觍着脸笑道："我是苏德安，今天李总认的干女儿，正是我的女儿苏卿。"

看守的保安冷笑道："哪个苏德安？不认识，你说李总的干女儿是你女儿，那就是你女儿了？没有请帖，一律不得进，谁知道是不是哪里来的骗子，想溜进去蹭吃蹭喝。"

保安的话让苏德安脸上挂不住。不少路过的人都停下来看笑话，其中自然也有人认识苏德安，这让苏德安更觉得难堪。

苏德安恼羞成怒："你一个看门的，怎么说话？睁大你的眼睛好好看看，我蹭吃蹭喝？我堂堂苏氏集团董事长，用得着蹭吃蹭喝？我女儿是李总的干女儿，我怎么不能进去？"

领头的保安说："没有请帖，就是不能进去，如果你再不走，我就要采取行动了。"

旁边有人问了："苏总，你二女儿不是嫁去楚家了吗？前段时间听说你还跟大女儿断绝关系了，今天李总认的是你哪个女儿啊？"

"是呀，是呀，苏总跟我们说说，你还有几个女儿？"

"你女儿要是真被李总认作干女儿，怎么没给你发请帖呢？"

"请帖……请帖弄丢了。"苏德安心里很虚，李家压根儿就没有给他请帖。他没想到会连门都进不去，被人拦在门口，让人看笑话。

秦素琴觉得丢脸死了，来参加宴会的都是太太圈的熟面孔，平时一起打麻将、逛街的。

这要进不去，那她以后还怎么在太太圈里抬头？秦素琴低着头，尽量站远一点，以防被人认出来。

"我这就给我女儿打电话，让她亲自来接我。"苏德安想着这个时候就算硬撑也得把面子撑起来。他笃定苏卿不敢不来接，否则，把亲生父亲拒之门外，而去高攀李家，那肯定会被人戳脊梁骨，背上忘恩负义的名声。

苏卿的手机压根儿没在自己手里，此时她正在房间里换衣服、化妆。苏德安打了几个电话，都没有人接。一旁看热闹的人议论纷纷，看苏德安的眼神里充满轻蔑。苏氏集团要倒闭的事，圈内没几个人不知道。苏德安没有请帖却想硬闯进去，在大家看来，不过就是想趁机混个脸熟，以便拉投资。像苏氏集团那种公司，谁愿意投资？苏德安这下脸上彻底挂不住了。

保安讥笑道："再不走就赶人了，也不看看这是什么地方，今天李总认干女儿这么大的事，谁要是敢闹事，得罪了李总，后果自负。"

苏德安被保安拦下的事传到了苏卿耳朵里，一旁的苏杰冷嗤道："这也太厚脸皮了，当初断绝关系的时候，可是说好了，再也没关系了，现在又眼巴巴地凑上来。姐，你不能让他们进来。"

苏卿秀眉冷蹙。她也没想到苏德安真的会来。

这时，李逸华走进来，询问苏卿的意思："小卿，你看这怎么处理？"

怎么说这都是苏卿跟苏德安的私人恩怨，自然需要苏卿自己做决定。不过苏德安今天的做法，着实让人瞧不上眼。当初生怕受牵连，连夜跟苏卿划清界线，现在又来认女儿，不过就是想沾苏卿的光，真是自私自利。

苏卿思忖了片刻，说道："让他们进来吧。"

"好。"李逸华尊重苏卿的决定，立刻让人去把苏德安请进来。

他也十分欣赏苏卿的做法。毕竟苏德安都闹到门口了，要是不请进来，对苏卿的名声也有损。大大方方请人进来，那打的只会是苏德安的脸。前脚断绝关系，后脚又贴上来，别人只会说苏德安自私自利，而不会说苏卿什么。

苏杰不乐意了，说："姐，你干吗让他进来呀？"

"我若不让，那我今天就得背上忘恩负义的名声，等着被人戳脊梁骨。"苏卿自嘲般一笑，"他就是算定了这点，才敢来。"

"真是阴险。"苏杰很是气愤，"姐，反正不管那个人说什么，你都不能答应，至于给我治病的钱，等我拿了奖金就还给他。"

话音刚落，苏杰赶紧闭嘴。糟了！说漏嘴了。

"什么奖金？"苏卿质问道，"小杰，你是不是又背着我赛车了？"

"没有。"苏杰脑筋转得飞快，说，"我给一个朋友设计了一款车子，他说拿去参赛，第一名有一百万的奖金。"

苏卿知道苏杰爱车，也会设计车型。

"没骗我？"苏卿皱着眉头，不太相信。

"绝对没有。"苏杰转移话题，"姐，我出去替你盯着那个人，免得他再搞什么幺蛾子。"

"行。"苏卿暂时相信了，而且她也不想苏德安再闹出什么事来。

苏卿兴致不高，如此重要的日子，她心底还是希望陆容渊来的。

"苏卿，苏卿。"安若兴冲冲地进来，"恭喜呀，今天过后，你就是李家的干女儿了，我看还有谁敢欺负你！"

安若拿出一个礼物盒，说："送给你的礼物。"

苏卿笑道："谢谢。"

"对了，今天怎么没看见你男朋友，他还没来吗？"

苏卿语气有些失落道："他跑长途去了，来不了。"

"这么重要的日子，他怎么能不来呢？"安若注意到苏卿的脸色不好看，打趣道，"说不定是给你准备惊喜去了，毕竟，重要人物都是最后出场的。"

安若这么一说，苏卿心里还真有点期待。

认亲宴快开始了，安若先去了大厅。苏卿一个人待在房间里。宴会还没开始，她觉着有点闷，打算去后花园走走。客人都在前厅，十分热闹，苏卿在后院都能听到前厅的喧闹声。离宴会开始越近，苏卿越是紧张。

"小卿，你怎么还在这儿？"刘雪芹匆匆找来，道，"宴会马上开始了，走，快跟我去前厅。"

"好。"

"别紧张，随意点。"刘雪芹轻轻拍着苏卿的手背，说，"对了，陆总也来了。"

"陆总？"苏卿很是讶异。那个男人怎么来了？

刘雪芹观察着苏卿的神情，笑着说："这么大的事，陆总自然要来了。"

刘雪芹的意思是，苏卿得陆总看重，这么重要的事，他肯定得来。

苏卿哪里明白刘雪芹的意思，只以为陆总是冲李家来的。李家可是顶流世家，帝京四大家族之一，哪怕不能与陆家齐肩，可李家造这么大的势，商界名流精英都来了，陆家来人也说得过去。

苏卿点了点头，刘雪芹心里一喜，看来陆总果然看重苏卿。

前厅，灯光璀璨，空气中浮动着鲜花的芬芳。男人们三五成群，持着红酒杯谈笑风生。女人们扎堆，巧笑嫣然，如百花争奇斗艳。一阵阵钢琴声如溪水潺流。这时，整个大厅突然安静了下来，所有的灯光与目光都投向二楼楼梯处。如同星光般璀璨的水晶吊灯下，苏卿身着一袭星空拖尾长裙，挽着刘雪芹从二楼缓缓走下来，每一步都是那么地优雅高贵。那一刻，仿佛所有的光都瞬间投射在她的身上，她踏着星光而来，如天女下凡。在她面前，星辰和灯光都变得暗淡无光，微卷着的长发无风而动，像挟裹了漫天星光似的。所有人都屏住了呼吸，被眼前的苏卿惊艳住了。

网上炒了几天"李逸华认干女儿事件"的热度，引得不少人猜测这个幸运儿到底是谁。大家心里都幻想过这个干女儿的样貌，可当亲眼见到本尊，还是被惊艳到了。

太美了，她举手投足间，仿佛一朵空谷幽兰绽放。男人们看得都忘记了反应，女人们也是羡慕又嫉妒。其中最嫉妒的，当数苏雪了。她软磨硬泡才让楚天逸带她来，看着宴会上的人都被苏卿给迷住了，她心底的嫉恨如海水般狂涌而来。

身边的楚天逸更是看得连眼睛都不带眨的。苏雪喊了几声，楚天逸都没有反应，这让她更气愤了，看苏卿的眼神像是淬了毒："先让你出尽风头，待会儿有你难堪的。"

二楼的一个房间里，陆容渊的目光也是紧紧地落在苏卿身上。他一直知道她很美，但这一刻，他恨不得将她藏起来，挖掉那些觊觎她的人的眼珠子。

对面的万扬感觉到周围空气的温度骤然下降，立刻就知道某个醋坛子打翻了。男人的占有欲真是太可怕了。

李逸华将所有人的反应收入眼底，瞥了一眼二楼，然后在台上高声道："首先感谢并欢迎大家来参加宴会。"

台下一片掌声。

刘雪芹带着苏卿走上台。苏卿笑了笑，挽住李逸华，李逸华则满眼慈爱地看着苏卿。这一幕，仿佛三人真是一家人。台下的苏德安脸色难看，将脸别了过去。

李逸华又笑着说："这位就是我的干女儿，苏卿。我李逸华一生无女，从今天起，苏卿就如同我的亲生女儿。我郑重承诺，无论以后苏卿嫁给谁，我都将拿出李氏集团百分之三的股份作为嫁妆。"

百分之三的股份？这话让全场震惊不已。李氏集团百分之三的股份，那一年至少得几十个亿呀。

苏卿也十分震惊。她从未想过贪图李家的财产，只不过想冠个李家干女儿的头衔，让苏雪不痛快，打苏德安的脸。百分之三的股份，她这一下就成富婆了。

刘雪芹事先也不知道这事，诧异地看向李逸华。在大事上，刘雪芹一向听李逸华的。她也相信，李逸华做这个决定，一定有他的理由。刘雪芹虽然诧异，但脸上没表现出来，一直都带着笑。

苏雪嫉妒得发狂，忍不住脱口而出："李逸华这是疯了，拿百分之三的股份做嫁妆，这还是半路认的干女儿。"

相比之下，她这个周家的私生女，不仅见不得光，连分周家财产的资格都没有。这天周雄飞也来了，苏雪几次朝周雄飞看过去，周雄飞却没有回过头看她一眼。陪着周雄飞来的还有周雄飞的小女儿周柔。周柔刚才一出场时就引人注目，这才是真正的名媛千金。苏雪嫉妒极了，那些荣耀和光环本该是属于她的。她心中的仇恨像杂草一样疯长。

楚天逸看着台上万众瞩目的苏卿，肠子都要悔青了。他放着明珠不要，反而娶了个处处都不如苏卿的女人，当初真是脑子进水了。楚天逸的目光紧紧地落在苏卿身上，那一刻，他的心底起了翻天覆地的变化。他暗暗发誓，一定要得到苏卿。

秦素琴与苏德安的脸色也好不到哪里去。苏德安心里的悔，就更别提了。他现在心里对秦素琴与苏雪都是埋怨，若不是这两个人，他又怎么会跟苏卿闹到这般田地？

在场所有人都在羡慕苏卿，只有二楼房间里的万扬撇了撇嘴，对陆容渊说："老大，这李逸华可真是只名副其实的老狐狸，刚认了苏小姐做干女儿，就摆了你一道。"李家拿出百分之三的股份做嫁妆，陆容渊要想娶苏卿，那聘礼岂能低了？

陆容渊气定神闲地喝口茶，慢悠悠地说："无妨，嫁妆和聘礼，都是卿卿的个人资产。"

万扬反应过来，竖起大拇指道："老大，高！"

大厅内，李逸华介绍完苏卿，便让刘雪芹带着苏卿去跟圈内名媛还有贵太太们认识认识。李家对苏卿如此看重，又有谁敢不长眼看轻苏卿？大家自然都巴结着苏卿。

苏卿之前也跟着公司领导参加过酒会，对宴会礼仪十分清楚，谈吐举止优雅。刘雪芹看着心里喜欢，其他阔太太们无不称赞刘雪芹好福气。

不是说陆总来了吗？苏卿几次环顾大厅，也没见着人，倒是看到李逸华朝二楼去了。难道陆总在楼上？苏卿想到陆总那张狰狞恐怖的脸，这种场合，他确实不宜露面。

原本在医院养伤的李森也坐着轮椅来了。他看上的女人，竟然被自己爸妈认成了干女儿，成了他的干姐姐。苏卿比李森大三岁，自然得称一声姐姐。李森别提多郁闷了。

苏卿出场的那一瞬间，李森更是郁闷到了极点。多美的美人哪，怎么就成了干姐姐呢？

李森一个人在角落里喝着闷酒，一个青年男子笑嘻嘻地走过来，说："小李少，你这干姐姐可真是绝色，肥水不流外人田，帮帮忙，牵牵线呗。"

"滚。"李森丝毫不给面子，"就凭你也想娶我姐？你是什么货色，我还不清楚？想做我李森的姐夫，你还不够格。"

李森酒肉朋友多，常在夜场混，哪家公子爷什么德行，他门儿清。李森自己都没意识到，他已经下意识地拿出弟弟的派头，护着苏卿了。

青年讪笑一声道："我保证，若是娶了你姐，我肯定收心，一心一意。"

"滚，滚，滚，都是男人，少跟我扯这些犊子。"李森不耐烦地摆摆手。

打发一个，又来一个……整场宴会，李森光顾着打发打苏卿主意的豪门公子哥们。李森放眼望去，觉得整个圈子里无人能配上苏卿。

苏卿这边，刘雪芹正带着她跟周雄飞的老婆认识。

"周夫人。"苏卿含笑打招呼。

苏卿可还没忘记周雄飞买凶杀人的事，这笔账，她是得好好清算了。

周夫人是军人之后，身上自带一股英气，礼貌地回道："苏小姐真是美丽又端庄，雪芹，你好福气呀，认了这么个好女儿。"

刘雪芹笑得合不拢嘴："这就是缘分，我当时一见到小卿，就觉得莫名地亲切，就好像我们上辈子就是母女似的。"

"我看苏小姐面相极好，以后富贵不可估量啊。"周夫人笑着将自己的女儿招来，"柔儿，过来，跟你苏姐姐打个招呼。"

周夫人这是有意让周柔跟苏卿交好。周柔端庄大方，甜甜地喊了声："苏姐姐。"

苏卿浅笑着点了点头，余光瞥见苏雪与秦素琴走过来了。这两个人的脸皮还真不是一般的厚。

"李夫人，周夫人。"秦素琴笑着走过来，主动打招呼。

刘雪芹作为主人，对秦素琴还是有几分客套，回道："苏夫人。"

周夫人却连看都不看秦素琴一眼，秦素琴跟周雄飞的事，周夫人心里怕是清楚得很。秦素琴仿佛没感受到自己不受待见，笑盈盈地想去拉苏卿的手，被苏卿不着痕迹地躲过了。秦素琴脸上有点挂不住，但还是保持着笑脸，一副语重心长的样子说："小卿啊，看到你有今天，妈，不对，秦姨真的打心里高兴，你以后可得听李夫人的教导，不能再像在苏家时那样任性妄为……"

秦素琴像是意识到说漏嘴了，连忙笑着说："看我这嘴，一时高兴，都不知道在说什么了。"

苏卿冷笑，秦素琴这哪里是不知道在说什么，反而高明得很，点到即止，就这一句话，已经足够了。秦素琴这是故意说那些话来抹黑她，告诉别人她在苏家时有多不听话。

刘雪芹听着不乐意了，脸色很难看，说："小卿啊，我听说前不久苏家好像跟你断了关系，这怎么又冒出个妈？"

苏卿睨了秦素琴一眼，冷笑道："我亲妈早就死了，我也很早就从苏家搬出来独立了，我还真不知道这位苏夫人是以什么身份来说这些话的。"

她跟苏德安都不来往了，一个后妈，又算什么？言下之意，秦素琴根本不够资格来叮嘱苏卿这些话。而后面那些抹黑的话，这太太圈里的人哪个不是人精，又怎么会信这些？

周夫人插了一句："苏小姐刚才说很早就从苏家搬出来了，听说苏氏集团最近快要倒闭了，可怎么着也还不至于让苏小姐早早就出来工作呀。"

周夫人这话很具影射意味。豪门千金早早出来打工的可没几个，这不是让人笑话吗？苏雪一直养尊处优，而且在这之前，圈内几乎无人认识苏卿，更不知道苏家还有个大小姐。但谁不知道秦素琴是后妈？这后妈进门，苏家真正的大小姐只能沦落到去给人打工，早早独立。周夫人轻飘飘的一句话，立刻就让秦素琴处在了舆论的风口浪尖，恶毒后妈的形象就树立起来了。

苏卿不禁暗暗佩服，她真得多跟周夫人学学。

空气中弥漫着火药味，不少阔太太、千金们都聚过来看热闹。

秦素琴面红耳赤，苏雪急得替秦素琴说了句："我妈那是为了锻炼姐姐。"

周夫人冷哼一声："苏夫人，那你可真是不公平，让继女出去锻炼，自己女儿在家享福，都是苏家的女儿，这碗水端得可一点都不平。"

周夫人话里带刺，明显针对秦素琴。秦素琴心里恨恨的，却被挤对得说不出话来。

苏雪见势不好，将矛盾引向苏卿："姐姐，你如今受李家重视，不会忘记以前苏家的恩情吧？我妈对你，就算没有功劳，也有苦劳。"

苏卿嫣然笑道："是呀，我一直都敬重秦姨，也特别感谢秦姨之前为我张罗婚事，只可惜那付家二少没看上我，白费了秦姨一番心血。"

演戏，谁不会？付家二少智力有问题，圈内谁不知道？但苏家想与付家联姻一事，圈内无人知道，苏卿这么一说，刘雪芹先怒了。

"苏夫人，你之前就是这样对待小卿的？我之前还听说苏夫人善良大度，看来传言有误。"

周夫人也义愤填膺地说："苏夫人，你的女儿嫁入楚家，让继女嫁给一个智力有问题的，你这不是欺负人吗？苏小姐真是太可怜了。"

"李夫人，周夫人，都是误会，那是付家找上门的……"秦素琴想解释都解释不了，事实便是如此。她也不能把苏德安拉下水，那只会更让人看笑话。

秦素琴也不傻，知道周夫人为何针对她。秦素琴想推给付家，可谁知付夫人的声音从身后冒出来："明明就是你亲自找上我们付家，说想把苏卿嫁给我儿子，你这红口白牙的，张嘴就说胡话。"

付夫人拆穿了秦素琴，这下秦素琴更是成了众矢之的。她在太太圈本来地位就不高，平日在这些太太们面前都得赔小心。她原本只是想往苏卿身上泼脏水，没想到一下子得罪了三位贵太太。她以后在太太圈怕是混不下去了。

就在这时，大厅内突然冲出个小男孩，一把抱住苏卿的大腿，喊了声："妈妈，我终于找到你了。"

妈妈？这两个字犹如一枚炸弹，将在场所有人都炸蒙了，整个宴会大厅霎时寂静无声。

苏卿低头看着抱住自己双腿的小男孩，长得着实好看。一声妈妈将苏卿昔日的记忆勾起，她想起了那个一出生连面都没见过就死了的孩子。当初苏德安亲口告诉她孩子死了，后来秦素琴又说孩子没死。难道这个孩子真的是她的儿子？

见苏卿僵硬地站着，小男孩仰着头又喊："妈妈，你不要我跟爸爸了吗？你为什么不要小宝？呜呜，小宝好想妈妈。"

小男孩说着说着就哭起来了，特别伤心。都说小孩子不会说谎，而且这说得跟真的似的，全场的人都蒙了。

苏卿最先反应过来，挤出一抹笑，说："小朋友，你认错人了，我不是你妈妈。"

"你就是我妈妈！妈妈，你不要小宝了，是不是嫌弃小宝不乖？"小男孩拉着苏卿的裙子不撒手，"小宝会乖的，你不要丢下小宝跟爸爸。"

苏卿一脸蒙，但是她相信这事绝对没这么简单。这个小男孩到底是谁？又是怎么来到这里的？

苏雪这时开口了："姐，都到这个地步了，就算我跟妈想替你瞒着，也瞒不住。这孩子多可怜，你忍心不认吗？"

秦素琴反应过来，也附和着，一脸怜悯地抹着泪："真是作孽，小卿啊，孩子是无辜的。"

秦素琴与苏雪一唱一和，整个宴会大厅炸开了锅。

"哪里来的小孩？怎么叫苏小姐妈妈？"

"是呀，没听说这苏小姐结婚了呀。"

"听苏夫人的意思，莫不是未婚生子？"

"不会吧？看不出来呀，如果真是这样，李家也不会认这种行为不检的人做干女儿吧。"

"也许李夫人也被蒙在了鼓里，看这孩子有四五岁了吧，这谁知道她以前是个什么德行啊。"

苏卿浑身发凉，这次秦素琴与苏雪设的局，可比之前歹毒多了。只要她稍处理不慎，就会万劫不复。无论是之前的手链事件还是照片风波，苏卿都毫无畏惧，因为她心里清楚，那些事都不是真的。可这件事，是真的。五年前，她失身是真，她生下孩子也是真。

刘雪芹压低声音问："小卿，这是怎么回事？"刘雪芹也不知道这种情况该如何处理。

而大厅的事也惊动了楼上的陆容渊。陆容渊神情冷冽，万扬在一旁胆战心惊道："老大，这绝对是污蔑，苏小姐怎么可能生过孩子，那孩子长得跟苏小姐一点都不像。"

陆容渊没有说话，目光紧紧地盯着大厅里的苏卿，锐利的目光将苏卿的紧张与心虚收入眼底。哪怕苏卿掩藏得再好，也还是没有逃过陆容渊的眼睛。

李逸华也说："我这就让人把那个孩子带走，查清到底是怎么回事。"

"慢着。"陆容渊抬手道。

此时的宴会大厅，一个跛着脚的男人一瘸一拐地走进来，直接朝苏卿走了过去。

"苏卿，你可以对我狠心，可你不能不要我们的儿子，他一直都很想你，嚷着要找你。"男人长得一般，看着挺老实的，朝小男孩招招手，"小宝，到爸爸这里来。"

"不，我要妈妈。"小男孩哇的一声大哭起来。

男人的出现让苏卿确定，这两个人肯定是苏雪跟秦素琴找来的。虽然当年她没看清那个男人的脸，可身型明显不对。那人高大结实许多。

苏卿迅速镇定下来，脸上扬着冷笑道："是谁让你们来污蔑我的？我压根儿不认识你们。"

"苏卿，你怎么能说不认识我？我是邹海呀，五年前我们在一起，有了小宝。如果不是小宝太想你，我又活不久了，我也不会让小宝来找你，拖累你。"

邹海说得煞有介事，一点也不像是撒谎的样子，甚至还情绪激动地咳嗽了几声："我知道我配不上你，我只希望在我死后，你能照顾好小宝。"

邹海一番话可谓情深义重，催人泪下。树立了一个伟大父亲的形象，又将自己在苏卿面前卑微的一面表现出来，让人听着只觉得他深爱苏卿，听苏卿的话，不愿意拖累苏卿。如果不是万不得已，也不会来找苏卿。也侧面告诉所有人，苏卿有多无情，对孩子也冷血。

大厅里议论纷纷，但苏卿没有乱阵脚。她知道苏雪跟秦素琴在等着看她的笑话。苏卿冷笑一声："随随便便跑出来一个人说是我的孩子，就真是我的孩子了？我苏卿没有结婚，哪里来的孩子？邹海是吧？你知道诽谤罪一旦成立要判多少年吗？"

"你什么意思？苏卿，你难道还要做得如此绝，把我送进监狱吗？"邹海情绪激动得连连咳嗽，"你怎么能这么狠心？小宝就是我跟你的儿子，五年前我们曾在一起，这就是证据。"

邹海突然将一沓照片拿出来，举起来给大家看："我邹海从不撒谎，我今天只是想让苏卿照顾孩子，我时日不多了，一个将死之人的话，难道还能有假吗？"

照片上，是两个人的床照。男人是邹海，而女人，正是苏卿。

二楼的陆容渊眸光一凝。

这些照片让整个大厅的议论声再掀一个高度，可苏卿还是面无表情。她不认识这个男人，怎么可能有床照？

小男孩哭泣着，十分懂事地扶着邹海："妈妈，你不要送爸爸去坐牢，小宝乖，小宝不找妈妈了，呜呜呜。"

有照片为证，再加上小男孩可怜兮兮的模样，一时之间，议论声越来越大。

"没想到苏小姐是这样的人，看那男人多可怜，那孩子多招人疼啊。"

"刚才听苏夫人说苏小姐在苏家任性妄为，看来是真的。"

舆论倒得很快，秦素琴趁机扮委屈："小卿啊，这件事我跟你爸已经帮你瞒了这么久了，如今孩子找上门来了，这孩子可怜，我不能再任由你错下去了。"

秦素琴把苏德安扯出来，一时之间所有人都看向苏德安，似乎想求证这件事。苏德安叹息一声，没说话，只是脸色很难看。他也不确定这个孩子是不是他当年扔掉的那个，不过苏卿未婚生子的事是事实。苏德安的反应更让人确信，这是真的。

楚天逸难以接受，苏卿跟他在一起的时候，他连手指头都没碰过，谁知道她竟然跟别人早就有了孩子。遭到背叛与欺骗的愤怒让楚天逸脸色相当难看。

苏雪看了一眼楚天逸的脸色，十分满意地笑了。见苏卿从云端跌入泥潭，她心里别提多痛快了，眼里的得意都掩藏不住了。

秦素琴见气氛烘托得差不多了，打算最后再给苏卿沉重一击："小卿，虽然邹海身有残疾，可你也不能昧良心，做人不能这么自私，更何况你们还有孩子……"

见事态无法控制了，陆容渊正要下楼，这时，苏卿铿锵有力的声音在大厅响起。

"这纯粹就是无中生有。"苏卿当机立断，打断秦素琴的话，十分冷静地对刘雪芹说，"干妈，麻烦您帮忙报警，再让人给我找台电脑。"

"好。"刘雪芹马上报了警，并让用人拿来一台电脑。

无人知道苏卿这个时候拿电脑做什么。

苏雪只当苏卿是垂死挣扎。就算报警又如何？只要这脏水往苏卿身上一泼，苏卿的名誉就毁了，目的就达到了。

苏雪暗中给邹海使了个眼色。邹海看着老实，其实很精。一听要报警，他一脸痛惜地看着苏卿道："你真要如此狠心绝情？苏卿，一日夫妻百日恩，你就算厌弃我，可小宝是无辜的呀。"

说着说着，邹海一个大男人就这样哭了，博得了不少人的同情。邹海抱着小男孩，痛哭道："小宝，是爸爸没用，不能给你一个完整的家，等爸爸死后，你就去福利院，你别怨你妈妈，她想要过富贵的生活，这没错。"

苏卿神情冷冽，冷冷地盯着邹海，这话可真够毒的，这不是摆明了指责她冷血自私？

小男孩哭得伤心，抱着邹海说："爸爸，你不要死，呜呜，妈妈，我不要妈妈了，妈妈坏。"

宴会大厅里的议论声更激烈了。

刘雪芹听不下去了，怒道："来人，把这两个人赶出去，把这里当什么地方了。"

当即就有保安进来了。

苏卿抬手道："干妈，等等。"

从头到尾，苏卿都很冷静，仿佛一个局外人在看戏。她的双手在电脑键盘上快速敲打，谁也看不见她在做什么。都这个时候了，还有心思玩电脑？这苏小姐可真是心大。

秦素琴一副恨铁不成钢的样子，站出来道："小卿，你怎么这么冷血，这可是你亲生儿子。"

楼上的万扬急得不行，催促道："老大，再不下去，苏小姐这一身脏水真洗不干净了。"

从陆容渊的角度，完全能看清苏卿在做什么。这个时候，苏卿还能如此临危不惧，不愧是他看中的女人。

"不用，她会处理。"陆容渊已经不担心了。相反，他如果出面，才会让苏卿身上的脏水洗不掉。

见苏卿无动于衷，苏雪也急了："姐，你倒是说句话，这孩子这么可怜，你怎么能忍心……"

"是呀，这孩子这么可怜，竟然还有人如此狠心地利用这个孩子来做局。"苏卿厉声打断苏雪的话，将电脑的正面展示在众人面前，"捉奸见双，就算要泼脏水污蔑，至少也找个技术高明一点的不是，就这种 P 图水平，还敢拿出来丢人。"

"这张是我的工作照，是有一次在一个酒会上拍的照片，没想到会被人利用，拿着一沓合成的照片来信口雌黄。"

电脑屏幕上，正是刚才邹海拿出的那些照片的原片。两相对比，能明显看出邹海手里的是合成的。众人看完，也就明白过来了。这些照片是假的。虽然那些照片上的脸是苏卿的，但这张脸的图明显是从酒会上那张照片上截取下来的。

苏雪与秦素琴也对视一眼，没想到苏卿还懂这个。当时她就是随便在网上搜了几张照片，哪里想到会被苏卿当场揭穿。

刘雪芹一看照片，更是生气，指着邹海怒道："竟敢用卑鄙手段来诬陷我干女儿，你到底是何居心？来人，也别等警察来了，直接给我送去警局。"

邹海也慌了，看了苏雪一眼，将小男孩往前一推："我没有污蔑她，小宝就是她的孩子，我可以做亲子鉴定，证明我没有撒谎。"

"笑话。"苏卿讥笑道，"随随便便领个孩子来说是我儿子，要求做亲子鉴定，我就得答应？今天来一个孩子，明天再来一个，没完没了的，我都得答应吗？你当法律是摆设吗？"

众人议论开了。

"是呀，这照片明显是假的。再说了，那个男人长得不怎么样，苏小姐怎么可能看上他？"

"挑这种时候带孩子来，我看这男人心机重得很，这老实也只是表面。"

"刚才李总可是承诺拿出百分之三的股份做嫁妆，立刻就有人带着孩子来认妈，明显是冲钱来的。"

"我看这男人做不了这么歹毒的局，背后说不定有人指使。"

去了一趟洗手间出来的苏杰，这才知道出事了，连忙站在苏卿面前护着："说，是谁指使你干的？是不是那对母女？"

苏杰天不怕地不怕，又怎么会怕得罪了秦素琴母女？

见事情败露，邹海突然呼吸急促，倒地不起，四肢抽搐，口吐白沫，吓得众人纷纷往后退。

苏雪赶紧道："快把人送去医院，别闹出了人命，姐，这好歹是条人命啊。"

小男孩也吓得大哭："爸爸，爸爸……"

刘雪芹也担心人死在这里，大呼道："快来人，把人送去医院。"

苏雪打的就是这个主意。只要人一走，这件事就会不了了之，苏卿有私生子一事没澄清，那以后都是个污点。

可苏卿哪里会这么容易让人走？在保安上来之前，苏卿走到邹海身边，蹲下身，双手按在邹海的胸口上。

苏雪急了，眼底闪过一抹狠毒，又说道："姐，你干什么？哎呀，人快不行了，再不送去医院怕是晚了，你不能见死不救呀。"

"闭嘴。"苏卿一个凌厉的眼神看过去，而后用手狠狠压了一下邹海的胸口，俯在邹海耳边，以只有两个人听见的声音说了句话。

邹海立刻停止抽搐，眼睛也睁开了，里面全是惊恐。

苏雪眼底划过一抹惊诧，叫道："苏卿，你到底做了什么？"

苏卿话音刚落，就听到警笛声从外面传来，邹海慌了，拔腿就跑，竟然也不瘸了。大家恍然大悟，原来是装瘸装病博同情的。

苏卿身手很快，一把扣住邹海的肩膀，一个过肩摔将人制服。她的跆拳道可不是白练的。

邹海被重重砸在地上，全场倒吸一口凉气。有震惊，有崇拜，也有羡慕。

二楼的万扬惊呼："苏小姐也太猛了，老大，你以后吃得消吗？"

陆容渊笑而不语，嘴角噙着一抹宠溺。

李逶华说："陆总，我先下去一趟。"

闹成这样了，也差不多可以收场了，李逶华是时候出面了。

"嗯。"陆容渊应了一声，继续坐下来喝茶。

邹海被制服，警察也到了，其中一名警察认出邹海："你这小子，刚坐了六年牢出来，又犯事，坐牢还坐上瘾了是吧？走吧。"

六年牢？这个男人刚才还说五年前跟苏卿有一腿。听了警察的话，所有人都明白了，还真是污蔑。

邹海立刻向苏雪求救："苏小姐，救我，苏小姐，你答应过我的，保证我没事。"

轰！这话让整个大厅再次炸锅了。原来是苏家二小姐找人陷害苏卿。这么歹毒的计策都想得出来，所有人都看向苏雪。

苏雪慌了，目光闪躲，下意识地往后躲，支支吾吾说不出话。

苏卿盯着苏雪说："亲爱的妹妹，你是不是该向大家解释解释这是怎么回事？"

"我压根儿不认识这个男人，我哪里知道他在说什么。"苏雪把责任推个一干二净。

周柔开口了："刚才你显然站在那个男人那边，要说不认识，谁信呢？不然他为什么向你求救，而不是别人？"

苏卿有些讶异，她没想到周柔会替她说话。

苏雪狡辩道："我没有，我只是看这个男人可怜，哪里知道他是个骗子。"

"苏小姐，你怎么能过河拆桥？"邹海激动地盯着苏雪，"明明就是你让我这么做的。"

"你胡说八道什么？我都不认识你，我怎么会让你这么做？"苏雪死不承认。她知道承认就完了，她向楚天逸投去求救的目光。

楚天逸拧着眉没说话。他不会傻到去替苏雪这蠢货买单。

秦素琴说："一个骗子的话，大家怎么能相信呢？再说了，小卿，你以前任性妄为，我们也真以为你跟这人有关系，毕竟对方说的也不像假话，而且你……"

"这人敢诽谤我女儿，不能这么轻易饶了。我女儿清清白白，不能任人污蔑。"

说话的是苏德安。他这时站出来，无非就是想缓和与苏卿的关系。苏卿受李家重视，他不能让苏卿被人毁了。

苏卿自然知道苏德安的意思，心里并没有多少感激。

刘雪芹拿出护犊子的架势："谁若再敢往小卿身上泼脏水，我刘雪芹第一个不饶。"

这不仅是在护苏卿，也是在护李家的面子。

这时，周雄飞突然走出来，说了句："苏小姐，得饶人处且饶人，造谣者也被抓了，总不能一直抓着不放，有失大度。"

苏卿冷笑着回击："周总所说的大度就是被人诬陷了，任人宰割，纵容犯罪？"真是站着说话不腰疼。

周雄飞脸上一时挂不住。他没想到自己都站出来了，苏卿还这么抓着不放，连他的面子也不给。他也不想想，苏卿为什么要给他面子？真以为自己面子大。

"小卿,怎么能这么跟周总说话呢。"李逵华笑着走过来,嘴上责备苏卿,语气里却没有半点怪罪的意思,"不过,造谣损害的是你的名声,怎么追究,那是你的权利。"

言下之意,与一个外人有什么干系?暗指周雄飞多管闲事。李逵华可不怕得罪周雄飞。

苏卿笑道:"知道了,干爹。造谣诽谤,这件事我一定追究到底,不过今天大家给面子来认亲宴,也不能让不相干的人扫了大家的兴。"

只要苏雪与秦素琴的真实嘴脸让大家知道了,目的也就达到了。

苏卿看了一眼小男孩,这孩子显然不是邹海的孩子,现在邹海被抓走了,这个孩子的去留是个问题。看着小男孩,苏卿想起那个未谋面的孩子,心里一片柔软。苏卿让用人先把小男孩带下去吃点东西,安抚一下。而她也去换衣服,舞会马上要开始了。

苏卿在休息室缓了缓,换好衣服出来,却在拐角处被拉入一个厚实的胸膛。苏卿惊魂未定,等看清凑在眼前的那张脸,她差点儿没把魂给吓没了。

"陆……陆总?"

陆容渊脸上的疤痕面具换作谁都会被吓到,更别说还是在毫无防备之下。

"苏小姐也太心急了,投怀送抱?"陆容渊薄唇轻勾,扬起一抹邪魅狂狷的笑。

苏卿定住心神,连忙从陆容渊的怀里挣脱出来。

"陆总在这里做什么?"苏卿声音冰冷,这是生气了。明明是他拽的她,还倒打一耙,说她投怀送抱。

"特意来给苏小姐送礼的。"陆容渊拿出早就准备好的礼物。

是一枚发夹,蝴蝶形状,镶嵌着钻石,与苏卿身上这条淡蓝色的长裙很衬。苏卿身上这条裙子是舞裙,抹胸的内衫,外面套着一件蓝色薄纱,而薄纱透视面料上又有数十只蓝色蝴蝶做装饰,行动间,薄纱飘扬,那蝴蝶也好似活了一样,翩翩起舞。

苏卿只是淡淡地瞥了一眼,并未收下,说道:"陆总的心意我领了,感谢陆总前来参加认亲宴。"

因为刚才的事,苏卿仍心神未定。那个男人与孩子不是真的,可事情是真的。只要刚才秦素琴与苏雪破釜沉舟,继续把事情闹大,她也没那么容易逃过一劫。苏卿刚刚在休息室时想了许多,该来的始终会来,心底那个秘密早晚会被发现。

陆容渊不顾苏卿愿不愿意，拿出发夹给苏卿别上，说："我陆容渊送出去的东西，没有再拿回来的道理。"

陆容渊……许是因为"陆容渊"这三个字，苏卿一时之间忘记了反应。

她是不是该庆幸陆容渊去跑长途，没有来参加宴会。否则，今晚的事，她真不知道如何向他解释。苏卿望着眼前的陆容渊，脑海里总是浮现另一个陆容渊的样子。

"谢谢。"苏卿也没再客气。

"苏小姐刚才的做法太过仁慈了些，就这么轻易放过那对母女了？"

今天的局，始作俑者就是秦素琴与苏雪母女。

"对于敌人，诛心才是最好的报复。而且，来日方长，让她们看着我比之前过得更好，这种报复，岂不是更痛快？"

就凭秦素琴与苏雪狡辩的功力，把人送去警局又能如何？今天的场合也不适合那样做，否则会让李逵华脸上无光。周雄飞站出来了，李逵华也表明了站在她这边的态度，这就够了。私人恩怨，私下解决。经过这件事，苏雪在楚家的日子会更难过，素琴也休想在太太圈站稳脚跟。而苏卿也不会就这么算了。

陆容渊观察着苏卿的神情，想起刚才苏卿在面对那个孩子时的反应，心里像是被什么刺了一下。陆容渊将心底的疑惑压了下去。他已经认定了她，无论她以前什么样，都不重要了。

"苏小姐，舞会快开始了。"

"苏卿，我听说刚才苏雪又搞幺蛾子了。"安若的声音从楼下传上来。

苏卿往楼下看了一眼，只见安若风风火火地跑上来："我刚才就离开了那么一会儿，没想到出了这么大的事，那对母女也太恶心了，见不得你好。"

"为不相干的人生气，不值得。"苏卿再回头看时，陆容渊已经不在了。

"我这暴脾气，刚才我要是在，肯定骂死那对母女，什么玩意儿。"

"这么大的火气，安羽又惹你了？"

苏卿也觉得奇怪，这个安羽总是隔三岔五地惹毛安若，两个人是同父异母的兄妹，却像一对冤家世仇一样不对付。

"那小子刚才把我的礼服弄坏了，我只好回车上换礼服了。"安若气呼呼地，"我跟他真是八字相克。我已经跟我爸说了，那个家里有他没我，有我没他。"

苏卿笑了笑，她有时候很羡慕安若这种任性又肆意的性子。只有在爱的包围下成长的人，才会有着像太阳一样热情的性格。

舞会开始了，开场舞由苏卿跳。大厅悠扬婉转的音乐响起，苏卿张开双臂迈着轻盈的舞步进入舞池。纤长的双手，窈窕的身姿，一出场就让人惊艳，吸引住了所有人的目光。

苏卿跳的是古典舞，随着跃动的舞姿，薄纱上的蝴蝶也随之翩翩起舞，苏卿仿佛化作蝴蝶，美得让人窒息。苏卿很久没有跳舞了，上次跳舞，还是几个月前被安若拽着去酒吧跳的。

以古典舞开场，这还是很少见的，让人耳目一新，眼前一亮，完全就是一场视觉盛宴。苏卿的身段柔软，舞姿灵动，每一个动作看似容易，实际很考验功底，让许多名媛千金暗暗叹服。今天之前，谁都不认识苏卿，而今天之后，将无人不认识苏卿。曲终，舞毕，苏卿收了最后一个动作，全场响起雷鸣般的掌声。李逯华夫妇笑得合不拢嘴，他们这是捡了个宝啊。

苏卿落落大方地退场，把接下来的舞池交给了其他人。苏卿去后院休息，换下舞裙，这才有空喝杯水压压惊。苏卿知道，今天将是她命运的转折点，从今以后，她的日子不会再平静了。

暗暗吸了几口气，苏卿掏出手机看了一眼信息。空空如也，没有他的消息。她的心里一阵失落。

苏卿放下水杯，去了客房。小男孩正乖巧地吃着甜点。见到苏卿来了，他胆怯地站起来，小声道："漂亮阿姨，对不起，小宝不是故意撒谎的。"

这孩子，真是机灵。光看那双乌溜溜的眼珠子，就知道这小子小心思多，懂得看眼色。

"那你得告诉我，你为什么要撒谎骗人？你的爸爸妈妈呢？"

或许是这个孩子看起来跟自己那个无缘见面的孩子一般大，苏卿心底的母爱被激发了，柔声问他。

"我没有爸爸妈妈，是个孤儿。我有一个哥哥，但我跟哥哥走散了，后来就落到那个坏叔叔手里了。"小男孩低着头，"那位叔叔说，只要我跟着来，叫你妈妈，就会有好吃的，有衣服穿，还会有人疼，不然就要打小宝。"

苏卿心下一软，有一种想要把他抱入怀中的冲动。小宝长得十分讨人喜欢，又粉嫩粉嫩的，那双眼睛特别好看，甚至有几分熟悉感。

小宝抽抽噎噎地说："漂亮阿姨，你不会生小宝的气吧？"

"不会。"苏卿抱了抱小宝。

"真的吗？"小宝欣喜地问，"漂亮阿姨，你可以帮我找到哥哥吗？"

小孩子的眼泪是很具杀伤力的，苏卿完全缴械投降。

"好，阿姨一定帮你找到哥哥。"苏卿看了一眼桌上的点心，已被吃得差不多了，可见这孩子有多饿。

这孩子要真落在邹海手里，还不知道要过什么日子。苏卿的心又一次软了，她柔声问："你叫小宝是吧？"

"我叫夏宝，大家都叫我小宝。"小宝声音软糯糯的，捏着小手指，"漂亮阿姨也可以叫我小宝。"

小宝很喜欢苏卿。他觉得眼前的漂亮阿姨好温柔，如果真的是他妈妈该多好。

"小宝真乖，你在这里休息，晚一点阿姨带你回家。"苏卿温柔地摸了摸小宝的脸蛋儿，越看越喜欢，完全忘记了刚才这个小孩高超的演技差点儿把所有人都骗过去了。

夏宝乖巧地点头道："漂亮阿姨，你真好。"

苏卿笑了笑，叮嘱用人照看好夏宝，这才出去。等苏卿一走，夏宝脸上便露出一抹狡黠的笑，像只小狐狸，那双乌溜溜的眼睛贼精贼精的。

"阿姨，我口渴，想喝橙汁，你可以帮我去拿吗？"夏宝甜甜地对用人一笑。这纯真无邪的笑容，谁抵得住？

"好好好，阿姨这就去给你拿。"用人笑道，"真是个讨人喜欢的好孩子。"

夏宝嘿嘿一笑。等用人一走，他张开小手，手心里正是陆容渊送给苏卿的那枚发夹。刚才趁苏卿不注意，他顺手牵羊拿走了。那个坏叔叔都被警察抓走了，他可不能再留在这里，他还要去找哥哥呢。夏宝将桌上剩下的点心全部打包装好，想趁着这会儿人都在大厅，悄悄地溜走。夏宝没有走大门，而是走的侧门。离开庄园，夏宝拍拍身上的灰尘，摸了摸鼻子，虽然他很喜欢那个漂亮阿姨，可她终究不是自己的妈妈。

苏卿发现发夹不见了，这才反应过来。她折回客房，可房间里哪还有人。

用人拿了橙汁回来，见苏卿在，疑惑道："苏小姐，你怎么又回来了？"

"小宝呢？"

"在房间里呀……"用人一看，房间空荡荡的，顿时急了，"哎呀，人去哪儿了？刚才还嚷着要喝橙汁，一转眼的工夫，人怎么就不见了？"

"人怕是已经离开庄园了。"苏卿意识到上当了，轻笑一声，"真是个小鬼头，狡猾得很。"

用人问："苏小姐，那要派人去找吗？这么小个孩子，多危险哪，遇到坏人怎么办？"

"坏人要遇上这小鬼头，还不知道谁倒霉呢。"苏卿虽然嘴上这么说，但还是不放心，安排了几个人去找。

宴会还没结束，苏卿不能离开。秦素琴与苏雪母女俩也没走，不过经过刚才一事，两个人被彻底孤立在休息区。比起被警察带走，坐在这里看人脸色，那才是最煎熬的。两个人如坐针毡，却又不能走。要是走了，就是不打自招，心虚了。

苏卿摇晃着高脚杯，目光淡淡地瞥了那两个人一眼。一旁的安若讥笑道："这母女俩脸皮可真够厚的，这都不走，要是我，早找个地洞钻进去了。"

"她们倒是想走，骑虎难下而已。"苏卿勾了勾唇，"备受煎熬的感觉，不好受啊。"

安若想到一件事，问："苏卿，你说秦素琴跟苏雪都这么丢脸了，周家会不会彻底放弃这对母女？"

"不一定。"

秦素琴能做周雄飞的情妇这么多年，肯定还是有点手段的。

正聊着，苏德安走了过来："小卿。"

苏德安脸上堆着笑，一脸慈父样。

安若看了看苏卿，说："我去那边。"

苏卿点了点头。

安若一走，苏德安就说："小卿，过两天就是你母亲的祭日了，你别忘了。"

"苏总还记得我妈的祭日，真是难得。"苏卿没给他好脸色。

如果今天苏德安不来，或许苏卿心里的怨恨也就放下了。偏偏苏德安以一副能拿捏住她的架势来了，哪怕刚才替她说话，也是看在她有利用价值的分上。

苏德安尴尬地笑了笑，说："我就是来跟你说一声，我先带你秦姨跟小雪走了。"

苏德安今天也没讨到好。相反，私底下到处有人议论，说他自私自利，见苏卿有李家撑腰了，就赶着来巴结。苏德安一张老脸也挂不住。苏德安转身，背影已有些佝偻，让人看着生出几分心酸。苏卿蹙了蹙眉，哪怕苏德安再自私自利，可终究是给了她生命的人，苏氏集团也有妈妈一部分心血。

　　"我送送你吧。"这是苏卿这天第二次心软。一旦她亲自送苏德安，无疑是宣告她跟苏德安关系缓和了。苏德安靦着一张老脸来，别人看不起他，无疑也是打她的脸。

　　苏德安感到意外，浑浊的眸子里闪着泪光，说："小卿，你不怪爸爸了？"

　　苏卿面无表情地答道："别想太多，我是看在妈妈跟小杰的面子上，小杰这些年的医疗费用都是你出的。"

　　苏德安就差老泪纵横了，不管苏卿是为了什么，这已经是最好的结果了。苏卿亲自送苏德安到了大门口。秦素琴与苏雪瞧见她，一改刚才在大厅的尿样，又神气起来了："苏卿，你还真把自己当李家大小姐了，刚才看着我跟小雪被欺负也不吭声，你安的什么心？"

　　苏卿冷冷地睨了秦素琴一眼道："刚才秦姨又是安的什么心？"

　　苏雪恨恨道："我们又没说错，别人不知道，我们还不清楚？你本来就未婚生子……"

　　"住口。"苏德安厉喝一声，用眼神警告秦素琴与苏雪，"这件事都给我烂在肚子里，谁要是再提，我让谁好看。都给我回车上去。"

　　秦素琴与苏雪都很不甘心，瞪了苏卿一眼，回了车上。两个人如此听苏德安的话，苏卿倒很是意外。

　　"小卿，今晚这事，你别放在心上，你放心，有爸在，一定把这件事捂得死死的，不会有人知道。"苏德安压低声音，生怕让人听见了。只有苏卿过得好，他才能跟着沾光。

　　苏卿抿了抿唇，问："当年那个孩子，真的死了吗？"

　　苏德安一怔。这是苏卿第二次这样问。而上次问，是五年前。

　　苏卿产后，看到他问的第一句话就是："孩子呢？"

　　苏德安一直记得他当时的回答。

　　"死了。"

那两个字落下，苏卿整张脸顿时变得苍白，她悲痛不已的神情还历历在目。

想到这里，苏德安望着苏卿，嗫嚅着嘴角，点了点头道："死了。"跟当年一模一样的回答。

"死了吗？"苏卿呢喃着，像是自言自语，也仿佛是在问。可在问谁，她自己也不知道。

"那孩子一出生整张脸就是乌青的，也不哭，医生也抢救了，没抢救过来。"苏德安叹口气，说，"小卿，这件事也过去这么多年了，你就别再想了，当年的事，我知道是你秦姨做得不对。"

闻言，苏卿瞳孔放大，问道："你什么都知道？"

可苏德安选择了偏袒那对母女。这件事，苏德安知道，可他从来不提，也没放在心上，当时事发，他也觉得丢人。对苏卿，他确实有很多愧疚，便说："小卿，爸对不起你。"

苏卿沉痛地闭了闭眼，自嘲地笑笑："我早该知道的。"

这些年她受的那些委屈，苏德安不是不知道，只是睁一只眼闭一只眼。

"小卿，"苏德安语重心长地说，"如今你得到李家看重，以后的日子只会更好过，什么男人找不到呢？别再回头看。"

可那是她的第一个孩子，她连面都没见过。

见苏卿没说话，苏德安叹息一声就走了。他不能让那两个孩子毁了苏卿。对，苏卿实际上是生了对异卵双胞胎。那是对很漂亮的孩子，当年苏德安也于心不忍，可苏家不能蒙羞。苏卿未婚生子，连父亲是谁都不知道，他不能把孩子留下来，就让人给处理了。如今那两个孩子的下落，他也不知道。

苏德安上了车，秦素琴倒是先哭诉起来了："老苏，你看看今天，苏卿的眼睛都长到头顶上了，完全没把我这个后妈放在眼里。"

"是呀，爸，苏卿她还让人拦着不让你进去，这不是让你难堪吗？"

"你们两个蠢货，"苏德安疾言厉色地质问，"那个孩子还有那个男人是怎么回事？你们真当所有人傻？你们毁了苏卿，对你们没有半点好处。"

苏雪满脸都是嫉恨，气呼呼地说："我就是不想让她踩在我头上耀武扬威。再说了，她本来就未婚生子。"

苏德安恨铁不成钢："你在楚家地位不稳，再跟苏卿把关系闹僵，只会对你更不利。你如果想在楚家立足，现在不仅不能跟苏卿对着干，还得修补关系，咱们苏家以后也得靠苏卿。"

"让我讨好她，这怎么可能？"苏雪想起之前去讨好苏卿，把自己弄得狼狈的事，对苏卿更恨了。

秦素琴很快就想透彻了，拉着苏雪的手说："小雪，你爸说得对，苏卿现在已经成了李逮华的干女儿，这是事实了，你讨好的不是苏卿，而是李家。如果你入了李逮华的眼，他也认你做干女儿，那楚天逸还能逃出你的五指山？"

一听能拴住楚天逸，苏雪心动了，两眼一亮，说："妈，爸，我知道了，你们放心，我以后不会跟苏卿对着干了。"

认亲宴结束，苏卿陪同李逮华与刘雪芹一块儿送客。

楚天逸走出来，苏卿只是淡淡地瞥了他一眼，再无多余的眼神。楚天逸欲言又止，最终还是什么都没说。

客人都走了，刘雪芹说："小卿，你也累了一晚上了，快去休息。"

"干妈，我得送小杰回医院，待会儿我就直接回出租房。干爹干妈，你们也忙了一天，早点休息吧。"苏卿并不想在李家住下来。

李逮华一眼看穿了苏卿的心思，给刘雪芹使了个眼色。

刘雪芹笑着拿出一串钥匙说："小卿，我跟你干爹在花漾小区为你准备了一套房子，你可以搬到那儿去住。"

李家的干女儿，怎么还能住那么小的房子？

"谢谢干爹干妈。"苏卿收下钥匙，却并未打算搬过去。

苏卿前脚送苏杰，陆容渊后脚就从李家出来了。李逮华亲自相送。

"陆总，污蔑小卿的那个男人，我已经打过招呼，他一定会得到应有的惩罚。"

"嗯。"陆容渊语气清冷，"剩下的，就不劳烦李总了。"

言下之意，剩下的将由他自己出面，也不用让李逮华为难。

李逮华笑着回答："好。"他去找那对母女的麻烦也确实说不过去，而且那也算是苏家的个人恩怨，他不方便插手。

陆容渊上了车，万扬问："老大，你失踪了好几天，再不露面，苏小姐那里怕是不好哄。"

陆容渊这天以陆家掌权人的身份来，只不过是想让李逮华知道他对苏卿的重视。他也应该去见苏卿了。

苏卿将苏杰送回医院就离开了。喧嚣过后的平静，让她有一种恍惚的感觉。苏卿站在河边，吹着冷风，脑海里浮现出小宝机灵的模样。那个孩子去哪儿了？整个李家都没有找到，他无父无母，又能去哪儿？这时手机铃声突然响了，来电显示是陆容渊。苏卿盯着手机，皱着眉头，迟迟没有接。

马路对面的一辆车子里，陆容渊的目光盯着在河边发呆的苏卿，见苏卿迟迟不接，心里有些疑惑。

电话铃声都停了，苏卿还是保持着原来的姿势。陆容渊又一次打过去，苏卿定了定神，这才接了。

电话里，是陆容渊急切的语气："卿卿，你是不是生气了？"

苏卿一手揣在衣兜里，尽量让自己的语气平稳："没有，忙完了吗？"

"嗯，我已经回来了，想见你，你在哪里？我立刻去找你。"陆容渊没有直接下车去找苏卿，贸然出现在她面前，只会让她起疑，所以他才先打电话。

"不用了，我在医院陪小杰呢，忙了一天，有些累了，想睡了。"苏卿撒谎了，扯着笑，"你也累了吧，早点休息。"

不等陆容渊说什么，苏卿已经挂了电话。她心烦意乱，现在见陆容渊，她怕露馅。

车里的陆容渊盯着河边的苏卿，剑眉冷蹙。直觉告诉他，苏卿的情绪低落，一定跟宴会上那件事有关。

未婚生子……

chapter 12

死鸭子嘴硬

　　苏卿在大街上晃荡，不知何去何从。夜已经深了，街上没有什么行人。苏卿有些饿了，宴会上她没怎么吃东西。瞥见路边有烧烤摊，苏卿坐下来点了些烧烤，叫了一瓶啤酒。

　　一阵凉风吹来，苏卿吸了吸鼻子，如果让人知道李家干女儿深夜在街上晃荡、吃路边烧烤，怕是得让人大跌眼镜吧。苏卿并不想将自己固定在李家干女儿的身份上，被束缚着。即使多了干爹干妈，她还是原来的苏卿。

　　苏卿吃着烧烤，喝着啤酒，一个人静静地，时不时看看来往的行人。这种惬意，才是她的生活。

　　路边的车里，陆容渊眸光深深地盯着苏卿。他一直跟着她，却没有靠近。相处了这么久，陆容渊自认为对苏卿很了解。但直到今晚，他才发现这个女人心里还藏着他不知道的事。

　　男人是不是都介意女人生过孩子？陆容渊一定也会介意吧？她欺骗了他。喝完瓶中的酒，苏卿跌跌撞撞地打了辆出租车回去，也许是累了，也许是醉了，她回到家后倒头就睡下了。

　　楼下，陆容渊坐在车里，他没有下车，也没有上楼。他陆容渊想知道的事情，没有查不到的。可他不敢去查苏卿为何今晚如此反常。

　　天渐渐亮了，陆容渊这才离开，回了陆家老宅。陈秀芬早早就起来了。她好几天没有去找苏卿了，昨天的认亲宴她也不方便露面，怕露馅。陈秀芬刚下楼，就见陆容渊拄着拐杖从外面进来，脚步很快。

"儿啊，咋啦？"陈秀芬心里咯噔一下，"跟小苏吵架了？"

陈秀芬本是随口一说，没想到空气中的温度骤然下降。糟了，看来还真猜对了。陈秀芬小心翼翼地问："真吵架了？"

陆容渊不说话，快把陈秀芬急死了。她追问着："儿子，你倒是说句话，怎么了？说出来妈替你出出主意。"

"没事。"陆容渊丢下两个字就往楼上走。

陈秀芬想起一件事，见陆容渊往楼上走，赶紧出声提醒："儿啊，陆承军回来了。"

陆容渊止步，眉心拧成了"川"字。

陈秀芬话音刚落，一个高大英俊的男人穿着家居服出现在楼梯口。

"大哥回来了，许久不见。"陆承军脸上带着温和的笑，可仔细看，那笑里又夹杂着几分阴毒。

此人正是陆展元的大儿子，陆承军。陆容渊盯着眼前的人，握着拐杖的手下意识地捏紧了几分。

"二弟回来之前怎么也没有通知我一声？"陆容渊薄唇轻勾，"是回来看望二叔的？"

"听说这次是'暗夜'组织的人出手，我爸栽了这么大的跟头，做儿子的，肯定得替他老人家讨回来不是。"

陆容渊轻嗤："二弟可真是孝顺，小心自己也栽了进去。"

"多谢大哥关心，我一定小心谨慎，我爸这次损失的货，我一定找'暗夜'十倍讨回来。"

两个人看起来是在谈笑风生，空气中却弥漫着浓烈的火药味。

"对了，大哥，我这次特意从国外带了一位神医回来，让他给大哥好好看看病。"

"不用。"陆容渊直接回绝，丝毫没给陆承军好脸色，径直往房间走。

陆承军神情阴骛，目光落在陆容渊一瘸一拐的腿上，眸色更深了。

陆容渊常年戴着面具，让人无法通过他的脸色猜透他的情绪，摸清他的心思。

房间门"砰"的一声关上。

陆承军笑着看向陈秀芬："大伯母，看来大哥还在为五年前我给他下药一事耿耿于怀，我当时是真的想成全大哥跟雅媛，没想到会酿成那样的悲剧。"

陈秀芬冷笑一声道："少在这儿猫哭耗子假慈悲。承军，你这么早回来，是盼着我儿子早点死吧。你放心，就算我儿子真有个什么三长两短，这陆家也轮不到你们二房掌管。"

陆承军脸色一沉，说："大伯母，你这话什么意思？我何曾觊觎过陆家的财产？"

"嗬！"陈秀芬嗤笑一声，什么也没说就走了。

她就是故意让陆承军不痛快的，至于什么意思，鬼知道呢，她不过胡说而已。

苏卿像往常一样去上班，公司的同事个个都对她十分殷勤。她很不习惯。人都是趋利而行，认亲宴如此隆重，怕是没人不知道。同事们的殷勤完全是冲着李家干女儿这个名头来的。

"苏卿，陆总让你去一趟他的办公室。"有同事带话。

"好。"苏卿起身去了办公室。

"陆总。"苏卿敲了敲门进去，"你找我？"

"把门关上。"陆星南头也没抬。

苏卿狐疑地去关门，问："陆总，你找我什么事？"

陆星南这才抬头，看向苏卿，说："就是想确认一下，你真想去陆氏集团总部吗？如果你不想去，这边将提拔你为产品经理。"

去总部可能就是个基层员工，而在这家子公司，她能立刻得到晋升。苏卿很诧异，陆星南这是想留她？

陆星南见苏卿没说话，靠着椅背，笑道："你可以回去考虑考虑……"

"不用了，陆总，如果能竞选成功，我还是希望能进总部。"苏卿直言。不是她不怕得罪陆星南，之前她是想去更高的平台，而现在，她更多的是想换个环境。

陆星南拧着眉心，明知道留不住，却还要尝试。

"好！"陆星南十指交叉，看着苏卿突然说了句，"昨晚宴会上，你很棒。"

"陆总，你也去了？"苏卿有些惊讶。她昨晚并没有看到陆星南。

"我看新闻了。"

也是，如果陆星南去了，那群名媛千金还不得尖叫。陆男神这名号可不是白得的。

"谢谢。"苏卿浅浅一笑，"陆总，还有其他事吗？"

"审核结果已经出来了，你明天可以去总部那边报到。"陆星南看着苏卿，"恭喜了。"

虽然苏卿志在必得，但得知这个结果时，她还是感到惊喜且意外。苏卿离开办公室后不久，另一个名额也公布了，而这另一个被选去总部的人，让所有人都出乎意料。公布的名单上是苏卿和一个叫秦雅菲的。苏卿入选，这是大家意料之中的事，可这秦雅菲，就让人一头雾水了。

蔡静梅问："苏卿，咱们公司有秦雅菲这个人吗？哪个部门的，我怎么不知道？"

没错，入选的另一个人谁都不认识，谁也没见过。不是公司职员，却借着公司职员的名义入选陆氏集团总部，自然让人下意识地去猜测这到底是什么人。苏卿摇摇头，她也不认识，甚至没听说过。她突然想起之前庄晓玫说的话，有一个名义被内定了，难道就是这个秦雅菲？

看着"秦雅菲"这三个字，苏卿莫名地觉得胸口有点闷，很不舒服。

从明天开始，苏卿就不用来这里上班了，今天的工作内容就是交接手上的工作。工作了几年的地方，突然要离开，还是有些不舍。

"苏卿，你以后可别忘了我，到了总部那边，得念着我呀。"蔡静梅很是不舍地抱了抱苏卿。

"好。"苏卿笑笑，"如果有好事，一定不会忘了你。"

"够姐妹。"蔡静梅笑了，"走，晚上给你庆祝。"

苏卿正要开口，手机突然响了，是一条微信。陆容渊发来的，约她晚上八点，玫瑰餐厅见。该来的总是会来。

苏卿迟疑着回了一个字："好！"

"怎么，男朋友？"蔡静梅问。

"嗯。"苏卿点了点头，笑着说，"他约我晚上吃饭。"

蔡静梅感慨，打趣道："哎，真羡慕你，人生简直开挂了，爱情事业双丰收，不得不让人羡慕啊。"

"你的桃花运也快了。"苏卿扬唇一笑，"工作交接完毕，那我先走了。"

苏卿觉得，她跟陆容渊确实应该见一面，好好聊聊，这样下去也不是办法。长痛不如短痛，分手也没什么大不了。

苏卿前脚刚离开公司，陈秀芬后脚就来了，扑了个空。苏卿先回出租房换了身衣服，化了个淡妆，做足了心理准备，这才去玫瑰餐厅。

夜幕降临，灯火璀璨。苏卿到的时候，陆容渊已经先到了。今天的餐厅很冷清，没什么客人。陆容渊订了个包间，靠窗，视野很好，帝京夜景尽收眼中。

陆容渊十分绅士地替苏卿拉开椅子，问："饿了吧，先点菜。"

"还好，不急。"苏卿笑笑，看着眼前的陆容渊。

说真的，她还真挑不出陆容渊哪里不好，尤其是这外貌，说万里挑一也不为过。就冲这张脸，要是真吵架了，看着这张盛世美颜，估计气也就消了。苏卿在来之前，已经想了许多开场白，最后还是选了个直接、简单的。

"陆容渊，我们分手吧。"

苏卿看着陆容渊，神情平静认真，不像是开玩笑。对感情，苏卿从不拖泥带水。她能跟楚天逸一刀两断，也能跟陆容渊好聚好散。兴许会难过，会后悔，不过，她现在很清楚自己在做什么。在这段感情里，她自卑了。不对等的爱情，又如何继续下去？还不如快刀斩乱麻，迅速解决了。

陆容渊一副听错了的表情。他被分手了？昨晚他就意识到苏卿的情绪不对，可听到分手这两个字从苏卿嘴里说出来，他依然震惊。这要是让人知道堂堂帝京陆家掌权人被分手了，被踹了，那简直就是国际玩笑，没人相信。可是，这是事实。

陆容渊在短暂的惊讶之后，迅速敛了神情，眸光深深一眯说："理由。"无端被踹，任谁都会问理由。

苏卿也想好了说辞。她没有打算再瞒着，编借口，而是直言道："你看今天的新闻了吗？昨晚有人在认亲宴上大闹，造谣我未婚生子。其实这不是造谣，五年前，我确实有过孩子。"

一口气说完，苏卿有一种如释重负的感觉，并没有想象中的那样难。

尽管陆容渊也怀疑过，但亲耳听到苏卿承认，他还是感到错愕。在苏卿开口前，他想，无论苏卿给出什么理由，他都驳回去，不同意分手。可苏卿对他有所隐瞒，她不信任他。陆容渊脸上隐约显露出愤怒。

苏卿暗暗舒了一口气，语气故作轻松道："我一开始也只是想跟你试试，并没有长远的打算，也没想过结婚什么的，经过一段时间的相处，我觉得我们不太合适，所以，分手吧。"

交往是苏卿提出来的，分手也是苏卿提的。

陆容渊脸色阴沉，手紧攥成拳，极力克制着情绪。苏卿话都说到这个份儿上了，他还能说什么？

苏卿努力扯出一抹笑，她还是第一次见陆容渊脸色这么难看。

"陆容渊，我知道我亏欠了你，可感情的事，也不能勉强，今天这顿饭就当作分手前的最后一顿，好聚好散，我来请。"

苏卿将之前陆容渊送的定情信物，还有陈秀芬送的手镯，一并拿出来还给陆容渊："希望你能遇到真正合适的人。"

苏卿大方坦然的态度让陆容渊心中的怒火一茬又一茬地往上冒。好一个好聚好散。陆容渊倏然站起来，眸光灼灼地盯着苏卿道："不用，我也不算吃亏，互不亏欠。"

"那你这是同意分手了？"

"好聚好散。"

他堂堂陆家掌权人，被甩已经很丢脸了，再赖着不分，耍无赖，也不是他的作风。那句"好聚好散"几乎是从陆容渊的齿缝里挤出来的。

苏卿僵硬地扯了扯嘴角，这顿饭还没来得及吃，两个人就不欢而散了。苏卿一个人在包间里坐了一会儿才离开。

两个人分手的事很快就被万扬知道了。万扬得知是苏卿先提出的分手，当时就惊了。陆容渊被甩了？万扬许久才缓过神来，瞄了一眼对面不断喝酒，试图把自己灌醉的陆容渊。

"老大，你跟苏小姐真分手了？为什么呀？"

这也太突然了。陆容渊这么优秀，不应该被甩呀。

陆容渊自然不会把苏卿告诉他的事说出来，也没法说苏卿从头到尾都没有认真对待过这段感情，只是一杯接一杯地喝，整个脸色难看得很，一副生人勿近的样子。

"老大，难道是苏小姐当了李家干女儿，看不起你这个送货的了？要不你把陆家掌权人的身份往苏小姐面前一亮，她肯定立刻改变主意。"

陆容渊冷冷地看了万扬一眼。

万扬识趣地说："老大，喝喝喝，我陪你喝，不醉不归。"

失恋的男人，惹不起呀。两个人好端端的，突然就这么分手了。不止万扬错愕，陈秀芬也很意外。可陆容渊下令，谁也不许去找苏卿。他陆容渊还要面子呢。

自从玫瑰餐厅一别，之后几天，苏卿也没再见过陆容渊。再次得知陆容渊的消息，已经是一个星期以后的事了。而且还是个坏消息。苏卿进入陆氏集团总部后，一直很忙，逐渐将陆容渊抛在脑后了。这天，苏卿刚交了报表从办公室出来，就碰见了万扬。进总部几天了，苏卿也知道了万扬除了是万氏影视的太子爷以外，还兼任陆氏集团副总一职。苏卿见到万扬，自然而然就想起了陆容渊。分手后，两个人再没联系过。

苏卿打算转身走，万扬看见了她，叫住她："苏小姐。"

苏卿只得停下步子回道："万先生，好巧啊。"

入职总部这么久，这还是苏卿第一次见到万扬。万扬并不常在公司，只是偶尔过来一下。

"苏小姐好像在躲我？"万扬半开玩笑半认真地说，"就算你跟老大分手了，我们也还算是朋友吧，苏小姐这么做，让人有点伤心哪。"

"万先生，我怎么会躲您呢？我刚才真没看见您。"苏卿睁着眼睛说瞎话，并迅速转移话题，"万先生这是打算出去？"

万扬自然看穿了苏卿的小心思，这是想打发他走。苏卿入职总部后，他一直派人观察她。苏卿与陆容渊分手后，陆容渊日日买醉，脾气暴长，苏卿却像半点没受影响似的，该吃吃该喝喝。

万扬说："是呀，对了，苏小姐这段时间没跟老大再联系？"

"都分手了，也没必要再联系。"苏卿说，"好聚好散。"

万扬故意叹了口气，说："我得去医院一趟，就不跟苏小姐聊了。对了，老大住院了，这事苏小姐知道吗？"

万扬明知故问，苏卿当然不知道。闻言，苏卿惊愕，下意识急问道："他怎么了？"

见苏卿还是关心陆容渊，万扬觉得有戏，又故意长叹一口气说："还能怎么着，出车祸了呗。你跟老大分手这事，对他影响挺大的，他晚上饮酒买醉，白天又要跑腿送货，那肯定危险哪，这不昨天出车，跟一辆大货车撞了。"

苏卿心里咯噔一下，问："他人怎么样？"

"挺严重的，现在还在医院里，车子当场被撞报废了，人也当即昏迷，医生下了几次病危通知书，经过一晚上抢救过来。"

万扬添油加醋，将事态说得非常严重，其实就是一场小小的车祸，轻微脑震荡，陆容渊连皮都没破。

万扬观察着苏卿的脸色，又说："老大受情伤太重，就算人抢救过来了，这心也死了呀，唉！"

苏卿忙问："他在哪家医院？"

"第一人民医院。"万扬眼底划过一抹狡黠，面上不动声色地说，"苏小姐，你跟老大都分手了，你还是别去看了，对你影响不好。"

"他都重伤入院了，我怎么能不去看？"苏卿急道，"前面带路，我跟你一块儿去。"

"刚才苏小姐不是还说不必再联系了吗？"

"女人的话你也相信？"苏卿风风火火地往外走，"我改变主意了不行吗？反复无常，口是心非，这是女人的专利。"

万扬惊得说不出话。

医院。

陆容渊正靠坐在床头翻阅杂志，病房的门突然被人推开。苏卿就这样猝不及防地出现在他的面前。

"陆容渊，你伤到哪里了……"

四目相对，苏卿见陆容渊好端端地坐在病床上，半点伤也没有，更别说重伤了，顿时意识到上当受骗了。苏卿瞪了一眼身后的罪魁祸首万扬。

万扬悻悻地摸了摸鼻子说："老大，你身体素质真好，这就醒过来了，你们聊，我出去走走。"

万扬给两个人腾出空间。

一周未见，再次见面，苏卿觉得有些不自在。特别是陆容渊灼热的目光一直盯着她，让她很有负罪感。病房里骤然安静。

不知过了多久，苏卿打破沉寂，说："既然你没事了，那我就走了。"

"谁说我没事？"陆容渊突然开口，"脑震荡，医生说，可能会有后遗症。"

苏卿瞄了一眼陆容渊问："严不严重？"

"严重。"陆容渊合上杂志。

"那医生怎么说？"

"住院观察。"

"那你……"苏卿突然不知道该说什么了。这一问一答的模式，有些尴尬。苏卿想起万扬说的话，斟酌着劝道："陆容渊，我并不知道分手对你打击如此大，我希望你不要这样颓废下去，你这样，我心里也不好受。"

陆容渊眯了眯眼，冷声道："万扬跟你说什么了？"

"他说你整日饮酒买醉，这才出了车祸。"苏卿也猜到万扬有夸大其词的成分，不过她还是有责任的。

陆容渊神情骤然冷了几分："他的话，你别当真，这次出事只是个意外，我也根本没有买醉，不过分手而已，我没把这事放在心上。"

躲在门口偷听的万扬听着这番话，腹诽他还真是死鸭子嘴硬。没放在心上，那还天天拉着他喝酒。就这样，还想复合？看来这事还得靠他出马。

苏卿一听，松了一口气，又莫名地有点失落。她忽略心里那点失落，说："那就好，那你好好养伤，我还要回去上班。"

"嗯。"陆容渊将视线挪开，面无表情，可捏着杂志的手却无意识加重了力道，杂志都被捏变形了。

苏卿在门口看到了万扬，不过什么都没说，就这么走了。

苏卿走后，万扬走进病房急问："老大，你心里明明希望苏小姐留下来，怎么让人走了？"

"多嘴。"陆容渊给了个冷冽的眼神。

万扬拉过椅子一坐，就说开了："我要不多嘴，苏小姐根本不会来医院看你。老大，这冷战时间可别太长了，否则感情就真凉了。以苏小姐的才貌，追求她的男人可不少，到时你可别后悔。"

陆容渊沉着脸不说话。

这时，护士走进来，说："陆先生，你的出院手续办好了，你可以出院了。"

陆容渊翻着杂志，面无表情道："再多住几天。"

"啊？"护士一脸惊讶。这是住院住上瘾了？

万扬立刻明白了陆容渊的用意，乐了，对护士说："再续一个月住院费。"

苏卿回到公司，也是心不在焉的。不见面还好，见了面，这心里总是七上八下的，交往时的回忆时不时涌上心头。苏卿甩了甩头，不能再想了，分手了就干脆点。

苏卿去茶水间接水，见一群同事扎堆在聊八卦，并迅速将她拉入其中。

"苏助理，跟你一块儿从子公司来的那个秦雅菲，你熟吗？"

"不太熟，怎么了？"苏卿不明所以。

进总部后，她见都没见过那个秦雅菲。若不是同事提起，她都忘了跟她一块儿来总部的还有一个秦雅菲。

"刚才我看见她跟陆副总一块儿坐电梯上来，想到她跟你是一个子公司的，还以为你知道她是什么来头呢。"

秦雅菲来了？苏卿还挺好奇的。

又有同事羡慕地说："那个秦雅菲好漂亮啊，那身材真是绝了，胸大腰细，连我一个女人都羡慕。"

"刚才我看了一下她那腰，怕是我一只手都能掐住，咱们这群人里，也就苏助理能跟她比一下了。"

苏卿听着八卦，头一次对一个人如此好奇起来。这个秦雅菲，到底什么来头？

茶水间聊得如火如荼，突然一位身穿玫红色连衣裙的美女走了进来。

身边的同事说："这就是秦雅菲。"

苏卿也忍不住多看了对方几眼，确实漂亮，又年轻，应该才二十出头，满脸的胶原蛋白。

"大家好。"秦雅菲主动跟大家打招呼，笑着用水杯去接水。

站在饮水机旁的同事挪开位子。

秦雅菲笑道："谢谢。"

同事连忙道："不客气。"

秦雅菲接了水，将目光落在苏卿身上："你就是李家刚认的干女儿苏卿？"

这也不是秘密，全公司几乎都知道她是李家干女儿。

苏卿落落大方道："我是。"

"我是秦雅菲，很高兴认识你，本来周一就该跟你一块儿来报到的，突然生病了，所以拖到今天才来。"秦雅菲笑意盈盈，"希望以后能愉快共事。"

苏卿浅笑道："愉快共事。"

哪怕秦雅菲很和善，但苏卿还是觉得和她相处起来很不自在。

茶水间一遇，苏卿回到座位上继续忙自己的。没有苏家人的骚扰，她难得清净了几天。今天下班有点早，苏卿路过菜市场，买了点菜，又买了一只鸡回家炖汤。虽然陆容渊说出车祸跟她无关，但从道义上来说，她还是该做点什么。苏卿这样说服自己，炖好了汤，第二天一早提去了公司，在万扬的办公室门口等着。等万扬来了，她将保温桶递给他。

万扬疑惑地问："这是什么？"

"鸡汤。"

万扬受宠若惊道："苏小姐，你对我真是太好了，一大早就给我送鸡汤，多不好意思呀。"

"不是给你的，是给他的。"苏卿说，"麻烦万先生去医院的时候帮我带过去。"

"给老大的？苏小姐，你应该自己送过去呀。"万扬说，"老大要是知道苏小姐亲自炖了汤，一定很高兴，两个人就此冰释前嫌，多好！"

"不是我炖的，我在外面买的。"苏卿扯了个谎，"你别误会，我就是站在朋友的角度上慰问慰问他，没别的意思，麻烦了。"

"昨天半夜老大突然头疼，医生说可能是后遗症。"万扬张口就来，胡扯道，"医生还说，老大的眼睛可能会看不见，他脑子里还有血块。苏小姐，你别看老大表面没什么伤，其实都伤在里面呢。"

苏卿上过一次当，自然不会再这么轻易相信万扬。

"我们分手了，反正他怎么样，都跟我无关。"苏卿觉得不能拖泥带水。

"恋人做不成，也不至于做陌生人吧，好歹跟老大有过一段不是？"万扬十分夸张地说，"老大分手后，那是茶饭不思，昨天你也看见了，都瘦好几斤了。"

她真没看出来。

万扬说这么多，无非就是想让苏卿再去看陆容渊。

万扬唉声叹气道："老大要是真的瞎了，或者有个什么三长两短，要我怎么活呀？"

"嗯？"苏卿用异样的眼光看着万扬。

万扬意识到说错话了，讪笑道："口误，口误，我跟老大绝对不是你想的那样，我们清清白白。"

苏卿抿了抿唇道："鸡汤交给你，我去工作了。"

说完，苏卿就回自己座位上了。

万扬提着保温桶，心想，看来老大的追妻之路还很漫长啊。万扬将鸡汤给陆容渊送去。

陆容渊淡淡地瞥了一眼说："拿走。"

"这可是苏小姐亲自炖的，让我交给你。"万扬也不知道这是不是苏卿炖的，但就算不是，那也得是苏卿炖的。

万扬把保温桶放下说："我放这里，吃不吃随便你。"

一听说是苏卿送的，陆容渊眸底划过一抹异样的光芒，却还是很傲娇地没有去喝鸡汤。

万扬心里心想，我看你能忍得了多久。

"对了，老大，陆承军回来了。"

陆容渊神色淡淡地答道："嗯，我知道。"

万扬神情凝重地说："恐怕他会有大动作，反正我不信他是为了陆展元回来的，这两父子如果联手，将会很麻烦。"

"夏冬、夏秋一直盯着。"陆容渊并不是没有准备。

万扬这才发现，最近几天确实没有看到夏冬、夏秋。

就在这时，薛老头的声音从门口传来："这伤得也不严重啊，还不能出院？"

门口，薛老头带着夏天，听说陆容渊受伤住院，两个人特意过来。

"薛老头，你怎么来了？"万扬笑道，"老大这是想在医院里多住几天，疗疗情伤。"

"你被甩了？"说话的不是别人，正是夏天。夏天撇撇嘴，语气很鄙夷。

陆容渊脸色一沉道："你个小屁孩懂什么！"

"看来真被甩了。"夏天晃着小脑袋，往沙发上一坐，"这是恼羞成怒了。"

夏天一副经验丰富的样子，接着说："这种事我最有经验了，岛上的小姐姐小妹妹都特别喜欢我，要不我教你两招吧。"

陆容渊懒得搭理。他还用得着一个小屁孩教他如何谈恋爱？

万扬暗暗给夏天竖起大拇指，也就夏天敢怼陆容渊。

陆容渊冷着一张脸说："薛老头，今天你们该回岛上了。"

薛老头与夏天也出岛许久了，该办的事情也都办完了。薛老头就是带夏天来跟陆容渊告别的。

"嗯，我们下午就走。"薛老头看了一眼夏天，对陆容渊说，"这次回岛，下次出岛就不知道什么时候了，夏天听说你住院了，嚷着要来看你。"

夏天被戳穿了心思，撇撇嘴道："哪有，我才不是特意来看他的，我是来提醒他，别忘了我们之间的约定。"

陆容渊勾了勾唇说："等你打破了我留在岛上的任何一项纪录，我就亲自去岛上看你，并许给你一个承诺，你想要任何东西，我都可以满足你。"

"真的吗？"夏天眼珠子晶亮晶亮的，"一言为定。"

"一言既出，驷马难追。"

看过了陆容渊，夏天跟薛老头也该走了。临走时，夏天又问了句："你确定不需要我教你两招？"

陆容渊怎么可能真去请教一个小孩子。

万扬乐呵道："夏天，老大不学，你教我两招，也好让我'脱单'。"

万扬其实也没把夏天的话当真，纯属逗乐。一个四岁多的小孩子，能懂什么呀。

"好吧，看在你陪了我这么多天的分上，我教你两招吧。"夏天一副勉为其难的口吻，说，"追女生两招就够了，苦肉计与死缠烂打。"

陆容渊听了，眼前一亮。

万扬也很讶异，这两招，确实是管用的。两招双剑合璧，天下无敌。

陆容渊继续住在医院里，这不就是使的苦肉计吗？目前看起来没有太大效果，可好歹苏卿送来了鸡汤啊。

万扬竖起大拇指道："夏天，高，没想到你还真有两把刷子，哪儿学的？"

"书里呀。"夏天说，"别看我小，只要我看过一遍的东西，就没有我学不会的。"

夏天在这方面确实很厉害，触类旁通，记忆力又很好，过目不忘，无论是学习能力还是创造力，都很惊人。这一点薛老头感触最深。

陆容渊说："书上的东西并不都是正确的，你要有自己的判断力。"

"明白。"夏天还是很愿意接受好的建议的。

相处几天，陆容渊也喜欢这个孩子。夏天与一般的小孩不同，所以不能以对待其他小孩子的方式去跟他相处，不能把他当成一个孩子。

在医院里待了一会儿，薛老头就带着夏天离开了。夏天走时回头看了一眼这座城市。他今天离开，再出岛不知道是什么时候了。他这次出来，更重要的是想找弟弟。两个人走散后，就彻底没了联系。帝京之大，找人如大海捞针，而且这么久过去了，也不知道弟弟怎么样了。夏天想到陆容渊的承诺。只要他打破岛上的纪录，他就能提出要求，让陆容渊帮忙找弟弟了。

"夏天，走吧。"薛老头上了车，催促道。

"嗯。"

出租车刚走，又有一辆出租车来了。从车上下来的正是苏卿。苏卿想了想，还是决定来看望一下。

在停车场瞥见万扬的车，知道万扬在，苏卿特意等了会儿，等万扬开车离开后，她才上楼去住院部。苏卿在走廊里徘徊，她还没想好怎么面对陆容渊。就在她想着如何开场时，突然瞥见一个女人走进了陆容渊的病房。那个女人很有气质，年轻漂亮。跟陆容渊认识这么久，苏卿不认识他其他的朋友。这个女人是谁？陆容渊的朋友？还是……

苏卿甩了甩头，胡思乱想什么呢。就算真是那种关系，两个人现在分手了，她也没资格再说什么。虽然心里这样想，但苏卿还是不痛快，便躲在拐角处盯着病房里的两个人。

病房里，陆容渊无意中瞥见了门外拐角处那抹熟悉的身影，嘴角微微上扬。苏卿自以为藏得很好，却还是被陆容渊发现了。

陆容渊这一笑，震惊了眼前的艾米丽。老板笑了？她看花眼了吧？艾米丽眨了眨眼，见陆容渊面无表情，这才松了一口气。果然是她看花眼了，万年冰山般的老板，怎么可能会笑呢？

艾米丽汇报着工作，说："陆总，最近陆副总跟几位董事走得近，我们需不需要做点什么？"

陆容渊没回答，而是说："艾秘书，给我倒杯水。"

"好。"艾米丽连忙倒水。

陆容渊又说："再削个苹果。"

"陆总，你饿了吗？"艾米丽说，"要不我去订份餐让人送来。"

"不用，削个苹果就行了。"陆容渊喝了水，吃了苹果，又让艾米丽搬张凳子坐在旁边。

艾米丽受宠若惊。当然，她不会自作多情地以为老板看上了她。她跟在陆容渊身边多年，最关键的就是清楚自己的位子。艾米丽一向都是执行命令，不会去质疑。

拐角处的苏卿将病房里的情景收入眼底，又是喝水又是吃苹果的，还坐这么近，两个人没问题才怪。因为隔着一定的距离，苏卿听不清两个人在说什么，但从行为动作来看，两个人关系不简单。苏卿直接转身离开，陆容渊身边有人照顾，哪还需要她看望。苏卿心里很不舒服，但她没意识到自己这是吃醋了。刚离开医院，她就接到派出所打来的电话。

苏卿起初以为派出所找她是因为邹海诽谤她那件事。关于邹海诽谤，她找了律师追究责任。邹海一口咬定是苏雪指使的，不过苏雪推了个一干二净，也一口咬定不认识邹海。最后只能起诉邹海，也算是给苏雪一个警告。

苏卿到了派出所，还没来得及问清是怎么回事，一个软糯的"小包子"扑进她怀里，嘴里叫着："漂亮阿姨，小宝好想你，一日不见，如隔三秋，这都隔了好几个秋了。"

看清怀里的正是机灵鬼夏宝，苏卿又意外又惊喜："小宝，你怎么在这儿？阿姨也很想你，你这些天跑哪儿去了？"

她一直担心这孩子出事，没有大人照顾，万一又遇到坏人怎么办？见到夏宝没事，苏卿心里踏实了。随即她又想起这是在派出所，夏宝怎么会出现在派出所呢？直觉告诉苏卿，夏宝闯祸了。她还真没猜错。

派出所民警小李走过来说："苏小姐，你来了。"

"李警官，小宝怎么会在这里？他是不是又落入坏人手里了？"

"没有。事情是这样的，这孩子拿着一枚价值百万的发夹去卖，老板怀疑东西来路不正，所以把人送来了警局。"李警官说，"这孩子说东西是你送给他的，我们才联系你。"

发夹？

李警官将发夹拿出来。苏卿想起来，陆容渊送的那枚发夹，被夏宝顺手牵羊拿走了。苏卿看了一眼夏宝。夏宝像个做错事的乖宝宝，低着头，扮可怜："漂亮阿姨，我知道错了。"

苏卿算是领教了，夏宝认错的速度跟犯错的速度一样快。偷盗可不是小事情，小小年纪就学会偷东西，还满嘴的谎言，苏卿很是担忧。她不能让这个孩子就这么毁了。

"李警官，抱歉，这枚发夹确实是我送给小宝。"苏卿抱歉道，"小宝还小，这孩子也可怜，给你们添麻烦了。"

"没事，弄清楚就好了。"李警官说，"这孩子确实可怜，无父无母，我们准备联系福利院，把孩子送过去，这孩子在外流浪，太危险了。"

"我不去福利院。"夏宝一听又要去福利院，反应特别大。他才从福利院跑出来不久，才不要回去。而且他还要找哥哥呢。

夏宝机灵地抱住苏卿说："漂亮阿姨，小宝这么可爱，这么乖，你忍心把我送去福利院吗？呜呜，漂亮阿姨不喜欢小宝，小宝好伤心，心都碎了。"

这孩子，真是让人哭笑不得。

夏宝抱住苏卿不撒手："漂亮阿姨，你把我带回去吧，等我长大了，我娶你做老婆，一定会对你很好很好的。"

苏卿没忍住，笑出了声："你还想娶我？等你长大，阿姨都老了。"

"阿姨在小宝心里永远是最漂亮的。"

夏宝五官长得非常好，那双眼睛水灵灵的，嘴又甜，长大了不知道要"祸害"多少女孩。

李警官也哭笑不得，说："苏小姐，这孩子不一般，聪明伶俐，长得又粉粉嫩嫩的，比电视上的童星还好看，要是送去福利院，领养的人一定很多。"

真要把夏宝送去福利院？苏卿望着夏宝那双清澈纯净的眼睛，哪里忍心？苏卿心软了，说："李警官，不如先让我把孩子带回去几天吧。"

"这……"李警官有些为难，说，"苏小姐，从程序上来说，这不符合规定。而且这孩子需要一个稳定的生活环境，也到该上学的年纪了。如果您真心喜欢这孩子，要不考虑办理领养手续，把这孩子领养了？"

"领养他？"苏卿还没想过这个问题。养一个孩子，她不知道自己能不能做到。而且，她符合领养条件吗？

夏宝又卖力地推荐自己："漂亮阿姨，带我回去吧，我会很听话的，还会逗你开心，是个开心果，阿姨不会吃亏的。"夏宝那双眼睛里写着"快带我回去"，任谁看了都不忍心。

于是，苏卿和李家商量过后，决定由符合条件的李远华夫妇来领养夏宝。半年后，夏宝就将和他们成为一家人。在手续办下来之前，她会先资助夏宝上学。经过福利院的允许，在资助期间，她可以偶尔接夏宝回家小住。

夏宝第一次去苏卿家时，很喜欢她的住处，温馨又舒适。他往床上一躺，一脸幸福又满足的模样说："我终于有家了，我好幸福！"说着笑得眼睛都眯成一条缝了。

看着夏宝开心的样子，苏卿也跟着心情大好，旋即，心底又是一阵酸涩。

这么小的房子，夏宝却很喜欢，还称这里为家，别的小朋友都是在父母的手心里呵护长大的，小宝却连一个家都没有。温暖的家，温暖的床，爸爸妈妈的疼爱，对小宝来说都是一种奢侈。苏卿心里突然很难受，很心疼。如果她的孩子还活着，也有夏宝这么大了，也许，也会这么聪明可爱。

"小宝，你饿了没有？阿姨给你去做饭。"苏卿走过去，温柔地摸着夏宝的脑袋，心底一片柔软。

夏宝坐起来，甜甜地喊："姐姐。"

一声姐姐让苏卿蒙了，不知道夏宝要闹哪出。

"以后我就叫你姐姐。"

"臭小子。"苏卿哭笑不得，叫阿姨确实不太好听，叫姐姐虽然别扭，但听着还不错。

既然决定给这个孩子一个家，那么接下来，她就要对夏宝负责。照顾夏宝吃喝是基本的，最重要的是管教，让他上学，接受教育。

"小宝，我带你出去吃饭，然后再买一些生活用品。"

苏卿带着夏宝先去饱餐了一顿，又去商场买了衣服跟生活日用品，以便夏宝来住的时候换洗用。夏宝一路都很开心，小孩子都是敏感又聪明的，能感受到苏卿是真心对他的。夏宝的笑很具有感染力，苏卿的心情也跟着很不错，直接把医院里的陆容渊抛在脑后了。

夜里，苏卿给夏宝洗了澡，家里就一张床，夏宝又这么小，只能睡在一起。

夏宝心里那个高兴啊，钻进被窝里，抱着苏卿的手，既满足又开心，一晚上都笑眯眯的。随后又像突然想到了什么，感伤起来："姐姐，我现在有柔软的大床睡，有姐姐疼，不知道哥哥怎么样了，有没有吃饱穿暖？有没有被欺负？我好想哥哥。"

说着说着，夏宝就要哭了。他真的好想哥哥。

苏卿心疼地说："小宝，不哭，姐姐一定会帮你找到哥哥的。"

"嗯，姐姐最好了。"

接下来的日子，苏卿都忙着给夏宝找学校，一有空，就从福利院接夏宝出去吃饭、买东西，去游乐场。

在医院的陆容渊见苏卿许久都没动静，有些坐不住了。

chapter 13

跟小孩一样
幼稚

苏卿趁休息时间，在网上联系了一所幼儿园，给园长打电话，说明夏宝的情况："男孩，四岁多一点，小宝很聪明的，园长，要不明天我带小宝过来，您亲自看看……"

现在公立幼儿园不好上，苏卿找了好多家，都没找到合适的，最后只能选择上私立。

而且她发现孩子上学是一笔大开支，看来她得更加努力工作才行。

她想着找一所离公司近一点的幼儿园，这样，以后夏宝住她家的时候，她早上就能送小宝上学，下了班还能顺路接回去。

苏卿与园长在电话里聊着，根本没有发现身后站了个人。

秦雅菲经过时，听见苏卿在打电话，提到孩子什么的，就好奇地停了下来。

难道苏卿真的有孩子？

认亲宴上的风波在网上掀起了一波议论，虽然警方最后澄清是邹海污蔑，苏卿在宴会上也揭了邹海的真面目，可空穴来风，必定有因。

秦雅菲眸中闪过一抹异样的光芒，悄然离开。

苏卿通完电话，去洗手间，发现洗手间挤满了人，大家都在补妆、整理衣服。

苏卿有些好奇，笑着问："这是有什么大人物要来吗？大家都在补妆。"

"苏卿，你不知道吗？今天陆总要来。"同事张月一边涂口红，一边说，"陆总可是许久没来了，大家能不兴奋吗？"

"陆总？哪个陆总？"

这陆家人在公司任职的有好几个，所以苏卿才会有此一问。

"当然是陆家掌权人陆容渊。"张月整理着衣服，"苏卿，你快看看，我今天美吗？"

陆总要来？

苏卿一怔，她来公司这么久，还没见过陆总呢。

"美。"苏卿没说假话。

只是她没弄明白，这陆总来公司，大家都这么积极做什么。她现在满脑子都是怎么给夏宝找个好幼儿园，要带夏宝去哪里吃好吃的。

从早上分开，这都几个小时了，她还真有点想那个孩子了。

陆氏集团掌权人亲临公司，公司上下个个打起了十二分精神。

苏卿去茶水间接水，回来时正好看见一群公司高管簇拥着坐在轮椅上的陆容渊进来。

哪怕陆容渊坐着，也依然难掩强大的气势，气场全开，矜贵清凛，犹如君王指点江山。

夏冬推着轮椅，陆星南走在陆容渊身侧，一群人浩浩荡荡。

公司员工纷纷让路。

陆承军得知陆容渊来公司了，诧异之余，立刻下楼来看。他见到坐在轮椅上的陆容渊，连忙走过去说："大哥，你怎么来了？"

这公司是陆容渊掌权，陆承军一个副总，却问出这种话，不就像是客人反问主人一样吗？

陆星南双手揣兜，脸上带着三分笑意道："二哥这话问得，莫不是二哥忘记了这家公司谁才是真正的掌权人？"

这一见面火药味就如此浓。

苏卿喝着水，隔着玻璃窗户，目光落在轮椅上的陆容渊身上。

陆承军被挤对得有些下不来台，脸色阴沉道："三弟，你误会我的意思了，我是担心大哥的身体，听说大哥这几天身体不好，太过操劳，容易垮了身体。"

陆容渊嗓音清冷地开口："多谢二弟的关心，我的身体很好。"

话刚落，又猛烈咳嗽几声。

这可一点都不像是身体好的样子，反而像活不了多久了。

陆星南担忧道："哥，怎么样了？"

"没、没事。"陆容渊摆摆手。

陆承军见陆容渊那副病恹恹的样子，眼底闪过一抹稍纵即逝的得意，面上却不动声色，关心道："大哥，先去办公室休息吧，来，我推你。"

"不用。"陆容渊冷冷地拒绝。

"还是我来吧。"陆星南压根儿没给陆承军机会，"二哥是个大忙人，这种小事，就交给我吧。"

陆星南推着陆容渊，越过陆承军，直接朝总裁办公室走。

陆容渊一行人浩浩荡荡走了，陆承军站在原地，回头盯着陆容渊的背影，眸底阴沉得可怕。

苏卿隔着玻璃都能感受到那股寒芒。

看来还真如传闻所说的那样，陆容渊跟陆承军不和。

陆容渊跟陆展元都不和，跟陆承军的关系自然好不到哪里去。

苏卿又喝了一口水，看着远去的陆容渊一行人，蹙了蹙眉头。

当初跟陆容渊一块儿逃跑时，他跑得比她还快，气都不带喘的，一点儿都不像有病的样子，身体素质比她还好。

陆容渊腿瘸是假，那他的病有没有可能也是假的？

神仙打架，遭殃的往往是小虾米。

大老板一来，苏卿手上的工作也多了起来。

大家也都战战兢兢，生怕出错。大老板跟二老板对战，一不小心，就会拿他们这些无辜的员工开刀。

今天谁也没早走，到了下班时间，大家都还在工位上继续工作。

时间一分一秒过去，已经快晚上七点了。

苏卿看着桌上堆积如山的文件，抱怨道："这些资料翻译到明天也翻译不完。"

"哪怕要翻译到明年，也得赶紧翻译了，大老板等着要。"上司刘洁突然出现在身后。

苏卿倒不是怕工作多，而是担心夏宝怎么办。

她和福利院约好了下午六点半去接夏宝，时间早就过了，福利院的老师发了信息来问。

苏卿心急如焚。

她想不加班也很容易，她是李逸华的干女儿，就算翘班也没事，可她并没打算仰仗李家得到便利。

这时福利院的老师打来电话，苏卿看了来电显示，对刘洁说："刘经理，我可以请半个小时假吗？一会儿就回来，今晚保证把手里的工作处理完了再下班。"

苏卿来总部后，这还是第一次请假，平时也没摆什么大小姐的架子，跟同事们相处得还不错。

刘经理也没为难苏卿，说："那你快去快回。"

"谢谢刘经理。"

苏卿拿了包一边接电话，一边朝外飞奔："王老师，对不起，我这边有事耽搁了，我马上到……"

她得赶紧去接夏宝。

反正今晚是得加班了，只能把夏宝接来公司，忙完了再一块儿回去。

苏卿前脚刚走，刘洁后脚就接到总裁办公室打来的内线电话："让苏卿来一趟办公室。"

苏卿急急忙忙地赶到福利院，就看见夏宝一个人孤单地坐在秋千上，低着脑袋，晃着小短腿。橘色的灯光笼罩在小宝身上，泛着淡淡的光晕，让他看起来更加落寞。

苏卿看着这一幕，心像是被什么刺了一下。

"小宝。"苏卿喊了一声。

夏宝抬头，看见苏卿，立马跳下秋千，朝苏卿跑了过去，抱住苏卿的腿，突然委屈得号啕大哭："呜呜呜，我以为姐姐不要我了，姐姐不要丢下我，小宝很乖的，呜呜……"

小宝的哭声让苏卿觉得心都碎了，连忙抱着夏宝，柔声哄着："小宝不哭，都是我不好，我怎么会不要小宝呢，今天姐姐加班，所以来晚了。"

苏卿很是自责，夏宝是孤儿，没有安全感，怕被人抛弃，她应该想到这点的。

夏宝抽抽搭搭道："真的？姐姐没骗我？"

"小宝这么可爱，我当然不会骗你。"苏卿揉着夏宝的脑袋，"不哭鼻子了，都成小花猫了，都不可爱了。"

"我才没哭鼻子呢，哼。"夏宝哼了一声，转过身去擦眼泪。

苏卿哭笑不得。

"苏小姐。"王老师走过来，说道，"下次如果忙的话，可以提前说一声，这样也不会让小宝担心了，这孩子比其他小朋友要敏感许多。"

"谢谢王老师，今天实在太麻烦你了。"苏卿连声道谢。

苏卿只有半个小时的假，得赶紧回公司。

她打了个车，带着夏宝回了公司，才发现公司的同事都走了。

这是下班了？

苏卿正这么想着，刘洁突然出现在身后，递了份东西给她说："苏卿，你把这份文件送到总裁办公室去，陆总指明让你送过去。"

指明？难道陆容渊知道她在他的公司上班了？

看来，还是躲不过。

她逃他的婚，又来到他的公司上班，他不会睚眦必报，找她麻烦吧？

"是，刘经理。"苏卿问，"刘经理，其他人呢？"

"都下班了。"刘洁说，"你把文件送了，也可以下班了。"

"不是说要加班吗？我桌子上还有一堆文件呢。"

"这个不急，艾秘书说了，不急着要了。"刘洁注意到夏宝，惊呼道，"好漂亮的小孩，苏卿，这是你的？"

苏卿正在犹豫该怎么回答时，夏宝稚嫩的声音响起："姐姐，我饿了。"

"我这里还有点零食，你先吃着，等下班了，姐姐带你去吃饭。"苏卿从抽屉里拿了面包和水果出来。

"是你弟弟呀，还别说，是有点像。"刘洁笑道，"苏卿，快去把文件送了，早点下班，我也该回去了。"

"好，刘经理再见。"

刘洁这一走，偌大的办公区就只剩下苏卿跟夏宝了。

"小宝，你在这里等我一下，我一会儿就回来。"苏卿叮嘱他道。

"好。"夏宝乖巧地坐在椅子上。

苏卿放心地去送文件。都快八点了，陆容渊还没走？苏卿还是第一次来总裁办公室，她站在门口，敲了敲门，里面却没动静。苏卿狐疑着推开门进去，偌大的办公室空荡荡的。突然，她听到办公室里面的休息室传来流水声。

不会吧，难道陆总在里面……洗澡？

苏卿打算放下文件就走，这时，休息室的门突然被拉开，陆容渊系着一条浴巾站在门口。

苏卿下意识地回头，当看清门口站着的人时，她吓得差点儿没了魂。

她这次不是被陆容渊脸上的疤痕吓的，而是这副场景。

刚才那一瞬间，她仿佛有一种在出租房见到陆容渊的感觉，给人送货的男友陆容渊好像跟眼前的陆家掌权人陆容渊重合在了一起。

如果不是陆容渊脸上那些狰狞的疤痕，她几乎以为眼前的人就是她的前男友。

她跟陆容渊分手了，他也算是前男友了。

苏卿连忙低下头，说话都有些结巴："陆……陆总，文件我已经送来了。"

"嗯。"陆容渊发出一个单音节，嗓音醇厚而富有磁性，极度好听。

陆容渊迈着步子，走向苏卿。

苏卿闻到了陆容渊身上散发出的沐浴露香味，随着香气越来越浓烈，她的心突然紧张起来。

陆容渊缓缓朝他走来，一步，两步……然后，他将她逼至墙角，悠然发问："你很紧张？"

"没、没有。"苏卿眼睛盯着别处，没敢看陆容渊的眼睛。

陆容渊清冷一笑，说："逃婚，却又跑来我公司上班，苏小姐，你这是欲擒故纵？"

"陆总，你误会了，我就是单纯地想上班。"苏卿耐心地解释，"我对你真没非分之想。"

陆容渊眸光沉沉地盯着苏卿，沉吟半晌，问道："为什么？"

"呃？"苏卿有些不明所以，她不懂陆容渊问的是什么。

什么为什么？

其实陆容渊自己也不知道自己问的是什么。

他想问苏卿为什么分手？

为什么欺骗他？

为什么不去医院看他？

为什么这么绝情？

陆容渊突然自嘲地嗤笑一声道："苏小姐可真洒脱。"

说分手，立刻断得干干净净的。

陆容渊胸腔里就像是塞了一团棉花，被堵着，胸闷得很。

"啊？"苏卿觉得陆容渊的话莫名其妙，阴阳怪气得让人听不懂。

陆容渊有一种一拳打在棉花上的无力感。

苏卿能把楚天逸踹下水，了断之后又立刻跟他好，他还能指望苏卿对他有什么留恋？

陆容渊眉心拧紧，问："苏卿，你有没有真心爱过一个人？"

苏卿被问得一头雾水，却还是下意识思考了这个问题。

跟楚天逸在一起的时候，她是认真的。跟陆容渊在一块儿的时候，她也是真的试着去谈恋爱，想着或许两个人有未来。

可是……

"陆总，我……"

苏卿话没说完，就被一道稚嫩的声音打断。

"姐姐，我想尿尿。"

夏宝的出现让陆容渊愣住了。

陆容渊一眼就认出这是认亲宴上叫苏卿妈妈的那个孩子。

"这孩子怎么会在这儿？"陆容渊感到意外，下意识地问了出来。

之前隔着一定的距离，也没走近看，当夏宝出现在陆容渊面前时，他总有一种说不上来的熟悉感。

苏卿心头一紧，干笑着解释道："是我带来的。"

"姐姐，我要尿尿。"夏宝夹着双腿，很急的样子，"憋不住了。"

"再忍一会儿，我马上带你去卫生间。"苏卿见夏宝憋得小脸通红，也跟着着急。

办公室离公共卫生间有一段距离，夏宝肯定憋不住。

苏卿瞥见休息室的门开着，对陆容渊说了句："陆总，借一下洗手间，应个急。"说着，她抱起夏宝就冲进了休息室的洗手间。

"苏卿。"陆容渊只来得及喊了一声。

苏卿迅速给夏宝脱了裤子，因为马桶太高了，夏宝憋不住，直接尿了，尿了一地。

陆容渊紧跟着来，看着满地的尿液，出奇地没有生气。连他自己都觉得讶异。

陆容渊有洁癖，要是以前，他早就把人拎着扔出去了。

苏卿将马桶清理干净，用水冲掉地上的尿液，带着夏宝洗手。

洗手间里氤氲着水蒸气，沐浴露的香气也没有消散。

陆容渊站在门口，目光落在给夏宝洗手的苏卿身上，这一幕让他觉得很温馨，不舍得惊扰。

尿完之后的夏宝一脸舒畅，洗完手擦干水，说道："姐姐，可以下班了吗？肚子还是好饿。"

苏卿倒是想下班，可是大老板还在，没发话呢。

苏卿瞄向陆容渊，扬起一个灿烂的笑，问："陆总，请问我可以下班了吗？"

陆容渊怕脸上的疤痕吓着夏宝，已经戴上了面具。

"这个孩子……"陆容渊盯着夏宝，"他配合邹海演了一出戏，差点儿让你名声尽毁，怎么会跟你在一起？"

"小宝无父无母，邹海又进了局子，也没人照顾小宝，我和干妈都觉得这孩子可爱，就领养了。"苏卿说，"小宝这么小，不能明辨是非，总不能让他再落在坏人手里。"

陆容渊感到意外，没想到苏卿和李家把这孩子领养了。

"你男朋友没意见？"

苏卿坦言道："我跟他已经分手了。"

陆容渊眉梢一压，面具下，他神情冷淡。

苏卿如此坦然地说出来，语气里也没听出有什么留恋，这让陆容渊心里更不舒服了。

陆容渊压制着情绪说："那你以后总得嫁人，你带着孩子，怎么嫁人？"

苏卿耸耸肩道："谁说女人就一定要嫁人的？"

跟陆容渊分手后，苏卿还真没打算再找男人，结婚就更不考虑了。有了夏宝后，她感觉自己的生活很充实，完全不需要男人。

"你跟你男朋友真分手了？"陆容渊明知故问，轻笑一声，"之前不是说非他不嫁，还是说，当时你是骗我的？"

苏卿犯难了，她总不能跟陆容渊掰扯自己感情上的私事，也不能承认自己当时是为了脱身说的瞎话。

就在苏卿为难时，夏宝盯着眼前的陆容渊，小手叉腰，大声道："你想追姐姐是不是？姐姐是我的。姐姐答应等我长大了就嫁给我。横刀夺爱，不是君子所为。"

苏卿目瞪口呆，这孩子还知道横刀夺爱。

夏宝看陆容渊完全就是看情敌的眼神。

陆容渊勾了勾嘴角，夏宝在他面前挑衅的架势，倒让他想起了夏天。

苏卿拉着夏宝，冲陆容渊干笑两声道："童言无忌，童言无忌，陆总，别当真。"

说着，她又对夏宝说："小宝，这是姐姐的老板，不是要追求姐姐，你误会了。"

陆总追她？想想都惊悚。

苏卿还不想死，就算如张月说的嫁给陆容渊好处很多，说不定还能直接继承遗产，可那也得有命花。

见苏卿那副生怕跟自己沾上什么关系的样子，陆容渊脸色又阴沉了几分，开口道："走吧。"

"可以下班了？"苏卿心里一喜。

"正好我也有些饿了，一起。"

"什么？一……一起？"

"怎么？你在我公司上班，不应该请老板吃饭，嗯？"陆容渊一副"我给你巴结上司的机会，你难道不应该感恩戴德"的口吻。

苏卿惊呆了，她请老板吃饭？不都是老板犒劳员工吗？

她哪有钱请老板吃饭？

可陆容渊最后那个"嗯"带着几分杀伤力，苏卿哪敢拒绝？

这可是陆家掌权人，陆总，她的老板。

"应该，应该的。"苏卿脸上的笑比哭还难看。

话音刚落，就见陆容渊当着她的面扯掉腰上的浴巾，吓得苏卿连忙别过头，顺带把夏宝的眼睛也蒙上。

之后才发现，陆容渊里面并不是什么都没穿，还穿了条裤衩。

苏卿意识到被戏弄了，忙一边牵着夏宝往外走，一边说："陆总，我们在外面等你。"

"嗯。"陆容渊嗓音清冷，淡淡地提醒，"别逃跑，这种事你可不是第一次干。"

连婚都敢逃，逃顿饭，那不是小意思？

苏卿没有说话，牵着夏宝出去了。

她倒是想逃，可她敢吗？她的饭碗能不能保住，现在可取决于大老板的心情。

陆容渊看着苏卿牵着夏宝出去的身影，嘴角不自觉地扬起一抹弧度。

陆容渊穿上衣服出去，就见苏卿抱着夏宝老老实实地在门外等着。

陆容渊这天没让夏冬开车，而是亲自开车。反正苏卿也知道他腿是假瘸，在苏卿面前，这一点不用藏着掖着。

苏卿与夏宝坐上陆容渊的豪车，里面很宽敞。夏宝一脸好奇地盯着陆容渊脸上的面具问："叔叔，你为什么戴着面具？这面具好酷，可以给我看看吗？"

苏卿想起陆容渊那张狰狞的疤痕脸，如果脸好好的，谁愿意戴着面具示人？

面具摘下，肯定会吓到夏宝。

苏卿这时才注意到，陆容渊在见到夏宝后就戴上面具了。他是怕吓到夏宝。

没想到陆容渊还挺细心的。

陆容渊嘴角一抽，道："为什么叫我叔叔，却叫她姐姐？"

苏卿目瞪口呆，陆容渊竟这么幼稚。

连夏宝都有些鄙视他，撇撇嘴说："叔叔，你都一把年纪了，好意思让我叫你哥哥吗？"

闻言，苏卿差点儿笑出声。陆容渊确实三十好几了，让一个四岁多的小娃娃叫他哥哥，那不是装嫩吗？

"我有那么老？"陆容渊语气有点郁闷。

因为戴着面具，看不到表情，苏卿也不知道陆容渊是喜是怒，只说："陆总，官方资料显示，你已经三十四了，是奔四的人了。"

陆容渊突然就沉默了，害得苏卿还以为自己说错什么话了，小心翼翼地观察着陆容渊，却突然听到："就这家吧。"

苏卿顺着陆容渊的视线一看，旁边的正是"别院小厨"。

在这里吃饭？她钱包见底都不够。

苏卿咽着咽口水，说："陆总，你这宰客是不是宰得有点厉害，我怕到时付不起钱，我们三个人都得被扣留在这儿。"

陆容渊勾了勾唇说："不是三个人，而是你还有这个小屁孩。"

也是，谁敢扣留陆容渊。

"去后备厢把轮椅拿下来。"

"什么？"苏卿一时没反应过来。

陆容渊伸了伸腿说："我可是个瘸子，你见过瘸子自己走进去的？"

"你明明是装……"苏卿想到陆容渊不能暴露自己是瘸子的事，还是去拿了轮椅，"喏。"

刚放下，陆容渊就坐了上去，吩咐道："推进去吧。"

这是拿她当夏冬使唤了？

夏宝眼珠子一转，机灵地站在轮椅后面，笑嘻嘻地说："叔叔，我来推你吧。"

轮椅很轻便，推起来一点都不费力。

苏卿笑道："小宝，小心点推，可别把叔叔推翻了，摔沟里去。"

"放心吧，姐姐，我很小心的。"

苏卿放心地走在前面。

陆容渊一脸阴沉，奈何戴着面具，也没谁看他的脸色，他只能自己生闷气了。

夏宝嘿嘿一笑，哼了一声："还说不想追姐姐，苦肉计都用上了。哼，姐姐是我的，我才不让给你呢。"

夏宝觉得，陆容渊比他还能演，直接装瘸坐轮椅。他可不能让陆容渊接近姐姐。

陆容渊心思被戳中了。

"小屁孩。"

"看，承认了吧。"夏宝哼哼几声，"既然这样，那咱们公平竞争吧，别说我一个小孩子欺负你，不许耍赖哟。"

陆容渊哭笑不得。他竟然中了小孩的圈套，还要跟一个小孩公平竞争。

"陆总、小宝，你们快点。"苏卿在前面喊，哪里知道身后一大一小两个男人为了她在争风吃醋呢。

"姐姐，来了。"夏宝还是有力气的，推着陆容渊跑得飞快。

夏宝专挑不平的地方走，反正哪里有石子，哪里不平，就走哪里。

陆容渊被颠得屁股都麻了。他堂堂陆氏集团的掌权人，被一个四岁多的小孩子戏耍，传出去都是个国际玩笑。

关键是他还不能跟一个小孩子计较。

陆容渊订了位子，三人直接进去。服务员上菜，上的全都是这家店的特色菜，价格自然不用说了。光是服务费，就是苏卿好几个月的生活费了。

夏宝是真饿了，吃了不少。吃饱喝足就开始气陆容渊，端着小碗，舀了一勺子蛋羹喂苏卿："姐姐，啊，张嘴。"

苏卿哪里不知道夏宝的小心思，也乐得配合。

夏宝就像是开心果一样，自从领养了他后，苏卿脸上的笑容也多了。

喂完苏卿，夏宝得了便宜还卖乖，冲陆容渊炫耀："姐姐喜欢吃我喂的东西哟。"

"雕虫小技。"陆容渊冷哼一声，"苏卿，推我去洗手间。"

苏卿瞪大了眼睛说："陆总，你不是自己能去吗？再说了，男女有别，我总不能跟着进男厕吧。"

又不是三岁的小孩子了，上洗手间还要人陪着。

陆容渊漫不经心地说：" '别院小厨' 熟人太多，不方便，如果你不想要下个月的奖金，也可以……"

"我去。"苏卿立即起身去推陆容渊。

她现在最缺钱了，多养个孩子，处处要花钱，可不能跟钱过不去。

而且"别院小厨"出入的都是有头有脸的人物，如果让人发现陆容渊装瘸，确实很麻烦。

陆容渊得意地冲夏宝勾了勾嘴角。

夏宝气呼呼地说："叔叔使诈。"

陆容渊看向苏卿催促道："很急。"

苏卿也不管陆容渊是不是使诈了，严肃地对夏宝说："小宝，你乖乖地等一会儿，我们马上回来。"

夏宝还是听苏卿的话的，嘟着嘴："好吧。"

尽管委屈，他还是很乖巧地坐在椅子上。

陆容渊在苏卿看不见的地方冲夏宝比了个剪刀手，比夏宝刚才还得意。

夏宝气得小脸更圆了，胖乎乎的，特别可爱。他哼了一声，别过头去："幼稚。"

姜还是老的辣。

苏卿推着陆容渊离开包间，才想起包间里有洗手间。

"陆总，你跟一个小孩子计较，是不是有点幼稚？"

陆容渊很真诚地说："我真的急。"

苏卿推过拐角，迎面碰上李逵华夫妇。

李逵华与刘雪芹刚用了餐从包间出来，见到苏卿推着陆容渊，也很意外。

"干爹，干妈。"苏卿笑着打招呼。

"小卿。"刘雪芹见着苏卿别提多高兴了，拉着苏卿的手，嗔怪道，"小卿，你可好几天没来看干妈了。"

苏卿应道："最近有点忙，正打算忙完这几天就去看干妈呢。"

李逵华与轮椅上的陆容渊交换了个眼神，上前拉住刘雪芹道："还要去送刘总，小卿忙，等有空了你们再聚。"

说着，李逵华又笑着对苏卿说："小卿，记得常回来看看，我跟你干妈先去忙了。"

"好，干爹干妈，你们先去忙吧。"

李逵华很有眼力见，哪敢打扰陆容渊跟苏卿。他乐见这两个人的好事。

等李逵华夫妇走了，苏卿才觉得好像哪里不对劲。她跟陆容渊在一块儿，李逵华竟然没觉得惊讶，甚至没过问一句。

"苏卿。"陆容渊语气淡淡地提醒。

苏卿定了定神，推着陆容渊去男洗手间，到了门口说："你自己进去吧，总不能让我推你进去。"

陆容渊气定神闲地说："今年的年终奖翻倍。"

苏卿咬了咬牙，为了年终奖，还是推着陆容渊进去了。谁让陆容渊掌握着她的经济命脉呢。

男厕里面还有人，突然见一个女人进来，吓得不轻，赶紧提了裤子出去。

苏卿捂着脸，别提多尴尬了。

等人都走完了，苏卿背过身说："完事了叫我。"

陆容渊站了起来，道："就在这儿守着，万一来人了怎么办？"

都已经到这个份儿上了，也不差再多待一会儿。

苏卿道："那你快点。"

陆容渊慢吞吞地走到便池，看着苏卿闭着眼睛侧过身的样子，嘴角不禁上扬。

苏卿等了半天，也没听到动静，问："好了没？"

"为什么分手？"陆容渊明知故问。

苏卿愣了愣，下意识睁开了眼睛，却没回头，蹙了蹙眉，答道："陆总，这是我的私事。"

"公司员工的私人感情也在考核之内，一个对感情善变的人，职业规划也容易有变故。你从子公司过来，如果考核不通过，你知道是什么后果。"陆容渊盯着苏卿的背影，"你们女人，都这么善变？"

苏卿半真半假地说："不合适，感情的事，不能勉强。"

"你说不合适，还是他说不合适？"陆容渊有些咄咄逼人。

从头到尾，这段感情，都是苏卿喊停喊结束。

"是我。"苏卿心底还是有几分愧疚的。

陆容渊又问："所以是你想分手？"

"是。"

"那你有没有想过，他到底想不想分。"

"他都已经答应了……"苏卿有些底气不足。

她想起自己那天说的话，她都把话说得那么绝情了，男人也有自尊心，换作谁都会答应，难不成还赖着她吗？她也算是变相逼着对方分手。

"这也是为他好。"苏卿抿了抿唇，"长痛不如短痛。陆总，感情的事，你不懂。"

"我怎么不懂，我……"陆容渊脱口而出，意识到自己差点儿说漏了嘴，话锋一转，轻哼了一声，"苏卿，你现在是李逮华的干女儿，甩掉前男友，难道不是想要找更好的？嫌贫爱富，这也很正常。"

"胡说八道。"苏卿不乐意了，反应很大，直接回头怼回去，"我要真想嫁个有钱的，直接嫁给你不就行了，当初还逃什么婚，说不定嫁过去直接继承遗产了。"论有钱，这帝京没有比陆家更有钱的了。

闻言，陆容渊一怔。继承遗产？这女人……

陆容渊不禁笑了，问："你盼着我早死？"

苏卿反应过来，悻悻一笑，说："没有没有，陆总绝对长命百岁，怎么会英年早逝呢？"

陆容渊迈着修长的腿，走向苏卿，面具下，那双眼睛像只老谋深算的老狐狸，直视苏卿，说道："我突然还真想让你嫁过来了，怎么办？"

"陆总，别开这样的玩笑。"苏卿干笑着转移话题，"你不是尿急吗？

快去解决，别把肾憋坏了。"

"苏小姐可以试试，我肾到底好不好。"

什么？

苏卿脑袋摇得跟拨浪鼓似的，连声说："不不不，我口误，陆总的肾肯定好，超级好。"

真是越急越说错话。

"苏小姐还是得亲自试过，才知道好不好。"陆容渊去拉苏卿的手，吓得苏卿尖叫一声，赶紧跑。

看着苏卿落荒而逃的样子，陆容渊突然心情大好。

回到包间，苏卿惊魂未定，也不等陆容渊了，抱着吃好的夏宝就逃……不，是走了。

苏卿跑得比兔子还快，生怕晚了就会被陆容渊逮住。

陆容渊要是真想娶她，她还真没办法。

苏卿突然有点后悔，她要是不分手，陆容渊就不会盯上她。

苏卿回到家，把手机给关机了，这样她就能安心地睡了。

陆容渊回到包间，见里面空空如也，意识到苏卿逃了，他的心情顿时又不好了。

翌日。

苏卿请了半天假，带着夏宝去看学校。

之前就联系好了，园长看了夏宝之后，又出题考了考夏宝，见夏宝通过了考核，就让夏宝入园了。

苏卿十分感激，办理好入园手续后，苏卿蹲下来，对夏宝说："小宝，在学校要乖乖听老师的话。还有，不许欺负小朋友。"

夏宝还是很懂事的，对苏卿摆摆手道："知道了，姐姐，我在这里乖乖等你来接。"

夏宝在孤儿院长大，适应能力非常强，是个十足的小戏精，可千万不能把他当普通的小朋友看待。

安顿好夏宝，苏卿还需要去一个地方，墓园。

今天是母亲的忌日。

苏卿给苏杰打了电话，让他准备一下，她一会儿就到了，接他一块儿去墓园。

苏卿打了个车到苏杰所住的医院，却发现苏德安也在，同行的还有秦素琴。

自从认亲宴一别，苏卿就没跟苏家的人有过联系，突然见到苏德安和秦素琴，她有些意外。

秦素琴笑着说："小卿，你来了，坐我们的车，一块儿去墓园吧。"

苏卿看向苏德安问："你要让她去墓园祭拜我妈？你是想让我妈在九泉之下也不得安宁？"

第三者去祭拜正室，这不是笑话吗？

苏卿又怎么会同意秦素琴去。"你秦姨不去，她就是顺路过来看看小杰。"苏德安给秦素琴递了个眼色。

秦素琴经过认亲宴一事，也安分了不少。

"对，你爸说得对，我就是来看看小杰。你们去，我不去。"秦素琴说，"时间不早了，你们快去吧。"

今天是母亲的忌日，苏卿也不想因为秦素琴而耽搁时间。

而苏德安要去祭拜母亲，她也阻拦不了。

"小杰，我们走。"苏卿没坐苏德安的车，而是打了一辆出租车。

苏德安脸色有些不好看，但也没说什么。

去墓园的路上，苏卿不禁想起母亲在世时的一些回忆。

母亲当年死得太突然了，苏卿也曾想过母亲的死可能跟秦素琴有关，但一直没有证据。不过苏德安婚内出轨，跟秦素琴勾搭上，这是事实。

就凭苏德安对母亲不忠这一点，苏卿的心结就难以解开。对苏德安，她心里始终有怨恨。

天色灰蒙蒙的，淅淅沥沥下着小雨。

到了墓园，苏卿捧着花下车，叮嘱身后的苏杰："路有点滑，小心点。"

"知道了，姐。"

两个人朝母亲的墓碑走去，路上突然遇到两个奇怪的男人。

那两个人神情严肃，面色凝重，带着一股杀气，身穿黑衣，胸口上别着一朵白花，应该也是来祭奠亲人的。

苏卿与苏杰让行，目光不经意间瞥见对方竟然随身带着刀。

他们是什么人？苏卿心里一沉，立刻警惕起来。

苏杰也看见了，下意识地喊了声："姐……"

苏卿赶紧给苏杰使眼色，示意他别说话。

那两个男人突然回头，目光凌厉地看了苏卿与苏杰一眼。

苏卿心里咯噔一下，站着没动。

那两个人也只是看了一眼，就走了。

等人走远了，苏卿才彻底松了一口气。

"小杰，走吧。"苏卿并不想多管闲事，也不想知道那两个人是什么人。

墓园的门口停着一辆黑色的轿车，那两个黑衣男人坐了进去。

坐在主驾驶座的男人恭敬地问："厉先生，已经找到大小姐的下落了，这次要不要把大小姐带回去？"

后座那个胸口戴着白花的男人浑浊而锐利的眸子一转，看了一眼墓园的方向。

"我妹妹就这么一个女儿，必须得带回去，只不过不是现在。"

"是。"坐在主驾驶座的男人说，"现在内忧外患，大小姐如果回来，确实不太安全。厉先生，那我们现在回 G 国？"

"你们先回去，我还需要去见一个人。"

"是。"

苏卿找到母亲的墓碑，发现墓碑前竟然有一束花，还有刚烧的纸。

有人来祭奠过。

苏杰好奇地问："姐，谁会来祭奠母亲呢？"

苏卿也想不出会是谁。母亲去世这么多年，每年都只有她来祭奠，怎么会突然有人来墓地祭奠母亲？

正想着，就见苏德安捧着花来了。他的车子跟在后面，比苏卿晚到。

"小卿，小杰。"苏德安看了看墓碑前烧的纸，"你们都已经祭奠过了？刚才我去花店给你们母亲买花去了，又堵车，所以来晚了。"

苏卿看了一眼苏德安买的花，是百合花。

"我妈对百合花过敏。"

"啊？我还真不知道。"苏德安笑了笑。

苏卿讽刺了一句："你知道什么？妈喜欢什么，不喜欢什么，你统统不知道。"

一提起过去，苏卿就为母亲感到不值，心里便生出几分怨恨。

苏德安被说得面红耳赤，说："爸一直忙着公司里的事，对你母亲确实有忽略……亏欠，我也想弥补你母亲。"

苏杰冷笑着刺了一句："你对秦素琴那个老巫婆倒是很贴心，全都弥补到那个老巫婆身上去了，我看她今天穿得珠光宝气的，看来公司也不像传闻说的那样快要倒闭了。"

苏德安很是尴尬，讪笑道："最近公司有几笔投资款，资金回笼，运作恢复正常了。"

苏卿的面子真的很有用，认亲宴时，苏卿只不过亲自送了他一下，第二天立刻有人投资，银行的贷款也批了下来。

当今社会，既是钱的时代，也是人脉的时代。

苏卿现在无疑就是他的摇钱树，只要跟苏卿处好关系，苏卿又跟李家搞好关系，那苏家就会更上一层楼。

苏卿将鲜花放在墓碑前，将纸钱、蜡烛拿出来点燃。

在母亲墓前，哪怕苏卿心里有再多怨恨，也不想跟苏德安吵。

苏德安也识趣地烧了几张纸钱，在墓前说一些骗鬼的话："阿兰，你在地下就安心吧，我会照顾好小卿、小杰，你也保佑小杰的身体早日康复，保佑小卿找个好人家……"

苏卿、苏杰都知道苏德安是做样子，心里看不惯，但面儿上也没说什么。

祭奠完了，离开时，苏杰先回了车里。

苏德安踌躇着说："小卿，你跟小雪终究是姐妹，她在楚家的日子不太好过，本来这事也是她咎由自取，不过事已至此，我还是希望你能帮帮她，小雪是真心喜欢楚天逸的。"

"怎么帮？是让我劝楚天逸跟苏雪好？"苏卿扯了扯嘴角，"路是她选的，有什么结果，那都是她活该。你也别劝我善良，秦素琴、苏雪母女对我做的事，我这一辈子也不会原谅。"

苏德安也知道苏卿受了很大的委屈。

而且以那对母女的行事风格，也根本不会放过苏卿。

苏德安叹气道："我年纪大了，就想着一家人能够团结和睦，相互扶持。"

苏卿忍不住笑了："苏总，你配说这话吗？相互扶持？你莫不是忘了当初跟我划清界线时的决绝？当时我可没瞧出苏总还有这优良品质。"

苏德安脸上挂不住，脸色一阵青一阵白。这不就是打脸吗？

"小卿，爸向你道歉，那件事确实是爸的不对，今天你要不跟爸一块儿回去？咱们一家人好好吃个饭，许久没一家人坐下来吃顿团圆饭了。"

还真是拉得下脸。

苏卿心底也着实佩服。

"还是算了，我可没苏总的大度，被戴了绿帽子也能不计前嫌。"苏卿勾了勾唇，说，"对了，我跟苏总已经毫无关系了，小杰也不是真正的苏家人，苏总就这么确信苏雪就真的是苏家人？"

苏德安震惊地问："你什么意思？小雪她怎么不是我苏家的女儿？"

苏卿点到即止。

她这几天有夏宝调节心情，又跟陆容渊分手，压根儿没空去理会秦素琴、苏雪母女。

苏德安把话都说到这个份上了，而秦素琴母女在认亲宴送了她一份"大礼"，她也该"回敬"一下了。

以前如果苏卿说苏雪的身世有问题，苏德安肯定不会信。而现在，就算他不信，怀疑的种子也会在心底扎根。

她要彻底摧毁秦素琴，那就得让苏德安真正看清秦素琴。

她倒要看看，苏德安戴稳了绿帽子，是否还会忍气吞声地给别人养女儿。

苏卿也不管苏德安什么表情，径直上了车。

"姐，那人的脸色怎么这么难看？你说什么了，把他气成那样？"苏杰看着苏德安脸色难看，心里也很痛快。

"让他回去好好查查苏雪的身世。"苏卿冷声说，"那对母女太闲了，才会有空找我麻烦，那就让她们自顾不暇好了。"

苏杰兴奋了，忙说："真想看到那对母女被赶出去的下场。"

"我先送你回医院。"苏卿说道。

她只请了半天假，下午还得上班，她怕来不及了，可如果不送苏杰回去，又担心苏杰在外面瞎晃悠。

到了医院，苏杰的主治医生找来，说从国外来了位心脏科专家，也找到了跟苏杰匹配的心脏，很快就能做手术。

这个消息让苏卿太惊讶了。

她几乎喜极而泣。她等这天很久了。

之前因为一直都没有找到与苏杰配型成功的心脏做手术，加上他体质弱，成功的概率很小，苏卿也不敢冒险，这才一直用药维持生命。

主治医生笑道："不用感谢我，这位专家可不是我请来的，我也请不动。"

"那是谁？"

苏卿正疑惑，突然瞥见一抹熟悉的身影从楼梯口下去了。

陆容渊？

苏卿鬼使神差地追了上去。

在楼梯出口，苏卿大喊一声："陆容渊，给我站住。"

chapter 14

发生车祸

　　苏卿气喘吁吁地盯着前面站定的男人。

　　梧桐树下，万缕阳光透过树叶间的缝隙洒下，仿佛给他整个人镀上了淡淡的光晕。

　　他的背影透着淡淡的忧郁，有几分寂寥。

　　树叶纷纷落下，时光仿佛静止在这一刻。苏卿看得有些出神，那一刻，脑海里闪过无数零碎的片段，有些画面重合在了一起。

　　五年前，她被苏雪下药，失去清白。迷迷糊糊之间，她依稀看到那人站在窗前的背影。

　　那夜，她记得他身上披着清冷的月光，背影高大而落寞，与眼前的这一幕几乎重合。

　　苏卿心头一震，那夜的记忆第一次如此清晰地涌现在脑海里。

　　头突然疼得厉害，记忆里的那个男人突然转过身。可没等她看清那个人的长相，一阵小孩子的哭闹声将苏卿从迷思中拽了回来。

　　苏卿定了定神，只见一位母亲焦急地抱着生病哭闹的孩子匆匆走进医院大厅。

　　"有事？"头顶响起一个低沉而浑厚的嗓音。

　　苏卿抬眸望着眼前的陆容渊，一瞬间，她有一种一眼万年的错觉。

　　她怎么会忽然想起五年前那个夜晚的事？

　　或许是面对陆容渊，让她有一种深深的负罪感，所以她才会想起吧。

苏卿稳定心神，问："小杰的医生是你找来的？"

"嗯，之前答应过你，就算分手了，也应该兑现承诺。"陆容渊面无表情地说，"这位王医生是顶级专家，有他出面，你可以放心。"

"谢谢你。"苏卿真的很感谢，"你的手臂还好吧？"

之前陆容渊说他的手臂是刮伤。

"好了。"陆容渊依然神色冷淡，好像他们并不熟，客套得就像陌生人。

"那你的头？"

"也好了。"

"哦，那就好。"

陆容渊的态度太冷淡了，苏卿心里忽然有一种不舒服的感觉。

以前的陆容渊看她，满眼都是温柔，总是笑着喊她卿卿，对她也是有求必应。如今他突然变得冷淡了，像个熟悉的陌生人，她反而觉得不适应了。

可他们已经分手了，这就是正常的，而且还是她甩的他，难道她还指望陆容渊对她笑脸相迎吗？

久久的沉默横亘在两个人之间。

雨明明停了，阳光也很明媚，她却感觉到一阵凉意。

陆容渊开口道："没事的话，我就先走了。"

"好，没事了，你忙你的吧。"苏卿努力扯出一抹笑意，故作轻松道。

苏卿话刚落，陆容渊转身就走了，半点犹豫都没有。

男人翻脸也比翻书快。

苏卿在原地站了会儿，之后回病房跟苏杰交代了一声，又问了一下医生手术费用大概多少钱。医生说不用花钱，医院替苏杰申请了减免。这简直是天大的好消息，苏卿连声感谢后，急着回公司上班，就先走了。

苏卿在医院门口打车，等了半天都没等到。这会儿正是用车高峰期。

苏卿打算去坐地铁，一辆轿车突然停在她身边。车窗摇下来，主驾驶座上的正是陆容渊。

"上车，我送你。"陆容渊只是淡淡地看了一眼苏卿。

"不用，我去坐地铁就好了。"

"不是白送，车钱照付。"

他只是把她当普通客人而已。

想到陆容渊刚解决了苏杰手术的事，而且花钱坐车，坐谁的都一样，苏卿拉开车门坐了进去。

"去哪里？"陆容渊语气一贯清冷。

"陆氏集团总部。"

车子启动，陆容渊平稳地开着车，车内十分安静，谁也没说话，有些尴尬。

苏卿找话题打破沉默："你这车是新买的？"

这不是之前的那辆车。

"嗯。"陆容渊语调平淡。

苏卿尴尬地笑了笑，问："你怎么认识王医生的？他可是国际专家。"

"万扬介绍的。"陆容渊直接拿万扬当挡箭牌。

"哦。"苏卿扯了扯嘴角。

陆容渊看似有问必答，实际带着几分疏离。

苏卿的心里有一种说不上来的烦闷。

陆容渊透过后视镜将苏卿的神情收入眼中，眼底划过一抹异样的光芒。他平淡地问："新公司感觉怎么样？"

"还好啊。"苏卿扯着嘴角，浅笑道，"同事们都很不错。你呢？最近你……"

"我妈给我介绍了对象。"陆容渊打断苏卿的话，故意说，"她也在陆氏集团总部附近上班，所以顺路送你过去。"

原来是顺路。

苏卿心底有几分失落，但脸上还是努力维持着笑容说："有对象了呀？那就好，阿姨介绍的，肯定错不了。"

"嗯，人不错，性格好，长得也不错。"陆容渊观察着苏卿的脸色，又补充了一句，"人也很温柔。"

温柔，这是暗指她这个前女友不温柔吗？

苏卿想起那天在医院见到的女人，想必那就是陆容渊新处的对象。

"你呢？"陆容渊问，"找到新男友没有？"

"有了。"

许是不服气，自尊心作祟，苏卿脱口而出。陆容渊都有女朋友了，她总不能被看扁了。

闻言，陆容渊嘴角微微上扬，道："哦？苏小姐动作挺快的。"

一声苏小姐，让苏卿有一种被陆总点名的错觉。

陆容渊的语气里夹杂着淡淡的戏谑。这女人，可真会胡说八道。

"彼此彼此。"苏卿笑着回击。

车子到了公司楼下，苏卿掏出钱包，问："多少钱？"

陆容渊一本正经地说："一百三十一块四，支付宝还是现金？"

"四毛钱也收？"

"干我们这行，赚的都是辛苦钱，一毛钱也得收。"陆容渊将二维码递上，"谢谢。"

苏卿撇了撇嘴，还是掏出手机付了钱："看，付了。"

陆容渊嘴角噙着笑说："欢迎下次再打我的车。"

苏卿拉开车门下车，看都没看陆容渊一眼，拉着个脸往公司走。

万扬本来想来公司看看，刚到门口，就见苏卿从陆容渊的车上下来。这两个人和好了？

万扬跟着陆容渊的车子开进地下室。

在公司，陆容渊还是会戴上疤痕面具。他正在换装。

万扬从车上下来。

"老大，跟苏小姐和好了？"万扬说，"我可听说，你把王麟从国外叫回来给苏小姐的弟弟做手术，分文不收。苏小姐是不是感动得痛哭流涕，恨不得以身相许了？"

"多嘴。"陆容渊冷冷地瞥了万扬一眼，"你觉得我陆容渊缺女人？非她不可？"

万扬嘀咕："你要真放得下，也不至于急匆匆出院了。"

"嗯？"陆容渊一个眼神飞去。

万扬识趣，笑眯眯道："老大，我的意思是，苏小姐把你甩了，咱们不能就这么算了，咱们也得要面子呀，待会儿我给苏小姐派个活儿，把她骗到山上去，制造点麻烦，老大你不就可以英雄救美了吗？"

陆容渊沉着脸没说话，万扬知道这是同意了。

苏卿这边，屁股还没坐热，刘洁就来了，有些着急地说："苏卿，这份设计图有点问题，你去找袁大师问问，看怎么修改。"

"袁大师住哪儿？"

"就在桃花山，你现在出发，下班之前应该能赶回来。"

一听要去桃花山，苏卿有点泄气。

从公司过去，四十千米的路，来回要三四个小时。上山的路不好走，说不定下班之前也赶不回来。

但是，工作上的事，苏卿从不推辞。

刘洁说："开公司的车去。"

"好。"苏卿说，"我收拾一下，马上去。"

苏卿先去上了个洗手间，这才去地下停车场。

苏卿也担心赶不回来，先给安若打了个电话："若若，我有点事，得去一趟山上，晚点你替我去幼儿园接一下小宝。"

"小宝？谁呀？"安若还不认识夏宝。

"回头再跟你细说，幼儿园地址发你手机上了，记得去接呀。"苏卿将地址发过去后，才开着公司的车前往桃花山。

一出公司，刚才还艳阳高照，这会儿天色就暗了下来，看来是要下暴雨的节奏。

苏卿开出市区，直接往桃花山走。没过多久，雨就下下来了。

越往山上走，雨下得越大，而且山路不好走，有一段路又正在修建。

山中水雾缭绕，视线也不好，这才下午两点，感觉就像天马上要黑了。

苏卿减速，开得很慢，车轮打滑了几次，她的手心都沁出了冷汗。等她抵达桃花山山顶，已经快四点了，雨一直在下。

苏卿撑着伞，拿上设计图稿去找袁大师。

这位袁大师喜欢清净，不住闹市，而是住在山里。

这山上没几户人，苏卿一打听，就知道了袁大师的住处。

苏卿站在一座农家小院门前，敲了敲门问："有人在吗？"

喊声落下，苏卿听到有脚步声走近，随后门就开了。

"你好，我是陆氏……"

苏卿看到眼前的人，惊住了："陆容渊，你怎么在这儿？"

"拉客。"陆容渊瞥见苏卿衣服湿了一半，眸色一沉，说，"进来吧。"

"哦。"苏卿虽然很意外在这里碰上陆容渊，可也没忘记来这里的目的。"这里是袁大师的家吧？"

"嗯。"陆容渊往里面走。

一位六七十岁的白发苍苍的老人从屋内出来，问道："小渊，是谁来了？"

小渊？这是在喊陆容渊？

苏卿看向陆容渊，袁大师跟陆容渊认识？

好像不仅仅是认识，小渊，如此亲昵的称呼，关系不一般。

袁大师拄着拐杖，微眯着眼睛打量苏卿，笑着问："小渊，这是你女朋友吗？真漂亮。你们真般配。"

苏卿与陆容渊相视一眼。陆容渊没解释。

苏卿说："袁大师，我是苏卿，陆氏集团的员工。我是来给您送设计稿的，我不是他的……"

"天冷，快进屋坐。"袁大师耳朵有些背，望着天空，答非所问，"今天这雨呀，怕是停不了喽。"

雨一直下，没有停歇的意思。

袁大师又对陆容渊说："小渊，你带着你女朋友在屋里歇歇，我去做饭，晚上你们就留下来吃了晚饭再走。"

"袁大师……"苏卿还没说完，袁大师已经去了厨房。

"袁老耳朵有些听不见，你不用叫了。"陆容渊说，"喝点热水。"

陆容渊倒好了热水。

苏卿的衣服还是湿的。一股冷风吹来，她打了个喷嚏。

陆容渊眉头一皱，脱下身上的外套，给她披上，说："小心感冒了。"

"谢谢。"突如其来的关心，让苏卿忽然有一种又回到热恋那会儿的错觉。

突然，厨房传来一声响动。

陆容渊赶紧跑向厨房，苏卿也跟着过去。

原来是袁大师眼睛看不清，把东西摔了。

"袁老，您去休息，饭我来做。"陆容渊将人扶了出去。

"人老喽，不得不服老。"

苏卿看着白发苍苍的袁大师，想到他眼睛看不太清楚，手里的设计稿也不好再拿出来。

"卿卿，照看一下。"

苏卿突然被点名，讶异了一下。陆容渊许久没喊她卿卿了。

苏卿回过神，答道："嗯，好。"

陆容渊把人交给苏卿，自己去了厨房。

"坐吧。"袁大师走到苏卿面前，"你刚才说让我看设计稿，拿来吧。"

"袁大师，您……能行吗？"苏卿很怀疑，袁大师怕是连设计稿都看不清。

袁大师不乐意了，说道："把最后一个字去掉，我还没老呢。"

苏卿干笑两声。她觉得袁大师耳朵好使得很，一点也不像耳背的样子。

苏卿把设计稿拿出来。袁大师戴上眼镜看了看，说："数据不精准，你去厨房帮小渊，设计稿就交给我。"

苏卿也不敢再说袁大师不行，毕竟他一眼就瞧出了问题所在。

苏卿被赶去了厨房。

这里的厨房很简陋，烧的是柴火，电灯也不是很明亮。

陆容渊在厨房忙碌着，切菜洗菜。

"我来烧火吧。"苏卿自己找活儿干。

"嗯。"陆容渊应了一声，将打火机递给她，"能不能行？"

"这有什么难的？"苏卿接过打火机，心想，虽然没用过柴火灶，但生个火总不难。

事实证明，苏卿真的不行，弄了半天，柴火燃了又灭，灭了又点燃，浓烟滚滚，呛得她连连咳嗽，眼泪都流出来了："喀喀！"

浓烟熏得苏卿闭上了眼睛，一起身，就撞入了陆容渊的怀里。

头顶是深沉而宠溺的语气："逞强！"

苏卿想反驳回去，又想想自己确实不行，顺口说道："那你来。"

陆容渊拿起打火机，先找了引火的柴点燃，很快就将火生好了。

"这么简单？你经常来这里？你跟袁大师是什么关系？"苏卿脸上表现出崇拜与疑惑。

"别动！"陆容渊盯着苏卿，手伸向她的脸。

"怎么了？"苏卿不明所以，看着靠近的陆容渊，心跳突然加快了。

不知道为什么，她觉得今天的陆容渊五官格外好看，她从他幽深的眼眸里看见脸红的自己，浑身莫名一热。

他的手抚上她的脸，她惊讶地瞪大了眼睛，指腹摩挲着皮肤的触感让她脑海一片空白。

"你的脸花了。"陆容渊轻轻地替她擦拭脸上的污渍。

苏卿站着没敢动，紧张地问："好……好了吗？"

苏卿咽了咽口水。陆容渊离得太近了，她能清晰地感觉到他喷在她脸上的气息，听见他的呼吸。

陆容渊的手抚摸着苏卿的脸，她脸红的样子让他一时忘记了动作，目光灼灼地盯着她的眼睛、鼻子、嘴唇……

从苏卿说分手开始，陆容渊心口上一直像有块大石头压着。他喘不过气，他一直想要保护和疼爱的女生，心里不仅没有他，甚至还给别人生过孩子。到底是怎样一个男人，才能让她心甘情愿地生下孩子？

陆容渊嫉妒那个男人，嫉妒得发狂。他不敢去调查，不敢去问，去提。压抑了半个多月的嫉妒与怒火，在这一刻爆发。这疯狂的念头，还是第一次如此强烈。

土灶里的柴爿里啪啦地燃烧着，陆容渊紧紧地抱住苏卿。

苏卿回过神，连忙去推陆容渊。可他将她紧紧地禁锢在怀里，怎么推也推不开。

陆容渊的失控让苏卿有些害怕，苏卿心里突然觉得十分委屈。她将脸扭过去，盯着燃烧的火焰，自嘲般一笑，问："陆容渊，你是不是觉得我是个随随便便的女人？"

她刚才感受到了他的怒气与矛盾。

陆容渊眉心紧拧，目光沉沉地看着她。

苏卿睫毛一颤，眼前有些模糊。她扯了扯嘴角说："你刚才心里很矛盾吧？你心里并不是完全不介意我的过去，相反，你很在意。是呀，哪个男人会不介意自己的女人有过别人的孩子？"

陆容渊是含着金汤匙出生的，他性情孤傲。

可偏偏，他碰上了苏卿。

陆容渊紧握拳头，神情冷冽。突然，他一拳砸在墙壁上，指节瞬间就红了，鲜红的血渗了出来。

苏卿心中一惊，大声道："陆容渊，你这是干什么？"

她连忙拿纸巾替陆容渊止血。

看着她担心的模样，陆容渊有些失神。突然，他一把将她抱住，嗓音沉沉地说："卿卿，我们重新开始吧。"

苏卿心头一震。

那一刻，苏卿心里是矛盾的。听到陆容渊的话，她心里涌出喜悦，可那抹喜悦无法冲散心底的自卑。

灶火的光映衬在两个人脸上，周围的一切仿佛成了背景，定格了。

苏卿仰头看着陆容渊棱角分明的下巴。不可否认的是，他在她心里已经无法磨灭，她很想就这么不顾一切地点头。

可是……

"陆容渊，我们都应该冷静一下。"

冲动之下做决定，只会让事情更糟糕。

苏卿挣脱他的怀抱，长舒一口气说："一开始，我们就太草率了，把感情当儿戏，也许这是一个机会，让我们彼此都好好想想，这条路能不能继续走下去。"

两个人认识得太突然，发展得也太迅速，仿佛一下子要将所有激情点燃。也是因为太过顺利，所以出现危机时，才更难解除。

苏卿丢下这句话，走出了厨房。

身后传来陆容渊的声音："苏卿，我从未将感情当成儿戏。"

苏卿身形一顿，有一种想哭的冲动。她没有回头，嘴角却不自觉微微上扬。

陆容渊站在原地，屋檐上的雨水不断滴下，远山朦胧，交织在一起，成了一幅富有意境的山水画。

袁大师已经修改好设计稿。苏卿站在屋檐下，眺望远方。

许是在城市里待久了，远离喧嚣，她突然喜欢上了山顶上的幽静。

"这里风景好吧？"袁大师拄着拐杖走到苏卿身边，"桃花山最出名的当数日出了，那才叫一绝。"

苏卿这些年一直忙于生计，哪里有心思去欣赏日出？

日出的绚烂，她还真想看看。

"我还得将设计稿带回去，只能下次了，下次有空，一定来。"

"年轻人都太过浮躁了，能静下心的太少了。"袁大师意味深长地说，"有时候，错过了一次，可就错过了终身，追悔莫及。"

苏卿沉默。

"吃饭了。"陆容渊端着菜从厨房出来。

袁大师闻着香气，馋了，说："小渊，上次吃你做的菜，那可都是好几年前的事了，还别说，真有点怀念。"

几年前？

苏卿看向陆容渊，这两个人认识这么久了？

袁大师看向苏卿说："坐下来一块儿吃了再走。"

苏卿看了一眼时间，快来不及了。她婉拒道："不了，袁大师，你们吃吧，我得先走了，改天再来拜访。"

现在雨下得小点了，再不走，等天黑下来，山路更难走。

将夏宝交给安若，苏卿始终不放心。

"我跟你一起。"陆容渊拿起车钥匙，"袁老，我改天再来陪你一起吃饭。"

袁大师点头道："那行，我也不留你们，路上注意安全，下了雨，山路不好走。"

陆容渊看向苏卿，说："坐我的车走。"

"不了，我开了公司的车，得开回去。"

"那我开你的车。"山路不好走，天又快黑了，陆容渊不放心苏卿开车。

苏卿想到来时车子在山道上打滑的事。她这技术确实不行，也不逞强，说："那好。"

至于厨房里发生的事，两个人也没再提。

苏卿坐上副驾驶座，陆容渊开车。下山的路，车速也不敢太快。

车内寂静，苏卿看向窗外，耳边突然响起陆容渊的声音："我妈没有给我介绍女朋友。"

"呃？"苏卿一时没反应过来，回头看向陆容渊，才明白过来陆容渊指的是什么。

"那你之前说的那些？"

"故意气你的。"

闻言，苏卿一时没忍住，笑了。

不过，陆容渊的激将法还真的有用，听到他交往了的消息，她心里确实有些不舒服。

"那天我看见一个女人去医院里看你，那人是谁？"

"同事。"陆容渊也不算撒谎，艾米丽是他的秘书，两个人是上下级关系，也算是同事。

"你们公司还有女的开货车？"苏卿有点不信，"我看那个女人身材凹凸有致，一身名牌，怎么也不像是开货车的。"

"她是老板的秘书，不是司机。"

"那她是不是对你有意思？"苏卿突然有危机感了。

"没有。"陆容渊回答得斩钉截铁，这个时候可不能有半点犹豫。

求生欲望还是很强的。

苏卿哼了一声："鬼才信呢。"

苏卿也没意识到，两个人的相处模式不知不觉间回到了以前。

陆容渊勾了勾嘴唇，看了苏卿一眼，说："你下次可以亲自问她。"

车子行至拐弯处，对面有车子开过来，陆容渊减速避让，脚踩在刹车上，却半点反应也没有。

陆容渊神情顿时一凝。

刹车失灵了。

雨后的路，泥泞难走，容易打滑，车速减不下来，很容易出事。这又是拐弯处，一边是石壁，一边是山崖，稍有不慎，便会车毁人亡。

苏卿眼看着车子快跟对面的车子撞上了，陆容渊却没减速，而对面的司机也吓得都不知道怎么办，左右避让。

苏卿惊慌地问道："陆容渊，怎么了？"

"刹车坏了，你坐稳了。"

陆容渊冷静下来，迅速做出选择，打方向盘，避过对面的车，将车子贴着石壁，以此来减速。

车子与石壁剧烈的撞击带来的颠簸让苏卿胃里一阵翻江倒海。她紧张地抓紧了安全带，目光紧紧地盯着前面，心仿佛提到了嗓子眼儿。

这条山路太陡了，拐弯处又多，车子与石壁摩擦发出的声音十分刺耳，车速虽然减慢了一点，但依然无法停下来。

"陆容渊，我们会不会死在这里？"苏卿因害怕嗓子有些破音。

这太惊险了，他们随时都有可能翻车，葬身在这里。

"别怕，有我在。"

车子行过一处大坑，由于速度过快，整个车子几乎离开了地面，飞了起来。失去重心的感觉让苏卿害怕地闭上了眼睛，手紧紧地抓住陆容渊。

车子再这么冲下去，冲下山崖，两个人都会死在这里。

陆容渊看了苏卿一眼，目光看向前方，神情凝重。

苏卿听到耳边传来陆容渊低沉的声音："苏卿，闭上眼睛，别看。"

苏卿下意识地想抬头，却听到"砰"的一声巨响，是车子撞向石壁的声音。她被陆容渊护在身下，耳边一阵轰鸣，随后便什么都不知道了。

车子撞向山体，整个车头都凹进去了，车子也被撞熄火了。

车子在距离山崖一米处侧翻了，而车身损毁最严重的是主驾驶座那一侧的车头。

陆容渊为了减轻苏卿所受的撞击，拿自己这边撞向山体。

两个人都昏迷了，而陆容渊一直以保护的姿势将苏卿护在身下。

小雨还在淅淅沥沥地下，像雪花一样，山里腾起一片水雾。

剧烈的撞击声响彻山谷之后，又回归平静，整个世界仿佛只剩下风声和雨声。

不知过了多久，苏卿幽幽地睁开了眼睛，一滴鲜红的血顺着陆容渊的额头滴在苏卿的脸上。

"陆容渊，陆容渊。"苏卿艰难地喊着，可陆容渊半点反应也没有。

苏卿急得哭了，他的额头、手臂上都是血。她想碰他，却无从下手。

"丁零零，丁零零……"是手机铃响的声音。

声音是从车子缝隙里发出来的，手机在撞击中掉了进去。

苏卿想要去捡手机，可手怎么也够不着。车内都是碎玻璃，她的手背在捡手机时被划破，血珠顷刻间冒了出来。

而陆容渊身上的血还在往她身上滴，她已经分不清身上的血到底是她的还是陆容渊的。

"陆容渊，醒醒，陆容渊……"苏卿带着哭腔，惶恐地喊道，"你不要死，你要是死了，我这辈子都不会原谅你，我转头就去找比你更帅更好的，把你忘了！"

陆容渊没有半点反应，苏卿又急又害怕。她试着往车外钻，只有这样，他们才有可能活下来。

侧翻的车子摇摇晃晃，加上陆容渊压在她身上，她的腿卡在车子的座椅之间，拽不出来，只能勉强将脑袋钻出去。

雨水打在脸上，视线模糊。

苏卿眨了眨眼睛，大声喊道："救命，救命，有没有人……"

山里几乎没住什么人，加上天这么晚了，又下着雨，更没有人。

苏卿触摸到陆容渊的手，冰冷的。她慌道："陆容渊，你不能死，听到没有，你不能死……"

就在这时，苏卿听到有脚步声走近。她侧头一看，一个穿着黑雨衣的男人从山上下来。

苏卿认出来，正是刚才那个司机。

"救我们，求求你，先救他，他快不行了。"

苏卿仿佛抓住了一根救命稻草，哀求着那个穿雨衣的男人。

雨衣男人走近一看，说："别急，我马上来救你们。"

雨衣男人从外将车门打开，解开系在陆容渊身上的安全带，将人从车里拖了出去。

由于有陆容渊护着，苏卿只受了点皮外伤，外加腿被卡在车里，扭伤了。

苏卿顾不得自己，脱下自己的外套替陆容渊遮雨。

雨衣男人说："你们先等一等，我去把车子开下来。"

这个地方叫救护车来也不现实。

陆容渊伤得太重了，气息很微弱。

苏卿点了点头道："谢谢。"

雨衣男人去开车，苏卿这才发现陆容渊的大腿内侧刺入了一大块碎玻璃，血不断地流出来，顺着地上的雨水，染红了整个地面。

看着陆容渊的脸色越来越苍白，血也止不住地流，苏卿整个人彻底慌了。那一刻，她害怕到了极点，她害怕陆容渊就这么死了。

"不，陆容渊，你不能死。"

苏卿跌跌撞撞地回到车里，伸手去捡手机。手被车座椅挤得几乎变形，她也顾不上。

苏卿心急如焚，好不容易才将手机捡起来。她太慌了，想找人求救，但她不知道该打给谁。

点开通讯录，看到万扬的名字，她想都没想就拨了过去。

手机很快接通了，苏卿带着哭腔，声音里满是恐慌道："万先生，我跟陆容渊在桃花山的路上出车祸了，他流了好多血，整张脸都白了……"

苏卿急哭了。她一边撑着衣服替陆容渊挡雨，一边打电话。

而电话那头的万扬被苏卿的话惊得倏然从沙发上站了起来。

对面的夏冬、夏秋也跟着神情紧绷起来，急忙问："万先生，怎么了？"

"快，老大出事了。"万扬说完就准备走。

陆老爷子从楼上下来，问："小扬，小渊怎么了？"

"陆爷爷，老大在桃花山的路上出车祸了，现在情况应该很危急。"

雨衣男人将车子开下来，与苏卿合力将陆容渊抬上车，在移动中，陆容渊身上的伤口被扯到，再一次涌出大量的血。

苏卿的心提到了嗓子眼儿："快开车，送他去医院。"

苏卿抱着陆容渊，神情有些呆滞地盯着陆容渊的脸，声音很轻很轻："你不能死，听到了吗？陆容渊，你死了，我怎么办？"

苏卿的脸紧紧地贴着陆容渊的脸。他的脸好冰，好凉。

脸上是雨水，也是血水。

苏卿紧紧地抱着他，喃喃自语："这样就不冷了。"

她的脸轻轻地蹭着他的脸，浓烈的血腥味钻进鼻子里，一滴泪从眼角滑落，滴在陆容渊的脸上。

天色已经暗了下来，雨一直下着。

到医院的这一段路，每一分每一秒，苏卿都感觉是一种煎熬。

苏卿与万扬再次联系，告诉万扬陆容渊被送进了附近的附属医院。

医生用担架将陆容渊抬上病床，洁白的床单迅速被陆容渊身上的鲜血染红。

医生看了一眼陆容渊的伤口，神情严肃地说："快，通知手术室那边准备。"

苏卿的腿麻了，伤了，但她还是跟着推车跑，看着陆容渊被推进手术室。

手术室门关上那一刻，她的心仿佛一下子沉到了谷底。

"医生，你一定要救救他，求求你，救救他。"苏卿双手合十地请求医生。

"你放心，我们会尽力。"医生进去了，走廊上空荡荡的。

苏卿靠着冰冷的墙壁，浑身依然止不住地发抖。她的腿发软，全靠墙壁支撑，才没倒下去。

她无法想象，陆容渊要是死了该怎么办。她不敢去想。

手机再次响了，是安若打来的。

"喂！"苏卿颤抖着手接通，声音里依然是无法克制的害怕。

安若听出不对劲，问："苏卿，你怎么了？我已经接到小宝了，你什么时候回来？我跟你说，这小子真的太狡猾了，在他面前，我发现我智商不够，你在哪儿捡的这么一个聪明的孩子？"

认亲宴那天，安若知道苏卿被诽谤时，夏宝已经被李家的用人带走了，她也没见过夏宝。

"是你太笨了。姐姐，你什么时候回来？小宝好想你。"

听见小宝的声音，苏卿不争气地哭了。

苏卿对安若交代："我暂时回不来了，你替我照顾小宝。"

"苏卿，你怎么了？"安若急问，"出什么事了？你现在在哪里？"

"附属医院。"

挂了电话后不久，医生找到苏卿说："病人失血过多，加上大腿伤的位置紧挨着大动脉，十分危险，血止不住。想要保命的话，不得已时，恐怕得截肢，请家属做好心理准备。"

"截、截肢？"

这于苏卿而言，无疑是晴天霹雳。

"医生，你得保住他的腿，命要保住，腿也要保住，我求求你。"她不能让陆容渊失去双腿。

腿与命，这是艰难的选择。

"病人的情况太危急了，你们送来得太晚了，这情况很危险，我希望你做好心理准备。"医生说，"以医院目前的医疗条件，不得已时，我们只能截肢保命。"

"谁敢动老大的腿！"万扬匆匆赶来。他没想到陆容渊的情况比想象中还要危急，都到了截肢的地步。陆容渊是装瘸，要是截肢了，那不是真残废了？骄傲的陆容渊又如何接受残缺的自己？

万扬身后紧跟着的是夏冬、夏秋。

"万先生，"苏卿看到万扬，慌乱的心神安定了一些，"你救救他，他不能死，他的腿也必须保住。"

"你放心。"万扬说着，又对医生说，"现在立即转院。"

医生一听，忙道："现在转院不合适，如果你们坚持转院，任何意外都有可能发生。"

"你放心，一切后果我们自行承担。"万扬对夏冬、夏秋说，"立即将老大抬上车。"

医院不行，那就只能送"暗夜"总部了。

"是，万先生。"这个时候，夏冬、夏秋一切听从万扬安排。

万扬是"暗夜"的二把手，陆容渊出事，万扬有权做任何决定。

苏卿听到医生说陆容渊会有危险，有些犹豫道："万先生。"

万扬说："这也是老大家里人的意思。"

陆容渊迅速被抬上车，医院门口停了一排车，阵势浩大。

苏卿想跟着一块儿去，她不放心。

"苏小姐，你就不用去了。"万扬拦下她，"老大的家人都在车上。"

陆老爷子与陈秀芬都在，而且这是前往暗夜总部，苏卿去，不合适。

"你们要把他转到哪家医院？"苏卿看了一眼车内，只能看到陈秀芬。

"苏小姐，老大已经不能再耽搁了。"

苏卿听明白了，这是不愿意告诉她。

有陆容渊的家人在，她还担心什么呢？

她也不是陆容渊的什么人，又有什么资格去呢？

"万先生，如果真的只能二选一，请一定要保住他的命，他不能死。"

"好。"万扬也不废话，上了车。

车子启动，扬尘而去。

苏卿站在医院门口目送，车子已经看不见了，她依然望着。

"苏卿，天哪，你身上怎么这么多血，伤哪儿了？让我看看。"安若一下车就看见站在门口的苏卿。

苏卿的衣服被雨水和血水浸染，看起来有些吓人。

夏宝也跟着来了，看着浑身是血的苏卿，哭道："姐姐，你受伤了，你流了好多血，呜呜，你不要死。"

在小孩子的认知里，流血就可能会死，更别说苏卿浑身是血了。

"小宝别哭，姐姐没事，这不是姐姐的血。"

苏卿身上的血几乎都是陆容渊的。

安若担忧道："你这额头，还有手，到处都是伤口，还说没事，赶紧进去让医生看看。"

苏卿满心都是陆容渊的安危，根本就没管自己身上的伤。

可再轻微的伤，也是伤。安若怎么可能任由苏卿不顾自己身体，加上夏宝也哭得稀里哗啦，苏卿这才妥协，进医院检查。

苏卿的头部受到撞击，有过短暂的昏迷，检查出来是轻微脑震荡。

安若坚持让苏卿住院观察、养伤。

有安若跟夏宝盯着，苏卿也只能住院。

这一夜，苏卿一直牵挂着陆容渊的伤势，每隔半个小时就给万扬发信息问陆容渊的情况，但每条信息都如石沉大海。

越是这样，苏卿的心里越是焦急。她不知道陆容渊到底在帝京哪家医院，还有陆容渊的家人为什么不让她跟着。

　　苏卿想起医院门口接陆容渊的阵势，陆容渊只是个货车司机，哪怕家里有点钱，也不至于那么大的阵势。

　　她起初以为是万扬的人，现在才回过神来，万扬当时说的是陆容渊的家人。

　　她见过夏冬，夏冬不是陆家掌权人陆总的保镖吗？

　　当时她担心陆容渊的伤势，也没想到这点。

　　为什么夏冬会跟万扬一块儿出现？

　　陆容渊，夏冬，陆家……

　　苏卿脑海里划过什么。她震惊不已，只觉得难以置信。

　　细思极恐。

　　苏卿不敢再想下去。

　　这一夜，苏卿失眠了。

chapter 15

醋坛子打翻了

苏卿出事的消息很快传到了苏家和李家，就连楚天逸都知道了。

第二天一早，楚天逸捧着一束鲜花来了，一脸担忧地问："苏卿，有没有伤着哪里？医生怎么说？怎么会出车祸了？"

楚天逸的到来让苏卿觉得硌硬，加上担忧了陆容渊一晚上，到现在还没个消息，就更没有好脸色了。

"多谢楚少的关心，我很好，慢走不送。"苏卿直接下逐客令。

楚天逸眉头一皱，深情款款地说："苏卿，听说你受伤了，我很是担心，我当时就在想，如果你真出事了，我怎么办？苏卿，我发现自己真的很爱你，不能没有你。"

猝不及防的甜言蜜语让苏卿一怔，旋即笑了，不过是冷笑："楚少还真是风流多情，这话要是被苏雪听见了，不知道该作何感想。"

"苏卿，我们之间能不能不提苏雪。"楚天逸继续卖弄深情。他看着苏卿额头跟手上的伤，一脸的心疼，"怎么会出车祸？下次开车小心点。要不就别去上班了，你是李家的干女儿，哪还需要你去上班，难道李家对你不好，只是对外做做样子？"

最后那句话带着试探性的意味。

楚天逸这是在试探苏卿在李家到底地位如何。

苏卿又不傻，自然一眼看穿楚天逸打的什么主意。她原本只是对楚天逸失望，现在已经升级到反感了。

看着楚天逸那副嘴脸，苏卿一个字都不想说。

"楚天逸，你还要不要脸？都结婚了还来骚扰她。"安若买了早餐，带着夏宝来了。

一见到楚天逸，安若横看竖看都不顺眼，恨不得骂死他。

楚天逸脸色顿时变得难看。可看到是安若，安家大小姐，他只得将怒火压下。

"安小姐，我跟苏雪只是一场错误，不是我本意。我喜欢的一直是苏卿。"楚天逸目光温柔地看着苏卿，"我现在只想弥补我之前犯的错误，与苏卿重新开始。"

"你白日做梦，你一个已婚男勾搭我们苏卿，以后别来骚扰她。"安若十分气愤，为苏卿抱不平，"你没看见我们苏卿一点都不喜欢你，而是厌恶你吗？脸皮怎么这么厚，还赖着不走了。"

安若字字都往楚天逸心口上扎，但凡有点自尊心的男人，都受不了这种侮辱。

楚天逸忍着怒气说："安小姐，请注意你的言辞，这是我跟苏卿之间的事，轮不到你一个外人插手。"

安若怒道："你欺负苏卿，我就要管。"

苏卿冷声道："若若一点也没说错，楚天逸，你要还有点自尊心，就不应该再来自取其辱。你走吧，把你带的东西一并带走。"

楚天逸的本意是修补与苏卿之间的关系，并不想激化矛盾。但他知道，有安若在，他想跟苏卿缓和关系是不可能了。

"好，那你好好养伤，我改天再来看你。"楚天逸冷冷地看了安若一眼，转身离开。

一直没说话的夏宝眼珠子一转，趁苏卿与安若没注意，从病房跑了出去，追上楚天逸。

"叔叔。"夏宝扯住楚天逸的衣角。

他的声音软软糯糯，长得又萌又可爱，任谁见了都喜欢。

可楚天逸不喜欢。他认识这个孩子，之前在认亲宴上出现过。

"是你！你怎么会在这儿？"楚天逸刚才被安若气得头疼，没注意到夏宝。

"叔叔，你眼睛是瞎的吗？刚才我也在病房里。"夏宝撇撇嘴吐槽，满脸鄙视。

说他瞎？楚天逸脸色顿时变得很难看。可医院走廊来来往往的都是病患家属与医生，他总不能跟一个小孩子计较。楚天逸突然反应过来，盯着眼前的夏宝道："你说你刚才在病房里，你跟苏卿到底是什么关系？"

难道这真是苏卿的私生子？否则这孩子怎么会在苏卿身边？

"我是个孤儿，上次被坏叔叔骗，外婆和姐姐看我可怜，所以领养了我。"夏宝说着说着就要哭鼻子了，"叔叔，姐姐人很好的，你喜欢姐姐对吗？叔叔长得好帅，小宝好喜欢，我也想让叔叔跟姐姐在一起，我可以帮你追到姐姐。"

闻言，楚天逸松了一口气，原来是李家领养的。

夏宝的话让楚天逸有了一丝兴趣。不管是什么人，都喜欢听恭维的话。

而且，都说小孩子不会骗人，一听夏宝喜欢自己，楚天逸脸上的怒气也消散了，问："哦？你怎么帮我追？"

"女人嘛，都是要哄的。"夏宝嘻嘻一笑，然后突然夹紧双腿，"叔叔，我尿急，你可以带我去卫生间吗？"

楚天逸皱了皱眉。夏宝嗓音稚嫩地说："姐姐最喜欢乐于助人的男人了，叔叔长得这么好看，人也一定很好。"

这孩子，嘴巴真甜。

楚天逸见夏宝真的很急的样子，说："好，那我带你去。"

"谢谢叔叔，叔叔真好。"夏宝脸上笑嘻嘻，眼里却划过一抹狡黠的光芒。

楚天逸将夏宝带去洗手间，说："快尿吧。"

"叔叔，你帮我脱一下裤子吧，我脱不掉。"夏宝脱了一下，假装脱不掉，一副急得快哭的表情。

楚天逸看了看，是裤头太紧了，蹲了下来，说："好，我帮你脱吧。"

楚天逸伸手去帮忙脱裤子，刚脱掉，突然就听到夏宝急道："叔叔，我憋不住了。"

楚天逸还没反应过来，脸上一股热流，尿臊味充斥着鼻子。

他猝不及防，被一个小孩子尿了一身，连脸上和衣服上都是。那味道，别提了。

"叔叔，对不起。"夏宝提起裤子就往外跑。

"小兔崽子，给我站住。"楚天逸脸色阴沉得可怕。

夏宝跑到卫生间门口，回头对着楚天逸做了个鬼脸道："哼，让你欺负姐姐，姐姐是我的，谁都别想欺负。"

楚天逸这才意识到自己被一个小孩子戏耍了。

"臭小子，给我站住。"楚天逸怒不可遏，大步跨上前。

夏宝这次没跑掉，被逮住了。

"敢戏弄我，臭小子，看我怎么教训你。"楚天逸怒气冲冲。

楚天逸扬手就要打下去，手还没落下，夏宝突然惊天动地地号哭了起来："打小孩了，坏叔叔打小孩了。"

夏宝这么一哭，顿时将打扫卫生的大妈惊动了。

打扫卫生的大妈见夏宝被打，十分热心地冲出来，指着楚天逸说道："你怎么能打小孩？这才多大点儿的孩子。"

夏宝继续号哭："奶奶救命，我不认识这个坏叔叔，他要打死我，好疼啊！"

楚天逸被气得血压飙升，这个孩子，满口谎言。他什么时候要打死这个孩子了？他根本就还没有下手，连碰都没有碰到。

大妈听到那声奶奶，那个心疼哟，从楚天逸手里一把将孩子夺过来。

"原来是人贩子。现在人贩子都这么猖狂，跑医院来抢孩子、打孩子了？"大妈掏出手机，一把抓住楚天逸，"你别走，我现在就报警，让警察来把你抓走。"

夏宝得意地站在大妈身后冲楚天逸吐舌头，别提多嚣张了。

"小兔崽子。"楚天逸怒不可遏。

"哎哟，打人了。奶奶，你看，他又要打我。"夏宝躲在大妈身后，又假哭几声。

"还敢打人。"大妈抄起旁边的拖把就往楚天逸身上打，"可恶的人贩子，看你长得斯斯文文的，竟敢做这种缺德的事。小朋友，你别怕，奶奶保护你。"

"住手。"楚天逸被打了个猝不及防。

那可是拖卫生间的拖把，味道可想而知。一身的尿味加上拖把上难闻的气味，楚天逸气得额头青筋暴突。

这边闹出的动静也惊动了一些人过来，保洁大妈嚷着让人报警抓人贩子。

堂堂楚家大少，要是被当成人贩子带去派出所，那真是天大的笑话。他丢不起那个人。

楚天逸只得吃了这个闷亏。

"放手。"楚天逸满脸怒气地挣脱大妈，快速离开医院。

他狼狈不堪，身上的尿味太浓了，路过的行人纷纷捂住鼻子，避而远之。

楚天逸的脸更黑了，将外套脱下，擦了一下脸，扔进了垃圾桶。

苏卿发现夏宝不见了，赶紧出来找，就见保洁大妈热心地把夏宝送了回来。

夏宝把保洁大妈哄得心花怒放，两个人有说有笑。

"小宝，你跑哪儿去了？"苏卿担心极了。

"这是你家孩子吧，得看好了，现在人贩子猖狂，都跑到医院来抢人了，你家孩子差点儿就被人贩子抓走了。"保洁大妈摸着夏宝的脑袋，笑道，"这孩子，多讨人喜欢哪。"

"奶奶，小宝也喜欢你，刚才谢谢奶奶帮我打跑坏人。"夏宝的嘴跟抹了蜜一样。

"这嘴真甜，奶奶真是喜欢你。"保洁大妈乐得合不拢嘴。

苏卿与安若对视一眼，都有点不明所以。

事后，回到病房，夏宝这才将事情经过老实交代。

听到楚天逸被尿了一脸，安若笑得花枝乱颤，夸赞道："小宝，你真是太棒了，太解气了。"

苏卿听了之后也忍俊不禁，不过想到楚天逸的性子，叮嘱道："小宝，下次不能这样了，我很感谢你替我出头，不过你还小，容易吃亏，如果没有刚才那位奶奶帮忙，你怎么办？"

"姐姐放心，我跑得很快的，下次不会再被抓住，这次是草率了。"

"小宝。"苏卿表情严肃。

夏宝乖巧道："小宝知道了，下次不会了。"

安若也意识到事情的严重性，万一夏宝被打了呢？

安若小声地对夏宝说："小宝，下次再有这种事，叫上我。"

两个人挤眉弄眼，达成共识。

楚天逸离开后不久，李逵华夫妇也来了，一番询问关心之后，让苏卿好好养伤。

苏卿不想住院，便说："干爹，干妈，我没大碍，我想出院。"

刘雪芹说："出了这么严重的车祸，差点儿命都没了，还说没大碍，多住几天观察观察，干妈这就回去给你炖补汤。"

李逮华问："小卿，你刚才说，跟你一块儿出事的还有一个人，他怎么样了？"

"他的家人将他带走了。"苏卿没多说，更不敢将自己的猜想告诉李逮华。

李逮华暗暗松了一口气。他接到苏卿出事的消息，自然也知道陆容渊出事了，不过陆家那边将消息封锁得很严，具体情况打听不到。

陆展元与陆承军也有动作，李逮华不知道自己这把能不能赌赢。

陆容渊如果没事，他就赢了；如果出事了，他虽然没赢，但也不会输。

这对夫妇在医院待了一会儿，李逮华公司还有事，刘雪芹也急着回去给苏卿炖汤，就都走了。

李逮华夫妇走后，苏德安与秦素琴也来了。

苏卿让安若去打发了，她一个也不想见。

万扬那边还没有消息，她心急如焚。

"姐姐，你渴了没有，小宝给你倒水好不好？"夏宝很懂事，懂得照顾人。

"小宝乖，姐姐不喝水。"

苏卿话音刚落，电话就响了，是万扬打来的。

苏卿迫不及待地接通："万先生，他怎么样了？"

"还没有脱离危险，不过腿暂时保住了。"万扬说得模棱两可。

"没有脱离危险？"苏卿呢喃着这句话，问，"我可以去见他吗？"

"恐怕不方便。"万扬说，"苏小姐，你耐心等消息吧。老大的命暂时保住了，只不过医生说可能会有后遗症，还不知道他什么时候醒来，也有可能……醒不过来。"

苏卿一颗心如坠冰窖，着急地问："醒不过来是什么意思？"

"有可能成为植物人。"万扬语气沉重，"苏小姐，如果老大真成了植物人，你也别伤心。他拿命救你，这是他心甘情愿的，他也不想看到你伤心。"

万扬传递的消息让苏卿的心情更为沉重。

一想到车子撞上石壁的那一瞬间，陆容渊护她的样子，她的眼泪顿时落了下来。

这辈子，有一个男人能拿命护着她，那是多大的幸运与幸福。

"暗夜"总部。

万扬挂了电话，脸上却浮起了笑意。

突然一个声音出现在身后："谁说陆容渊会成为植物人？我车成俊从未失过手，他已经脱离危险，最多几个小时就醒了。"

万扬回头一看，笑道："我这不是想帮老大嘛，他豁出命救了苏卿，苦肉计呀，这么好的机会不用，多浪费。"

说着，万扬看向车成俊身后的夏天道："这不是你支的招吗？苦肉计加死缠烂打，没有追不到的女人。"

夏天说："用个苦肉计，差点儿把命都给丢了，这要是传出去，'暗夜'首领为追女人，命丧车祸，应该会让人笑上好几年。"

夏天的话让万扬嘴角一抽。

"哎，你还小，不懂大人之间的情情爱爱，等你长大了，遇到一个你愿意豁出命去保护的人，到时你就知道了。"万扬知道陆容渊为了苏卿差点儿没了命时，也很震惊。

一个男人把另一个人看得比自己的命还要重要，这到底是一种幸运，还是不幸？

陆容渊现在躺在那里，万扬身为朋友，能做的就是夸大陆容渊的病情，说不定能让两个人重归于好。

夏天确实还不懂这些。

车成俊白了万扬一眼道："别把夏天教坏了，我还指望着他继承我的衣钵。小小年纪，谈恋爱误事。"

他好不容易遇到一个医学天赋如此高的人，一心将夏天当接班人培养，自然不能让万扬坏事。

"车成俊，你这就太自私了，你不能为了找个接班人，就让咱们的夏天孤独终老吧。"万扬将夏天拉过来，"夏天，你可别听他的。"

"哎。"夏天摇摇头，一副老气横秋的样子，"我才四岁半，你们跟我说找女朋友，这合适吗？"

万扬讪笑，看向车成俊说："合适吗？"

车成俊哼了一声，冷着脸走了。

万扬自顾自笑："好像确实不合适。"

"我去看陆老大。"

夏天现在是"暗夜"成员，因为他的天赋极高，无论是车成俊还是薛老头，都有意将他当接班人训练教导。

在夏天心里，陆容渊是"暗夜"的首领，也是他唯一敬佩和想要超越的人。

几个小时后，陆容渊醒了。他睁开眼第一个看到的就是夏天。

夏天小小的身影在房间里忙碌，见陆容渊醒了，倒了一杯水递上，说："车师父交代了，醒了之后先喝口水。"

尽管夏天做事很稳重，像个小大人，可他终究还是个小孩子。当夏天小小的手捧着水杯递过来时，陆容渊心里竟有一种说不出的柔软。

陆容渊喝了水，嘴唇还是干裂的，夏天又用棉签蘸着水替他湿润嘴唇。

"看来你已经适应了这里。"陆容渊看着夏天，"我已经让人去找你的父母。"

之前陆容渊承诺过会帮夏天找家人，没想到陆容渊真的帮他找了。他看了陆容渊一眼，将棉签放下，道："谢谢陆老大。"

"你不开心？"

夏天看着陆容渊，反应很平淡："从一出生，我就没见过爸爸妈妈，所以说不上开心或者不开心。"

一个孩子用最稚嫩的语气说着最成熟懂事的话，陆容渊突然感觉心里酸酸的，心底涌出心疼，让他有一种想抱抱夏天的冲动。

最终，陆容渊还是只摸了摸夏天的脑袋说："以后这里就是你的家，我就是你的家人。"

夏天笑了笑说："谢谢，陆老大。"

陆容渊勾了勾嘴角说："夏天，去将万扬找来。"

"你是想问那位苏小姐的情况吧？她没事。"夏天一副看穿陆容渊的样子，坐在椅子上，叹了口气，"陆老大，天涯何处无芳草，何必单恋一枝花。"

陆容渊一时语塞。把孩子教得太聪明了，受伤的总是自己，还用如此有哲理的话来给他上课。

"你还小。"陆容渊只好这么和他说。

夏天撇撇嘴，这动作跟夏宝如出一辙，陆容渊恍惚间有一种看到了夏宝的错觉。

那个孩子，比狐狸还狡猾。夏天偏成熟稳重些，有时候也会有小孩子心性的一面。

想起夏宝，陆容渊觉得那个孩子也是个可塑之才，好好培养，绝对是一个很出色的外交人员。"暗夜"正需要这样的人。

那孩子古灵精怪，可惜被苏卿领养了，他也不能把人拐来"暗夜"。

夏天起身，耸了耸肩道："我还要去训练，陆老大，祝你好运了。"

这一副鄙视的语气，让人很不爽。

万扬听说陆容渊醒了，赶紧过来。

"老大，你终于醒来了，我还以为这辈子都见不到你了。"万扬表情夸张，情绪激动。

"死不了。"陆容渊黑着脸，"都是你出的馊主意。"

"老大，这也不能怪我，谁知道会出车祸。"万扬嘀咕道。

陆容渊想起当时的情形，苏卿开的是公司的车，车子会定时检查，刹车怎么会失灵？

"车子刹车失灵，你让人去查一下。"陆容渊思索片刻说道。

万扬神情严肃起来，问道："老大，你怀疑这不是意外？"

"查了就知道了。"陆容渊也不敢肯定。

可如果真的是人为，车子是苏卿开的，有人针对苏卿，他肯定不能不管。

"好。"万扬说，"对了，老大，伯母跟陆爷爷来过电话，他们想来探望你。"

"不用，动作太大，陆展元那对父子会起疑。"

万扬说："我派人盯着那对父子，他们确实在打听，不过也没有太大的动作。"

陆容渊意味深长地说："陆家这水也搅和得差不多了。"

"老大，你想收网了？"万扬想到一件事，说，"老大，我觉得你还是先想想怎么过苏小姐那关吧，她应该猜到你的身份了。"

当时陆容渊情况危急，陆老爷子与陈秀芬担心，跟着一块儿去接陆容渊，当时医院门口如此大的阵势，苏卿肯定能猜到。

"无妨。"陆容渊嘴上云淡风轻，心里却有点不敢面对苏卿。

夏天在训练室练习射击，薛老头走了进来。

"夏天，过来休息休息。"薛老头招了招手。

夏天只是淡淡地看了他一眼，继续练习，打完了手里的子弹，才走过去。

"薛老头，什么事？"

夏天的额头都是汗。刚来岛上那会儿，夏天瘦得跟猴一样，经过几个月的训练，长了肉，结实了不少。

"你之前不是嚷着要找弟弟，要不去跟陆老大说说？"

"不用了。"夏天很想找到弟弟，可他不想让弟弟来岛上，"我以后自己去找。"

这里的训练很苦，有他一个人吃苦就行了，等他长大了，变强了，就能保护弟弟。如果现在找到弟弟，薛老头肯定会把弟弟带到岛上。

薛老头还真打的这个主意。

夏天如此聪颖过人，这一个妈生的，肯定也差不到哪里去。

现在岛上缺好苗子，薛老头就想多拐……不是，是多物色一些有天赋的孩子。

薛老头悻悻一笑道："夏天，我这也是想让你们兄弟俩团聚，你弟弟一个人在外面多不安全，把他带来岛上，跟你也有个伴。"

夏天清澈的眸子盯着薛老头，十分认真严肃地说："薛老头，别打我弟弟的主意，我不同意他来岛上。"

被戳穿心思，薛老头讪笑道："我就随口提提，不找就不找，我这不是担心嘛，小小年纪在外流浪，多可怜哪。"

"谁要是碰上我弟弟，那才是真可怜。"

"什么意思？"薛老头好奇道。

夏天没再说话，喝了口水，又继续练习。

兄弟俩一块儿长大，夏天自然了解自己的弟弟，古灵精怪，鬼主意又多，想要生存并不难。

这也是夏天虽然着急，却一直没有去找的原因。现在他还太弱了，只要他变得更加强大，等他超过陆老大的时候，就可以去找弟弟了。

薛老头撇了撇嘴，像个老顽童一样，哼了一声，双手背在身后。

"薛老头，谁惹你生气了？夏天呢？"车成俊从外面走进来。

"自己去找。"薛老头耍起小性子了。

车成俊一眼看穿，说："又去夏天那儿找虐了？"

这事不说还好，一说起来，薛老头停下脚步，像个受了委屈的老小孩，向车成俊告状："小车，你说我好心给夏天找弟弟，他还不领情，我一把年纪了，操这么多心，我容易吗？"

"夏天还有个弟弟？"车成俊很讶异，他还真不知道这事。

夏天有弟弟这事目前只有薛老头知道。

"我也是才知道不久，两兄弟之前走散了，夏天遇上了我，另一个孩子现在不知道在哪里。"薛老头感到很遗憾，没有将两个孩子都捡到。

车成俊幽幽地说："你确定是好心给夏天找弟弟，而不是想把人拐来岛上？"

"这怎么能是拐呢？我这也是想为咱们'暗夜'引进人才。你看夏天天赋如此高，我听他那口气，他弟弟也是个好苗子，所以，嘿嘿！"薛老头笑着搓搓手，恨不得立刻把人拐来。

车成俊点了点头道："所以还是想把人拐来。"

反正薛老头就是这心思，被戳穿了，他也不藏着了。

"夏天的天赋你也看到了，你就不想再收个徒弟？"薛老头开始怂恿。

人才，谁都渴望。

岛上刚来的这批孩子里，只有夏天在医学上有天赋，并且还是全能型。

其他孩子，有的在射击方面表现出色，有的在信息技术领域突出，有的擅长近身搏斗，也有擅长远程指挥的。

可"暗夜"要培养接班人，这些人都不合格，能为兵，不能为帅。

车成俊也有些心动，思忖着说："夏天不让找，那咱们就只能私底下找了。"

"我也是这么想的。"薛老头终于找到个跟自己一条战线的，"我出不了岛，所以找人这事，小车，得麻烦你。"

车成俊面无表情地说："我也出不了岛。"

岛上有规矩，没有特殊的事，不能出岛。而车成俊平常也不爱出去，更喜欢泡在实验室里做研究，让他去找人，怕是无望了。

两个人对视一眼，异口同声道："夏秋。"

夏秋最擅长的就是找人，这件事交给他，准没错。

夏秋常年在外有任务，找人更加方便。

薛老头与车成俊一起找到夏秋。一听是帮忙找人，夏秋胸口一拍，道："没问题。"

苏卿在医院里住了几天就出院了，刘雪芹非让她去李家休养。苏卿拗不过刘雪芹，只能暂时住进了李家。苏卿选择住进李家，也是想避开一些麻烦。

自从她住院之后，秦素琴与苏德安每天都来，楚天逸也每天托人送一束花来。住进李家，就不用费心思去打发这些人。

而夏宝的领养手续也办好了，现在也住在李家。夏宝机灵可爱，把刘雪芹哄得心花怒放。刘雪芹对夏宝喜欢得不得了，也非常宠爱夏宝，特意让人在家里建了个小型的游乐场供夏宝玩。

有了夏宝，李家也不再死气沉沉，热闹了许多，每天都是欢声笑语。

李逸华每天应酬回来，在家门口就听到妻子跟夏宝的笑声，心情也跟着大好。

夏宝就是开心果，能让所有人都喜欢上他。

不过，有人欢喜有人愁。

之前这个家里最受宠的就是李森，现在苏卿跟夏宝一住进来，他失宠了，像个小透明。

李森十分郁闷，可他偏偏又斗不过夏宝。

比如，李森在游戏房打游戏，打得正兴奋，突然没电了……

"夏宝！"李森握着游戏柄，咬牙切齿地大喊道。

"漂亮外婆，舅舅又凶我。"夏宝一脸害怕的样子。

刘雪芹立刻杀到现场："李森，你再凶小宝试试，这个月零花钱再扣十万。"

夜里，李森为了"报复"夏宝，捉了一只癞蛤蟆放到夏宝的床上，然后美滋滋地回房间了。

李森等了一晚上，也没等到夏宝被吓得惊叫的声音，等着等着就睡着了。

第二天一早，李森迷迷糊糊醒来，突然感觉被窝里有什么东西在动。

李森掀开被子，吓得尖叫着跳了起来。

被窝里几十只癞蛤蟆正瞪着大眼睛满床乱跳，还有好几只跳到了李森的身上，吓得他五官都扭曲了。

"哈哈哈。"夏宝站在门口捧腹大笑。

"夏宝，我跟你没完！"李森嚎叫一声。

"漂亮外婆，舅舅又凶我。"

刘雪芹三秒抵达现场："李森，你这个月的零花钱再扣十万，再凶小宝，你就给我搬出去。"

李森欲哭无泪："妈，我还是你亲儿子吗？"

"看你那鬼德行，都二十几岁的人了，还成天吊儿郎当，一点不像我跟你爸，回头问问医院当初是不是抱错了。"刘雪芹牵着夏宝，语气立刻一百八十度大转弯，"小宝，外婆去给你弄好吃的，吃了再带你出去玩。"

李森满腹狐疑，这是他亲妈呀。

"好。"夏宝乖巧地应道，在刘雪芹看不见的地方对李森做了个鬼脸。

"臭小子。"李森气得咬牙切齿，又无可奈何。

李森屡战屡败，屡败屡战，挺顽强的。

几十个回合过后，李森的零花钱扣成了负数。他投降了，半夜溜进夏宝的房间，对他说："小祖宗，我认输了，别再整我了，咱们休战，和平共处，怎么样？"

夏宝扬扬得意地盘腿坐在床上，眨着大眼睛，捧着肉嘟嘟的脸，笑道："舅舅，你战斗力真弱，这就认输了。"

李森双手一握，对着夏宝作揖："甘拜下风，小祖宗，以后我再也不恶作剧了，你也别整我，行不行？"

李森就差跪下了，现在他在这个家里完全没地位了。

李逸华与刘雪芹一直想要个贴心的女儿，因为身体原因只能作罢。他们现在认了苏卿做干女儿，李森的地位已经下降了一点，现在再加一个夏宝，李森的地位直线下降。

关键他还试图"报复"回去，之前那只癞蛤蟆没有吓到夏宝，倒把自己吓了个半死。

夏宝捧着脸，漫不经心地轻敲着脸蛋儿，笑得一脸无害道："舅舅，咱们做男人的，不能这么没骨气。"

李森无言以对。

夏宝叹了一口气，语重心长地说："舅舅，你说你也二十好几了，像个米虫一样在家混吃等死，你就不觉得羞愧吗？"

李森一愣，胸口腾起怒气，旋即又蔫了下去。

因为夏宝说的是事实。

他从小就要风得风要雨得雨，被捧在手心里长大，嚣张又傲气，谁都不放在眼里，也没谁敢教训他，身边的人都捧着他，恭维他。

活了二十多年，今天倒被一个小屁孩教训了。

"谁说我是米虫？"李森也要面子，被夏宝这么一激，梗着脖子说，"我……我只是没有表现的机会罢了。"

夏宝鄙视道："舅舅，我已经四岁半了，不是三岁小孩子了。再说，你骗一个小孩子，好意思吗？"

"我怎么骗你了？我可是拿了硕士学位，精通三种语言。"

"学位是花钱买的吧？"夏宝撇了撇嘴，"外婆外公这么辛苦，你说你像个米虫一样，只知道吃喝玩乐，羞不羞人？"

李森气得脸都红了，他的学位还真是花钱买的。

"我家这么有钱，就算我挥霍一辈子也花不完，我除了吃喝玩乐，还能干什么？"

"真羞人。"

苏卿半夜想来看看夏宝，却在门口听到李森跟夏宝的对话。

听见夏宝又在刺激李森，苏卿想进去阻止，手臂突然被人扯住。

是刘雪芹。

"干妈。"

刘雪芹摇了摇头，示意苏卿借一步说话。

自从住进李家，李逸华夫妇待苏卿跟夏宝很好。夏宝跟李森的矛盾，苏卿也不是不清楚。

夏宝古灵精怪，李森常常吃亏。可刘雪芹与李逸华从来不点破，反而宠着夏宝。这让苏卿很疑惑。

苏卿抱歉道："干妈，实在抱歉，小宝他太调皮了。"

刘雪芹笑道："我知道你想说什么，小卿，我们是真心喜欢小宝的，这孩子聪明得很，又懂事。这段时间，他跟李森那些恶作剧，我都知道，你知道我为什么不管吗？"

苏卿摇了摇头。

刘雪芹笑着叹了一口气，说："李森是我跟逸华唯一的儿子，我们就这么一个儿子，所以从小到大都宝贝着，把他宠成了无法无天的性子，到处闯祸惹事，我跟他爸现在能护着他，等我们百年之后，谁来护着他？"

苏卿明白了，道："干妈是想让小宝改变李森？"

"对，李森孤傲，小宝呢又机灵古怪，正好治治李森的脾气。你也看到了，李森去求和了，二十多年了，我还是第一次看到李森低头。"

刘雪芹既高兴又欣慰，接着说："李家的家业迟早得交到李森手里，他如果继续这样下去，就真废了。小宝这么小，都知道心疼我跟逮华，而李森却从来没有心疼过我们，还真是惭愧，这都是我们的教育出了问题。"

夏宝确实太懂事了，知道心疼人，苏卿想起夏宝替她教训楚天逸的事，心里不禁一暖。

"小宝真的很棒，不知道他的亲生父母怎么会忍心丢弃他。"苏卿想到夏宝的身世，心里一阵心酸与心疼。

刘雪芹说："小宝遇上你了，这是他的福气。"

翌日。

吃早餐时，李森突然宣布："爸，我要去你公司学习。"

李逮华正在看报纸，听到李森主动要去公司，还以为听错了，半天没有反应过来。

刘雪芹按捺住心中的激动，问道："儿子，你真要去公司？别三分钟热度，闹着玩。去你爸的公司学习可是很辛苦的。"

"我没有闹着玩，我很认真。"李森看向李逮华，"爸，让不让我去，你就一句话，行不行？"

李逮华心里十分高兴，欣慰道："行，不过你如果是闹着玩的，就趁早打消这个念头。管理公司没这么简单，而且你是个新人，也不能太特殊，从最底层做起。"

"不就是上班吗，有什么难的？"李森看了一眼夏宝，然后对李逮华说，"我可不会让某些人看扁了。"

夏宝喝着牛奶，舔了舔嘴角道："舅舅，三个月哟，如果坚持不住，记得我们的约定哟，愿赌服输。"

"你放心，不就三个月，有什么坚持不住的！"李森哼了一声，十分不屑，他堂堂李家大少，不就上三个月班，有什么难的？

这时，李森的好友打电话来："李少，出来玩，有美女哟。"

李森很认真地拒绝："以后这种聚会别再找我了，我要去我爸公司上班了。"

"我没听错吧，小李少，你去上班？太阳打西边出来了？你别逗了，我们可都等着你开局呢。"电话那头的人像是听了最好笑的笑话。

李森直接挂了电话。

李逵华夫妇面面相觑，看来这次是来真的了。他们暗暗对夏宝竖起了大拇指。

李森当天就去了公司，夏宝也去了幼儿园，刘雪芹给夏宝换了一家顶级幼儿园。

苏卿养了一段时间伤，也回公司上班了。至于陆容渊那边，一直没有消息，她也联系不上万扬。

苏卿总是失魂落魄的，时常坐在电脑面前发呆。

刘洁见苏卿魂不守舍，便问："苏卿，是不是不舒服？要不我再给你批几天假？"

苏卿去桃花山回来的路上差点儿葬身车祸，公司的人都知道了。

"刘经理，不用，我可能没休息好。"苏卿定了定心神，故意问了句，"刘经理，陆总来公司了吗？"

"陆总已经好几天没来了。"刘洁说，"陆总不常来公司的，怎么了？"

"没事。"苏卿笑笑，"我去一下洗手间。"

"好。"刘洁叮嘱，"注意身体。"

"谢谢。"

苏卿去了洗手间。

秦雅菲见苏卿朝洗手间去了，放下手里的东西，正要跟着过去，突然被人拉进了旁边的办公室。

"菲菲，别怪我没警告你，大哥已经在查车祸的事了，你再敢打苏卿的主意，后果自负。"

秦雅菲看清是陆星南，脸色瞬间不太好看，甩开陆星南道："我的事，不用你管。"

"菲菲，我将你弄进公司，不是让你胡闹的。你之前答应过我什么？"陆星南语气里夹杂着怒气，"你说你只是来工作，可你怎么做的？我警告过你，不许去招惹苏卿。"

"怎么，你也对那个女人动心了？"秦雅菲讥笑道，"陆星南，你答应过姐姐，要照顾我，如果让容渊哥哥知道车祸的事是我做的，我看你怎么面对姐姐。"

"你太胡闹了。"陆星南动怒了，"你这次差点儿害死了大哥跟苏卿，你竟然半点悔悟都没有。"

"我哪里知道容渊哥哥会跟着去。"秦雅菲见陆星南真的生气了，态度也没有那么恶劣了，扯了扯陆星南的手，"星南哥哥，我就是替姐姐不值。姐姐是为了容渊哥哥才出的事，这才几年，他就忘记姐姐了，所以就想教训教训苏卿，没想到事情会这么严重。"

"你难道想让大哥为你姐守一辈子？"陆星南觉得有些可笑，他也不是没有原则，冷声警告，"菲菲，看在雅媛的面上，这次我可以替你兜着，如果再有下次，我也帮不了你。"

陆星南丢下这句话，转身朝外走。

秦雅菲叫住他："星南哥哥，你从来没对我说过这么重的话，你是不是真的爱上了苏卿？"

陆星南停住脚步道："别乱说话，苏卿是大哥的女人。"

"容渊哥哥为了苏卿，连命都不要了，他会娶苏卿是不是？"秦雅菲不死心地问，"她不会像之前那些嫁给容渊哥哥的新娘那样，莫名其妙地死了，对不对？"

"谁敢碰苏卿一根头发，后果自负。"陆星南说，"郑氏集团与周雄飞的儿子就是最好的下场。"

秦雅菲当然知道郑氏集团被陆氏集团一夜收购的事。

"容渊哥哥是为了苏卿才对郑氏集团下手的？"秦雅菲难以置信，"周雄飞的儿子周哲的事，也是容渊哥哥为了苏卿做的？"

陆星南点了点头，什么也没说，直接拉开办公室的门出去了。

秦雅菲愣在原地，陆容渊竟然为了苏卿做到这个地步。她感受到了前所未有的危机感。

她焦急地来回走了两圈，然后掏出手机打了一个电话出去："想知道你为什么被揍吗……"

苏卿从洗手间出来，在资料室找资料。有一份资料放得太高了，在架子最上面，苏卿踮着脚也够不着。

苏卿往上一跃，伸手去拿，结果资料都砸了下来，架子也开始摇晃。

"小心。"陆星南冲过去，迅速扶住架子，"苏卿，有没有事？"

苏卿被资料砸了脑袋，不是很严重，看清是陆星南，很是意外，问："陆……陆总，你怎么在这里？"陆星南不是在子公司吗？

"我来总部看看。"陆星南将地上的资料捡起来,"在总部还适应吗?"

"还好。"苏卿说,"谢谢。"

"不用客气,换作公司别的员工,我也会出手。"陆星南明知故问,"听说你前段时间出车祸了,伤好了没有?"

"好了,谢谢你的关心。"

资料室就他们两个人,苏卿感到有点不自在,抱着资料说:"我还有工作,先出去忙了。"

"好。"陆星南又补充了一句,"别太拼命了,身体才是革命的本钱。"

苏卿扬唇一笑:"知道了。"

刚回到座位上,就听一位快递小哥捧着一束玫瑰花站在门口问:"请问谁是苏卿苏小姐?"

"我是。"苏卿很纳闷。

"苏小姐你好,这是你的花,请签收。"

快递小哥捧着这么大一束花送来,引来了同事们的关注。有人打趣问:"苏卿,男朋友送的?"

她跟陆容渊都分手了,哪里来的男朋友?再说了,陆容渊现在还不知道是什么情况,又怎么会送花?

苏卿问快递小哥:"请问是谁送的?"

"是一位姓楚的先生送的。"

楚?楚天逸?鲜花里有卡片,苏卿打开看了一眼,上面写着:你是我的万千星辰,是我遗失的那根肋骨。还真是肉麻。

苏卿将卡片放回去,说:"不好意思,请将这花退回去吧。"

楚天逸还真是无孔不入,之前送花去医院,现在又送到公司来了。

同事起哄:"苏卿,是追求者呀。这么好看的花,不收多浪费呀。从这花就可以看出对方是个浪漫的人。"

快递小哥为难道:"苏小姐,你就收下吧。这花要是退回去,客户投诉,我得罚款,一天就白干了,弄不好工作也丢了。"

出来工作都是为了糊口,都不容易。

苏卿迟疑着签收了。同事笑着说:"苏卿,你要不喜欢,可以拿来装饰办公室,也不浪费。"

"行,你拿去处理吧。"苏卿直接将花交给同事。

这一幕被陆星南与秦雅菲看在眼里。

秦雅菲心中冷笑，还真是个水性杨花的女人。

陆星南没有发表任何意见，倒是挺羡慕那个能正大光明追求苏卿的人。

楚天逸把花送到公司来了，要是以后经常这么做，影响很不好。苏卿走到阳台上，给楚天逸打了个电话。

电话立刻接通了，楚天逸愉悦的声音从电话里传来："小卿，花收到了吗？喜欢吗？"

"楚天逸，别再搞这些了，你这样做，除了让我更加反感之外，没有任何用处。"苏卿真的很反感。

"小卿，我知道之前伤你太深，花我每天都会送，直到你原谅我为止。"

苏卿真的很头疼，感觉自己完全就是在对牛弹琴。

"随便你，正好办公室里缺少一些装饰，拿来装饰也不错。"他以为她不敢收吗？苏卿说完就挂了电话，身后突然传来秦雅菲的声音。

"苏卿，怎么了？看你不太高兴的样子，跟男朋友吵架了？"秦雅菲笑吟吟地走过去，"刚才我可看见了，那么大一束花，你男朋友可真是浪漫，什么时候带出来见见？"

苏卿平常跟秦雅菲并没有什么交集，秦雅菲突然这么热情地说要看她男朋友，搞得好像两个人很熟一样。

"不是什么男朋友。"苏卿不愿多说，"我还有工作，先去忙了。"

"好，你忙。"秦雅菲脸上带着笑，等苏卿一转身，脸上的笑瞬间消失，看苏卿的目光很冷。

苏卿在公司收到鲜花的事，很快就传到了陆容渊的耳朵里。

陆容渊脸色阴沉道："万扬，给我订一束更大的花送过去。"

醋坛子打翻了。

楚天逸这完全就是趁火打劫。

陆容渊心情自然好不到哪里去。

陆容渊又问："楚天逸送了多少朵玫瑰花？"

万扬喝着茶，答道："艾米丽说是九十九朵。"

艾米丽就是陆容渊安插在公司的眼线。

"才九十九朵，小气。"陆容渊嗤笑一声，"订九千九百九十九朵送去。"

万扬一口茶水差点儿没喷出来，呛得咳嗽两声："老大，九千多朵，那得用大卡车拉，苏小姐怎么接得住？"

陆容渊觉得很有道理："那就少一点，九百九十九朵就行了，订最新鲜的红玫瑰。"

"行。"万扬想了想，问，"老大，如果楚天逸再送呢？"

"那我们也接着送。楚天逸送什么，就按十倍的量送。"陆容渊觉得在追女人这方面，气势不能输。

"那需要写点什么给苏小姐吗？"万扬建议道，"比如一些肉麻的情话，可以促进两个人之间的感情。"

"不用，卿卿她懂我的心意。"陆容渊很自信。

不过事实证明，陆容渊自信过头了。

苏卿忙碌了一整天，手里的工作终于处理完了，正急着去幼儿园接夏宝，突然又有快递小哥来送花，而且这次还是几个人抬着来的。

同事们羡慕不已，特别是女同事。

"苏卿，真羡慕，这得有九百九十九朵吧，长长久久，真浪漫！"

"我还是头一次见到有人送这么大一束玫瑰，真漂亮！"

苏卿看着鲜花，觉得更头疼了。

还真没完没了。

苏卿直接当成是楚天逸送的，签收后，将花交给同事："你们处理吧。"

有位男同事笑着说："苏卿，我拿几支借花献佛，回去送给我老婆。"

"拿去吧。"苏卿大方地说，"大家谁喜欢的就拿吧，别客气。"

"谢了，我也拿几支回去送给我女朋友。"

"我也拿几支。"

"我也要。"

最后陆容渊送的玫瑰花全被同事们分了。

苏卿按时下班，去接夏宝。

刘雪芹给她配了一辆车，李家车库全都是豪车，最低调的也是五六十万的保姆买菜的车。

刘雪芹让她随便选一辆，不喜欢的话就去订新车。

苏卿选了辆买菜车，她不想太高调了。

刘雪芹对她的好，让她感受到了被母亲疼爱的滋味。

苏雪成年那天，苏德安为苏雪送上了一辆三百万的跑车作为成人礼。而苏卿的生日礼，却是苏雪与秦素琴给她下药，害她失身。

苏卿在幼儿园门口等夏宝，回忆起过去，心里有一种说不上来的酸楚的感觉。如果她的孩子还活着，那该多好。

正这么想着，苏卿就见到夏宝蹦蹦跳跳地朝她这边跑来："姐姐。"

夏宝叫刘雪芹外婆，叫李森舅舅，却一直都喊苏卿姐姐，怎么都不改口。

"小宝，今天在学校里有没有乖乖听老师的话？"苏卿看着胖乎乎的夏宝，心里柔软得一塌糊涂。

在李家这段时间，夏宝的伙食太好了，身上的肉以肉眼可见的速度增长，圆乎乎的，又长得粉嫩粉嫩，小脸白里透红，看着特别讨喜。

"姐姐，老师都太啰唆了，很多题都讲得不对。我举手纠正了老师，就这水平还教人，不是误人子弟吗？"夏宝一脸的嫌弃。

苏卿听得心惊胆战。夏宝这才多大，竟然能指正老师的错误？连误人子弟都知道。

之前苏卿只觉得夏宝很聪明，可现在看来，这不是一般的聪明啊。

夏宝的阅读能力非常强，才不到五岁，这是个天才儿童。

"小宝，以后不能这么没礼貌，要尊师重道。"

"知道啦。"夏宝伸手，脸上扬着狐狸般的笑，"姐姐，我要抱抱。"

苏卿好笑道："小宝，你现在多重了，心里没点数吗？"

夏宝已经快五十斤了，虽然胖了点，但不影响颜值，反而更可爱帅气。

"姐姐，要抱抱嘛。"夏宝撒娇，"姐姐身上味道好闻，好香，好软……"

"打住。"苏卿将夏宝抱起来，哭笑不得，"再这样，下次就不抱了。"

夏宝搂住苏卿的脖子，一脸的心满意足："姐姐，我晚上想跟姐姐睡。"

"不行。"苏卿一口拒绝。

夏宝夜里睡觉不老实。

"姐姐，晚上我害怕。"夏宝嘟着嘴，"舅舅要报复我。"

"你不恶作剧整你舅舅就不错了。"

现在连李森都怕夏宝了。

苏卿好奇地问："你跟你舅舅做了什么约定？"

"这是男人之间的秘密。"夏宝笑嘻嘻道，"不过晚上我可以告诉姐姐。"

这还是变着花样想赖着一起睡。

苏卿哭笑不得地说："那晚上睡觉要老实点。"

"好。"夏宝偷笑。

没有陆容渊的消息，就是最好的消息。再加上有夏宝，苏卿心情总算好了一点。

晚上，她给万扬又打了个电话，得知陆容渊已经脱离危险，她心里的大石才算落下。

苏卿每天按时去上班，楚天逸跟陆容渊的鲜花每天按时送来，一前一后。

楚天逸送百合，陆容渊就送一束更大的百合。

每天都收这么多鲜花，办公室都放不下了，最后苏卿想了个办法，下班后拖出去促销处理了。

一元一朵，很快就处理了。这也算是一笔还不错的额外收入。

楚天逸得知送去的花都被苏卿卖了，脸黑得那叫一个难看，送花这招看来是不行了。

苏卿卖花的事传到陆容渊耳朵里，陆容渊笑了："这女人，还真是个财迷。"

敢将他送的花拿去卖了，苏卿还是第一个。

万扬知道几万一束的花就这么被苏卿一元一朵给贱卖了时，也是服了。

"老大，苏小姐估计还在生你气呢。"

陆容渊沉思着说："也差不多了，给我找家医院。"

"老大，我们要回帝京？"

"也该回去了。"陆容渊说，"再不回去，苏卿那儿更不好交代。"

"行，那我去问问车成俊。"

车成俊负责陆容渊的病情，能不能离开，得问过车成俊才安心。

万扬还是很担心的，哪知车成俊头也不抬地说："早就可以离开了。"

"那你不早说？"

"你也没问。"车成俊给了万扬一个白眼，从凳子上起来，"你让陆容渊悠着点，这才多久，出了两次车祸，下次可就没这么幸运了。"

"知道了知道了，啰唆，你关心他，为什么不自己去说？"

车成俊哼了一声道："谁关心他了，你赶紧走，别打扰我做实验。"

万扬见车成俊忙，就没再多说，他走到实验室门口，见到夏天，笑着打招呼："夏天。"

夏天面无表情地问："陆老大要离开了？"

"老大的伤也养得差不多了，该离开了。"万扬拍了拍夏天的小肩膀，"希望下次我们来的时候，能看到你打破老大在岛上留下的纪录。"

"放心吧，没问题。"夏天十分自信，"再过不久，我一定打破陆老大的纪录。"

"要不要去看看老大？"万扬说，"我们这次走了，下次可不一定什么时候再见。"

"不去了。"夏天说，"我还要去练习。"

说着，夏天转身就去训练室了。

陆容渊已经迫不及待地想要离岛，回帝京。收拾好，陆容渊当天下午就出发了。

嘴上说着不去见陆容渊，可陆容渊走的时候，夏天还是去了。他站在岸边，看着陆容渊的船驶离，心里竟然还真觉得不舍得。

"夏天，怎么？舍不得了？"车成俊不知何时站在夏天身后。

"车师父。"夏天抬头看了看车成俊。

"陆老大这段时间在岛上养伤，都是你在照顾，产生感情也正常。"车成俊说，"你无父无母，又敬佩陆老大，将他视为榜样，心里不知不觉也将他当成了父亲。"

"车师父，我没有。"夏天否认，他才不愿让别人看穿他的心思。

车成俊笑了笑，说："别忘了，我可是你师父，心理学这一块，我也很有研究。"

"车师父，"夏天撇撇嘴，说，"我没见过父母，不知道他们长什么样，陆老大说了会帮忙找我的父母。"

车成俊问："那你想找到他们吗？"

"不知道。"夏天摇摇头。

他是真不知道，不过陆容渊离开了，他确实有点失落。

这段时间，他训练时，陆容渊都会来指导他，像老师又像父亲。跟薛老头和车成俊教他时是不一样的。

车成俊望着陆容渊离开的船，轻声说了句："你跟陆容渊确实有很多地方相似，像父子。"

苏卿这天终于落了个清净，楚天逸没再送花来了。

这几天通过卖花，苏卿赚了小一万，她打算晚上请安若还有夏宝去大吃一顿。

苏杰的手术已经安排好了，就在明天，这也是个好消息。

人逢喜事精神爽，苏卿收拾东西下班时，都是哼着小调的。可出了公司，看到一个熟悉的人，苏卿的好心情立刻就没了。

苏雪已经在公司门口等了好一会儿了。

楚天逸天天给苏卿送花，苏雪知道后，差点儿没气疯。

自己老公给前女友送花，苏雪能不疯吗？

一见到苏卿，苏雪恨不得上去撕了她。

"姐，收着我老公送的花，感觉怎么样？"苏雪阴阳怪气的，明明很生气，却还压制着。

"特别爽。"苏卿就是故意气苏雪的，"每天送那么大一束花，心情真不错。对了，楚天逸给你送花了吗？过两天可是情人节了，你记得提醒他。"

苏雪气得咬牙切齿："苏卿，你就不能放过楚天逸吗？他都已经是我老公了，你还霸着他干什么？"苏雪是真没辙了。楚天逸不听她的，她阻止不了，只能来找苏卿了。

"当初你算计我，嫁给他的时候，就该想到今天。"苏卿冷笑道，"你对付我的时候，阴谋一个接一个，怎么，一个楚天逸，你就拿不下来了？"苏卿倒是希望苏雪能把楚天逸给管好，她也不想看到楚天逸。

"他的心都在你这儿，我能怎么办？你现在是李逸华的干女儿，楚天逸看中你能给他带来的利益，不会轻易放手。"苏雪语气里透着无助，都快哭了，"我求求你，把楚天逸让给我，你都有男朋友了，就放过楚天逸吧。"

苏卿也听出苏雪语气里的束手无策。对于楚天逸的无耻，她也没有办法。

"苏雪，五年前，害我的男人到底是谁？"苏卿第一次问苏雪，"当年那个孩子真的死了吗？只要你说实话，我或许会考虑放过楚天逸。"

苏卿信不过苏德安。秦素琴几次拿那个孩子威胁她，孩子可能不在秦素琴手里，但也不一定死了。

"那个男人，他……他……"苏雪一时答不上来，当年她是陷害了苏卿，可都过去这么久了，当年那个男人，她也没有再联系了。

"怎么了？"苏卿眉心一拧。

"实话跟你说吧，过去这么久了，我也不知道怎么联系那个人了，当时就是随便找的一个人。"苏雪说，"至于你的孩子，那是爸处理的，我不清楚，不过我妈说，那孩子还活着。"

"真活着？"苏卿心里有些激动，可能是跟夏宝相处久了，心底深处的母爱被激发，她最近很想找到那个孩子。

"我骗你干吗，不过我也不知道那个孩子在哪儿。"苏雪说，"反正应该还活着，不然在认亲宴上，我们也不会找人来冒充。"

苏雪跟苏德安说的不一样，无论谁是真的，谁是假的，她都要亲自求证。

苏雪观察着苏卿的神色，心生一计，说："也许被当年那个男人带走了也不一定。苏卿，只要你把楚天逸还给我，我就帮你找孩子。我待会儿就回去找那个男人，或许能联系上。"

"好。"苏卿太想那个孩子了。

晚上，苏卿约了安若。接了夏宝后，她直接去了吃饭的地方。

安若一听苏卿请客，来得很积极。

"苏卿，你可八百年没请客了，今天发财了？"安若看见夏宝，两眼发光，"哇，小宝，你怎么长这么圆润了，好可爱，来，让我捏捏你的脸。"

"不要。"夏宝往苏卿身后躲，噘着嘴，很是傲娇，"只有未来媳妇才能捏我的脸。"

"哟，这么小就想找媳妇了。"安若打趣道，"苏卿，以后你享福了，小宝给你找十个八个儿媳妇伺候你。"

夏宝搂住苏卿道："以后让姐姐做我媳妇。"

安若一愣，笑得前俯后仰："等你长大，你姐姐都老得掉牙了。"

苏卿白了安若一眼道："小宝胡闹，你也跟着瞎起哄。快点菜，这次发了笔横财，吃饭还堵不住你的嘴。"

"发什么横财了？"安若顺口一问。

苏卿把卖花的事一说，安若捧腹大笑，说："这招高，这楚天逸也太无耻了，就该这么做，看来今天这顿是楚天逸请的呀，那我得敞开了吃。"

安若真不客气，点了不少菜，夏宝也点了自己爱吃的。三人吃得心满意足，吃完时，都已经快九点了，苏雪打来电话："姐，我联系上那个男人了，已经约到他了，晚上十点红树林路口见。"

苏雪的电话让苏卿精神一振，忙答道："好，我马上过来。"

chapter 16

坦白身份

苏卿心情十分激动，又很复杂。

只要找到那个男人，说不定能找到孩子。可一想到要面对那个男人，苏卿心里又生了退意。

五年前的那件事是藏在她心底深处的秘密。那个男人，强暴了她。

时间过去这么久了，心底的伤疤一直未好。

"苏卿，怎么了？谁的电话？"安若见苏卿脸色不是很好，有些担忧地问道。

"苏雪。"苏卿说，"她找到五年前那个男人了，约在红树林见，我得过去一趟。"

安若一听，神情严肃起来，情急之下脱口而出："苏卿，你去见那个强奸犯做什么？你傻呀，大半夜约着去见，这不是羊入虎口吗？苏雪她能安什么好心？"

"我有分寸，你先把小宝送回李家。"苏卿又对夏宝说，"小宝，跟安若阿姨回去，我很快回来。"

"好。"夏宝表现得特别乖巧。

苏卿有点意外，按照夏宝平常的作风，可不会这么爽快地答应。

时间来不及了，苏卿急着去红树林，交代之后就走了。

安若还想阻止，夏宝扯住她的手，对她摇摇头。

安若没懂他是什么意思，等苏卿离开后，夏宝迅速跳下椅子，说："安若阿姨，借你手机用一下。"

"你拿手机做什么？"安若嘴上这么问，但还是把手机给了夏宝。

"姐姐要去见坏人，当然是搬救兵了。"夏宝给了安若一个白眼，那眼神别提多鄙视了。

夏宝还不理解什么是强奸犯，他只知道姐姐有危险。

安若一脸无奈，她又被夏宝鄙视了。

"你一个小屁孩能搬什么救兵？小宝，你还是把手机给我，我叫上几个朋友……"安若心急如焚，苏卿见的可是五年前那个男人，苏雪这个女人又蛇蝎心肠，苏卿一定会吃亏。

安若话没说完，夏宝这边已经打通电话了："舅舅，带上几个人去红树林……"

红树林。

这边有些偏僻，很是安静，只是偶尔有几个夜跑的人路过。

苏卿抵达时，并没有看到苏雪。环顾四周后，她给苏雪打了个电话。

不远处，一辆黄色的法拉利轿车上，苏雪接通了苏卿的电话。从她的角度，能看清站在路边张望的苏卿。

"姐，你先等一会儿，我们马上到。"

说完，苏雪挂了电话，嘴角勾着一抹得逞的笑容。

苏雪从包里拿出五万块递给身旁的男人道："这是订金，事成之后，再付另一半，我要高清视频。"

"没问题。"男人市侩地接过钱，验了一下真伪，笑道，"我们也不是第一次合作了，放心，我保证把事情办得漂漂亮亮。"

此人正是五年前苏雪给苏卿找的男人，名叫陈龙，是个地痞流氓，游手好闲惯了，最近正好缺钱，没想到苏雪就找上来了。

干一次十万块，这样的好事，谁不答应？

陈龙也看到了不远处的苏卿，当年他就觉得可惜，没把人搞到手，他也不知道哪个环节出错了，但事后苏雪还是给了他钱，还称他事情办得漂亮。

有钱拿，陈龙自然没将事情真相说出来。这都过去五年了，又来找他帮忙，他这是又走运了。

陈龙笑眯眯地将钱收好，搓了搓手，猥琐地朝苏卿走了过去。

苏雪坐在车里，脸上扬着得逞的笑容。苏卿，敢跟我争男人，我就让你再尝尝五年前的痛苦。

苏卿看了一眼手上的腕表，正好十点整。

身后传来脚步声，苏卿提高警惕。

"苏小姐，好久不见。"陈龙双手揣兜，笑眯眯地打量着苏卿，那双眼睛十分猥琐，"几年不见，苏小姐出落得越发迷人了。"

苏卿回头看着眼前的男人，五年前的某些片段在脑海里浮现，不断地闪过。

"是你？"苏卿没见到那个男人真正的样子，可男人的身形她还记得几分，跟眼前的人有几分相似。

"是我。"陈龙摸着下巴，笑道，"我听说你在找我，没想到苏小姐对我如此念念不忘，其实，我也挺想念你的……"陈龙凑近苏卿，闻着苏卿身上淡淡的香味，更是心猿意马。他迫不及待地想要一亲芳泽。

陈龙一把扑向苏卿，抱住她说："苏小姐，春宵一刻……"

后面的话，陈龙惊恐得说不出来，只因为他感觉到腰上正抵着一把冰冷的刀。

苏卿冷笑一声道："你们还真当我像当年一样蠢，会跳进你们设下的圈套？说，那个孩子到底在哪儿？在不在你手里？"

"孩……孩子？"陈龙压根儿就没碰过苏卿，他怎么知道苏卿怀了谁的孩子。

"你最好想好了再说。"苏卿手中的刀向下滑，抵着男人的下身，冷冷地威胁道，"我的手一抖，如果伤到了，那可就不好意思了。"

"我的姑奶奶，别别别，拿稳了，这要伤了，那可不是开玩笑的。"陈龙吓得破了音，随口胡说，"那个孩子，我……我扔去福利院了。"

"那个孩子真活着？在哪家福利院？快说。"苏卿情绪有些激动，满脑子只想找到那个孩子。

"我一时想不起来了。"陈龙灵机一动，狡猾地说，"苏小姐，你先把刀收起来，让我好好想想。"

"好。"苏卿答应得爽快，把刀收了。

陈龙很是意外，可他被美色冲昏了头脑，也没多想。这里如此偏僻，旁边就是小树林，把事一办，他不信苏卿还能把他怎么着。色心壮人胆，陈龙上下打量着苏卿，这凹凸有致的身材勾得人心痒痒。

风吹来，苏卿身上特有的香气飘进他的鼻子里，陈龙再也忍不住了，想要将苏卿拖进小树林。

陈龙刚要出手，苏卿突然侧过身来，一脚踹向他的下身。

"啊——"

陈龙一声惨叫还没完全叫出声，突然有两个男人从苏卿的车后冲出来，捂住陈龙的嘴，迅速将人拖进了车子。

苏卿也跟着上了车，车子立即往小树林深处开去。

不远处的苏雪看得不是很真切，只大致看见苏卿的车子开进了小树林。

苏卿消失在视线中，苏雪感觉不对劲，准备下车去查看。

刚下车，她身后就冲出两个男人，一人捂住她的嘴巴，一人抓住她的腿，手法跟刚才拖陈龙是一样的。

两个人抬着苏雪，迅速往红树林深处去了。

另一边。

苏卿的车子停在树林深处，陈龙被一脚踹下车，随后又被苏卿带来的人迅速捆在树上。

四下无人，就算陈龙喊破喉咙，也没人听见。

苏卿悠悠地下车。她不得不感谢苏雪，找了这么好的一个地方。

陈龙看了一眼一左一右两个男人，被这架势给吓蒙了："苏小姐，我错了，你放了我吧。"

苏卿冷冷地扯了扯嘴角，走到陈龙面前，从他口袋里搜出现金，嗤笑道："五万块，苏雪给的？就这么点？"

"苏小姐，我这也是拿钱办事，况且也没把你怎么着不是，你就大人有大量，放了我吧。"陈龙嬉皮笑脸地求饶。

"你觉得我会放了一个五年前侵害过我的男人？"苏卿目光冷冷地盯着陈龙，眼里满是恨意，"我现在恨不得一刀杀了你。你当真以为我让苏雪找你，是为了找那个孩子？"

陈龙反应过来，看苏卿的眼神满是惊惧："你是为了报复？"

苏卿目光锐利地看着陈龙，"苏雪主动把你找出来，我也不用再费心了，何乐而不为？你知道当年我醒来后最想做的是什么吗？"

苏卿漫不经心地把玩着手里的刀。在接到苏雪的电话时，她五年前的恨意也被勾了出来。她转头就打电话向李逸华"借"了四个人。她将替自己讨回公道。

"苏小姐，饶命，求你放我一马，钱我不要了，都是你妹妹想害你，跟我无关哪。"陈龙挣扎着，可他双手双脚都被捆住了，根本挣不开。

陈龙悔不当初，是他财迷心窍，才会答应苏雪干这事。偷鸡不成蚀把米，今天他栽在苏卿手里，想脱身，难！

"放了你，让你再去帮着苏雪害人？"苏卿一把捏住陈龙的下巴，眼里闪过一抹杀意，"现在我看着你，胃里就犯恶心，是你帮着苏雪毁了我，你是帮凶，我现在杀了你的心都有。"

苏卿手中的刀，在月光下泛着幽冷的光芒。

陈龙吓得差点儿尿裤子了，忙说："苏小姐，你冷静点，当年我压根儿就没碰过你，我那是骗苏雪的。"

"无耻，敢做不敢认。"苏卿愤怒道，"刚才你亲口承认了，你觉得我还会信吗？"

"我说的是真的。"陈龙急切地解释，"当年我是拿了钱，可我当时去房间的时候，房间里压根儿没人。我真没碰过你，要是有半句假话，我就是你孙子。"

当年苏雪给苏卿下了药，陈龙一直在旁边等着，他当时确实垂涎苏卿的美貌，一直等到苏卿中招，被送回房间。

陈龙收到苏雪的信息，让他去 806 号房间，但房间里根本没人。后来才知道，他走错了，进的是 809 号房间。

收了钱没办成事，陈龙当年本想告诉苏雪的，可苏雪打电话说事成了，还把尾款给他了，这件事他也就没提了。

陈龙说的不像假话，可当年，苏卿也确确实实被侵犯了。

苏卿不信，只当陈龙是为了推脱责任撒谎。

苏卿松开陈龙，说："想让我饶了你，也不是不可以。"

"真的？"陈龙面上一喜，"苏小姐，你真是人美心善，那快给我把绳子解开吧。"

"不急。"苏卿说，"放你是有条件的，只要你把当年苏雪设局陷害我，以及如何买通你的事一字不落地交代清楚，我就放你。"

陈龙多留了个心眼儿，无奈道："苏小姐，我当年真没碰你。"

这要交代了，那他不得去坐牢？

"我跟苏雪一直不和，她几次三番想要害我，我这次也只是以牙还牙，只要你指认苏雪，我就放了你。你不是说你没做吗？那你怕什么？"

就算陈龙没侵犯他，但也是犯罪未遂，也是要负法律责任的。

陈龙一个地痞流氓，哪里真懂法律。他认定自己没做，反正是苏雪指使的，把责任都推给苏雪，他就没事了。

陈龙一口答应："行行行，我说，苏小姐，你可要说话算话，这事真跟我没关系。"

"拿录音笔把他说的话都录下来。"苏卿吩咐带来的两个人。

录音笔早准备好了，陈龙为了保命，也只得将当年的事情都交代了。不过他一直强调自己没侵犯苏卿，下药的事是苏雪做的，跟他没关系。

苏卿站在一旁听着，无疑是再经历一次五年前的痛。

那一夜的痛苦，历历在目，一旦想起，愤怒与痛苦像潮水涌来，将她淹没。

那一夜的无助和彷徨，都是苏雪跟眼前这个男人带给她的。

恨，让她浑身发抖，手心冰冷。

录完之后，苏卿睁开眼睛，眸光里一片冰冷，问道："那个孩子到底丢在哪家福利院？"

"苏小姐，我真不知道什么孩子，我刚才就是信口胡说的。"陈龙都快哭了，他真是嘴贱，引祸上身。

苏卿见陈龙不承认，觉得他满口谎言，脸色一沉，说："想好了再说。"

"我真不知道，我哪里知道你怀了谁的孩子。我真是冤枉啊，没吃上羊肉，还惹一身膻。"陈龙急急地解释，"我真不知道那个孩子在哪儿，苏小姐，你放了我吧。"

保镖问："苏小姐，这个男人怎么处理？"

"把他和苏雪一块儿送去警局。"苏卿将手里的刀刺入旁边的树干里。这一次，她不会再心慈手软。

既然问不出，就不用再废话了。不管这个男人说的是真是假，都不能否认如果刚才她没有带人来，今晚她就危险了。这种男人，留着也是个祸害。

刀刺入树干发出的声音吓得陈龙腿发软，他哆嗦着说："苏小姐，你不能过河拆桥，你刚才答应过放了我的，我当年真没侵犯你，不是我做的呀，我是有那个贼心，可我没得手啊。"

陈龙这才反应过来，他中了苏卿的计。苏卿压根儿就没想过放了他，刚才只不过是在套他的话而已。

另外两个人押着苏雪过来了。苏雪看到被捆在树上的陈龙，吓得整张脸都白了。

苏雪双腿一软，直接瘫在了地上，吓得说不出话。

苏卿走到苏雪面前，居高临下地看着苏雪，说："我们之间的恩怨，也该做个了结了。"

"姐，姐，我错了。"苏雪都快吓傻了，爬向苏卿，伸手抓着苏卿的脚，"都是陈龙见色起意，跟我没关系，我只是好心替你把人找来。"

"好心？"苏卿冷冷一笑，"你的好心就是想将五年前的悲剧再次重演。苏雪，在今天之前，我还没想好我们之间要怎么做个了结，今天是你告诉了我该怎么做。"

"姐，都是误会，我们之间确实存在矛盾，可哪家姐妹没矛盾呢？"苏雪瑟瑟发抖，眼睛不敢看陈龙。

苏卿嗤笑一声道："误会？陈龙可将你五年前如何陷害我的事都一字一句地交代了。"

"那都是陈龙自己见色起意，我根本没让他这么做。我知道当年确实让你受到了伤害，可这都不是我的本意。"苏雪把责任全部推给陈龙，"姐，这都过去五年多了，你就原谅我吧，我以后再也不敢了，我们可是姐妹呀。"

"苏雪，你觉得我会原谅你吗？"苏卿抬起苏雪的下巴，"我知道你心里怨恨我，甚至恨不得我死，我今天如果放了你，又怎么对得起我自己？"

"苏卿，你是想撕破脸吗？真要做得这么绝吗？"苏雪望着苏卿，眼底深处是浓烈的嫉恨。

"我们不是早撕破脸了吗？"苏卿冷冷一笑，"我等今天，等了很久了。"

"苏卿，你敢动我，你就别想知道那个孩子的下落。况且，把事情闹大了，对你也没有好处，杀敌一千自损八百，这么蠢的事，你不会做的吧？"苏雪急切地说着。

"今天我敢动你，就做好了承担一切后果的准备。"苏卿勾唇，"你自己也不知道那个孩子的下落，不是吗？"

苏雪确实不知道，就连秦素琴也不知道。

"把人送去警局。"苏卿对四名保镖冷声吩咐，随后看向苏雪，"我咨询了律师，少说你也得在里面待个三五年，你不是说知道错了？那就在里面好好认错吧。"

之前在认亲宴上，她已经放过苏雪一次。这次苏雪还想害她，她又怎么会心慈手软，她又不是圣母。

"不，不。"苏雪嘶吼着，"苏卿，我可是周雄飞的女儿，你敢把我送去警局，得罪了周家，你承担得起后果吗？你真以为李逮华会为你撑腰？你算个什么东西，李逮华会为了你得罪周家？"

"那就试试吧。"苏卿神情很冷，语气更是无所畏惧。

见苏卿反应如此平淡，苏雪慌了："你早知道我是周雄飞的女儿？"

"你真当所有人都是蠢货吗？"苏卿冷笑，"苏雪，我倒要看看，鱼死了，网会不会破，周雄飞又会为你这个私生女做到何种地步。"

苏雪歇斯底里道："你是个疯子，到时候所有人都会知道你五年前被人侵犯过，你的处境又能好到哪里去？你这么做，图的是什么？"

苏卿这样做完全就是玉石俱焚。

"图什么？"苏卿低笑了一声，"苏雪，一个被压迫到极致的人，当她反弹时，后果将是你无法想象的。对于伤害过我的人，我绝不会心慈手软，我就是想让你得到惩罚，为自己做过的事付出代价。"

苏雪愣住了，继而死命挣扎，却徒劳无功。她心里害怕，吓得大喊："放开我！我妈跟我爸不会放过你的。"

"哦，对了，我差点儿忘了，当年秦素琴也是帮凶之一。"苏卿掏出手机，递给苏雪，"给你妈打个电话吧。"

苏雪一怔，完全不知道苏卿想干什么。可她顾不得这么多，赶紧抢过手机拨通秦素琴的电话："妈，救命，苏卿她要害我，妈……"

苏卿把手机拿回来，对着手机说："秦素琴，你们母女欠我的，也该还了。"

电话那头的秦素琴一脸蒙，但是苏雪声音里的恐慌与哽咽声她听清楚了。

"苏卿，你对小雪做什么了？你敢伤她……"

"嘟嘟嘟……"苏卿直接挂断了。

要玩就玩大的吧。

"带走。"苏卿冷声吩咐，也不再废话。

苏雪被拖上车，陈龙也被丢进车内。苏雪趴在车窗上叫嚣着："苏卿，你就是个疯子，周家不会放过你的。就算你把我送去警局又怎么样？只要周雄飞出面，他们敢把我怎么样？我很快就能出来。"

苏卿站在车外，冷冷地看着苏雪。车子启动，直接往警局去了。

苏卿长舒了一口气。身边的保镖说："苏小姐，我们先送你回去。"

苏卿先给李逵华打了个电话："干爹，谢了。"

"小卿，需要帮忙的，尽管开口。"李逵华压根儿不知道苏卿找他"借"人是干什么，不过他也察觉到，苏卿遇上麻烦了。

"嗯。"

苏卿应了一声，挂断了电话。

苏家。

苏雪的那个电话打破了苏家的平静。

秦素琴急急忙忙地下楼，正好碰上从外面回来的苏德安。她急匆匆地说："苏卿要害小雪。刚才小雪打来电话，出事了，你赶紧问问苏卿在哪儿，她要是敢动小雪，我跟她没完。"

苏德安听到苏雪出事了，半点反应都没有，反而怒气冲冲地扇了秦素琴一耳光，吼道："闭嘴！"

之前苏卿说苏雪的身世有问题，他已经私底下去求证了，苏雪根本就不是他的女儿。

秦素琴被打蒙了，捂着脸尖叫道："苏德安，你发什么疯？苏卿要害小雪，赶紧去救小雪，你打我做什么？我们的女儿要是有事，我跟你没完。"

秦素琴急着去救苏雪，也不跟苏德安计较。她正要走，苏德安一把将她拽了回来。

"我们的女儿？你再敢说一句试试。"苏德安将亲子鉴定结果甩在秦素琴脸上，怒不可遏，"秦素琴，你给我戴绿帽子，现在竟然连女儿都不是我亲生的，我给别人养了二十多年的女儿。"

秦素琴脸色煞白，看到亲子鉴定书上的结果，知道东窗事发，吓得赶紧往外跑。

"往哪里跑？"苏德安再次将人拽回来，"你竟敢背叛我，让我给别人养孩子，苏雪是不是你跟周雄飞的野种？"

秦素琴哀号着求饶："我错了，一日夫妻百日恩，老苏，我知道错了，我对不起你，可我对你是真心的呀！"

"真心？"苏德安怒火难平，"你真当我苏德安是蠢货？这些年你们母女欺负苏卿，我睁一只眼闭一只眼，我好吃好喝地供着你们母女，到头来却是给别人养孩子。"

无论是在情感上还是面子上，苏德安都受不了这个打击。

用人们听到声音，只敢在暗处躲着听，没人敢上前。

苏德安骂累了，心中的愤怒还没有消。他想不通，只觉得自己这二十多年就是一个笑话。

秦素琴哭得一抽一抽的，苏德安拿出手机，给周雄飞打了过去。

大半夜接到电话，周雄飞也没看来电显示，直接接通了："喂，哪位？"

"周雄飞，你给老子戴绿帽子不算，还让我给你养了二十多年的孩子，你简直欺人太甚！"

苏德安这一刻尽显男人本色。他没有因为社会地位在周雄飞面前忍气吞声："我苏德安就算再窝囊，这次也不会再忍了，哪怕苏氏集团不要了，我也要你付出代价。"

人活着就是为了争一口气，苏德安阿谀奉承了别人大半辈子，活得窝囊，得知妻子背叛他时，他只能忍着。可连孩子都不是他的，这彻底触碰了一个男人的底线，他再也忍不了了。

秦素琴被苏德安破釜沉舟的气势给吓着了，眼里都是恐惧。

"把她给我关在楼上房间里，谁敢放她出来，我就让谁卷铺盖滚蛋。"苏德安怒气冲冲地吩咐用人。

躲在暗处的用人们赶紧上来把秦素琴拖去房间。

"老苏，我真错了，放了我吧，我还得去救小雪，苏卿要害小雪。"秦素琴心里一片焦灼，只想赶紧去救苏雪。

一想到苏雪打来的求救电话，秦素琴心里又慌又急。她就这么一个女儿。

苏德安这次铁了心了。将秦素琴关了之后，他带着满腔怒火，转身就出去了。

一个男人在失去理智时，往往会做出让人意想不到的可怕的事。苏德安现在就想找周雄飞算账。

秦素琴在房间里大喊大叫，可用人都不敢给她开门。

"太太，你就别让我们为难了，这次是你对不起先生，先生发那么大的火，谁敢放了你呀。"用人们说完之后，将门一关锁上，回房睡觉了。

秦素琴心急如焚。就这么在房间待着，她哪里待得住？她不能坐以待毙，她得去找周雄飞。现在周雄飞是她唯一的希望了。

秦素琴从地上爬起来，走到窗边，心一横，用床单系在窗户上，顺着床单爬下去，爬到一半，因为体力不支，她直接摔了下去。

"啊！"秦素琴疼得喊出了声，躺在地上缓了缓，才爬起来，狼狈地逃了出去。

红树林这边。

苏卿解决完苏雪的事，准备回去，却见夏宝带着李森还有一群人来了。

李森看见苏卿就问："姐，坏人呢？"

这一声姐喊得很是顺口。

"姐姐，你没事吧？"夏宝别提多担心了，拉着苏卿就检查有没有受伤。

安若也问："苏卿，没事吧？不是苏雪约你来的吗？人呢？"

看着一群担心自己的人，苏卿心里划过一抹暖意，柔声道："已经解决了，都回去吧。"

苏卿心里清楚，事情远没这么简单，这只是个开始。

苏卿得去一趟警局，于是说："安若，你带小宝先回去。"

"姐，你还要去哪儿？我跟你一块儿去吧。"李森还算不笨，知道苏卿还有事。

一开始接到夏宝打来的搬救兵的电话，李森别提多兴奋了，急吼吼地带着人来了。打架，他最在行。

现在他带着人来了，却派不上用场，那显得他多无能啊。好不容易能让夏宝对他刮目相看一次，他可不能错过这次机会。

苏卿看了一眼李森。她不想因为私事把李家扯进来，问李逮华借人，已经是破例了。

"你送她们回去。"

"啊？没了？"李森有些失落。

安若看出苏卿还有事，也没多问。毕竟那是苏卿心里的痛，而且李森在，也不方便问。

"苏卿，那我先带小宝回去吧。"安若问，"那你呢？"

“我一会儿就回去。”

“好。”安若点了点头。

苏卿与安若李森等人分开后，直接开车去了警局。

苏雪被带进来之后，一直否认陷害苏卿的事，把责任全部推给陈龙，并且要求见周雄飞。

苏卿语气冰冷地说：“周雄飞若想管今天这事，那我苏卿也奉陪到底。”

苏卿话音刚落，她的手机就响了，电话是李逵华打来的。李逵华之前不知道苏卿遇上了什么事，可他不放心，问了派给苏卿的人，这才知道事情的经过。苏卿既然要讨公道，那他自然要支持。

苏卿很感动，可她也不会利用李家。挂断电话后她给李逵华发了一条信息：“苏雪是周雄飞的私生女。”

苏卿之所以把这个秘密告诉李逵华，是想让李逵华衡量，不要为了她得罪了周家。

李家。

李逵华在书房里来来回回地走，苏卿那条信息让他觉得这次事情真闹大了。

刘雪芹送了一份夜宵进来，心神不宁地说：“小宝刚才跟小森一块儿回来了，小卿却没回来，逵华，我这眼皮一直跳，总感觉要出事。”

“是真要出事了。”李逵华神情凝重，望着窗外，“小卿跟苏雪彻底撕破脸皮，闹到警局去了。”

“什么？”刘雪芹惊讶地将夜宵放下，“到底怎么回事？怎么闹去警局了？小卿没事吧？你快去警局把小卿带回来呀。”

“这次的事情没那么简单。”李逵华说，“苏雪今晚找了人企图侵犯小卿，被小卿识破了。”

“发生这么大的事，你怎么不早说？小卿有没有受到伤害？”刘雪芹满心只关心苏卿的安危。

“小卿倒是没事。”

刘雪芹松了一口气，旋即气愤道：“干得好。那个苏雪这么恶毒，怎么说两个人也是姐妹，之前在认亲宴上泼脏水也就算了，现在连这种龌龊的事都干得出来。"

刘雪芹心疼苏卿，现在有李家撑腰，苏雪还是这么肆无忌惮地欺负苏卿，她无法想象苏卿以前在苏家过的是什么日子，那不是得被欺负死？

"这事确实阴毒了些。"李逸华坐下来，说，"这苏雪背后不仅有楚家，还有周家，她自然嚣张。"

刘雪芹疑惑道："周家？又关周家什么事？"

"刚才小卿发来信息，说苏雪是周雄飞的私生女。现在苏雪被送进警局，周雄飞不会坐视不管。"

"啊？"刘雪芹惊讶了一下，旋即恢复神情，冷笑道，"周家有什么了不起，还真当我们李家是吃素的。再说了，小卿背后不是还有那人吗？"

李逸华也想到了，只是陆容渊出事后，一直没有消息。

"陆家那位，或许还不知道今晚的事。"

"那告诉他不就行了？"刘雪芹冷哼了一声，"今天这事，我支持小卿。上次宴会上我就不太喜欢那个苏雪，今晚这事要闹大就闹大吧，还怕了她不成？"

李家怕事吗？

除了陆家是李逸华惹不起的，别的，只有忌惮他的，没有他忌惮的人。只是分值不值得，代价能不能承担得起。要真跟周家磕到底，李家也讨不到便宜，可气势不能输。

李逸华一沉思，说："那我先联系那位。"

今晚，注定是个不眠之夜。

苏雪被送进警局的事，没过多久就传到了楚家。

楚天逸得知苏雪进了局子，还是被苏卿送进去的，一脸惊讶，迅速让人去警局打探情况。

楚天逸很快就知道到底发生了什么事。

"蠢货！"楚天逸气得爆粗口。他怎么就娶了这么蠢的女人。

谢慧珍路过门口，见楚天逸发这么大的火，问："儿子，出什么事了？你老婆呢？怎么这么晚还没回来？你好好管管你的老婆，别一天到晚给我丢脸。"

语气里能听出谢慧珍对这个儿媳妇有多不满。

"这次苏雪真闯祸了。"楚天逸懊恼地坐在沙发上，"这个蠢女人，竟然找人去侵犯苏卿，现在被送去警局了，警局的电话都打到家里来了。"

"什么？"谢慧珍惊呼一声，气愤不已，"儿子，你爸现在知道这事吗？

千万别让其他人知道，否则我们母子更无出头之日。本来想找个儿媳妇帮衬你，没想到这苏雪是个没用的废物，搞不定周家，还尽惹事。儿子，你可不能管这事，要是得罪了李家，那还了得。"

"我有分寸。"楚天逸说，"妈，我先出去一趟，或许这也不算坏事，如果周家这次不出面，那我们正好可以舍弃苏雪这枚棋子。"

"还是我儿子聪明。"谢慧珍说，"当初要不是苏雪说她能帮你，我才不会要这个儿媳妇，如果是苏卿嫁过来，那你早就拿到继承权了。"

楚天逸也很后悔。

"妈，你先去看看爸那边的反应，有事给我打电话。"楚天逸丢下这话，急急忙忙出去了。

陆容渊刚从岛上回来，还没来得及去找苏卿，李逶华先找来了。

陆容渊得知苏卿出事，脸色一沉。他立即让万扬走一趟警局，自己则去找苏卿。

苏雪该死，可现在陆容渊最关心的还是苏卿。苏卿没有回李家，也没回苏家，正在孤军奋战。

发生了这么大的事，陆容渊到现在才知道，他恨不得抽自己一耳光，没有在苏卿最需要他的时候出现。

夏冬三分钟就找到了苏卿的位置，陆容渊立即赶去了。

苏卿此时正在医院里。她离开警局后，直接来了医院看望苏杰。

对于今晚发生的事，苏卿一个字都没有透露，神色也很平静，苏杰也没看出异样。

明天就要手术了，苏杰还是挺紧张的。

"姐，如果我明天没从手术台上下来，你可不能掉眼泪，我不想看到你哭。"苏杰故作轻松地说，"大不了下辈子我们再做姐弟。"

"胡说什么呢？"苏卿白了苏杰一眼，"手术一定会顺利的，别胡思乱想，好好休息，养足精神，准备明天的手术。"

"我这不是说如果嘛。"苏杰笑笑，带着几分玩世不恭与落寞。

就算是专家王麟亲自主刀，也存在风险，谁也不能确保他百分之百能从手术台上下来。

"没有如果。"苏卿为苏杰掖好被角，"听话，睡觉。"

"姐，"苏杰盯着苏卿，眼里含着一丝泪光，脸上却强撑着一抹笑，"若我真有事，你能不能替我找到他们？我就是想知道他们为什么不要我，是不是嫌弃我。"

苏杰口中的他们，指的是自己的亲生父母。这么多年，他一直安慰自己，是他身体有病，所以才会被抛弃。

苏卿从病房离开时，已经快凌晨了。一阵冷风吹来，让她有一种冷彻心扉的感觉。

下台阶时，苏卿蓦然站定，目光落在不远处的陆容渊身上。

陆容渊撑着拐杖，就站在路灯下，脸上带着微笑看着她。

"陆容渊。"苏卿心中一动，车祸时的一幕幕涌现在脑海。她低喃一声，突然向陆容渊跑过去。

苏卿情绪激动地一把抱住陆容渊，睫毛湿润，小声说："我真怕这辈子都见不到你了。"

哪怕万扬打过电话，但没有亲眼看见，苏卿心里依然不放心。当陆容渊活生生站在面前时，她压抑了这么久的情绪，终于爆发了出来。

苏卿紧紧地抱住陆容渊，鼻尖一酸。

"我回来了。"陆容渊笑着抱住苏卿，恨不得将苏卿揉入骨髓，"对不起，让你担心了。"

苏卿抱了一会儿，舒缓了情绪后，气愤地在陆容渊胸口上捶了几拳头："谁让你不要命的？陆容渊，你就是故意的，如果你真有事，你是不是想让我内疚一辈子？"

苏卿哭了。当时那种恐慌，她至今还记得，医生下病危通知书时的感觉，也依然清晰。她真的害怕陆容渊死了，害怕他没了一条腿。

"对不起。"陆容渊笑着将苏卿的手握在手心里。

"你以为一句对不起就行了？"苏卿一脸不原谅的表情。

陆容渊突然剧烈地咳嗽起来，身子摇摇晃晃，好似站不稳。

"陆容渊，你没事吧？"苏卿吓着了，赶紧将人扶住。

"装瘸差点儿变成真瘸，你说有没有事？"陆容渊调侃道，"这要是真死了或者真瘸了，可就便宜陆展元那对父子了。"

苏卿一怔，目光复杂又震惊地盯着陆容渊。

陆容渊这是承认了，他就是陆家掌权人陆容渊，根本不是什么给人送货的司机。

苏卿一点点地松开陆容渊，慢慢往后退，拉开两个人之间的距离。哪怕早已经猜到，可当陆容渊亲口承认时，她还是觉得难以置信。

"卿卿。"陆容渊眉头深锁，心里开始有一丝慌了。

苏卿眸光闪烁，扯着嘴角笑了笑。想起与陆容渊之间的回忆，她像个笨蛋一样被欺骗。

苏卿冷笑道："身价亿万的送货司机？"

陆容渊不吭声了，

苏卿再次瞄向陆容渊的腿跟脸，咬牙道："传闻中腿瘸脸毁的陆总，我看你腿脚挺利索，脸也挺白净的。"

陆容渊有些无地自容。

苏卿怒道："不是没几年可活了吗？"

陆容渊哑口无言："卿卿，这都是误会，你听我解释。"

"我不听，我不听。"苏卿生气地转过身去，一副哄不好的样子。

陆容渊又绕到苏卿面前说："卿卿，对你的欺骗，我表示很抱歉。"

"我不听。"苏卿捂住耳朵，转过身去。

陆容渊耐着性子解释："看着自己的新娘逃跑，我也很无奈，只能出此下策了。"

换言之，从一开始，陆容渊就认出她是谁了。

苏卿想到她之前在陆容渊面前干的那些事，觉得丢脸丢到家了。之前在"别院小厨"，她竟然还担心陆容渊消费不起。

也怪她太笨了，如此多的破绽，竟然没有看出来。

万扬就是最大的破绽。万氏影视集团的太子爷怎么可能真跟一个普通的送货司机是朋友，还鞍前马后地听候差遣？

陆容渊送的那条价值八百万的神女之心，是她自己不相信而已。

郑家英的公司一夜之间被收购，这都不是巧合。

还有之前周雄飞前脚找人绑架她，周雄飞的儿子后脚就出事了，这些都是陆容渊在背后护着她，替她出头。

苏卿想到过去，又气又感动。

"卿卿，看在我差点儿丢了一条腿的分上，能不能原谅我？"陆容渊的求生欲望很强。

"堂堂陆家大少，还需要谁的原谅吗？"苏卿冷笑一声，说，"既然你没事了，那咱们就两清了，拜拜，我要回家睡觉了。"

苏卿脑子里乱糟糟的，觉得离开是最好的办法。她刚要迈步走，身子突然腾空了。

陆容渊扔了拐杖将她一把抱起。苏卿本能地抱住陆容渊的脖子，生气道："陆容渊，你放我下来。"

"不放。"陆容渊抱着苏卿往车子停的方向走，十分霸道，"这次如果放手了，那我真没机会了。苏卿，我了解你，你眼里容不得半点欺骗。"

陆容渊这次破釜沉舟了，不管苏卿什么反应，打定主意不撒手，死缠烂打就对了。

陆容渊将苏卿抱上车，发现苏卿没半点反应。低头一看怀里，苏卿正出神地望着他。

苏卿讷讷地问："陆容渊，为什么是我？"

"我也不知道。"陆容渊也说不出一个准确的答案，"或许，这就是命中注定的。"

否则为什么苏卿逃跑时恰好撞上了他，而那晚，他的车子恰好抛锚。当一切都这么巧时，那就是缘分。

苏卿一愣，找不到话去反驳。她也不是没心没肺，陆容渊为她做的，她都知道。一个男人为了她命都可以豁出去，那还有什么可质疑的。

苏卿更多的是诧异，难以置信，陆容渊为什么会选她，一个不完美的她。

车内只有他们，她靠在他怀里，能听见他心脏的跳动。

她也骗过他，其实也算扯平了。

"你怎么找到这里了？"苏卿问。

"今晚的事，我都知道了。"陆容渊将她抱紧，"卿卿，剩下的交给我来处理，伤过你的人，我定让她付出百倍的代价。"

他知道了？苏卿心头一紧，有一种不敢面对陆容渊的自卑感。

她想从陆容渊的怀里挣开，陆容渊好似能看穿她的心思，心疼地将她抱得更紧。

"苏卿，无论你的过去是怎样的，我陆容渊都要你。"陆容渊沉声道，"你是我陆容渊认定的妻子。"

认定的妻子？

那一刹那，苏卿有一种热泪盈眶的感觉。

chapter 17

卿卿，我们
复合

时间仿佛定格在这一刻。

苏卿闭着眼睛，暗暗舒了一口气，去平缓心里复杂的情绪。

"卿卿。"陆容渊嗓音喑哑，额头轻轻抵着她的额头。

鼻尖相碰，苏卿能清晰地感觉到他喷在她脸上的灼热气息。

他的手也不安分了。

车内被一股暧昧的气息包围，意乱情迷中，陆容渊突然痛呼一声。

苏卿拍了一下陆容渊受伤的大腿，将他推开，白了他一眼道："少给我灌迷魂汤，你真想腿瘸是不是？还是不要命了？"

陆容渊低笑一声，平躺在车座椅上，一副任君蹂躏的模样。

苏卿哭笑不得，气得轻踹了他一下，说："你想死，我可不想死。你要是死了，我跟你在一块儿，那可脱不了干系。"

话音刚落，陆容渊一把扯住苏卿的手，将人拉入怀里，一起躺在车内。

车子很大，座椅放下来，完全就像一张大床。

"卿卿，我们复合吧。"陆容渊亲了亲苏卿的额头。

这是分手后，他第一次明确地求复合。

苏卿要说不感动或者没反应，那肯定是假的。不过她没有被甜言蜜语冲昏头脑，她很明白自己的处境。

说不定明天她就会声名尽毁。

"不要。"苏卿直接两个字拒绝。

他陆容渊第一次追女人，竟然被拒绝了。

"你们女人就是矫情。"陆容渊也没再问为什么，聪明如他，又怎么会猜不到。

苏卿不答应，没关系，他可以等。

"怎么？有意见？"苏卿睁开眼睛，给了他一个白眼，说着就要起来，"那你去找别人，别找我。"

陆容渊又将人拉入怀里道："不敢有意见。"

他求生欲望一直很强烈。

苏卿嘴角上扬，窝在陆容渊怀里，轻轻蹭了蹭，声音慵懒地说："我累了，睡了。"

折腾了一晚上，苏卿真的很疲惫。

明天还有一场硬仗要打，不过她知道，有陆容渊在，她可以放心睡一觉了。

"好。"陆容渊细心地将车窗打开一点，又用自己的手臂给苏卿做枕头。

没一会儿，苏卿就睡着了。

看着她熟睡的样子，陆容渊心里有一种说不出的满足感。原来，只要她在他身边，他便觉得如此知足。

苏卿是睡着了，而今夜却有很多人睡不着。

秦素琴狼狈不堪地找到周雄飞，仿佛有了主心骨一样，一下子扑进周雄飞的怀里，急促地说："雄飞，快救救我们的女儿，苏卿要害小雪。"

苏德安那一通电话已经让周雄飞不安了，如今看着秦素琴狼狈的模样，他更是意识到了事情的严重性。

不过他敢跟秦素琴偷偷摸摸这么多年，自然也不怕被苏德安知道。他还不信了，苏德安真敢跟他叫板。

男人都有怜香惜玉，保护弱者的心理。

周雄飞看着秦素琴身上的伤，愤怒道："苏德安竟敢打你，他吃了熊心豹子胆了？"

秦素琴哭得委屈："苏德安都知道了，苏家我是待不下去了，雄飞，我只有你了，你不能不管我们母女，你快去救小雪吧。"

"小雪怎么了？"周雄飞到现在还不知道苏雪的事。

"我也不清楚，小雪之前给我打电话，让我救她，说苏卿要害她。"

"你别着急，我先让人去打听。"

周雄飞派人去打听之后，才知道到底发生了什么事。

秦素琴事先也不知道苏雪找人侵犯苏卿的事，知道之后，也很吃惊。

"雄飞，小雪从来没有吃过苦，她怎么能待在警局，你快想想办法。"

之前在认亲宴上，李逸华与苏卿就没给他面子，周雄飞还一直记着这件事。

现在苏卿跟苏雪闹出这么大的事，这对周雄飞来说，是个机会。他自然不能不管。可事情比他想象的更糟，苏雪可能得蹲大牢。

而这只是一个开始。

苏德安那边已经在实施报复行为。天刚亮，周雄飞与秦素琴偷情并且连私生女都有了的事轰炸了整个网络，让人措手不及。

帝京四大家族之一的周家周雄飞偷情，对方还是个有夫之妇，而且爆出这件事的还是被戴了绿帽子的苏德安，这如何不让人震惊。

周雄飞看到新闻，气得血压都飙升了。周太太让人查到周雄飞的位置，立刻赶了过去，正巧碰上秦素琴向周雄飞诉苦。

"周雄飞，你竟然还把这个女人带回来了！"

周太太早就知道丈夫的风流韵事，只不过睁一只眼闭一只眼，现在事情闹大了，她自然不能再装作不知道。

而当看见秦素琴在这里，周太太更是火冒三丈。

"你这个贱妇！"周太太不愧是军人之后，上前打了秦素琴一耳光，也打了周雄飞一巴掌。

周雄飞蒙了，他都快六十的人了，竟然被自己老婆给打了。

周太太的一巴掌将秦素琴积压了一晚上的怒火与委屈都激发了出来。她激动地说："你敢打我，我跟你拼了。"便跟周太太扭打在了一起。

周家乱了。

睡醒之后的苏卿看到网上的消息，震惊了好几秒，然后看向陆容渊，难以置信道："我爸这次竟然不窝囊了？"

窝囊了大半辈子的人，突然不窝囊了，而且爆发出如此强的攻击力，自然让人惊讶。

被戴绿帽子，替人养孩子，这可是把一个男人的尊严踩在地上践踏。家丑不可外扬，如果不是愤怒到了极点，苏德安又怎么会自己爆料？

苏卿翻看着网上的评论，有同情苏德安的，也有调侃的。

陆容渊说：“你爸公然得罪周雄飞，看似一时出了气，可接下来的后果，你爸承担不了。”

“他能破釜沉舟，应该也考虑到了最坏的后果。”苏卿看向陆容渊。她知道陆容渊在等她开口，一旦她开口，陆容渊必定帮忙。

可这种家事，苏卿如何开口。况且苏德安都没来找她，她又何必凑上去。

“小杰今天手术，我得去医院。”苏卿下车，“陆总从哪儿来的回哪儿吧。”

陆容渊哭笑不得：“真是个无情的女人。”

苏卿懒得搭理，背对着陆容渊挥挥手道：“请半天假。”

这哪里是请示，根本就是通知。

陆容渊看着苏卿的背影，眼里满是宠溺，说道：“晚上一块儿吃饭。”

“没空。”苏卿拒绝得很干脆。

苏杰的手术定在上午十点，在等待时，安若打了电话来，也是为了苏德安在网上爆料的事。

苏杰也看到了网上的消息，本来很紧张的他，心情顿时舒畅不少，说：“姐，真是太解气了，这下秦素琴那个老巫婆失宠了，我看她还怎么欺负你，真是报应。”

苏卿心情也很不错。将苏杰送进手术室后，她联系了一名律师，正式起诉苏雪与陈龙。

周雄飞自顾不暇了，哪还有心思去管苏雪的事？

被拘留了一夜的苏雪，神情有些呆滞。她这辈子哪受过这样的苦？

她刚进来时，胸腔里都是对苏卿的恨意，现在她只盼着能离开。

可秦素琴与周雄飞迟迟没来救她。

苏雪急得抓心挠肝，不管不顾地叫道：“我是周雄飞的女儿，我要见周雄飞，我是楚家的少夫人，我要见楚天逸，你们快叫他们来呀，你们是不是没通知楚家？”

看守的人笑了，说：“你还是省点儿力气吧。”

楚天逸一夜未睡，等着周家那边的消息，可没想到等来的是这种消息。

周雄飞跟秦素琴的事闹得尽人皆知，这并不是一件好事。

相反，周雄飞可能因此更加不会认苏雪，那苏雪就只能做一个见不得光的私生女。

更何况像周雄飞这种地位的人，离婚牵扯到的利益太多了，根本就不可能离婚。

而周太太又是军人之后，性子刚烈。周雄飞此时怕是自顾不暇了。

如果他是周雄飞，就会放弃秦素琴与苏雪。换言之，苏雪这枚棋子，已经没用了。

谢慧珍急匆匆地来了，问："儿子，你看网上的消息没？周雄飞跟秦素琴的事闹大了。"

"我看到了。"楚天逸沉思道，"妈，苏雪那边，我们不能管。不管苏卿怎么做，我们权当不知道。我咨询过律师，苏雪估计得坐牢，等案子一定，我就跟苏雪离婚。"

"儿子，你做得对，咱们得尽快跟苏雪撇清干系。"谢慧珍说，"我们当初只是想借苏雪背后周家的势，没承想惹了一身膻，苏雪她一个私生女，怎么配得上我儿子！"

如果苏雪的身世不公开，那还能借周雄飞的势，现在尽人皆知，苏雪是个私生女，身世不光彩，这可真是没讨到便宜，反惹一身麻烦。

楚天逸本来就是私生子的身份，私生子与私生女，这会让楚天逸在圈内更抬不起头。

他与楚家继承人的位子也就彻底无缘了。

谢慧珍越想越气愤，道："儿子，你赶紧把苏卿追到手。之前你们有过一段，只要好好哄哄，把苏卿娶到手，有李家支持，那我们母子在楚家的好日子就来了。"

"妈，你放心，我会将苏卿追到手。"楚天逸一副势在必得的表情，"她就是跟我耍耍小性子，我有办法让她再爱上我。"

"我儿子就是厉害，妈相信你。"谢慧珍笑了，"那你快去吧，苏卿昨晚受了委屈，你正好去安慰安慰。"

苏卿一上午都在医院，在手术室外守了三个小时。

苏杰的手术很成功，苏卿心里的大石总算放下了。

苏卿第一时间将这个好消息告诉了陆容渊，并在电话里由衷地感谢他：

"陆容渊，谢谢你。"

如果不是陆容渊请来的专家，也不会有这样的好结果。

陆容渊顺势在电话里邀功请赏："只是嘴上谢谢？没点别的表示？"

苏卿哪里不知道陆容渊的心思，反问道："你想怎样？"

"怎么着苏小姐也该请一顿吧。"

苏卿一笑，说："行，不过得等小杰出院后，我待会儿还得去公司，不跟你聊了，这一顿，先欠着。"

"好。"陆容渊也没得寸进尺。

苏卿下午还要去公司，聊了会儿就挂了。

苏卿走出医院，在路边打车，一辆黑色轿车突然停了过来，车窗摇下。

苏卿看清里面坐着的人，心头一惊，紧张起来。

苏卿一眼认出车里的人正是上次在墓园遇见过的那个男人。

男人的目光看向她，突然冲她一笑，下车，走到她面前，十分谦和地叫了声："苏卿。"

这人认识她？冲她来的？

"你是？"苏卿稳定心神。她自然不会主动说之前在墓园见过。

而且苏卿本来也不认识对方。

男人笑了笑说："我姓厉，厉国栋，你可以叫我厉叔叔，我是你妈妈的朋友。"

"妈妈的朋友？"苏卿一点印象也没有。

母亲去世得早，再加上母亲在世的时候，苏卿也很少见母亲跟谁有来往，或者有什么朋友。

这个男人怎么会跟母亲认识？

"我怎么从来没有见过你？"苏卿疑惑道。

厉国栋笑道："我已经跟你妈妈二十多年没见了，不久前才知道你妈妈已经去世的消息，知道她还有个女儿，所以来看看。"

特意来看望已故朋友的女儿，两个人的关系肯定不一般。

苏卿脑海里第一个反应就是，难道是母亲的暗恋者？

"小卿，可以一块儿吃顿饭吗？"厉国栋语气里带着一种期盼，"三个小时后，我的飞机就起飞了，我想在临走之前，跟你吃顿饭，你长得很像你妈妈。"

苏卿也不知道为什么，受不了厉国栋的眼神，下意识地点了点头。

厉国栋欣喜不已，忙说："我已经订好了餐厅，上车吧。"

苏卿就这么鬼使神差地跟着去了。

偌大的包间里，只有厉国栋与苏卿两个人。

厉国栋热情地为苏卿夹菜，边说："小卿，多吃点，以前你妈妈最喜欢吃清蒸鲈鱼了。"

"你知道我妈妈喜欢吃鲈鱼？"看来关系真不一般，苏卿试探性地问，"厉叔叔，你不会是我妈妈的暗恋者吧？"

闻言，厉国栋开怀大笑，摇头道："你这丫头，可真敢想，我跟你妈妈是最好的朋友，不是你想的那种关系。"

看来真不是了。

"不好意思，我误会了。"苏卿笑了笑，继续吃菜。

厉国栋没怎么吃，基本都是看着苏卿吃。良久，才小心翼翼地问："小卿，你妈妈嫁给苏德安那些年，她幸福吗？"

苏卿想起母亲，心中也多了些许伤感与怀念，不过还是说："妈妈应该是幸福的吧，她很喜欢笑，笑起来的时候，特别好看，特别温暖。"

在苏卿的印象里，母亲总是优雅恬静，将家里打理得井井有条，院子里种着好多好看的花，一到春天，特别美丽。

苏德安的公司遇到困难了，只要母亲出马，就没什么解决不了的。

上得了厅堂，下得了厨房，外能处理公司大小事务，帮助丈夫的事业蒸蒸日上，内能将家里打理得井井有条。

在苏卿眼里，母亲是完美的。

可这样完美的人，却遭遇了苏德安的背叛。

苏卿不知道母亲去世时，是否知道苏德安跟秦素琴的事。她也不理解，为什么漂亮又温柔贤惠的母亲会看上苏德安。

厉国栋感慨道："你妈妈笑起来的时候，确实特别好看。二十多年了，没想到得到的却是她早已经去世的消息。"

厉国栋说着说着，眼角有些湿润。

那不是演出来的，苏卿心中特别好奇。对于母亲的身世与过去，她一点都不知道，苏德安也从来不提。

"厉叔叔，你跟我妈妈是怎么认识的？"苏卿想从厉国栋这里知道更多关于母亲过去的事。

厉国栋回避了这个问题，笑着说："小卿，多吃点，这次一走，厉叔叔不知道下次什么时候再回来了。"

苏卿很识趣地没有追问。

吃完之后，苏卿站在餐厅门口送厉国栋。

厉国栋走出去几步，又折回来，拿出一条项链，对苏卿说："小卿，这是你妈妈的东西，应该交给你。"

"我妈妈的？"苏卿看着手里的项链，项链上的吊坠竟然是猫头蛇身的设计，很奇特，透着一股神秘气息。

"收好了，这是你妈妈当年遗落在我这儿的，现在交给你，也算是物归原主了。"

厉国栋上了车，朝苏卿挥了挥手，便对司机说："去机场吧。"

厉国栋的心情很好。

"厉先生，你将项链给了大小姐？"

"将她一个人留在帝京，我不太放心，有项链在，若哪天她真遇上事了，说不定还能护着她。"

"厉先生，你为大小姐考虑得真周到。"

苏卿将项链挂在了脖子上。

既然是妈妈的遗物，她自然要保管好。

苏卿看了一眼时间，已经到上班时间了，这才急急忙忙赶去公司。她刚在电脑前坐下，刘洁就来了，说："苏卿，陆总来公司了。"

陆容渊不继续养伤，来公司做什么？

腿都差点儿废了，哪能这么快就好。

一下午，苏卿都有些心不在焉，一想到自己跟陆容渊谈恋爱，感觉就像做梦一样。

苏德安爆料秦素琴出轨的事在网上不断发酵，公司里的同事们也议论纷纷，只不过苏卿走近的时候，大家都会识趣地闭嘴或者转移话题。

总裁办公室。

陆容渊坐在轮椅上看着陆星南，神色严肃，厉声问："告诉我，为什么将车子拿去废弃站处理？你在包庇谁？"

陆星南没敢正视陆容渊，嬉笑道："哥，你在说什么，我怎么听不懂？车子被撞报废了，我就让人拉去处理了，一辆车而已，你不会这么小气吧？"

"陆星南！"陆容渊怒拍桌子，神情冷冽，"到底是谁对车子动了手脚？别再让我问第二次。"

陆容渊让人去查车子刹车失灵的事，才知道陆星南提前将车子处理了。

能让陆星南护着的，陆容渊闭着眼睛都能猜到是谁。

"哥，我，你……"陆星南眼神闪烁，支支吾吾。

"容渊哥哥，你就别怪他了，是我做的。"秦雅菲推门进来，"我原本只是想教训一下刘洁，谁知道她让苏卿去桃花山，而且容渊哥哥也跟着去了。容渊哥哥，我知道错了，我也没想到事情会这么严重，你的伤好些了没？"

秦雅菲很聪明，拉了刘洁做垫背。她自然不敢承认是自己针对苏卿。

"你怎么会在公司里？"陆容渊眸子深深一眯，语气冰冷，"什么时候回来的？"

"我回来有一段时间了，这不是想给容渊哥哥惊喜嘛。"秦雅菲笑着去挽陆容渊的手，脸上带着小女人的娇羞，"容渊哥哥，我想你了，你都好久没有去看我了，所以我让星南哥哥帮忙，让我进了公司。"

陆容渊一记"眼刀"射向陆星南。陆星南低下了头。

"现在马上给我去自首。"陆容渊抽回手，幽深的眸子里划过一抹冷光。

"容渊哥哥，你别生气，我这次真的知道错了，我就是想教训教训刘经理。看在姐姐的面上，你能不能原谅我？以后我每天照顾容渊哥哥，就当是惩罚我，好不好？"秦雅菲拉着陆容渊的手撒娇。

"如果不是看在你姐的分上，我现在就把你送去警局。"陆容渊扼住秦雅菲的手，语气冰冷，"我警告你，你若敢再动苏卿一根头发，别怪我翻脸无情，现在给我滚去自首。"

陆容渊又不傻，怎么会信秦雅菲是为了教训刘洁这样的谎言。

秦雅菲错愕，委屈得直掉眼泪，带着哭腔道："容渊哥哥，我姐为了你丢了命，你现在为了一个苏卿竟然吼我，你对得起我姐吗？"

秦雅菲哭得梨花带雨，加上那张漂亮的脸蛋儿，哪个男人看了不心软？

她是真的很伤心，这是陆容渊第一次吼她。

陆星南见秦雅菲如此伤心，忍不住替她向陆容渊求情："大哥，菲菲也知道错了，雅媛就这么一个妹妹，看在雅媛的面子上，这次就算了吧，我已经教训过菲菲了。"

陆容渊桌子一拍，一个凌厉的眼神射过去，冷声道："给我出去！"

秦雅菲下意识打了个哆嗦，脸色煞白。

陆星南瞥了一眼秦雅菲，抿唇答道："是，大哥。"

陆星南一走，秦雅菲心里就慌了，急喊道："星南……"

陆星南在，或多或少能帮忙求一下情。

秦雅菲的声音没能阻止陆星南离开的脚步。这次事情确实很严重，秦雅菲非但没有半点悔改之心，还满嘴谎言，也是该受点教训。

偌大的办公室，只剩下陆容渊与秦雅菲两个人，空气一度凝固在冰点。

陆容渊没说话，只是坐在椅子上，眸光冷锐地盯着秦雅菲。

秦雅菲心里发虚，叫了声："容渊哥哥！"

陆容渊面无表情地说："你姐的事，我确实要负一部分责任，也正因为如此，我将对你姐的愧疚都弥补在你身上。我一直以为你能学着点你姐的温柔善良，可没想到，你竟如此歹毒，损坏刹车，别告诉我只是为了教训苏卿。"

这分明就是要置人于死地。

秦雅菲连忙认错："容渊哥哥，我真没有要害苏卿，我就是跟刘洁发生了点口角，所以想教训教训她，我也没想到事情会这么严重，容渊哥哥，我错了。"

她绝不能承认自己是针对苏卿。

"秦雅菲，你还是不知道自己错在哪儿？"陆容渊眉目清冷，怒气冲冲，"你应该庆幸你是雅媛的妹妹，否则，你别想全须全尾地从这儿离开。"

秦雅菲心头一颤，难以置信道："容渊哥哥，难道你要为了苏卿送我去坐牢吗？"

陆容渊眉梢冷冷一压，道："我欠你姐的，早就两清了，你现在立刻给我去自首。"

陆容渊丢下这句话，转动椅子，背过身去。

秦雅菲眼圈泛红，眼泪大颗大颗落下，委屈道："我可以自首，只是希望容渊哥哥不要忘记，姐姐是为了你死的，而且五年过去了，连尸首都没有找到，你欠我姐的，永远还不完，你把我姐忘了，你对不起她。"

一口气说完，秦雅菲哭着跑出了办公室。

陆容渊一个人沉默了下来。

五年前，陆承军给他下药，当时他的仇家找来，雅媛为了引开那些人，再也没有回来。

陆容渊心情沉重地闭了闭眼，如秦雅菲所说，他欠雅媛的，不仅还不完，也没有机会还。

陆星南看着秦雅菲哭着跑了出去，立即跟上去喊："菲菲。"

秦雅菲停了下来，没给陆星南好脸色，生气地说："你现在满意了？"

"菲菲，我只是来送你一句忠告，别自作聪明，把别人当傻瓜。"陆星南双手揣兜，语气淡漠，"雅媛姐以前对我很照顾，所以我记着这份情，刚才没有戳穿你，可大哥不是什么都不知道。"

"我就是针对苏卿又怎么样？她跟我姐比，差远了。"秦雅菲抹掉眼泪，说，"从第一眼见到苏卿时，我就特别不喜欢她。姐姐那么爱容渊哥哥，容渊哥哥是姐姐的，任何人都别想占有他。"

"那你呢？"陆星南语气有些重，"你到底是为了你姐，还是因为你对大哥动了心？"

"我……"秦雅菲被问得哑口无言，"我一直都很羡慕姐姐跟容渊哥哥的感情，姐姐当时为了救容渊哥哥，一去不复返，可谁又能确定姐姐是不是真的死了。"

陆星南神情一凝，问："你什么意思？"

"我最近总是梦见姐姐，我觉得姐姐或许没死。"

陆星南神色顿时变得凝重，如果雅媛没死，那事情恐怕会更糟。

陆容渊的心已经在苏卿身上，这要是出了变故，够让人头疼的。

不过都已经五年没有消息了，怎么可能还活着？

苏卿忙完手里的事，踩着点下班，生怕被留下来，她拿着包跑得比兔子还快。

陆容渊得知苏卿走了，脸色顿时变得很难看。

而陆容渊将秦雅菲叫去办公室的事，很快就传到了陆承军的耳朵里。

"我那大哥真将秦雅菲给骂哭了？"

秘书点头道："嗯，我亲眼看见的，秦小姐哭着跑出去，陆三少也追着出去了，我听到陆总好像让秦小姐去自首。"

"因为什么事，你可有听到？"陆承军精神一振。

"好像是因为苏卿上次出车祸的事。"秘书问，"二少，你说这陆总对苏卿是不是有那方面的意思？我找人去子公司打听了，这个苏卿是三少举荐来总部的，而三少又是陆总的人，会不会是陆总的意思？"

陆承军皱了皱眉。他突然想起，苏卿之前可差点儿嫁进陆家。甚至连她逃婚，陆容渊都没有追究。

之前陆容渊消失了一阵，又突然回来了。他打听过了，陆容渊出事了，连陆老爷子都被惊动了。

而陆容渊出事的那天，苏卿也出事了。

天下哪有这么巧的事。

陆承军沉思半晌，突然笑道："我这大哥藏得可真严实，等了这么多年，终于找到我这位大哥的软肋了。"

苏卿在去医院看望苏杰的路上，接到警方的电话。

苏雪慌了，怕了，嚷着要见苏卿。

苏卿站在铁门外面，神色淡淡地看着瑟缩在角落的苏雪，冷冷地说："听说你要见我。"

听见苏卿的声音，苏雪猛然抬头。

看到苏卿时，苏雪眼底深处划过一抹隐藏得极深的恐惧。

"姐，我错了，我真错了，你放了我吧，我再也不敢了。"苏雪双手紧抓着栏杆，"这里好冷，我好害怕，我不要被关在这里，姐，你放了我好不好？"

苏雪知道指望不上楚家，也指望不了周雄飞了。

她欺负了苏卿十几年，没想到自己有朝一日会求苏卿。

苏卿居高临下地看着苏雪。她的身上都湿透了，头发乱糟糟的，语气里的恐惧，眼神里的畏惧，她看得真真切切。

苏卿有些纳闷，不过关了她一晚上，就怕成这样？

苏雪一副被吓破胆的样子，这要是再被关个几天，说不定精神都得出问题。

可是，她为什么要放过她呢？

"不好。"苏卿冷冷地拒绝，"我为什么要放了你？当年你也没有放过我，昨晚你更没有对我心慈手软，你说我为什么要放了一个害我的人呢？"

"姐，是我鬼迷心窍。你说要见陈龙，我才会找他来，我真没想到他会见色起意。"苏雪这时还在狡辩。

"这就是你的认错态度？"苏卿面无表情地说，"那你还是继续在这里待着吧。"

说着，苏卿转身朝外走。

"苏卿，"苏雪急了，抓着铁门站起来，冲苏卿大喊了一声，咬牙说，"我承认，是我买通陈龙害你，五年前与昨晚，都是我做的，还有这些年来对你做的那些事，我知道错了，我向你道歉，你能原谅我吗？"

苏卿停下脚步，听到苏雪全都认了，她还是有些意外。

苏雪见苏卿停下来了，脸上一喜，仿佛看到了希望，说："姐，你原谅我了是不是？"

苏卿目光冷冷地看着苏雪道："自从八岁那年，你进入苏家那天开始，十几年了，我们大大小小的矛盾、恩怨，数不清，也捋不清。苏雪，我太了解你了，即使你现在将头磕破，承认错误，你对我的恨也只会有增无减，一旦放你出来，你就会寻找机会报复。"

苏雪一怔，她确实恨苏卿，恨不得喝其血，啃其骨。

她这一夜的惊吓与狼狈都是拜苏卿所赐，等她出去了，她一定会让苏卿付出代价。

没想到，她的心思都被苏卿看穿了。

苏卿语气轻飘飘地说："所以你就在里面待着吧，我没那么善良，放一个害我的人出来继续害我。"

"苏卿，你到底想怎样？"苏雪歇斯底里地喊道，"你这个恶毒的女人，我都这样求你了，你真的想让我死在这里面是不是？你给我等着，等我出来，我一定不会放过你。"

苏卿冷嗤一声，道："那就等你出来的那天再说吧，我随时奉陪。"

丢下这话，苏卿直接离开，苏雪咆哮的怒骂声也渐渐远去。

走出警局，苏卿还没来得及上车离开，就见鼻青脸肿的秦素琴骂骂咧咧地冲向她，怒声道："苏卿，你这个恶毒的女人，我跟你没完！"

秦素琴扯着苏卿，像个泼妇一样，扬手想打苏卿。她指望不上周雄飞了，又不能让苏雪坐牢。

"松开。"苏卿一把推开秦素琴，声音冰冷，"你如果想成为下一个苏雪，也进去坐坐，那就尽管打。"

秦素琴被苏卿的气势震慑住，愣是没敢打下去，只是看苏卿的目光像淬了毒一样。

"你这个小狼崽子，翅膀硬了，我真后悔当年怎么没把你赶出去。"秦素琴目眦尽裂，"是你将小雪的身世捅出去的对不对？苏卿，你怎么这么歹毒？"

"这不是跟秦姨你学的吗？"苏卿讥讽道，"秦姨对我的表现，可还满意？"

秦素琴气得差点儿吐血，血压也飙升了。

"你与其在我这儿撒泼，不如给苏雪请个好点的律师。"苏卿故作惊讶，好似才想起来，"对了，我差点儿忘了，秦姨现在自己都是泥菩萨过江自身难保，啧啧，这一身伤痕累累，看着真让人……痛快。"

"你，你，你……"秦素琴气得浑身发抖。

苏卿笑了笑，直接开车走人。这一次，她就跟苏雪死磕到底。

苏卿去医院看过苏杰，人已经清醒过来了，刚做完手术，身体还很虚弱。

看过苏杰，苏卿才回李家。

还没进门，苏卿就听到了夏宝的笑声。

今天是刘雪芹去接的夏宝。

夏宝见苏卿回来了，高兴地跑过去叫道："姐姐。"

刘雪芹也笑着说："小卿，还没吃饭吧？厨房里给你留了饭，我让人去热一下。"

"好，谢谢干妈。"苏卿抱了抱夏宝，问刘雪芹，"干爹回来了吗？"

"在书房呢。他说你如果找他，就直接去书房。"

"好。"看来李逮华早知道她会来找他。

苏卿上楼，推开书房的门。李逮华正在办公。

"干爹。"

"小卿来了。"李逮华放下手里的事，"小杰的手术还顺利吗？"

"都很顺利。"苏卿说，"干爹，这次谢谢您的支持。"

李逮华自然知道苏卿指的是什么。

能在她出事后，立即给王局长打电话，这份恩情，苏卿会一直记着。

李逮华笑了笑，道："小卿，你现在可是我李逮华的女儿，当父亲的自然要护着自己的孩子，一家人，不用这么客气。"

苏卿斟酌着说："干爹，我想知道，当初我打了李森，您没有找我的麻烦，是因为陆容渊是不是？"

李遽华一愣，问："你都知道了？"

"嗯。"苏卿自嘲地笑了笑，"我不知道这是不是幸运，竟然能入陆家大少的眼。"

之前的分手，两个人看似分得干干净净，可现在一算，她欠陆容渊的多着呢，根本就分不清，也还不起。

"小卿，你可不能妄自菲薄。"李遽华说，"感情这东西，可不是身份、背景能决定的。对了，你爸下午来过了。"

苏卿心头一紧，问："他来做什么？"

"听你爸的意思，他打算将苏氏集团交给你。"

苏卿听闻这个消息，半分喜悦也没有，相反，心还有点凉。

之前她试探过苏德安，让他交出公司的管理权，被拒绝了。现在遇上麻烦了，苏德安知道跟周雄飞没办法对抗，公司早晚会遭到重创，甚至一夜之间破产，这才想将烫手山芋交给她。

苏德安这是变相地把李家当靠山。

苏卿都能想到，李遽华自然也能洞悉苏德安的心思。他问："小卿，你打算怎么做？"

苏卿沉思几秒，说："公司也有我妈一半心血，我自然不能看着公司出事。"

苏德安就是料定了这点，才找上她。

李遽华点点头，他早就猜到了苏卿的决定，说："时间也不早了，回房间好好休息，养足精神，这两天你也辛苦了。"

"好。"

苏卿离开书房，没什么胃口，只吃了一点点就回房间了。

夏宝看出苏卿有心事，穿着卡通睡衣悄悄溜进苏卿的卧室。

见苏卿在浴室洗澡，他偷偷地钻进被窝，将自己藏得严严实实。

浴室的门"吧嗒"一声打开了，苏卿裹着浴巾出来，一眼就看到被窝鼓起一团，夏宝的小肥脚突然伸了出来，可爱得不行。

"小宝。"苏卿哭笑不得，走过去掀开被子。

夏宝在床上一滚，咯咯发笑。

"姐姐，今晚我想跟你睡，没有姐姐，我睡不着。"夏宝抱着被子，一副委屈的模样。

苏卿被逗笑了，说："老规矩，不许……"

夏宝流利地接下苏卿的话："不许踢被子，我都知道啦。"

苏卿笑了，这小家伙，总是晚上找各种理由赖着跟她一起睡，又很不老实，睡着睡着就滚进她怀里。

夏宝的肉软软的、滑滑的，其实有夏宝在，苏卿睡得更踏实。与其说夏宝黏着她，不如说她现在越来越离不开夏宝。

苏卿去换上睡衣，夏宝麻溜地抱住苏卿的腰，仰着红红的小脸蛋儿，冲苏卿笑得灿烂，问："姐姐，你喜不喜欢小宝呢？"

"这么可爱的小宝，简直就是人见人爱，花见花开。"苏卿忍不住捏了捏夏宝的脸蛋儿，手感真不错，"快睡觉，明天还要去幼儿园。"

"姐姐，晚安。"夏宝嘻嘻一笑，钻进被窝里。

苏卿正打算关灯睡觉，搁在床头的手机响了。陆容渊发来一条信息。

下班时，她刻意走那么快，就是想避开陆容渊。

苏卿点开手机，是陆容渊发来的语音，浑厚而带着蛊惑的声音从手机里传出来："卿卿，我睡不着。"

她怎么觉得这撒娇的语气跟夏宝有点像呢。

夏宝突然从被窝里钻出来，问："姐姐，是轮椅叔叔发来的是不是？"

之前陆容渊见夏宝的时候，是坐着轮椅的，夏宝就给陆容渊取了个外号。

"是呀。"

"姐姐，可以让我跟轮椅叔叔说说话吗？"夏宝乌溜溜的黑眼珠一转，透着一抹狡黠，"我想轮椅叔叔了。"

之前两个人可是不对付，这又开始想念了？

苏卿正不知道如何回消息，就将手机给夏宝了。

夏宝嘻嘻一笑，直接拨通视频电话。

电话那边的陆容渊见苏卿打来视频电话，心中涌出狂喜，立刻接通了："卿卿……"

"叔叔，是我啦。"夏宝笑眯眯地跟陆容渊挥手。

陆容渊见到视频里是夏宝，而且还是在床上，脸顿时一黑，问道："你姐姐呢？"

陆容渊看不到苏卿。

陆容渊起初并不知道是夏宝，便没戴面具。夏宝看着视频里的陆容渊，惊呼一声："叔叔，你好帅。"

夏宝的恭维让陆容渊心情好了不少，语气也温柔了许多："有眼光，你姐姐呢？"

"姐姐跟我一起睡觉呢。"夏宝将手机对着苏卿，他自己也腻歪地躺进苏卿的怀里，冲陆容渊得意地说，"叔叔，我跟姐姐要睡觉了。"

言下之意，别打扰。

苏卿被夏宝逗乐了，这小家伙，明显就是故意气陆容渊的。

果然，见夏宝的小脸蛋儿在苏卿的身上蹭来蹭去，一脸享受的样子，陆容渊有一种自己的东西被人霸占了的感觉。

"小屁孩，放开你姐姐，她是我的。"

"哼，不要，姐姐最喜欢我，天天哄我睡觉。"夏宝得了便宜还卖乖，对陆容渊挥挥手，"叔叔，晚安喽，祝你好梦。"

"小屁孩……"

"嘟！"直接挂了。

苏卿被夏宝弄得哭笑不得。她也没回陆容渊，反而觉得这两个人斗来斗去挺有趣的。

"小宝，睡觉了。"

"好。"夏宝笑嘻嘻地钻进被窝。

哼，想跟他抢姐姐，休想。

南山别墅。

视频电话结束后，陆容渊怎么都睡不着。思索片刻后，他开口："夏冬，走，去李家。"

夏冬从外面进来，见陆容渊要去李家，忙道："是，老大。对了，老大，这么晚了，我们去李家干吗？"

"去接人。"陆容渊拄着拐杖走得飞快。

今晚要是不把苏卿弄回来，他肯定是睡不着的。

夏冬很快反应过来，苏卿住在李家。

"老大，我们这么晚去接苏小姐，合适吗？"夏冬疑惑地问。

大晚上的，确实不合适，也没法跟李逮华交代，还会影响苏卿的名声。

所以，陆容渊没打算正大光明地从正门进去。

两个人到了李家的外墙，夏冬看着两米高的墙，问："老大，我们确定要翻墙进去吗？你的腿还没好呢。"

"所以我把你叫来了。"陆容渊看了看地面。

夏冬很快会意，蹲了下来，给陆容渊当肉垫。

尽管腿伤了，两米的墙对陆容渊也是小意思。陆容渊翻过去之后，夏冬也跟着翻了进去。

两个人站定，想着去找苏卿，可又不知道苏卿住哪个房间。

突然，有两个人往这个方向来了。正是李逮华和李森。

见到陆容渊，父子俩也是一脸意外。刚才这两个人，是翻墙进来的？

陆容渊觉得尴尬到不行，翻个墙，没想到被李逮华看见了，他这一世英名，也算是毁了。

不过陆容渊面上不动声色，看不出半点尴尬。

李逮华很快反应过来，大半夜的，陆容渊不走正门，翻墙而入，肯定不是来见他，而是为了见苏卿。

李逮华轻咳一声，仿佛没看见陆容渊，仰头看了看夜空，说："今晚的月亮真圆，小森，你姐在二楼睡下了吗？"

李森虽然很蒙，但还是下意识地回答："睡下了。"

陆容渊将两个人的话听进去，眉心一拧。

二楼？苏卿的卧室是二楼哪个房间？

李逮华仿佛能听到陆容渊的心声，又问："你姐的卧室怎么走？"

李森说："二楼左拐第三个房间。"

"嗯。"李逮华点了点头，"时间不早了，那我们也早点睡吧。"

李逮华与李森仿佛没看见陆容渊一样，就这样走了。

李逮华一走，陆容渊直接往二楼去了，夏冬留在一楼等着。

陆容渊轻轻拧动房门，放轻脚步。

苏卿与夏宝已经睡着了，床头留着一盏夜灯，夏宝夜里有起夜的习惯。

陆容渊站在床头，看着被窝里的苏卿与夏宝，两个人都睡得很香甜，看着两张脸蛋儿贴在一起的模样，陆容渊心里突然很平静，也有一种莫名的温暖感。

夏宝机灵古怪，陆容渊脑海里突然划过一个念头，这要是他跟苏卿的孩子，那该多好。

当陆容渊意识到自己竟然有这种想法时，也觉得不可思议。

陆容渊看着夏宝可爱的脸蛋儿，这小子，敢跟他抢女人。

陆容渊小心翼翼地掀开被窝，将苏卿轻轻抱起。

苏卿睡得很沉，半点没有苏醒的迹象。陆容渊就这么蹑手蹑脚，像抱了个宝贝一样下楼。

李逮华的大门是开着的，李逮华哪能让陆容渊再翻墙啊。

陆容渊将人抱上车，做贼心虚一般，小声对夏冬说："回南山。"

"是，老大。"夏冬也压低声音。

车子开得平稳，加上陆容渊的怀里很温暖，又有一种熟悉感，苏卿直到回了南山都没有醒。

李逮华与李森站在二楼阳台看着人走的，直到车子开走，李森才从震惊中反应过来，问："爸，这陆总不是腿瘸脸毁吗？我看腿是有点问题，可也不像传闻中说的那么恐怖。"

不过打起架来，确实恐怖。李森至今还忌惮陆容渊踹的那一脚。

"这陆总，是在下一盘大棋，真真假假，自己心里清楚就行。"李逮华趁机教导，"小森，这一点，你得多跟这陆总学学，成大事者，关键是筹谋。"

"他再牛，还不是拜倒在我姐的石榴裙下，以后见面还得喊我一声小舅子。"

李逮华一巴掌拍在李森的后脑勺道："若不是我先一步给你铺好路，将小卿认了干女儿，你哪有今天？"

李森摸着后脑勺，撇撇嘴道："我要不是先看上姐，把陆总得罪了，你也没机会搭上这条线，爸，我这叫因祸得福。"

李逮华还真是无力反驳。

他也别指望李森能陆容渊有出息，反正只要搭上陆家，就算他百年后，家业交到李森手里，他也能放心了。

翌日。

夏宝醒来，发现苏卿不在房间里，穿好鞋子就往外跑，嘴里叫道："姐姐，姐姐。"

李森悠闲地倚着墙壁，告诉他："姐没在，想知道人在哪里，你可以问我，我知道。"

夏宝问："姐姐在哪里？"

李森笑着开出条件："你叫我一声好舅舅，我就告诉你。"

"不说拉倒。"夏宝哼了一声，傲娇地往楼下走，"外公，姐姐呢？"

李逸华晨跑回来，见夏宝圆滚滚地朝自己跑来，高兴地说："小宝，这么早就醒了，你姐姐出去忙了，待会儿让外婆送你去幼儿园好不好？"

"好。"夏宝还是很会卖乖。

南山。

苏卿半梦半醒，习惯性地伸手去摸身边。夏宝睡觉不老实，她总是得把人捞回被窝。

可这次，苏卿伸手，感到不对劲。她一睁开眼睛，就看到了陆容渊那张近在咫尺的脸，吓得从床上弹了起来，惊呼："陆容渊，你怎么会在我床上？"

陆容渊双手枕在脑后，幽幽提醒："这是我的床。"

苏卿这才看清，这房间根本不是李家的。她跳下床跑到阳台，往外一看才知道，这里是南山别墅，陆容渊的住处。

苏卿定住心神，看着床上一脸心满意足的男人，问："我怎么会在这里？"

她不是在李家吗？怎么睡醒就在南山别墅了？

陆容渊道："我一睁开眼，你就在我床上了，谁知道是不是你太想我了，半夜偷偷来找我。"

"胡说八道。"苏卿板着一张脸，"我怎么可能跑几十千米来这里？我又不梦游。"

可苏卿怎么都想不通，她为什么会出现在这里。

"老大，车先生来了。"夏冬在外敲门。

苏卿一看自己身上的睡衣，窘迫得不行，急忙问道："有没有衣服让我换上？"

想不通，苏卿也不想了，反正也没吃亏。

陆容渊指了指衣橱说："里面。"

苏卿走过去打开衣橱，被里面的奢华惊住了。

这哪是衣橱，里面春夏秋冬的衣服加起来估计得几百件，而且还都是高定款女装。

"你怎么会买这么多女人的衣服？"苏卿心里的醋意冒出来了。

"都是给你买的，你看看喜不喜欢。"陆容渊走到苏卿身边，"以后每个季度都会定期更换这里的衣服，你如果不喜欢，就让杰瑞斯上门给你定制。"

杰瑞斯，那可是顶级的服装设计师，一般人根本请不到。不过这对于陆容渊，根本不是问题。

都说女人的衣柜里永远缺一件衣服。

苏卿还真没这么奢侈过，当然，条件也不允许，没那个经济实力，哪能跟身价亿万的陆容渊相比。

"陆总这是打算砸钱追我？"

"我的女人，值得拥有世界上最好的一切。"

陆容渊双手握着苏卿的肩膀，目光落在她的胸口，不经意间瞥见了她脖子上的项链吊坠，脸色骤然大变。

"这条项链怎么会在你这里？"

苏卿不明所以，伸手将项链从衣服里拿出来："这个是我妈的遗物，怎么了？"

陆容渊眸底深处再次划过一抹震惊之色。

"陆容渊，怎么了？你见过这条项链？"苏卿疑惑。

"没有。"陆容渊很快恢复神色，笑道，"就是觉得挺与众不同的。既然是你母亲的遗物，那就收好了。"

"嗯。"苏卿也没提起厉国栋这个人，她觉得没必要。

"你先换衣服。"

苏卿换了衣服下楼，就见陆容渊正跟车成俊聊天。

这是苏卿第一次见到车成俊，能让陆容渊以真容示人的，这个人一定不一般。

车成俊也打量了一眼苏卿，果然是个倾城佳人，能出现在陆容渊的住处，那一定就是夏冬和万扬口中的苏卿了。

"苏小姐。"车成俊温柔地笑着打了声招呼。

苏卿有些讶异，这人认识她？

"卿卿，坐我身边来。"陆容渊拍了拍身边的位子。

苏卿走过去坐下，然后就听到陆容渊说："装了这么久，也差不多了，接下来这层面纱也可以慢慢揭开了。"

车成俊点点头，道："嗯，我会给你配一些治疗脸伤的药，一个月就能见效，只要再装一个月，就差不多了。"

苏卿听得云里雾里的，陆容渊的脸好好的，用什么药？

陆容渊不打算装瘸装毁容了？

chapter 18

吃醋了

陆容渊伪装了这么久，这要是不伪装了，肯定得让不少人大吃一惊。所以不能突然就"痊愈"了，得有一个过程。

陆家内斗得十分厉害，否则陆容渊也不会伪装了。

苏卿安静地坐在一旁听着。陆容渊让她听，她就大大方方地坐着听。

车成俊在南山别墅住下了。

苏卿与陆容渊吃过早餐后，一起坐车去公司。

陆容渊突然说："刚才那位是车成俊，我们是生死之交。他医术精湛，这场戏需要他配合着演完。"

苏卿感到有些讶异，陆容渊竟然特意给她解释。

苏卿歪着头，盯着陆容渊说："我在想，如果你突然不装了，估计会有不少女人都恨不得扑上来嫁给你。"

之前圈内名媛千金一听陆容渊腿瘸脸毁活不了多久，加上陆家内斗得厉害，陆容渊万一去世了，那就得守寡了，所以没人敢嫁。

可陆容渊要是"好了"，那就是妥妥的钻石级的单身汉，女人们都得眼红了。

陆容渊嘴角微微上扬，问："卿卿，你在吃醋？"

苏卿竟然有危机感了，这让陆容渊倍感欣慰。

苏卿撇撇嘴说："谁吃醋了，我就随口说说。我跟你又没什么关系，你跟谁在一起，与我无关。"

腰上突然感受到一股力道，苏卿被陆容渊拉入怀里。他还凑在她耳边，耳鬓厮磨："睡都睡了，想赖账？嗯？"

最后一个字，陆容渊故意拖长了尾音，魅惑到极致。

陆容渊的嗓音低沉，十分好听，苏卿脸颊泛红，轻轻推了他一下，说："坐好了，别闹，还有人呢。"

前面开车的夏冬很是识趣，立即将隔音板放下来。

陆容渊沉声道："好了，现在没人了。"

苏卿口是心非道："现在都什么年代了，都是成年人，谁说睡了就一定得在一起。再说了，昨晚上肯定是你把我带来的，对不对？"

见苏卿还是没有对自己彻底敞开心扉，陆容渊有点挫败感。

苏卿不光彩的过去，以及两个人的身份背景悬殊，看来，想让苏卿坦然地跟他在一起，还需要点时间。

"来日方长。"陆容渊在苏卿的额头上轻轻一吻，松开了她。

苏卿微微一怔，额头上的柔软感，久久没有消失。她知道陆容渊的心思，却始终难以跨出最后一步。

如此不洒脱的自己，苏卿自己都鄙视。

车子驶入停车场，苏卿与陆容渊一块儿坐总裁专梯上楼，电梯先在苏卿所办公的楼层停下来，苏卿走出去，立即吸引了不少同事的目光。

能跟总裁一块儿坐专梯上来的女人，苏卿是第一个。

陆容渊坐在轮椅上，脸上依然戴着面具，电梯合上，继续往上。

苏卿刚坐到位子上，立即就有同事过来八卦。

"苏卿，你怎么会跟陆总一块儿上来，你们什么关系？"

"是呀，快说说，能跟陆总一块儿坐专梯的，你可是第一个。"

"苏卿，你最近桃花运真好，分点给我们呗。"

苏卿这才反应过来，她被陆容渊"算计"了。

没想到坐个电梯也能惹出这么多事。

苏卿一笑，坦荡地说："刚才眼看着快迟到了，刚好碰见陆总，就一块儿上来了。"

很多人想到苏卿是李逵华的干女儿，说不定陆容渊是给李逵华面子，才会关照一下苏卿。

大家也没再多想。

刘洁拿了一堆资料过来，对苏卿说："苏卿，你把这些整理一下，秦雅菲辞职了，你的工作量就增加了些，辛苦了。"

秦雅菲辞职？

"刘经理，好端端的，秦雅菲怎么辞职了？"

"我也不太清楚，人事部那边下达的。"刘洁小声说，"好像是被陆总亲自辞退的。"

陆容渊为什么要辞退秦雅菲？两个人也没有什么交集呀。

苏卿更疑惑了。

苏卿与陆容渊一块儿坐电梯来公司的事，很快就传到了陆承军的耳朵里。

"看来我这位大哥是真对这个女人有意思。"陆承军悠闲地修剪着办公室里的花草，说，"去将这位苏小姐请来，我倒要看看，能让李遂华认作干女儿，又能入我大哥眼的女人究竟有什么本事。"

"是。"秘书应了声，立即出去了。

苏卿正在忙，突然接到通知，让她去一趟陆副总办公室。

陆副总陆承军，陆家二房长子，找她做什么？

苏卿怀着疑惑去了，这还是她第一次陆承军的办公室。

秘书替她开门，做了个请的手势："苏小姐，里面请。"

"谢谢。"苏卿走进去，就见陆承军在给富贵竹浇水，叫了声："陆副总。"

陆承军回头，看到苏卿的脸时，眼底划过一抹惊讶，下意识地将手里的浇水壶捏紧，面上却不动声色地说："苏小姐，请坐。"

"陆副总找我，是有什么事吗？"苏卿哪敢真坐。陆承军看似很和气，可她总觉得不好对付。

"我跟李总也有点交情，之前认亲宴，我有事没在帝京，错过了，听说苏小姐在公司，特意关心关心，苏小姐可还适应？"

陆承军是因为李遂华的关系？苏卿总觉得没这么简单。

苏卿一板一眼地回答道："还不错，工作挺愉快的，谢谢陆副总关心。"

陆承军笑笑，这个女人防备心很强。

"苏小姐，坐吧。"陆承军亲自给苏卿倒了水，试探性地问，"我还听说，苏小姐跟我大哥的关系不一般。我这大哥真的是可怜，之前因为一场车祸，成了现在这个样子，如果苏小姐能跟大哥走到一起，那我也就放心了。"

"陆副总说笑了，陆总是我的上司，我只是公司的一名普通员工而已。"

苏卿淡笑道，"陆总的遭遇，确实让人惋惜，不过我相信，陆总会好起来的。"

陆承军细细打量苏卿，思量着："那真是可惜了，不瞒苏小姐，我大哥几年前受过严重的情伤，当时一蹶不振了将近半年，刚才我见苏小姐与当年的雅媛长得很像，想必大哥也是因为这点，才会对苏小姐格外关照。"

这是苏卿第一次听到雅媛这个名字。

陆容渊受过情伤？这事苏卿还真不知道。

能让陆容渊一蹶不振半年，看来这个叫雅媛的女人对陆容渊十分重要。

苏卿也不笨，大概明白了陆承军的用意。

"陆副总真会开玩笑，这世上哪怕长得再像的两个人，那也是两个不同的人。"苏卿不卑不亢地说，"世上只有一个苏卿。"

陆承军一愣，笑了，眼里带着几分欣赏，道："苏小姐快人快语，确实与众不同，不过苏小姐真不想听听我大哥的情史？"

苏卿看着陆承军，揣测着对方的用意，浅浅一笑："陆总的情史，想必很多人都感兴趣，我是个俗人，自然也会好奇八卦，陆副总想说，那我洗耳恭听。"

陆承军脸上的笑带着几分深意，他有点搞不清楚苏卿对陆容渊到底什么心思了。

他没看出苏卿有半点吃醋的意思。

陆承军坐下来，徐徐道："我大哥五年前交了个女朋友，叫秦雅媛，两个人也到了谈婚论嫁的地步。可谁知天降横祸，大哥的仇家找上门，带走了雅媛，她这一去，再也没有回来，恐怕是凶多吉少。雅媛出事后，大哥一蹶不振。我真心希望苏小姐能帮我大哥走出阴影。"

"陆副总高看我了，我怕是无能为力。"苏卿嘴角噙着淡笑，"我跟陆总没有关系。"

陆承军显然是来试探她跟陆容渊到底是不是恋人关系，不管她跟陆容渊是不是在闹别扭，她都不能承认。否则，她肯定会被陆承军盯上。

陆承军笑了笑，说："那是我误会了，苏小姐，真是抱歉，你别放在心上。我大哥是个重情之人，雅媛走了这么多年，他一直念念不忘，我也是担心他情伤过重，走不出阴影。"

"陆副总对陆总真好，兄弟情深，实属难得。"苏卿笑着夸赞，"陆副总，回头我若是遇上陆总了，一定在他面前好好传达您对他的关心，不能白费了您今天一番苦心。"

这话是苏卿刻意说的。

果然，一听苏卿要告诉陆容渊，陆承军连忙道："苏小姐，我希望咱们今天的谈话就我们两个人知道，别在大哥面前提起雅媛，勾起他的伤心往事。"

苏卿笑着说："这样啊，陆副总还真是考虑周到。"

话音刚落，陆承军的秘书匆匆进来，提醒陆承军道："陆总朝这边来了。"

陆容渊来了？陆承军眉心一拧，心底倒是暗喜。他刚把苏卿叫来不过几分钟，陆容渊立刻就来了，还真是紧张这个女人。

苏卿也很意外，陆容渊这个时候来，不就是昭示着跟她有关系吗？

"苏卿，你来这里做什么，回去做事。"陆容渊滑动着轮椅进来，语气里透着几分紧张。

"是，陆总。"苏卿听话地走了。

办公室里只剩下陆承军与陆容渊，温度骤然下降。

陆承军笑道："大哥，你又何必如此紧张，我就是找苏小姐聊聊。"

陆容渊冷冷地警告道："以后离她远一点，你打什么主意，我心知肚明，你若敢动她一根头发，我就有办法让你滚出陆家。"

滚出陆家，那可就是失去一切权利，也没有机会再跟陆容渊争。陆容渊身为陆家掌权人，他有这个权力。

陆承军眼底划过一抹阴鸷，脸上却带着淡然的笑："大哥，你看上的女人，我又怎么会动歪脑筋？这可是陆家的大喜事，让爷爷知道了，肯定很高兴。"

陆承军的为人，陆容渊太了解了。

如果说陆展元是一头猎豹，那么陆承军就是一头野心勃勃的狼。可再凶狠的狼与猎豹，也无法与雄狮对抗。

"你最好记住你今天的话。"陆容渊丢下警告的话，滑动着轮椅走了。

陆承军眼底的嫉恨犹如熊熊烈火，手里的水杯都捏紧了。

"陆容渊，我早晚将你狠狠踩在脚下，这陆家掌权人只有一个，那就是我。"

陆容渊在洗手间拦住刚从里面出来的苏卿，问："陆承军都跟你说了些什么？"

苏卿见到陆容渊堵在洗手间门口，愣了一下，说："陆总，这可是女洗手间，就随便聊了聊，关心关心我是否适应，关心关心你有没有从情伤中走出来。"

闻言，陆容渊神色微变，从陆承军嘴里说出来的话，能有什么好话。

陆容渊沉吟了一会儿，才道："苏卿，他的话，别信。"

"我又不傻，他的目的，一眼就看穿了。"苏卿耸耸肩，笑问道，"你这么紧张，莫非那个叫雅媛的女人，真是你的前女友？"

其实苏卿真不介意，谁没个过去？

陆容渊沉默了许久，才点了点头说："算是，五年前，她死了。"

算是？这个答案模棱两可的，那到底是不是？

苏卿一时不知道该说什么，那毕竟是陆容渊的过去，而且人都死了五年了，提起来，不是伤人心吗？

"抱歉。"苏卿歉疚地说道。

话音刚落，苏卿的手机响了，电话是她的前男友打来的。

今天到底是什么日子，尽跟前任杠上了？

陆容渊见苏卿迟迟没接，带着醋意问了句："楚天逸？"

苏卿很讶异，她真想看看陆容渊是不是有透视眼，这都能猜到。

"嗯，前男友。"苏卿很坦荡地交代，"最近身价大涨，可能楚天逸觉得我这'回头草'值钱吧，前段时间天天送花，我都拿去卖了，还小赚了一笔。不过说到浪漫，你这方面确实差了点儿，我连你一枝花都没收到过。"

陆容渊幽幽地说："你卖的那些花，有一半是我送的。"

"啊？"苏卿茫然，"你什么时候送的？"

陆容渊眼神幽怨地盯着苏卿，苏卿很快反应过来，嗔道："真是幼稚。"

嘴上这么说，心里却是甜蜜的。想着想着，又忍不住笑了出来，她哪里想到陆容渊会送花。

"我还要去医院看小杰，先下班了。"苏卿又是直接通知。

陆容渊满眼宠溺道："你是公司的女主人，你说了算。"

这嘴真甜，这句话真是会心一击。

苏卿刚要说话，电话又响了，这次不是楚天逸打来的，而是她请的律师。

接通之后，苏卿的脸色瞬间凝重起来。

苏卿这次没打算放过苏雪，律师也说过，苏雪这次至少得被判三年，陈龙得被判五年。

法院那边已经受理，就等着开庭审理了，可谁能想到在这个节骨眼上，苏雪怀孕了。按照法律规定，犯罪嫌疑人处于妊娠或哺乳期间，是可以申请取保候审的。

苏卿立刻赶去警局，陆容渊也跟着去了。

两个人到的时候，苏雪正坐在大厅里，秦素琴在一旁办理手续。

让人意外的是，不久前给她打电话的楚天逸竟然也在，就坐在苏雪对面，低着头在抽烟。

苏雪一脸的幸福，手一直抚摸着还很平坦的肚子，生怕别人不知道她怀孕似的。

李警官见苏卿来了，喊了一声："苏小姐。"

李警官也注意到了苏卿身边的陆容渊。哪怕是坐在轮椅上，他久居上位者的气势，也让人无法忽视。

陆容渊语气轻飘飘地问了一句："手续办完没有？"

李警官如实回答："还差最后一个印章。"

陆容渊嗓音冷沉道："那就再等一会儿，我让医生再好好查查，楚少夫人是否真的怀孕了。"

闻言，苏卿看了一眼陆容渊。其实她也怀疑过苏雪是不是造假。

陆容渊的话让楚天逸、苏雪与秦素琴三人都脸色一变。

楚天逸惊讶的是苏卿竟然跟陆容渊一块儿出现，她不是逃了陆家的婚，为什么两个人还有联系？

苏雪抚着肚子站起来，一副可怜兮兮的样子，看向苏卿说："姐，我真怀孕了。"

秦素琴姿态放得很低，对苏卿说："小卿，小雪怎么说也是你的妹妹，她已经知道错了，她真的不敢了。"

楚天逸却无动于衷，只是看着苏卿。

苏卿神色淡淡地扫了一眼苏雪跟秦素琴说："秦姨可真是会说笑，我爸妈就我一个女儿，哪里来的姐妹？"

苏卿的话说得两个人面红耳赤。

苏雪是周雄飞私生女的事已经尽人皆知了，再跟苏卿攀关系，那确实是有些厚脸皮了。

"姐！"苏雪楚楚可怜地跪在地上，眼泪说来就来，"我知道过去很多事都是我不对，现在我真的认识到自己的错了。"

苏卿面无表情道："那就更得让医生来瞧瞧，你这肚子里要是真有了，法律都对孕妇宽容，我自然也不会这么无情。"

苏雪暗暗咬了咬牙，用求救的目光看向楚天逸。

楚天逸终于出声了："那就让医生再检查一次吧。"

苏雪很挫败，心里恨恨的，脸上却表现得很温和，说："好，那就让医生再看看。"

检查结果很快出来了，苏雪真怀孕了。

苏卿盯着苏雪的肚子说："苏雪，取保候审只是不被羁押而已，你别得意太早。"

苏卿也不愿再多待，推着陆容渊的轮椅，转身打算走，这时楚天逸突然开口："小卿，我对你的承诺，永远有效。"

还真是个"渣男"，当着自己怀孕的老婆撩别人。

陆容渊一记"眼刀"飞过去，嗤笑道："楚少还真风流多情。"

楚天逸脸上一阵难看，有些挂不住，心底更是惊讶。

陆容渊为什么会为苏卿出头？

苏卿连一个眼神都没给楚天逸，直接推着陆容渊走了。

楚天逸站在原地目送他们离开，苏雪走过去，温柔地说："天逸，我们回去吧。"

"你自己回去吧，我还有事。"楚天逸没给她好脸色。

秦素琴看女儿受委屈，不乐意了，问："楚天逸，你什么意思？小雪怀着你的孩子，你不体贴她，还这么对她，你怎么做人丈夫的？信不信我把小雪带回去，以后让你连孩子都看不上一眼。"

楚天逸冷笑一声，道："那还真是求之不得，不过岳母大人想回哪里？是苏家还是周家？"

"楚天逸，你怎么跟长辈说话的？我好歹也是你丈母娘。"秦素琴气得脸色煞白。

苏家她回不去，她一个情妇自然也不可能回周家。这几天，她都是在外住酒店。

"妈，天逸，别吵了。"苏雪温柔地劝道，"妈，你回去吧，我一个人可以。天逸，你忙的话就去忙吧，我自己打车回去就行了。"

"小雪。"秦素琴看着女儿这样委屈自己，心疼得很。

"妈，我是楚家的儿媳妇，又怀着楚家的骨肉，自然要回楚家。"苏雪给秦素琴使眼色。

她好不容易有孩子做保护伞，一定得拿孩子打好这个翻身仗。苏卿给她的耻辱，她迟早会讨回来。

南山别墅。

苏卿又跟着回来了。刚入大厅，夏冬走过来，对陆容渊说："老大，夏天打电话来了。"

自从陆容渊出岛后，这还是夏天第一次打电话来。

"夏天有没有明确说什么事？"

"没有。"夏冬说，"要不老大给夏天回过去？"

陆容渊想起那个孩子，脸上泛着一丝喜色，对苏卿说："饿了的话先吃点水果垫垫肚子，待会儿就开饭。"

"嗯，你去忙。"苏卿并不知道夏天是谁。

等陆容渊走开了，她问夏冬："你是不是还有个兄弟叫夏春？"

夏冬一脸蒙，答道："没有，苏小姐，怎么了？"

"夏冬，夏秋，现在又来个夏天。"苏卿手撑着下巴，漫不经心道，"我还以为你们取名都是按四季来的，一年四季都齐全了。"

夏冬一听，忍不住笑了，解释道："苏小姐误会了，我跟夏秋是亲兄弟，不过夏天不是，他只是个四岁多的孩子，正好叫夏天而已。"

四岁多的孩子？

苏卿好奇道："是不是陆容渊的私生子？刚才看你们老大脸上流露出了老父亲般的慈祥，肯定是你们老大藏在外面的私生子对不对？"

夏冬连忙道："老大绝对没有私生子，苏小姐别开玩笑，老大连女人都没有，哪里来的私生子？"

这话说完，夏冬突然想起五年前陆容渊因遭人暗算意外和一个女人发生过关系的事情，但过去这么多年了，这件事早就被淡忘了，他们连那个女人是谁都不清楚。

"你对你们老大可真是忠心。"苏卿笑得有点让人毛骨悚然。

陆容渊自己都承认有前女友了，夏冬还帮忙瞒着。

恰好这时，万扬来了，见到苏卿，笑着打招呼："苏小姐，你也在，老大呢？"

"在那儿呢。"苏卿伸手指了指在偏厅打电话的陆容渊，"万先生一脸春风得意，有好事？"

万扬一笑，说："瞒不过苏小姐，最近得了幅袁松年的真迹……"

万扬突然想到之前的那幅被陆容渊坑走了，说是送给苏卿的，后面的话赶紧打住了。他可不能再暴露自己有真迹，不然回头又被坑了去。

万扬笑眯眯地转移话题："苏小姐，什么时候能喝上你跟老大的喜酒？"

自从知道陆容渊身份曝光后，万扬就盼着喝喜酒。

"打住。"苏卿抬手，语气很淡，"我跟他分手了。"

"还没和好？"万扬嘀咕，"不应该呀，老大办事效率也太低了。"

苏卿悠悠地喝着茶，问："万先生，什么时候把你那幅袁松年的真迹拿出来让我欣赏欣赏？"

万扬心里咯噔一下，还是逃不过啊。他硬着头皮问："苏小姐也喜欢袁松年的作品？"

"挺喜欢的，他的作品意境深远，让人觉得心里平静。"

万扬仿佛遇到了知音，附和道："英雄所见略同。"

"万扬，回头把你那幅拿来给卿卿。"陆容渊的声音从身后冒出来。

"老大。"万扬一脸不舍得。

苏卿白了陆容渊一眼，说："你跟土匪明抢有什么区别？"

闻言，万扬忙不迭地点头，终于有人说出他的心声了。

不过事实证明，他高兴得太早了。

苏卿还有下一句："万先生，我就拿回去欣赏欣赏，过几天就还你。"

这跟明抢也没区别。

说会还，那要是不还呢？

还真不是一家人，不进一家门。

陆容渊轻咳了一声，万扬认命地叹口气，说："我这就回家去取。"

"万先生，等等。"苏卿起身，"可否搭个顺风车？我回一趟医院。"

陆容渊一听苏卿要走，自然不乐意，可听到是去医院，也说不出阻止的话。

苏杰才做了手术，苏卿去探望，这是应该的。

万扬看了一眼陆容渊，征询他的意思。

陆容渊点了点头，然后对苏卿说：“有事随时给我打电话。”

“行。”苏卿挥挥手，直接跟万扬走了。

上了车，车子开出一段距离，万扬好奇地问：“苏小姐，你跟老大总不能一直这样吧，穷男友摇身一变，成了亿万富翁，这不是好事吗？”

“这应该是天上掉馅饼的好事了吧，可是……”苏卿也这么认为，可一向自信的她畏缩了。

苏卿浅浅一笑，接着说：“万先生，不瞒你说，我倒宁愿他只是个普通的司机。”

“能理解。”万扬一边开车，一边说，“我猜，苏小姐最担心的是老大对感情的忠诚度吧。”

苏卿一怔，轻笑道：“万先生的话很犀利，每个字都说到了关键点。”

“感情的事，外人帮不了忙，时间是验证一切最好的方法。”万扬笑道，“你们这杯喜酒，我早晚能喝上。”

苏卿耸肩道：“顺其自然。”

她心底不排斥陆容渊，否则她也不会听信陆容渊的瞎话，说她半夜梦游去找他。

万扬将苏卿送到医院门口，苏卿下车后，说：“万先生，你那幅袁松年的真迹不用拿给我，就是开个玩笑。”

上千万的真迹，苏卿怎么可能夺人所爱。

万扬一笑，如释重负般道：“多谢苏小姐手下留情。”

苏卿笑了笑，转身往住院部走。

出了电梯，她突然看见一个熟人。

苏卿心头一震，有些失态地追上前面的一个中年妇人。

楼梯拐角处，苏卿出声叫住：“张医生。”

妇人停步回头，看见苏卿，脸上闪过一抹惊慌与愧疚，目光闪烁，不自然地说：“你……你是苏卿？”

“是我。”苏卿激动地走上前。

此人正是当年给她接生的医生。当年生了孩子之后，为苏卿接生的相关人员都集体辞职了。

都是苏德安的“杰作”。他不会让人知道他的女儿未婚生子，他不想丢脸蒙羞。

四年多了，苏卿没想到会在这里遇见张医生。

苏卿太激动了。秦素琴与苏雪的话信不得，苏德安的话也信不得，她只能靠自己找答案。

"张医生，你忙吗？可以一起吃个饭吗？"苏卿没有直接询问孩子的下落。

张桂芬知道，四年多了，该来的，是躲不掉的。

"可以。"张桂芬点了点头。

苏卿带着人去医院附近的餐厅点了几个菜，很是热情地说："张医生，喜欢吃什么，随便点。"

"谢谢，这些就够了。"张桂芬道，"苏小姐，你比以前更漂亮了，刚才差点儿没认出来。"

"张医生，我找过你，可是你辞职了，我知道，是我爸做的。"苏卿看着张桂芬，"张医生，我就不跟你绕弯子了，请你坦白地告诉我，我的孩子，是活着还是死了？"

苏卿的话让张桂芬脸上闪过诧异，问："是苏先生说孩子死了？"

"我爸说，孩子生下来后没抢救过来，是真的吗？"苏卿紧盯着张桂芬，不敢错过她脸上任何一丝反应。

张桂芬端着茶杯的手有些轻微发抖，眼睛不敢正视苏卿。

"当年孩子生下来时……"张桂芬顿住了。

苏卿迫切地问："生下来时怎么了？张医生，希望你能看在同样作为母亲的分上，跟我说实话好吗？我怀胎十月生的孩子，我连一眼都没见过。你是我唯一的希望，你不会忍心看着我到死都不知道自己的孩子是生是死吧？"

张桂芬自己也是母亲，为母者的心情，她自然能理解。

当年的事，确实做得缺德，张桂芬良心有愧，这几年心里也一直不安。

张桂芬迟疑着说："苏小姐，你的孩子没死，而且还是一对很漂亮的异卵双胞胎男孩。"

"什么？"苏卿震惊且激动得说不出话。她望着张桂芬，眼泪就那样流了下来。她的孩子没有死，而且还是两个。当年怀孕后，她被苏德安关着，根本就没有做过一次产检，也就不知道怀的是双胞胎。

张桂芬说出口之后，有一种如释重负的感觉。

苏卿则久久难以平静。她喜极而泣，眼泪大颗大颗地掉，有些语无伦次："我的孩子们，没死，他们还活着，还活着。"

张桂芬看着也十分揪心，眼角也是湿润的，说道："没死，非常健康漂亮的两个小宝贝。"

"他们在哪儿？"苏卿激动地抓住张桂芬的手，"张医生，我的孩子在哪儿？你知道吗？"

"这我就不知道了。"张桂芬为难地摇头，"我们当时只负责给你接生，孩子交给了苏先生。"

她被骗了。苏德安骗了她四年多。

张桂芬想起了一件事，说："不过我记得你其中一个孩子的耳后有一块青色的圆形胎记。"

"青色胎记？"苏卿泣不成声，随后抓着张桂芬的手，"张医生，谢谢你，谢谢。"

得知孩子还在世，而且还是两个可爱的儿子，苏卿再也忍不住了。

离开餐厅后，她直接去了苏家。

天色已经暗了下来，天空下着大雨。

苏杰打来电话，声音虚弱："姐，你在哪儿？"

"小杰，姐姐有点事，回一趟苏家，忙完了就来看你。"

苏家别墅。

屋内灯火通明。

大雨滂沱，苏卿下了车，直接冲进雨里，一会儿就全身都打湿了。

苏卿神情冷肃。她走到门口，伸手按门铃。

苏卿不停地按，急促的门铃声在雨夜中显得特别刺耳。

屋内传来脚步声，苏德安穿着家居服，开了门。看到满身湿透的苏卿，他愣了一下。

苏德安手里拎着酒瓶，满身酒味，一脸胡楂，十分邋遢。自从知道被秦素琴背叛后，他就一蹶不振，窝在家里自暴自弃，喝酒买醉。

一生工于心计，却被枕边人算计欺骗了二十多年，活了大半辈子都是个笑话，自信与自尊被踩在脚下，苏德安倒下了。

苏卿盯着苏德安，那双眼睛比冰碴子还冷，嘶吼道："我的两个孩子，你到底扔哪里去了？"

一人站在门外，一人站在门内，风雨交加。

苏卿的双手紧握成拳，声音好似在泣血，透着无尽的愤怒。

苏德安被苏卿的阵势吓到了，下意识地往后退了一步，说："你……你都知道了？"

苏卿一只脚迈进去，目光锐利如刀，一字一句地说："爸，你怎么说也算是那两个孩子的亲外公，哪怕再不光彩，那也是两条人命，你怎么能如此冷血？"

苏卿步步逼近，苏德安步步后退。

"你把他们怎么处理的？人呢？"苏卿流着泪，神情与目光都很冷。

雨水合着眼泪顺着脸颊滴落在地板上。

苏德安脚下一软，跌坐在地上，突然老泪纵横，哭道："小卿，爸对不起你，对不起你呀。"

苏德安抱住苏卿的脚，哭得稀里哗啦，这也跟喝了酒有关。

平时的苏德安，在苏卿面前都是一副严父姿态，也就苏卿做了李逸华的干女儿之后，苏德安态度才好了些。

苏卿闭了闭眼，复又睁开，盯着脚下的苏德安，平静地说："我只想知道他们在哪儿，你已经让我在他们生命中缺失了四年多的时间，你还想分离我们母子一辈子吗？"

"小卿，那可是野种，来路不正的孩子，你要是把他们找回来，你就毁了。"苏德安抓着苏卿的裤脚，"小卿，听爸爸的话，忘了吧，那个强奸犯不是已经被抓了吗？这件事就这么过去了，你难道还能把强奸犯的孩子养大？"

"那是我的孩子。"苏卿双眸猩红。她蹲下身，拎着苏德安的衣领，"我最后问你一次，他们在哪儿？否则，你就等着苏家败落吧，我绝不会接手你留下的烂摊子。"

苏氏集团是苏德安几十年的信念，哪怕他颓废了，也不会真的就这么看着它落败。

"我不知道，我让人处理了，说是扔在了一家福利院。"

苏卿激动地追问道："福利院的名字叫什么？在哪里？"

"天使宝贝福利院。"苏德安喝多了，脸都是红的。他醉醺醺地站起来，"小卿，你要想清楚，找回那两个孩子，你的后半生就毁了，带着两个孩子，谁敢要你？"

"我的前半生被你毁了，我的后半生怎么过，那是我的事。"

chapter 19

陆先生，余生请多指教

苏卿冒着大雨离开了苏家。在路上，她给安若打了个电话。

安若到的时候，就看到坐在路边，也不避雨的苏卿。她惊呼："你疯了！"

安若撑着伞跑过去，积水溅起很高。

苏卿仰着头，冲安若一笑。雨水的冲刷，让苏卿清醒了许多。

上了车，安若急急忙忙地又找了块干毛巾给她道："先把头发擦干了，小心感冒。"安若看似风风火火，其实挺细心的。

"我的若若也太贴心了。"苏卿一笑，伸手勾着安若的下巴，调戏道，"今晚让我去你那儿睡吧。"

"那必须的。"安若也没问苏卿发生了什么事。安若自己在外有房子，偶尔过去住住。

苏卿泡了个热水澡祛寒，整个人都舒服了很多。等她从浴室出来，安若已经煮好了姜汤。

"喝一碗这个。"安若坐下来，"苏卿，你刚才坐在路边淋雨的样子好吓人。"

苏卿冲安若笑笑，道："抱歉，让你担心了。"

长舒一口气，苏卿看着窗外的大雨，说："若若，就在刚才，我想通了很多事。做人，为善者被人欺。"

安若忙问："是不是苏雪、秦素琴母女又出什么幺蛾子了？"

苏卿摇了摇头，沉吟片刻说："我的孩子还活着，就在刚才，我爸终于承认了，而且还是一对异卵双胞胎儿子。"

"什么？"安若大惊，"苏卿，孩子在哪里？"

"天使宝贝福利院。"苏卿按捺住想要立刻见到孩子的心情，说，"等雨停了，我就去找他们。"

一晚的时间，也让她有个心理准备。

"苏卿，你的意思是要把孩子带回来？"安若欲言又止，"你到时怎么跟陆容渊交代？自己的女朋友突然冒出两个孩子，那你们不是更难复合了吗？悬殊太大了，我担心……"

"若若，就算没有这两个孩子，我跟陆容渊之间也是天差地别，他根本就不是什么货车司机，而是陆家掌权人，陆容渊。"

苏卿之前并没有将这事告诉安若。安若再次惊得目瞪口呆。一晚上连续投了两个"炸弹"，安若都被炸迷糊了。

"陆容渊就是陆、陆总？"安若有些结巴，"苏卿，你竟然跟陆总谈恋爱。不对呀，他不是瘫子吗？不是毁容了吗？哦，我知道了，他是装的，可他为什么装呢？难道是为了试探你？"

以安若的脑袋，哪里想得到家族内斗这些阴谋诡计。

苏卿捧着姜汤，盘坐在沙发上，说："若若，这是个秘密，你暂时替我保密，陆容渊有他自己的计划。"

"放心，放心，我嘴巴特别严实。"安若知道什么该说，什么不该说，"不过，苏卿，你要把孩子找回来，那陆总能答应吗？人家之前连命都不要地救你，肯定是对你动真心了。"

苏卿沉默了，这就是她迟迟没有答应陆容渊复合的原因。

"苏卿，你心里是怎么想的？你爱陆容渊吗？"安若一脸好奇。

苏卿伸手戳了戳安若的额头，扬唇一笑道："你今天怎么都在为他说话？他给你好处了？"

"陆容渊哪，那可是钻石级别的男人，之前以为他腿瘫活不久就算了，现在知道是一个又帅又优秀的男人，那肯定得牢牢抓住，你傻呀。"安若白了苏卿一眼，"抱住陆容渊的大腿，那你在帝京还不得横着走。"

苏卿哭笑不得地说："横着走的那是螃蟹。"

"我跟你说正经的，不许嬉皮笑脸。"安若小公主生气了。

苏卿失笑道："你生气的样子，还真像小宝。"

安若反驳："我脸上的肉可没小宝多。"

苏卿站起来，捧着杯子走到窗前，看着窗外的雨。

安若悄悄打开手机的录音功能，然后将手机藏在身后。

"不可否认，我喜欢陆容渊，他每次出现的时候，我都感觉像春天突然来了，很温暖。"苏卿忆起陆容渊，嘴角不自觉地微微上扬，"我的过去，无法改变，如果他真愿意接受我的过去，那我就赌一次，无惧输赢。"

"这才是我认识的苏卿。"安若拿着手机，又走近了些，"那要怎样，你才相信他真的愿意呢？"

苏卿摇头道："我不知道，顺其自然吧。"

愿意两个字，从来都不是嘴上说说。

苏卿现在处于自卑、敏感阶段，陆容渊就算说愿意，她还是会犹豫。

"很晚了，苏卿，你先去休息吧。"安若笑道，"明天我陪你去福利院。"

"行。"苏卿真的有点疲惫了。

见苏卿去房间休息，安若拿出手机，将刚才的录音保存好。

苏卿跟陆容渊的这段良缘，她怎么都得促成，一定得想办法把两个人再撮合到一块儿。

翌日。

天刚亮，苏卿就醒了。她已经迫不及待地想要去福利院见她的孩子了。

去的路上，安若打着哈欠问："苏卿，那两个孩子也有四岁多了，看到你肯定不认识，你做好心理准备了吗？"

"有点紧张。"苏卿坦白，但是这也无法阻止她想去找孩子的心。

不过，到了福利院，苏卿傻眼了。天使宝贝福利院正在拆建。

苏卿急了，下车冲过去，抓住一个正在施工的大哥问："这里面的孩子呢？为什么要拆福利院？"

"这里以后要建商场，至于那些孩子，我哪儿知道？"

苏卿找到福利院之前的院长，才知道福利院三个月前就将孩子们分别转移去了其他福利院。这块地被开发商拿下了，要建商场，而碰巧的是，这正是陆氏集团旗下的项目。

苏卿急切地问："院长，我想问一下，四年前，你们福利院是不是收养了一对异卵双胞胎男孩？那对孩子现在在哪儿？"

李院长是个中年男人，一听到是来找那对孩子的，镜片下的眸子里划过一抹心虚，嚷嚷道："什么双胞胎男孩，没有没有，这位小姐，你是不是弄错了？"

那对男孩当年是被扔在福利院门口的，这么多年了，也没人来找过，今天怎么突然来人了？

"怎么会没有？你再仔细想想，四年前，一定有的。"苏卿情绪有些失控，难道苏德安是骗她的？

李院长作势想了想，一拍脑门道："我想起来了，是有一对，不过刚到福利院没几天就被人领养走了，时间有点久远，福利院来来往往的孩子太多了，一时没想起来。"

苏卿心中一喜，问："那有领养人的联系方式吗？"

"没了，四年前那批孩子的记录，都被一场大火给烧了。"

这话不假，而且引起火灾的罪魁祸首就是那对异卵双胞胎兄弟。

刚有点线索，又断了。

苏卿失魂落魄地坐回车里，安若也不知道该怎么安慰她。她犹豫着，劝道："苏卿，也许这就是天意，你也别灰心，只要人还在世上，总会找到的。"

苏卿长长地吐了一口浊气，心里有一种说不出来的失落与放松。

也许，这真的就是天意。

这时，苏卿的手机响了，是刘洁打来的："苏卿，你怎么还没来上班？还有半个小时就开会了，都等着你手里的资料呢。"

苏卿这才想起来，抱歉道："刘经理，我马上就来，真是不好意思。"

挂了电话，苏卿也顾不得找孩子了，对安若说："若若，送我去陆氏集团总部。"

她怎么把这么重要的事都给忘了？

"好。"安若也听到了电话内容，说，"从这里到公司，最多也就半个小时，不会迟到的。"

安若的车技，那是毋庸置疑的。

回到工作状态的苏卿，整个人都变得不一样了。到了公司，苏卿急急忙忙地去坐电梯，刚好碰到从总裁专梯出来的万扬。

"苏小姐，你急急忙忙做什么？"万扬好奇地问。

"还有三分钟开会，资料还在我电脑里。"苏卿下了车跑过来的，这会儿气喘吁吁的。

万扬笑道："会议推迟了二十分钟，你不用这么急，对了，坐这部电梯吧，直达的，中途不用停。"

苏卿坐过一次总裁专梯，也不介意再坐第二次。

"谢谢万先生。"

哪怕会议推迟二十分钟，苏卿也赶时间，她还得做一些准备工作。

苏卿坐电梯上去了，万扬拨通陆容渊的电话："刚碰到苏小姐，她急急忙忙来公司，赶着开会，我跟她说会议推迟了二十分钟……"

总裁办公室。

陆容渊挂掉电话后，对一旁的秘书说："艾米丽，通知下去，会议延迟二十分钟。"

"是。"艾米丽立即去通知。

苏卿急急忙忙回到自己的座位上，先喝了一口水顺气，然后打开电脑，迅速整理资料。

刘洁过来说："苏卿，不用太着急，会议推迟了二十分钟。"

"好，我知道了。"苏卿抱歉一笑，"刘经理，不好意思，给你添麻烦了。"

"这有什么，你下次有事，提前说一声，或者提前把资料发给我。"

"行。"

苏卿整理好资料，跟着刘洁进了会议室，公司高层也陆陆续续进来。

陆承军与陆展元这对父子也来了，紧随其后的是陆星南。

看来今天真不是一般的会议。

苏卿坐在最后一排。她自认为是个小透明，可依然能感觉到有目光落在她身上，让人很不舒服。是陆承军的目光。

苏卿直接迎上了陆承军的目光，坦坦荡荡，不卑不亢。陆承军冲苏卿微微一笑，点了点头，仿佛两个人关系很好似的。苏卿收回目光，神色淡然。坐在左侧的陆星南看了看苏卿，又看了看陆承军，眸光微微一眯。

人基本都来得差不多了，只有主位是空的。陆容渊还没来。

就在这时，会议室的门再次被推开。艾米丽推着陆容渊走了进来，整个会议室的气氛瞬间变得很沉重，无形之中让人喘不过气来。

陆容渊目光冷锐地扫了一眼在场的所有人，冷声道："开始吧。"

随着陆容渊一声令下，销售部的主管立即走上了台，开始汇报金水湾的项目。

"金水湾的项目一轮已经结束，接下来启动二轮……"

苏卿听着听着，有些走神。办公室里的空调温度明明不低，她却觉得好冷，手脚也有些酸软无力。苏卿紧攥着拳头，试图去抵抗身体那股不适。

"苏卿，我们这个组就由你汇报吧。"

"好。"苏卿定了定心神，走上台。

站在投影仪下，苏卿看了一眼会议桌对面的陆容渊。由于灯光的原因，她也看不太真切，不知道他面具下的目光是否也在同样注视着她。

苏卿深吸一口气，迅速进入状态，开始汇报。台上的苏卿，举手投足间都透着一股自信从容，还有让人挪不开眼睛的魅力。

陆容渊双手交叉，大拇指轻轻地来回摩挲着，目光落在苏卿身上，一直没有挪开。面具下，薄唇勾起一抹浅浅的弧度。

苏卿几种语言切换自如，清脆甜美的声音让人听着十分舒服。陆星南看着台上的苏卿，眸光黯然。她是星空中最亮的星，可他不是她的那片星空。

陆承军与陆展元父子暗中交换了几个眼神，当苏卿汇报完毕，陆承军首先鼓掌，喝彩："苏小姐讲得真好。"

其他人面面相觑之后，也跟着鼓掌，笑着点头，纷纷称道："讲得确实好。"

陆承军这是故意捧苏卿，让别人以为苏卿是他的人。苏卿睨了一眼陆承军，然后冲大家礼貌性地微笑，对着台下鞠躬之后才走下去。

陆容渊狭长的眸子深深一眯，就听到陆承军又开口了："大哥，金水湾的项目已经没有什么问题了，有大哥带领，大家也都放心。"

陆容渊扯了扯嘴角，带着几分凉意道："陆副总手里西郊的项目，进行得如何？"

陆承军答道："施工队正在拆除，等福利院一拆，立刻就能动工。"

苏卿心头一紧，天使宝贝福利院是陆承军手里的项目？

陆星南在陆容渊的示意下开口："二哥还真是雷厉风行，我听说福利院有不少重病的孩子，不知二哥如何安排的？"

"这一点三弟放心，每个孩子都安排妥当了，患病的孩子也都送去医院治疗了。"陆承军笑着看向陆容渊，"大哥，这批孩子的治疗费用，我觉得应该我们出……"

这是拿公司的钱，给陆承军一个人做好事，钱是公司出的，名声却是陆承军得了。真是好算计。

陆容渊云淡风轻道："陆副总愿意拿钱去帮助那些孩子，真是让人感动。"

陆星南笑着附和道："我听说二哥这些年做了不少善事，拿点钱出来帮小朋友，二哥肯定义不容辞，我在这里先替福利院的小朋友谢过二哥了。"

陆承军被两个人一唱一和，挤对得有些下不了台。

苏卿感觉自己的身子忽冷忽热，很不舒服。她低声跟刘洁打了声招呼，从后门先出去了。苏卿直接去了洗手间，手一碰到水，就感觉好疼，头也开始痛起来。

"不舒服？"身后突然冒出一个浑厚的嗓音。

苏卿看清是陆容渊，很是讶异："你不是在开会吗？这里可是女洗手间。"

"我让会议停了。"陆容渊摸了摸苏卿的额头，神情凝重起来，"发烧了。"

苏卿刚才一离开，陆容渊就注意到了，立刻停止了会议。

"可能是昨晚淋了雨吧。"苏卿的脑袋确实昏昏沉沉的。

每次她发烧时，浑身都会疼。

"我送你去休息。"陆容渊一把将人抱起，正要往外走，突然有脚步声往这边来了。

苏卿有些慌了。她不是怕别人撞见她跟陆容渊在洗手间，而是担心陆容渊装瘸的事暴露。苏卿指了指格子间，压低声音说："先进去里面躲躲。"

苏卿的本意是让陆容渊自己去躲一下，没想到，陆容渊抱着她一块儿躲进去了，而且还是坐在马桶上。陆容渊抱着她坐在马桶上？这画面，苏卿以前想都不敢想。两个人一块儿挤进来，顿时，苏卿就觉得格子间好小，想下地都没地方给她站。

苏卿冷得打了个哆嗦，陆容渊的怀里很是温暖，让她一时有些沦陷。

就在这时，格子间外传来同事的声音："你说陆副总是不是看上苏卿了？"

公司的八卦传得还真快。陆承军不过是在会议室里夸赞了她一句，立刻就被说成是看上了她。

苏卿下意识地瞄了一眼陆容渊的脸色，奈何他戴着面具，根本看不见。

外面的声音再次传来。

"这也不是没可能，苏卿可是李远华李总的干女儿，身份背景摆在那儿，加上又长得漂亮，保不准陆副总还真看上了她。"

"她可真是走了桃花运，前段时间有个男的天天送花到公司，现在又勾搭上了陆副总，啧啧。"

这些人越说越不堪。苏卿一直以为，她在公司人缘还可以，现在才知道，美丽就是原罪。外面的声音停止，脚步声渐渐远去，苏卿这才反应过来自己还在陆容渊的怀里。

"陆容……"苏卿抬眸，迎上陆容渊幽深的眼眸，后面的话都咽了回去。

"难道我不比陆承军有魅力？"陆容渊哼了一声，抬手搭上苏卿的腰，"卿卿，我想把你藏起来。"

苏卿腰上一阵酥痒，忍不住低声制止他："别闹。"

陆容渊这是生气他没有成为绯闻中的男主角？也是，聪明如陆容渊，又如何看不穿陆承军的把戏？

狭窄的格子间让苏卿觉得有些憋闷，脸颊也开始发烫。她也不知道是羞的，还是发烧。苏卿一阵冷一阵热的，身子却在发烫，陆容渊也没再逗她，抱着她直接坐电梯到地下停车场，将人带回了南山别墅。

苏卿吃了车成俊给的退烧药，窝在被窝里还是喊冷，身子也止不住地哆嗦。

陆容渊脱了衣服，掀开被子进去，将苏卿搂入怀里，柔声说："好好睡一觉就没事了。"

苏卿看着陆容渊结实宽厚的胸膛，眨着眼睛问："你这样，确定是想让我好好睡？"

陆容渊宠溺地笑了笑，亲了亲她的额头，说："当然。"

等苏卿睡着后，陆容渊打了一个电话出去："把秘书部的人全部辞掉。"

下了命令之后，陆容渊又躺回被窝里，搂着苏卿休息。

陈秀芬想着有一段时间没见到儿子了，就来了。

南山别墅静悄悄的，车成俊在院子里侍弄药材，夏秋在一旁打杂。

陈秀芬问："夏秋，我儿子呢？"

"老大在睡觉呢。"夏秋刚要补充一句，是跟苏卿在房间睡觉，陈秀芬已经风风火火地进去了。

"大白天的，睡什么觉？"

"太太，老大他……"夏秋想追过去提醒。

"把这药材拿去烘干。"车成俊直接将一包药材丢给夏秋。

"车先生，老大那边？"

"你现在过去，正好成'炮灰'。"车成俊一本正经的样子，看似是为夏秋着想，实则是想看陆容渊的好戏，找点乐子，不然，这南山别墅太冷清了。

一听这话，夏秋果然不敢去了，十分感激道："多谢车先生提醒。"

车成俊问："让你找的人，有线索了没有？"

"有一点，夏天是从天使宝贝福利院出去的，他的弟弟肯定也在那家福利院。不过福利院现在拆了，不好找。"

夏秋有苦难言，让他找人，名字、照片都没有，这不跟盲人走路一个道理？

楼上。

陈秀芬风风火火地拧开房间的门，叫道："儿子，大白天的你睡……"

话没说完，陈秀芬就看见床上竟然还有一个人。陈秀芬惊呆了，她儿子床上有个女人。苏卿的脸是背对着陈秀芬的，陈秀芬也看不出是苏卿。

陆容渊一个眼神看过去，陈秀芬丢下一句"儿子你继续睡"，然后利索地关上门，也不留下来打扰，风风火火地来，风风火火地走。

走时，陈秀芬交代夏秋："照顾好我儿子，给他弄点炖品补补身子。"

"是，太太。"

苏卿这一觉睡到了天黑。也许是药物作用，她感觉好多了，身子也不烫了，没那么难受了。

苏卿睁开眼睛，就看到了陆容渊那张脸近在咫尺。

"陆容渊，你也不是没见过女人，你就没想过换个女人？"

苏卿还真这么想过，陆容渊要是有别的女人，那她也有借口和他断干净。可偏偏，陆容渊就盯上她了。

陆容渊垂着眸子，犀利的眼神仿佛洞悉了苏卿的心思："以后不要再问这种问题，如果答案有变，我会提前告诉你。"

言下之意，他现在只会选择苏卿。至于别人，他没想过。

苏卿沉默片刻，说："我想再眯一会儿。"

"好。"陆容渊为苏卿披好被角，出去了。

他的语气很是失落。

苏卿听着离开的脚步声，心里也跟着突突地跳，一步，两步……

"陆容渊。"苏卿坐了起来，叫住走到门口的陆容渊，然后迅速下床跑过去，勾住陆容渊的脖子跳了起来。

陆容渊一把抱住苏卿的腿，幽深的眼眸盯着苏卿，不知道她的用意。

"陆容渊，"苏卿鼓足了勇气，像只树袋熊一样挂在陆容渊身上，"我有当年生的那两个孩子的消息了，虽然生下他们也不是我愿意的，但他们总归是我带到这个世上来的，我有义务找到他们，照顾他们，你能接受这样一个有两个孩子的我吗？"

苏卿不想再跟陆容渊这么闹别扭了，她想干脆点。

陆容渊沉默着，没有说话，只是盯着苏卿。

苏卿的心更加慌了："我知道，像陆家这样的大家族，不会接受一个有两个孩子的女人，陆容渊，我不确定我们有没有结果，如果你现在还喜欢我，那我陪你到你不喜欢了为止，我不会对你有任何奢求……"

"苏卿，做我的陆太太。"陆容渊打断她的话。

苏卿有一种幻听了的感觉，不确定地问："你……说什么？"

"做我的陆太太。"陆容渊薄唇轻扬，看苏卿的眼神温柔而宠溺，"在你开口之前，我就已经知道你找那两个孩子的事，你们女人就是矫情。"

"你知道？"苏卿一怔，很快反应过来，"是若若？"

陆容渊的鼻尖抵着苏卿的鼻尖，嗓音低沉道："我就是你的春天。"

苏卿笑了，心里满是感动。

果然是安若。

"陆容渊，你真不介意那两个孩子？"

陆容渊轻笑道："想听真话还是假话？"

"真话。"

"介意。"陆容渊诚实地道，"可任何介意都抵不过想要和你在一起的心。苏卿，人生不过百年，我已经活了三分之一，剩下三分之二的时间，我希望是你陪我走完。"

百年人生，多少人终其一生也找不到那个可以共度余生的人。

苏卿笑了，轻轻啄了一下陆容渊的唇，开心道："陆先生，余生请多多指教。"

帝京的六月，天气十分炎热。

不久前，陈秀芬出了意外，已经昏迷了一个月，一直都没有苏醒的迹象。苏卿站在病房门口，看着陆容渊为陈秀芬擦拭手脚，按摩，想到陈秀芬对她的种种，鼻尖不禁泛酸。她还没有过门，陈秀芬却已经将她当成儿媳妇了，陆家的传家宝都给了她，处处为她出头。苏卿眼角湿润，她也没有进去打扰，而是默默地走到医院走廊里，在一张长椅上坐下来。

不知过了多久，旁边多了一个人。苏卿侧目看着他，宽慰道："伯母会没事的。"

陆容渊垂着眸，说："我妈一直盼着我们结婚，卿卿，无论我妈能不能醒来，九月九，我们把婚礼办了吧？"

苏卿心中诧异，他早就跟她提过九月九结婚，可这个节骨眼上，他以为这事就搁置了。她想到夏天、夏宝二人，迟疑着说："陆容渊，不用这么急，再等等吧。"

他握着她的手，说："这是我妈的心愿，也是我的心愿。"

如果一场婚礼能让陈秀芬醒来，苏卿自然是愿意的。她没有说什么，只是两人的手，握得更紧了。

回到住处，苏卿躺在沙发里，看着手上的报告发呆。之前夏秋帮夏天找弟弟，最终发现他们要找的就是夏宝。而她也通过线索，发现了夏天和夏宝可能是她当年生下的孩子。现在她已经拿到了夏天和夏宝的亲子鉴定，完全可以确定，他们就是自己的孩子。

苏卿觉得头疼，陈秀芬在这个时候出事，陆容渊烦心，她又怎么开口提夏天、夏宝的事？

这时，房门响了。是李森把夏宝送来了。

"姐，夏宝交给你，我走了。"李森很怕夏宝似的，把人送到就走。

"姐姐。"夏宝拎着一个小蛋糕，笑容灿烂，就像小太阳似的，让人看着就心里暖。

"姐姐，我猜你的心情不好，给你买了一个蛋糕，吃了蛋糕，心情就会好了。"吃甜食，容易让人心情好。

苏卿忍不住伸手揉揉夏宝的头发，语气温柔道："夏天呢？怎么没跟你一起？"

"我哥去训练了。"夏宝献宝似的把蛋糕拆开，给苏卿分了一块，"姐姐，快吃。"

苏卿吃了一口，嘴里甜了，心里也跟着甜了。

夏宝坐在地毯上，两只小胖手撑着脸颊，那模样可爱极了。

苏卿心中五味杂陈，这么可爱的夏宝，是她的儿子呀，怀胎十月生下的宝贝。

"小宝。"苏卿很认真地说，"有一件事我要告诉你，我说的都是真的，你和夏天都是我的孩子，至于你们怎么来的，等你们长大了，我再告诉你们，现在你们还小……"苏卿其实也没准备好如何给两个孩子一个交代，不过夏宝倒是听得十分认真。一副乖宝宝的架势。

苏卿竟一时不知道怎么说下去了，她有种在欺骗小孩子的感觉，不过，苏卿还是清清嗓子道："小宝，那个……"

这样的相认方式，是不是有点草率了？正当苏卿想要说点什么增加说服力时，夏宝认真地问："那陆老大是爸爸吗？"

"呃……不是！"苏卿说，"你们的爸爸是谁，我也不是很清楚……嗯……那个……"

"我懂了。"夏宝认真点点头，直接改口，"妈妈，那陆老大会介意吗？"

"你们对于妈妈来说，更重要。"无论两个孩子的父亲是谁，她把这两个孩子带到这世界上，就应该负责。

夏宝感动得投入苏卿的怀抱，说："妈妈，我和哥哥搞定陆老大。"

苏卿抱着夏宝，小孩子的身子软乎乎的，让人特别暖心。她没想到会如此顺利，夏宝如此懂事。

夏宝一晚上都很兴奋。

他夜里睡不着，就抱着苏卿，时不时喊一声："妈妈。"

苏卿每应一声，夏宝就捂着嘴偷乐。小孩子的快乐，十分简单。夏宝一直都想有自己的妈妈，今天，他终于如愿了。这一晚上，夏宝抱着苏卿的胳膊睡的，生怕苏卿走了似的。

第二天醒来，夏宝第一句话就是："妈妈，我没有做梦吧？你真是我妈妈？"他怕这是梦，以前在孤儿院时，他就经常做这样的梦。

夏宝不经意的一句话，令苏卿心里自责，难受。

"是真的，我是你妈妈。"

夏宝欢呼一声，这才去给夏天打电话，在电话里，他兴奋地说："哥，姐姐真是我们的妈妈……"

一个小时后，夏天被送到苏卿的住处。苏卿打开门时，夏天手捧着一束鲜花站在门口，开口第一句话就是："妈妈，早上好。"

夏天内心里，也是十分渴望亲情，他只是比夏宝稍微那么内敛一点。可他到底，还是个小孩子，得知苏卿真是自己的妈妈，他心里别提多兴奋了，仿佛找到了根。他和弟弟不再是孤儿了。

苏卿一笑，开心地说："大儿子，早上好，刚做好的早餐，我们母子三人，一块儿吃。"

这是他们三人，第一次以母子的身份坐下来吃饭。一切都是那么温馨，几年时光的缺失，依然抵不过血缘。他们就像平常的母子一样，苏卿一下子收获了两个儿子，也觉得此生无憾。她一直在找她的孩子，今天，他们终于都回到了自己的身边。

母子三人相认的事自然瞒不过陆容渊，苏卿也不打算瞒着。她去了陆氏集团。在她来之前，陆容渊也已经知道了她来的目的。他早就知道，她不会放弃她的孩子。

"陆容渊，我给你倒杯茶？"苏卿并没有直奔主题。

"嗯。"陆容渊也不急，他等着她主动开口。

苏卿倒了茶，捏了捏手指，她没开口，陆容渊倒是先说了："你对婚礼有什么要求？"

"啊？"苏卿沉浸在如何开口说两个孩子的事，一时没有反应过来。

陆容渊又说："下午去一趟桃花山，你陪我一起。"

话题跨越度有点大，她跟不上了。

陆容渊让秘书准备了车，两人前往桃花山。桃花山距离市区有六十多千米，开车需要一个多小时。陆容渊没有带其他人，他自己驾车，两人上山。苏卿想起之前在桃花山出车祸的事，也是在生死关头那一瞬间，她认定了这个男人。

车子缓缓开上山，苏卿侧目看看身边的男人，再看看车外熟悉的场景，雨夜险些葬身车祸的一幕仿佛就在昨夜。当时陆容渊奋不顾身，以自己的命护她，试问这世间，有谁能做到？将余生的幸福，托付在这样一个男人身上，必定不会输。

很快，两人上了山，又来到袁大师的住处。袁大师戴着老花眼镜，看见两人时，笑得一脸欣慰，说："就知道你们还会来，屋子都给你们收拾好了，今晚就不下山了吧。"

苏卿羞得脸红，正要开口，陆容渊牵住她的手，十指紧扣，说："今晚不走，晚上我来下厨。"

袁大师笑道："那我老头子有口福了，你们自便，做好了晚饭，叫我就行，我出去找老赵头唠唠。"这是刻意给两人腾空间。

厨房里什么菜都有，陆容渊真进了厨房，打算再露一手。苏卿还是帮忙打下手，洗洗菜，烧烧火。

"陆容渊，我们来桃花山做什么？"

"看日出。"陆容渊一边切肉，一边一本正经地回答。

她还以为是工作上的事，来找袁大师指教呢。苏卿看了一眼外面，夏季昼长夜短，现在天还亮着呢，距离日出，那得等多久。苏卿拿着木棍漫不经心地戳着柴火，想到上一次两人在这里发生争吵。果然，一切事物都是一个轮回。那就在这里解决吧。

"陆容渊，我跟夏天、夏宝相认了。"苏卿说话时，是盯着土灶里的火苗的，她没敢看陆容渊的表情。

"我欠那两个孩子太多了，我必须认他们，大人犯的错，不应该让他们来承担。"

苏卿语气平静，句句发自肺腑："我很感谢老天给我一对如此可爱、聪明、懂事的儿子，当然，我不强求你接受他们，他们是我的儿子……"

"也是我的儿子。"陆容渊打断她的话，"你所担心的问题，都不是问题。"

闻言，苏卿抬头，眸光正好撞进他深邃的眼眸里。他的眸子里仿佛写着两个字，认真。他说："我没有参与你的过去，在你困难时没有保护你，这不是你的错，是我的错，夏天与夏宝两人，非常聪明，能有这么两个儿子，我觉得是赚到了。"

苏卿愣住了，火光照着她的脸，映衬得更加明艳动人。"我上辈子，是拯救了银河系吗？"她怎么会这么幸运，得到陆容渊如此真心相待？

他可是帝京陆氏集团的掌权人，是"暗夜"幕后领导人，手握权势，身价更是无法估量，他怎么就看上了她呢？

陆容渊勾了勾唇道："或许是。"

他还傲娇起来了。男人，果然不能夸。一夸就翘尾巴。

苏卿低着头，继续添柴火，火烧得很旺。陆容渊厨艺不错，很快就炒出了几个菜。袁大师溜达了一圈回来，正好赶上晚饭。

斜阳从窗户照进来，夏季就是这样，下午六点了，太阳依旧没有落山。

袁大师尝了一口，夸道："不错不错，还是小渊做的饭菜合胃口，对了，你爷爷那个老家伙，最近身体怎么样？"

"身子硬朗着哪。"陆容渊说话间，给苏卿夹了筷菜，另一只手扣住她的手。

苏卿有些不好意思，试着甩开他的手。还有外人在呢，她看了一眼袁大师，见袁大师并没有注意到两人的小动作，这才红着脸继续吃饭，也任由陆容渊牵着手。

吃了饭，袁大师提议："你们吃了饭去后山走走，消消食，今年的花，开得正好。"

"好。"陆容渊牵着苏卿的手，去后山了。

他对桃花山很熟悉，两人踩着青石板，一直往后山山顶走。

苏卿问："你对这里很熟？连这样的小路都知道。"

陆容渊牵着她的手，走在前面，答道："爷爷以前经常带我来，后山还有我的秘密基地。"

苏卿好奇地问："什么秘密基地？"

"到了你就知道了。"陆容渊勾了勾唇。

越往山上走，越是不好走，不过风景是真的美。空气清新，天空非常蓝，夕阳西下，那场景真是壮观。

苏卿忍不住驻足赞道："陆容渊，这里真的好美。"

陆容渊睨着她的侧颜，薄唇微扬道："你若喜欢，我们以后常来。"

"喜欢。"苏卿点了点头，张开双臂，闭上眼睛去感受大自然。

他站在她身后，轻轻拥着她。仿佛天地之间，只剩下两人，一切都成了背景。

"对了，你的秘密基地在哪里？怎么还没到？"

"就在前面。"陆容渊牵着她继续前行。

走了大概十几米，两人在一棵老槐树下停下来。

"就在这里。"陆容渊蹲下来，找了一根木棍开始挖地面。

苏卿蹲下来，好奇地问："你在树下埋了什么？"

他笑着说："时光胶囊，心愿瓶。"

她讶异道："你还相信这些？"

天渐渐地暗了下来，陆容渊终于将几年前埋的心愿瓶挖出来了。透明的玻璃瓶里，装着一张字条，还有一枚戒指。陆容渊打开瓶子，取出里面的戒指，执起苏卿的手，戴在她手上，半开玩笑半认真地说："这是我给未来媳妇准备的，当年埋下时，我就向老槐树许愿，赐我一个美丽善良的媳妇，如今，我找到了。"

"美丽善良？"苏卿心里是暖的、甜的，嘴上却故意说："只有这两个优点吗？"

陆容渊笑道："我家卿卿善解人意，温柔大方，体贴入微，长得更是闭月羞花，沉鱼落雁……"他恨不得把世上所有美好的词都用在她身上。

苏卿哭笑不得，看了看手上的戒指，又盯着心愿瓶中的字条问："那上面写了什么？"

她探头去看，只见上面力透纸背写着几个字：愿得一人心，白首不相离。苏卿心中触动，两人靠在槐树下，她捻着字条，念道："愿得一人心，白首不相离。陆容渊，以你的家庭背景，又长得这么帅，每天换一个女朋友，都可以不带重复的，为什么会许下这样的心愿？"

"世上百分之九十九的东西，都可以用钱买到，唯独真心不能。"陆容渊神情认真地说，"但凡掺了一点杂质，都显得不纯净，这世上最难得的，是真心，一心一意，一生一世不变。"

苏卿手撑着下巴，歪着头看他，开玩笑道："我倒是从陆承军口中得知，你有位红颜知己，就是那位秦雅菲的姐姐吧，陆容渊，你跟秦雅菲的姐姐，有没有什么？"

陆容渊哭笑不得。

哪有人会在这种时候大煞风景地提起男友的红颜知己？

"是朋友。"陆容渊老老实实地说，"雅媛当初因我而死，我心中一直很愧疚，于是就将这份愧疚，补偿在秦雅菲身上。"

"如果没有我的出现，秦雅媛也没死的话，你们会不会……"

"或许会。"陆容渊说，"卿卿，我不想骗你，那时候所有人都认为我们是天造地设的一对，雅媛是一个很完美的人，挑不出任何毛病，完美到不真实。"

苏卿这一刻才领会到，人的出场顺序真的很重要。她再早一点，或者再晚一点，都会与陆容渊错过。在合适的时间，遇上合适的人，一切都是那么刚刚好。

苏卿挽住陆容渊的胳膊，仰头时，才发现天已经彻底暗了下来。繁星布满夜空，美得不可方物。他在她耳边说："卿卿，你就是我遗失的那根肋骨。"言下之意，有了她，他才会完整。

她侧头看他，撞入他深邃的眼眸里，似撞入了万千星辰里。他的眼里，似有星辰大海。两人四目相对，眼里只剩下彼此，她心中一动，抿了抿唇，正要吻上去，唇上忽然一片柔软。

他先她一步，俯身噙住她的唇。吻，似夜光般温柔，清风般缠绵。日月星辰为证，其心天地可鉴。

世上会有这样一种人，让你原本糟糕的生活，变得多姿多彩，因为他，你忽然就想好好地生活，觉得世界上的一切都是美好的。

于苏卿而言，陆容渊就是那个让她忽然想好好生活的人。在未遇到陆容渊之前，她的生活一片狼藉。这一刻她在想，也许之前的不幸，都是为了攒着运气，去遇见他。

微风不燥，岁月静好。一吻定情。

他说："周末了，我们带着夏天、夏宝一起出去郊游。"这也是趁机培养感情。

苏卿握紧陆容渊的手，想到夏天、夏宝的身世，望着他，说："那两个孩子，估计很乐意你当他们的爸爸。"

夏天对陆容渊的崇拜，苏卿看在眼里。有陆容渊教导，这两个孩子，也必成大器。

他看出她的心思，说："我必会待他们视如己出，冠陆姓，入陆氏族谱。"

入族谱！苏卿一阵感动，那可是名正言顺地认夏天、夏宝两人。

"谢谢。"苏卿这一声谢谢，是由衷之言。他能接受夏天、夏宝，她已经很意外了，入族谱，改陆姓，她在此之前，并未奢求。她笑了，并未再言。一切都在不言中。他的心思，她懂。

两人在后山看了会儿夜景，她困了，依偎在他怀里，最后还是他抱回去的。熟睡中的苏卿，迷迷糊糊的，陆容渊将她轻轻放在床上，她还是不撒手，一直攥着他的衣角。

"陆容渊。"她呢喃一声，睡梦中用力一拽，陆容渊一个没站稳，扑倒在她身上。苏卿也醒了，睁开眼睛的那一瞬间，还有点蒙。四目相对，暧昧的气息在空气中扩散。陆容渊盯着她的唇，下意识地咽了咽口水，喉结滚动，诱人至极。

苏卿下意识地伸手去触摸他的喉结，迷糊道："陆容渊，你……"

他俯身，以吻封唇，似一切都水到渠成，恰到好处。屋外山谷，就连风都是温柔的。

翌日。晨光拂晓。还在睡梦中的苏卿，是被陆容渊背着上山顶看日出的。她睡眼惺忪，睁开眼时，第一眼看到的就是这世界上最美丽壮阔的景色。入目之处，一片片云海，太阳就从云海里升起，太美了。轻盈如纱的云海，丝丝缕缕的，飘在半山腰间，恍如人间仙境。

他站在她身边，说："卿卿，我会把除你之外，全世界最美好的东西都给你。"言下之意，她就是全世界最美好的。

苏卿扬唇一笑，道："陆先生如此深情，小女子无以为报，只能以身相许了。"与自己最爱的人在一起，做什么都是美好的。

陆容渊眉眼含笑，学着她的样子说："那可得生生世世以身相许，才能抵我这一世情深。"

"啊？那我不是亏了吗？"

他抓着她的手，放在背后，说："那为了公平，我也许出生生世世，这样，我们永生永世都在一起。"

苏卿抿唇笑道："那还差不多。"

两人坐在一块大石头上，欣赏着日出时的壮丽美景。在山顶待了一会儿，这才回去，与袁大师吃过早餐，两人下山。

今天两人打算带夏天、夏宝出去游玩。夏天、夏宝得知这个消息，十分激动，早早就准备好，在门口等着。陆容渊与苏卿从山上回来，接上两人就去游乐园了。这不是夏天、夏宝第一次来游乐园，却是第一次与陆容渊、苏卿一块儿来，四人走在一起，像极了一家四口。高颜值的一家四口，走到哪里都是焦点。陆容渊陪着两个孩子，坐过山车、海盗船、大摆锤，两个孩子十分高兴，哪怕心智再怎么成熟，也终究还是个孩子。苏卿看着他们如此高兴，她也开心。

路过一处打气球的地方，夏宝灵机一动，说："爸爸，我想要那个玩具熊，你帮我赢回来好不好？"

这一声"爸爸"叫得陆容渊把命给出去也愿意。夏天、夏宝虽然都不是自己的孩子，但陆容渊却觉得莫名地亲切，听到"爸爸"两个字，毫无违和感。仿佛，他们就是真正的一家四口。

想要得到玩具熊奖品，必须打中九发，像这种摆摊商业性质的游戏，肯定都是被动了手脚，想要打中九发，几乎不可能。

陆容渊揉了揉夏宝的头发说："没问题。"

苏卿笑道："夏天，你要不也来玩？"

夏天是经过训练的，陆容渊也想看看这小子的水准，说："卿卿，交两份钱，我与夏天比试一番。"

夏天鄙视地看了一眼陆容渊，说："胜之不武。"

陆容渊勾了勾唇道："我相信你能长江后浪推前浪。"

夏宝开心道："哥，狠狠虐一下爸爸。"

夏天苦笑一下："被虐的那个，肯定是我。"他才训练多久？陆容渊留在岛上的射击纪录，至今无人打破。

苏卿笑着去交了两份钱，夏天与陆容渊各持一把玩具枪，瞄准架子上的气球。

"加油，夏天。"苏卿给大儿子打气。

夏宝站在陆容渊这边："爸爸，我看好你哟。"

夏天与陆容渊准备好，瞄准气球，扣动扳机，一同打中了气球。他们的架势与动作完全如出一辙。

夏宝激动地吹了声口哨，道："哥哥、爸爸，太酷啦。"

"儿子，你太棒了。"苏卿激动地赞道，随即觉得有一点点不对劲。

夏天无论是从气势还是神情上，都与陆容渊如出一辙。苏卿心想，怎么会这么相似，亲生的都不一定这么像。

陆容渊也赞赏地看了夏天一眼，说："继续。"

夏天挑眉，也是"霸气侧漏"："陆老大，别大意了。"

接着，他们又各打出几枪……百发百中，无一遗漏。

摊主还是头一次遇到枪法如此准的，父子俩就像是在比赛，又快又准。摊主的奖品都被父子俩赢走了。

"今天可亏大了。"摊主唉声叹气，"你们父子，枪法也太准了，虎父无犬子呀。"因为他们长得像，摊主直接认定他们是父子。

听到父子两个字，陆容渊心里莫名地喜悦，见摊主老板损失惨重，大方地掏出一沓钱说："你这些奖品，算是我买了。"

摊主两眼放光，笑眯眯地说："谢谢，要不我再扎几个气球，再玩玩，不算你们钱，先生真是好福气，有两个这么可爱又聪明的儿子。"

夏宝拿到玩具熊，心满意足了，夏天也过瘾了，几人也不玩了。摊主的话，让父子三人心情愉悦。苏卿心思却多了几分。别说外人误以为夏天、夏宝与陆容渊是亲父子，就在刚才，她差点儿也这么认为了。

"妈妈，我要吃冰激凌。"夏宝又嘴馋了。

陆容渊说："再叫一声爸爸，我给你买。"

"爸爸，爸爸，爸爸。"夏宝嘴甜，连喊了几声。

陆容渊心甘情愿去买冰激凌，他买了四个，在分给夏天时，故意逗他："夏天，你也叫一声爸爸听听。"一路上，还没听夏天叫过。

夏天撇嘴道："改口费就一个冰激凌？"

正在吃冰激凌的夏宝，顿时觉得吃亏了。一旁的苏卿乐了，还是大儿子精明。"陆叔叔，冰激凌还给你，我不吃了。"夏宝把吃了几口的冰激凌还给陆容渊，一脸正气地说，"我不能为了一口吃的，出卖自己。"

陆容渊哭笑不得，戳穿他："确定不是嫌价格给得太低了？再不吃，就化了。"

夏宝一边舍不得冰激凌这么浪费了，又一边觉得吃亏，咽了咽口水，一副纠结的样子，最后说："冰激凌先吃，不然刚才就白喊了。"

苏卿与陆容渊哭笑不得。陆容渊把冰激凌给夏天，说："吃吧，不吃就化了，可以不改口。"

夏天不客气地接了，苏卿乐得不行。

一家四口，一人吃着一个冰激凌，走在游乐场里，夏宝看上什么好玩的，就去玩玩。夏宝最喜欢黏着陆容渊，嘴上说着吃亏了，却还是有时候忍不住叫爸爸，特别是在人多的地方，有一种炫耀、得意的感觉。夏天最清楚夏宝的心思，两人是在孤儿院长大，没有享受过父母的疼爱，只能羡慕别的小朋友。夏宝这是好不容易逮住了机会，昭告别人，他也是有爸爸的。他们不是没父母疼爱的人了。

夏宝又把陆容渊带着去坐旋转木马了。苏卿见夏天心事重重的样子，她伸手捏了捏夏天的肩膀，说："怎么不跟着一起去玩？"

"妈妈，你和陆老大什么时候结婚？"夏天比较关心这个，"你认了我们，会不会影响你和陆老大？"

闻言，苏卿鼻尖一酸，同样的年纪，夏天懂事得让人心疼。

苏卿摸摸夏天的脑袋，温柔地说："你要相信陆老大。"

夏天看了一眼正在坐旋转木马的夏宝与陆容渊二人，夏宝笑得很开心。

"弟弟很久没这么开心过了。"看到夏宝开心，夏天嘴角也跟着上扬。

苏卿将夏天搂在怀里，说："以后有妈妈在，你们也可以像其他小朋友一样，开开心心，无忧无虑，在父母身边撒娇。"

夏天盯着苏卿，他内心里一直是渴望亲情的。"妈妈。"夏天伸手抱了抱苏卿。

一家四口在游乐园玩了一整天，个个都累了。几人也没有回陆家，陆容渊带着两个孩子去温泉酒店泡温泉了。苏卿一人在酒店房间里，她翻看着今天给陆容渊与孩子们拍的照片，越看，越是觉得有父子相。

游玩一天，苏卿着实累了，翻看了一会儿照片，不知不觉就睡着了。她做了一个梦，是那个模糊的梦。那一夜，她没能看清那人的脸。在梦里，她也奋力想去看清楚，就在梦中男人转过身时，她震惊不已。那个男人，竟然跟陆容渊长得一模一样。

"陆容渊。"苏卿嘴里叫着名字，挣扎着从梦中醒来。她感觉全身都软绵绵的，透过窗户看到外面的夜景，才知道只是一个梦。她怎么会梦到陆容渊呢？那晚的人，难道是陆容渊吗？也许，是她近来跟陆容渊走得太近，才会梦见。

这时，门铃响了。是陆容渊与夏天他们回来了。三人泡了温泉，神清气爽。

"妈妈，今晚我跟妈妈睡。"夏宝开心地挽住苏卿的手。

这是一个酒店套房，有两个卧室。陆容渊一听就知道夏宝在打什么主意，连忙说："你们去左边的卧室休息。"

夏天一针见血地问："你跟妈妈领证了吗？"

陆容渊竟被问得哑口无言。

苏卿偷着乐，大儿子这话问得一针见血。

夏宝趁机拉着苏卿说："妈妈，今晚我和哥哥跟你睡好不好？"

苏卿笑道："好。"

陆容渊眼神幽怨地看了一眼苏卿。苏卿耸肩道："这么大的人了，还跟小孩子吃醋？"

陆容渊故作一副可怜的样子，说："以后我的家庭地位，还有下降的空间吗？"

夏宝笑话道："陆叔叔，妈妈如果再生一个弟弟或者妹妹，你还有下降空间。"

这种下降空间，陆容渊求之不得。他看了一眼苏卿，苏卿脸红了，说道："时间不早了，我带他们两个回房间睡觉。"

这天夜里。苏卿左边大儿子，右边小儿子，她从来没有觉得自己如此幸福过。

"妈妈，给我们讲故事吧。"夏宝枕着苏卿的右手。

苏卿看了一眼夏天问："你喜欢听什么故事？"

夏天也不是三岁小孩了，他早已经不看故事绘本，觉得那很幼稚，可苏卿问他的时候，内心里却是期待的。

"都可以。"

苏卿想了想说："那我讲一个白雪公主和七个小矮人的故事……"

夏宝正想说太幼稚了，就接收到来自哥哥的眼神警告。妈妈说什么，那就听什么，哪那么挑剔。

夏宝立即笑眯眯地改口道："好！我最喜欢听白雪公主的故事了。"

苏卿还真信了，说："那我开始了，从前有一个国王……"

夏天、夏宝安静地依偎在苏卿身边听故事。房间里开着夜灯，这样温馨的时刻，是苏卿从未想过的。讲着讲着，苏卿的手机响了，是陆容渊发来的信息。

苏卿看了一眼紧闭的房门，才看信息：卿卿，我在房间里等你，那两个小子睡着没有？

苏卿哭笑不得。她这是分身乏术呀。小的要她陪，大的也要。

"妈妈，谁发的信息？"夏宝好奇地伸头去看。

苏卿心虚地把手机放下说："垃圾短信。"

夏天问："妈妈，你不会趁我们睡着了，就去找陆老大吧？"

"不会。"苏卿尴尬地笑了一声，"我们继续讲故事。"

两个孩子喜欢听故事，哪怕是幼稚的，只要是苏卿讲的，他们就喜欢。依偎在妈妈怀里听故事，对他们来说是一件奢侈且难得的事。两个孩子一直不睡，房间外面的陆容渊都等得打瞌睡了。陆容渊给苏卿发了好几条信息。

"那两个孩子睡了没？"

"卿卿，你睡了没？"

"卿卿，还要多久？"

苏卿直接把手机静音了。等苏卿哄两个孩子睡着，已经凌晨一点了。她蹑手蹑脚地走出房间，就见陆容渊疲惫地趴在沙发上睡着了，月光从窗外透进来，笼罩着他，让人想起那句，岁月静好，微风不燥。苏卿拿了毯子走过去，刚想给陆容渊盖上，他就醒了。

"那两个小子也太能熬了，总算是睡着了。"陆容渊压低声音，生怕把那两个小祖宗给吵醒了。

苏卿笑话他："还跟小孩子吃醋，丢不丢人。"

"卿卿，我觉得夏天说得对。"陆容渊坐起来，认真地说，"我们明天去领证，我看那两个小子还有什么借口霸占着你。"

苏卿笑了，答道："真幼稚。"

他搂着她，说："卿卿，我说的是真的，明天是个好日子，我们去领证。"

这对苏卿来说，有点突然。

"那个……我……还没有准备好！"

"嗯？"陆容渊伸手挠了挠她的腰，"没准备好？"

苏卿怕痒，被挠得不停地笑。

"陆、陆容渊，停下来，痒，哈哈，痒……"

陆容渊不放过她，继续边挠她边问："准备好没有？明天要不要去领结婚证？"

苏卿笑着求饶："领，领。"

听到这话，陆容渊才放开她。苏卿缓了缓，瞪着他说："哪有人这样叫人去领证的。"也亏陆容渊想得出这个办法。

"定情戒指你也收了，夏宝也认我这个爸爸了，你不嫁我，嫁谁？"他牵着她的手，嗓音沉沉地说，"卿卿，我想把家庭地位再降一降。"

"啊？"苏卿一时没反应过来。

他在她耳边说："给夏天、夏宝，再生一个弟弟或者妹妹。"

闻言，苏卿脸颊泛红。

翌日。

在两个孩子还没有醒之前，苏卿赶紧回到卧室里。

不过还是被发现了。

夏宝故作生气地说："妈妈，昨晚你趁我们睡着了，跑到陆叔叔房间里去了是不是？别以为我和哥哥不知道。"

夏天说："半夜弟弟起来尿尿，发现妈妈不在。"

苏卿尴尬地说："那个，我半夜口渴，出去喝水了……"

夏天、夏宝就这样看着苏卿，也不说话。

苏卿编不下去了，干笑一声，保证道："下次不会了。"

"我和你们妈妈一会儿就去领证，以后你们两个小子，别再缠着我老婆。"

陆容渊走进来，拉着苏卿去领证。

夏天、夏宝相视一笑，追了出去："我们也去！"